KB169567

잠들지 않는 카페

잠들지 않는 카페

리비 페이지 장편소설

권도희 옮김

구픽

CONTENTS

친구들을 위하여

오전 12시

도시는 결코 잠들지 않는다. 스텔라 카페도 마찬가지다. 반짝거리는 붉은색 간판이 밤낮없이 어느 때든 이곳을 찾는 런던 시민들과 관광객들에게 피시 앤 칩스, 소시지와 으깬 감자, 미국식 팬케이크를 제공해 주는 카페라는 것을 알리고 있다. 창밖에서 버스들이 멈춰 섰다가 다시 출발하는 동안, 커피 머신은 쉭쉭거리는 소리를 내며 잠 못 이루는 사람들에게 카페인을 제공한다.

이 카페는 리버풀 역 맞은편에 있는 고층건물 1층에 자리 잡고 있다. 낮에는 런던에서 가장 분주한 역들 중 하나고, 밤에는 스탠스테드 공항으로 향하는 버스를 잡으려는 휴양객들과 쇼디치에서 밤을 보내고 집으로 돌아가려는 술에 취한 학생들, 달리 갈 데가 없어 스타벅스 차양 아래 웅크리고 앉아 있을 수밖에 없는 사람들을 위한 대기실처럼 이용되는 곳이다.

카페 내부는 영국과 미국의 향수가 요란하게 뒤섞여 있다. 어쩌면 대서양 어느 쪽에서도 결코 존재하지 않았을 시간과 장소에 대한 향수다. 벽은 온통 사진들로 뒤덮여 있다. 빨간색 코카콜라 간판 옆에는 팝 아트 스타일의 여왕 초상화가 걸려 있고, 커다랗게 '리버풀 스트리트'라고 쓰여 있는 오래된 런던 지하철 명판 밑에는 맥주 컵받침들을 넣은 액자가 걸려 있다. 대여용 도서들이 꽂혀 있는 빨간색 목재 공중전화 박스가 있고, 천장에는 촌스런 가장자리 장식이 달린 램프 갓이 걸려 있다. 바닥에는 흑백 체크무늬의 리놀륨이 깔려 있다. 등받이에 책을 꽂을 공간이 있는 오래된 나무 의자들의 맞은편에는 포마이카 테이블과 인조가죽 시트 의자들이 놓여 있다. 양쪽으로 등받이 없는 의자들이 놓인 높은 테이블과 복판에 전등이 낮게 드리워져 있는 식당 스타일의 부스 좌석도 있다. 테이블 위에 놓인 옥소 통에는 일회용 소스 봉지들이 놓였고, 그 옆에는 빨간색 종이 냅킨들이 쌓여 있다.

카페 중앙 뒤편에 놓인 골동품 캐드버리 캐비닛에는 케이크와 유리로 된 우유병에 담긴 스무디들이 잔뜩 진열되어 있다. 카운터 옆에는 카페 내부와 길을 잃은 영혼들의 얼굴이 비치는 은색 커피 머신이 놓여 있다. 커피 바 뒤쪽 벽 전체에는 거대한 유니언 잭이 그려져 있다. 그 가운데 나무로 된 산에서 뛰어내리고 있는 갈색 박제 곰이 놓여 있다. 머리에 실크해트를 쓴 곰은 '공격'하는 모습으로 영구 동결된 것처럼 앞발을 쭉 내민 채다.

해나와 모나

그 곰의 이름은 어니스트다. 적어도 새빨간 머리카락이 아래쪽에 삐죽 튀어나오게 무지개 색 줄무늬 스카프를 목에 매고, 스텔라 카페의 문을 밀고 들어온 해나는 그렇게 부른다. 9월 중순이지만, 밤에는 쌀쌀하다. 따뜻한 스카프와 밝은 빨간색 모직 코트가 있어 다행이다. 카페로 들어가자 튀김 냄새와 조니 캐시가 부르는 '아이 워크 더 라인(I walk the line)'이 해나를 맞아준다.

"좋은 저녁이야. 어니스트." 해나가 곰을 향해 고개를 끄덕이며 말한다. 어니스트는 유리 같은 눈으로 쳐다보지만, 아무 말도 하지 않는다. "좋은 아침이라고 해야 하나." 해나가 덧붙인다.

카운터 뒤쪽에 걸린, 1950년대 켈로그 광고가 그려진 둥근 시계가 12시 5분을 가리키고 있다. 해나는 나름 일찍 왔지만, 교대 시간에는 5분 늦었다. 지각 또한 발목에 새긴 문신이나, 갈등에 대한 혐오감, 유니폼처럼 입고 있는 갖가지 색상의 옷처럼 해나의 일부다. 엄밀히 따지면 밤이 아침으로 변하는 시간이지만, 해나는 일하러 가는 길에 이어폰을 끼고 버스에 조용히 앉아, 왁자지껄하게 집으로 돌아가는 사람들을 거의 의식하지 않는다.

곰 바로 아래쪽에 있는 카운터에는 키 큰 여자가 서 있다. 한쪽 어깨 위로 검정색 머리를 느슨하게 땋아 내리고, 양쪽 눈썹이 붙을 정도로 미간을 찌푸린 채 책을 읽고 있다. 잘 구운 토스트 색 피부에, 왼쪽 귓불 아래 있는 작은 검은 점 한 개 이외에는 어떤 흠이나 자국도 없는 부러운 얼굴이다. 해나가 들어가자, 고개를 든 여자와 눈이 마주친다. 두 사람은 친근한 미소를 나눈다. 그녀는 모나다.

"어서 와." 모나가 인사를 건넨다. 그와 동시에 근무 중인 주방장 알렉산더가 주방에서 소리친다. "죽은 곰 따위!" 지독한 폴란드 억양이다.

"저 사람 말 듣지 마, 어니스트." 해나가 말한다. 그 사이 모나는 허리에 두르고 있던 검정색과 빨간색으로 된 앞치마 주머니에 읽고 있던 책을 밀어 넣는다. 희곡이다. 그런 뒤에 그녀는 커피 바 뒤에서 비슷한 앞치마를 한 개 꺼내 해나에게 던진다.

"잠깐 숨 좀 돌리고!" 해나는 앞치마를 받은 뒤, 입고 있던 코트와 스카프를 비어 있는 의자 중 한 곳에 걸친다.

"미안." 모나가 한숨을 쉬며 말한다. "너무 지쳐서 그랬어. 열두 시간째 서 있다 보니까."

오늘은 해나와 모나가 2교대로 일하는 날이다. 카페 주인이자 상사인 스텔라는 두 사람이 적법한 합리적 근무 시간을 지키는 것보다 급료에 더 신경 쓴다는 걸 잘 알고 있다. 모나는 기지개를 켠다. 다른 무용수가 보면 같은 열정을 가지고 있다는 것을 즉시 알아볼 수 있을 정도로 우아한 동작이다. 모나는 목 뒤에 손을 올리고 힘껏 주무른다.

"알지." 해나가 대답하면서, 카운터 밑에 있는 상자에 코트와 스카프를 넣고 앞치마 끈을 묶는다. "이제 내 차례네."

"행운을 빌어."

모나는 전날 오후 12시부터 이 자리에 있었다. 태양이 건물 위로 높이 떠 있고, 카페도 이른 점심 식사를 하려는 사람들로 한창 붐비던 시간이었다. 그때만 해도 모나의 땋은 머리는 단정했고, 앞치마도 깨끗했다. 하지만 지금 모나의 머리는 헝클어져 있고, 앞치마에는 토마토 케첩, 커피, 우유 자국 같은 온갖 얼룩이 다 묻어 있다. 이제 근무 시간이 끝났음에도 불구하고, 모나는 바로 카페를 떠나지 않는다. 밤과 낮 사이의 이 고요한 순간은 해나와 모나가 함께 시간을 보낼 기회다. 그렇다고 그들이 자주 만나지 않는 건 아니다. 일도 함께 하지만, 같이 살기도 하니까.

두 사람은 해거스톤에 있는 침실 한 개짜리 임대 아파트에 살고 있다. 해나는 거실을 침실로 이용하고 있다. 두 사람 다 서른 살이 돼서도 여전히 이런 집에서 살게 될 줄은 미처 몰랐다. 자기 소유의 아파트가 있고, 바비큐를 하거나 개를 키울 수 있는 작은 정원이 있는 곳에서 살고 있을 거라고 상상했었다. 하지만 인생의 수많은 것들이 젊은 시절 상상했던 것과는 다른 모습을 하고 있다.

그들이 사는 곳은 말굽 모양의 건물 3층에 있는 아파트로, 막 자란 과일 덤불들과 단정하게 심어진 채소들, 동네 고양이들이 화장실로 이용하는 흙바닥만 있는 공용 정원이 내려다보이는 곳이다. 아파트 안으로 들어오면 모나의 방은 지나칠 정도로 깔끔하다. 방에 있는 물건이라고는 요가 매트와 문 옆에 놓인 체중계, 책장에 단정하게 꽂혀 있는 소설책들과 유명한 무용수들의 전기, 침대 위쪽에 걸려 있는 사진들로 가득 찬 커다란 액자뿐이다. 침대에는 빳빳하게 다려진 흰색 시트가 깔려 있다. 해나는 커다란 침대 시트를 다리미판 위에 올리고 다리미질을 하느라 애쓰는 모나를 볼 때마다 놀리곤 한다. 해나는 지난 4년간 다리미판을 쓴 적이 없다.

해나의 방은 어지럽지만, 좀 더 개인적인 느낌을 주는 공간이다. 바닥에는 옷가지들이 널려 있고 벗어 던진 신발들이 침대로 가는 길을 만들어 준다. 낡은 카펫 위에 알아보기 힘들 정도로 온갖 색상이 들어간 러그가 깔려 있다. 침대 위에는 꾸깃꾸깃한 꽃무늬 이불과 쿠션들이 자리를 차지하고 있다. 창틀에는 먼지가 잔뜩 쌓여 있는 감상적인 장식품들이 놓여 있고, 조명 불빛이 침대 머리판과 꽃병을 비추고 있다. 침대 협탁에 놓인 꽃병에 꽂혀 있는 꽃들은 해나가 일주일에 한 번씩 부리는 사치다.

건조대는 아파트 복도에 놓여 있는데, 화려한 색상의 옷가지들(해나의 옷)과 무릎 길이로 자른 바지들, 단조로운 색상의 커다란 셔츠들(모나의 옷)이 걸려 있다. 아파트 벽에는 프리다 칼로, 캐서린 헵번, 버지니아 울프의 사진들과 두 사람이 좋아하는 공연 포스터들이 걸려 있다.

하지만 그 그림들은 모두 임대한 집의 벽에 흔적을 남기지 않기 위해 양면테이프로 붙여 둔 것이다. 벽은 두 사람이라면 절대 고르지 않았을 살짝 잿빛이 도는 목련 색으로 칠해져 있다. 크리스마스 때는 직접 만든 종이 사슬로 아파트를 장식하고, 묽은 와인과 소시지 빵을 준비해 친구들을 초대한다. 하지만 두 사람 모두 런던에서 크리스마스를 보내면서도 트리를 사지 않는다. 솔잎이 원치 않는 털처럼 바닥을 뒤덮고, 삐죽삐죽한 맨가지만 남게 될 걸 생각하면 싫다. 임시로 머무는 집이긴 하지만, 그럼에도 이곳은 런던 한구석에 있는 그들만의 집처럼 느껴진다.

해나는 웨일스 남부에 있는 작은 마을에서 자랐다. 카디프에서 공부하며 공연 예술 학위를 땄고, 졸업한 뒤에 런던으로 향했다. 해나는 대도시에 도착한 공연단의 일원이었다. 그들 중 몇 명과는 여전히 만나고 있지만, 그 나머지는 도시를 떠돌다 보니 모두 그녀의 인생에서 사라졌고, 그 대신 다른 사람들이 끼어들었다. 해나는 런던에 정착한 지 9년째로, 처음 런던을 '집'이라고 불렀던 때를 기억한다. 그러면서 웨일스에 있는 부모님 집은 '고향 집'이 되었고, 나중에는 '부모님 집'이 되었다. 해나는 스물다섯 살이 되던 해, 2년 사귄 남자 친구와 헤어지고 같이 살던 집에서 나오면서 또다시 공용 주택으로 들어갔다. 그녀는 주방 용품의 절반과 기타, 레코드판들을 들고 나왔다. 어디든 살 곳이 필요했다. 해나는 바운즈 그린에 있는 예술가들과 공연자들이 함께 사는 집으로 들어갔고, 그곳에서 모나를 만났다. 1년 뒤, 두 사람은 함께 살기로 결정했다. 런던에서 살았던 첫 번째 아파트와 비슷한 우울할 정도로 정신없는 공용 주택에서 사는 것보다는 아무래도 한 사람과 같이 사는 편이 나을 거라는 점에서 마음이 놓였다.

모나는 국제 학교 학생 출신답지 않게 미국식 억양이 거의 남아 있지 않았다. 그녀는 싱가포르 대학에서 일하는 독일인 어머니와 아르헨티나인 아버지 사이에 태어나 국제 학교에서 공부했다. 열네 살 때 부모님이 이혼했고, 아르헨티나로 돌아간 아버지는 이내 재혼했다. 모나가 열일곱 살 때, 이복동생 마티아스가 태어났다. 열여덟 살이 된 모나는 싱가포르를 떠나 런던(한 번도 가 본 적 없지만 꿈에 그리던 도시)으로 갔고 그곳에서 무용으로 학위를 받았다. 이제 그녀의 친구와 가족들은 전 세계에 흩어져 있다. 어머니와 아버지는 다른 대륙에 떨어져 있고, 학창 시절 친구들은 싱가포르에 남아 있거나, 미국, 오스트레일리아, 유럽으로 흩어졌다. 모나는 최악의 순간일 때면 자신이 어디에도 속해 있지 않다는 느낌을 받는다. 최고의 순간일 때는 모든 곳에 속해 있는 것 같다.

두 사람에게 있어 웨이트리스로 일한다는 건 생활의 한 부분에 불과하다. 서류 양식에 직업에 대해 써야 할 일이 있을 때면 그들은 단순한 답을 찾으려고 애를 쓴다. 해나: 가수/웨이트리스. 모나: 무용수/웨이트리스. 그들의 삶은 끝없는 이동이다. 매일 관심사와 생계 유지를 위해 균형 있게 행동하는 것. 안타깝게도 지난 몇 년간, 그 두 가지는 바라는 만큼 겹쳐지지 않았다. 현재 생활 수준은 그들이 생각했던 것과는 많이 달랐다. 사실 이 나이까지 웨이트리스로 일하고 있을 줄은 몰랐다. 그렇지만 이 모든 상황에도 불구하고, 그 직업 덕분에 두 사람은 여전히 꿈을 쫓아갈 수 있다. 엄청난 야망을 품고 있긴 하지만, 그들도 가끔 향수 비슷한 걷잡을 수 없는 감정에 휩쓸릴 때가 있다. 상상해 본 적은 있지만, 전혀 의식하지 않았던 삶에 대한 향수. 그런 감정은 그들을 갉아먹는다. 공허함과 발산되지 못한 에너지, 자제력을 잃은 힘을 느끼게 된다. 이제 친구들에겐 아파트와 남편이 있고, 자녀와 반려동물을 키운다. 두 사람에겐 서로가 있고, 야망이 있다.

카페에 흐르는 노래가 리틀 리처드의 '뚜띠 프루티(Tutti frutti)'의 경쾌한 전주로 바뀌고, 스피커에서 큰 소리가 흘러나온다. 해나는 손에 들고 있던 마른 행주를 떨어뜨린다.

"춤이나 추자!" 해나가 갑자기 엉덩이를 흔들면서 머리 위로 양손을 들고 흔든다.

"너무 지쳐서 춤출 수 있을지 모르겠네." 모나가 신음을 내며 말한다.

"아무리 힘들어도 춤은 출 수 있잖아." 해나가 대꾸한다.

모나는 잠시 멈췄다가, 이내 그 어리석은 전통에 항복하고 엉덩이를 흔들면서 양손을 들고 흔들기 시작한다. 두 사람만의 규칙이다. 만일 근무 교대 시간에 이 노래가 나오면 춤을 춰야 한다. 누가 이 규칙을 만들었는지 기억나지 않는다. 아마 해나일 것이다. 두 사람이 이 카페에서 처음 일하기 시작했을 때만 해도 오디션에 합격하기 전까지 임시로 하는 일이라고 생각했다. 이젠 너무 오래전 일처럼 느껴지지만, 이 전통이 고착된 것은 아마 그저 춤을 추는 것만으로도 야망과 희망이 가득했던 예전 느낌이 떠오르기 때문일 것이다.

다행히 지금 이 시각, 카페는 텅 비어 있다. 모나는 전통적인 무용 훈련을 받았지만, 무대 밖에서는 미친 것처럼 춤을 추곤 한다. 해나는 모나를 따라 고개를 흔들면서 팔다리가 분리된 것처럼 흔들어 댄다. 머리카락이 밝은 붉은색 갈기처럼 얼굴 주위에서 펄럭거린다.

"이제 이런 걸 하기엔 너무 늙었어." 모나가 열정적으로 고개를 흔들면서 말한다.

"맞아!" 해나가 대답한다. 하지만 두 사람 다 춤을 멈추지 않는다.

해나는 카페 창문 바깥의 움직임을 반쯤 의식하고 있다. 거리에는 버스와 자동차들, 몇몇 사람들이 있다. 그리고 주방에 있는 알렉산더의 투덜거림도 들린다. "저 빌어먹을 노래는 다시 틀지 말아야지." 하지만 의식의 나머지 반은 지금 귓속을 두드리는 음악과 바로 옆에서 친구의 몸이 움직이는 느낌에 몰두하고 있다. 갑자기 이제껏 인생에서 음악이 자신을 압도했던 수많았던 순간들의 기억들로 가득 찬 것 같은 느낌이 든다. 일찍이 학교에서 받았던 노래 수업들, 마을회관에서의 첫 번째 공연, 그보다 최근에 했던 지하 술집에서의 공연들. 계속 서 있어야 했지만 그런 건 상관없다. 노래만이 전부니까. 모나는 누군가 자신을 붙잡고 잡아당기며 흔드는 것 같은 느낌이다. 몇 시간 동안 가만히 서 있었음에도 여전히 춤추는 법을 알고 있다.

노래가 끝나자, 두 사람은 지금 자신들이 어디에 있는지 갑자기 떠오른 것처럼 멍하니 주위를 둘러본다. 주방에서 기름 냄새가 흘러나오고, 카페 불빛은 갑자기 거슬릴 정도로 밝은 것 같다. 두 사람은 서로의 눈을 쳐다보며 말은 하지 않지만, 같은 생각을 떠올린다. 우린 여기서 뭘 하고 있는 거지?

해나는 그 생각을 떨쳐 버린 뒤, 행주를 들고 건성으로 카운터를 닦기 시작한다.

"말해 봐, 오늘은 어땠어?" 해나가 묻는다.

이 또한 두 사람만의 의식이다. 카페를 방문한 손님들에 대해 관찰한 사항, 목격한 일, 혹은 추측한 일에 대해 이야기를 나누는 것이다. 웨이트리스인 두 사람은 손님들 주변에 없는 것처럼 존재할 수 있다. 사람들은 그들을 스텔라 카페에 있는 곰 어니스트나 벽에 걸려 있는 요란한 사진들보다 더 고정된 살림살이 정도로 여긴다. 덕분에 무엇이든 보거나 들을 수 있다.

"그 불행한 두유 라테 여자가 드디어 이혼했대." 모나가 좌석들을 돌아다니면서 종이 냅킨을 정리하고 테이블을 닦으며 말한다. "친구 말에 따르면 그동안 아주 살벌했던 모양이야. 그 여자는 아파트를 구하려고 몰래 돈을 모았고, 얼마 전에 라임하우스에서 마음에 드는 집을 찾았다나 봐. 결국 여자가 남편의 불륜을 인정하고 집을 나갔다는 거지. 고양이는 데려갔대."

"잘됐네." 해나는 모나가 말을 꺼내자마자 누구 이야기인지 알아차린다. 그 광경을 그려 본다. 여자는 고양이를 무릎에 올린 채로 소파에 앉아 있고, 발밑에는 옷가방이 놓여 있다. 집에 돌아온 남편을 조용히 거실로 부른 뒤, 모든 게 끝났다고 말한다. 다른 여자가 있다는 걸 알고 있으며 두 사람이 잘 지내기를 바란다고 말한다. 이제 곧 변호사들이 연락을 할 것이고, 남편에게 좋게 끝나지는 않을 것이다. 해나는 갑자기 최근에 사귀었던 남자 친구 자하임이 떠오른다. 두 사람은 3주 전에 헤어졌고, 여전히 고통스럽다. 해나는 그 순간 갑갑해지면서 숨을 들이마신 것과 머릿속에 다른 생각을 하고 있다는 것을 모나가 알아차린 건 아닌지 생각한다. 하지만 모나는 아무것도 모르는 것처럼 계속 이야기를 하고 있다.

"오후에는 엄청난 다툼도 있었어. 엄마와 10대 딸이었는데, 내가 잘 모르는 언어로 대화를 하는 거야. 그래서 정확하게 무슨 이야기를 하는 건지 알아듣진 못했지만, 여자애가 새것처럼 보이는 눈썹 피어싱을 하고 있었어. 아무래도 그게 문제였던 것 같아." 모나가 말한다.

해나는 미소 짓는다. 왼쪽 발목에 음표 모양의 작은 문신을 새겼을 때 엄마가 화를 냈던 일이 떠오른다. 당시 해나는 스물두 살이었다. 임시직을 전전하던 그녀는 여름에 일주일 정도 집에 머물면서 정원에 있는 일광욕 의자에 드러누워, 햇살이 내리비치는 보기 드문 날씨를 즐기고 있었다. 아버지는 커다란 파라솔을 펼치느라 끙끙대고 있었다. 엄마가 화를 내자, 해나도 맞서 싸웠다. 평소에는 갈등을 피하기 위해 무슨 일이든 하는 편이지만, 그때만큼은 속에서 화가 부글부글 끓어올랐기 때문이다. 언제나 그렇듯 피어싱을 한 건 자기 몸이었고, 그녀는 어른이었다.

모나가 잠시 말을 멈춘다.

"할 말이 있어." 마침내 그녀가 말한다.

"뭔데?" 해나는 카운터를 다 닦고 행주를 내려놓는다. 그리고 친구의 이야기에 집중하기 위해 모나 쪽으로 돌아선다.

"다시 보자고 했어!" 모나가 발갛게 달아오른 얼굴로 미소 짓는다.

순간적으로 해나는 아무 말도 하지 못한 채, 멍한 표정을 짓는다. 심장이 쿵쾅거리면서 갑자기 내장이 다 떨어져 나가는 것 같은 느낌이 든다. 하지만 가방 맨 밑바닥에 들어 있던 열쇠 꾸러미를 꺼내는 것처럼 바로 미소를 얼굴에 띄운다. 해나는 앞으로 걸어 나가, 친구를 끌어안는다.

"모나, 정말 잘됐어." 해나가 말한다.

"아마 별일은 아닐 거야. 확정된 게 아니라 그냥 한 번 더 보자는 거니까." 모나가 통상적인 방어 전략인 비관주의로 말한다. 하지만 그녀는 지금 미소 짓고 있다. 해나는 모나의 미소를 읽을 수 있다.

지금 모나가 말하는 것이 어떤 오디션인지 확실하지 않다. 두 사람 다 수많은 오디션에 참가하다 보니, 이미 오래전에 자세한 정보를 공유하는 걸 그만뒀기 때문이다. 하지만 다시 보자고 연락 왔다는 것이 아주 의미 있는 일이라는 것만큼은 잘 알고 있다. 처음 같이 살기 시작했을 때는 해나와 모나의 경력이 비슷한 수준인 것 같았다. 하지만 지난 몇 년 사이에 그 상황이 변했다는 걸 해나는 알고 있다. 최근 들어 자기가 자꾸 뒤처지고 있는 것 같은 느낌이 든다. 해나는 떨리는 손을 숨기기 위해 카운터에 기대선다.

자신이 지쳐 버렸다는 것을 스스로도 인정하고 싶지 않고, 모나에게도 알리고 싶지 않다. 하지만 사실이다. 지난주에는 유명한 현대식 서커스 쇼에서 이야기를 이끌어 가는 가수 역할 오디션이 있었다. 해나는 그 오디션이 아주 큰 기회이고, 반드시 가야 한다는 것을 잘 알고 있었다. 하지만 그 오디션에 다른 유망주들도 대거 합류할 거라는 걸 알고 있었다. 모두 뛰어난 가수들로 대부분 해나보다 나이도 어릴 것이다. 갑자기 그녀는 그 상황과 마주하기가 어려워졌다. 오디션 당일이 되었을 때, 해나는 모나에게 그 오디션에 대해 이야기한 것을 후회했다. 모나는 언제나처럼 너무나 열정적으로 행운을 빌어주었다. 하지만 해나는 그저 침대에 누워 있고 싶었다. 자신이 그 오디션에 나갈 수 없다는 걸 잘 알고 있었다. 그들이 알고 지낸 뒤로, 특히 같이 살게 된 뒤로 서로를 격려하는 건 두 사람의 일이었다. 그들은 항상 함께 있으면서 언제나 최선을 다할 수 있도록 서로를 응원해 주었다. 모나는 어떤 경우라도 오디션에 나가라고 말할 것이고, 만일 해나가 오디션에 가지 않는다면 실망할 것이다. 그래서 해나는 옷을 차려입고 아파트를 나섰다. 그렇지만 막판에 다시 마음을 바꿔 브런치 카페에 들어가 시간을 때웠다. 그날 밤 해나가 그 오디션에 떨어졌다고 하자, 모나는 위로해 주기 위해 와인을 땄다. 해나는 아직도 모나에게 그날의 진실을 털어놓지 못했다.

해나는 미소 짓고 있는 모나의 얼굴을 보면서, 몇 달 전에 이즐링턴에 있는 극장에서 했던 공연을 떠올린다. 그녀 스스로 공연 자금을 마련해야만 했고, 무대 임대료와 다른 음악가들에게도 돈을 지불해야만 했다. 해나를 지원해 주기 위해 표를 산 가족들과 친구들이 공연장을 가득 메워 주었음에도 불구하고, 그녀는 잠깐 쉴 틈조차 없었다. 재정적인 손해가 막심하긴 했지만, 그래도 그 공연 덕분에 좋은 일이 하나는 있었다. 그 쇼에 참석한 친구의 친구 중에 런던 중심부 호텔에서 일하는 사람이 지배인에게 해나를 추천해 준 것이다. 10월부터 시험 삼아 두 번 정도 칵테일 바에서 노래를 해 보라는 제안을 받았다. 해나는 3주 뒤에 있을 그 공연에 대한 생각에만 매달려 있다. 그 일이 좀 더 큰 일을 할 수 있게 해 줄 시발점이 될 것인지, 카페 일을 그만둘 수 있는 기회가 될 것인지 기대하는 중이다.

그들도 휴지기를 가진 적이 있었다. 두 사람 모두 좋아하는 일이었지만, 공연은 끝났고 취향도 변했다. 해마다 열정과 활기, 명성에 굶주린 젊은 연기자들이 해나와 모나처럼 오디션을 보기 위해 런던으로 몰려든다. 모두 노래를 하고 춤을 춘다. 하지만 그들 대부분은 해나와 모나보다 열 살 정도 어릴 뿐만 아니라, 아주 뛰어난 재능을 가진 사람들도 있다. 그 '뛰어난 재능'이 무엇인지 정확하게 설명하는 건 불가능하다. 해나는 그들에게서 '빛이 난다'고 생각한다. 어떤 사람들은 정말 빛이 난다. 그들은 무대 위에서 군무를 해도 눈에 띄고, 합창을 해도 구분이 가는 목소리를 가지고 있다. 스팽글을 달고 재즈 핸즈(손바닥을 관객 쪽으로 향하게 한 채 손가락을 움직이며 추는 춤-옮긴이)를 하는 사람들 중에서도 오롯이 혼자 빛날 수 있는 능력을 가진 사람들이다.

"두 번째 오디션은 언젠데?" 해나가 계속해서 미소를 짓는 데 집중하며 묻는다.

"내일. 엄밀히 말하면 오늘이네. 아침 9시 30분까지 오래." 모나가 대답한다.

"이런, 괜찮겠어?"

"괜찮아야지. 집에 가자마자 잘 거야. 멍한 상태더라도 무사히 일어날 수 있기만 바래야지. 그다음엔 커피가 있으니까."

"어떻게 됐는지 문자로 알려 줘. 알았지?"

"그럴게."

모나가 말을 멈춘다.

"이번에는 정말 붙고 싶어. 해나." 모나가 자신의 손을 내려다보며, 조금 더 낮은 소리로 말한다. 그녀는 평소 침착했고, 자신의 일에 대한 걱정도 해나보다는 잘 숨기는 편이다. 오디션을 치르기 전에 불안감을 표현하는 일도 없다. 그 대신 연습에 온 힘을 쏟아붓는다. 혹시 해나가 몰아붙일 경우에도 종종 자신의 감정에 대해 말하길 거부한다.

"그냥 이번엔 조금 더 잘했으면 좋겠어." 긴장되지 않는지 물어볼 때마다 모나는 이렇게 대답하면서, 그 불안감을 완벽하게 숙달된 안무 동작으로 발끝에 날려 보냈다.

카페 안에서 해나는 얼굴을 찡그리고 친구를 쳐다본다.

"난 널 알아." 해나가 말한다. 그리고 그건 사실이다. 모나를 보면서 해나는 많이 지쳤음에도 불구하고, 수년 동안 사라지지 않는 갈망, 속에서 올라오는 익숙한 감정을 느낀다. 해나는 숨을 깊이 들이마신다.

"잘될 거야. 넌 굉장하니까." 해나는 말한다. 두 사람 다 무대에 관한 미신을 믿었기에 행운을 비는 대신 이렇게 덧붙인다. "다리나 부러져라(행운을 빈다는 의미로 쓰임-옮긴이)."

해나는 흘깃 시간을 확인한다. 12시 30분이다.

"아직까지 여기 있으면 어떻게 해? 날 보자마자 오디션에 가야 한다는 이야기를 했어야지. 그랬으면 이렇게 오래 널 붙잡고 바보 같은 노래에 맞춰 춤을 추거나, 수다를 떨진 않았을 거 아니야." 해나가 갑자기 말한다.

이렇게 웃고 있지만, 사실 그녀는 친구와 함께 보내는 이 시간을 좋아한다. 밤에서 낮으로 천천히 넘어가는 순간, 손님이 거의 없는 카페에서 아무도 모르게 자기들이 마실 밀크셰이크를 만들면서, 조용히 대화를 나누곤 한다. 특별하고, 은밀하며, 전적으로 두 사람만의 시간인 것처럼 느껴진다.

모나도 시간을 확인한다.

"그건 괜찮아. 하지만 네 말이 맞아. 그만 가야겠다."

모나는 카운터 아래에 있던 소지품들을 꺼내, 앞치마 대신 검정색 코트를 걸친다. 준비를 마치자 손을 흔든다. 해나는 문 쪽으로 나가는 모나를 향해 행주를 든 손을 올려 흔든다. 가로등 불빛이 쏟아지는 거리로 나간 모나는 길을 따라 멀어져 간다. 순간 해나는 모나의 빈자리에 서서, 머릿속에 가득한, 친구에게 하고 싶었던 이야기들로 그 공간을 채운다. 미처 하지 못한 말들이 전구를 스쳐 지나가는 나방의 날개처럼 해나 안에서 퍼덕거린다.

창문으로 한참 전에 모나가 사라진 거리를 쳐다보다가, 해나는 카페로 주의를 돌린다. 일과 미래에 대한 근심으로 마음이 어지럽고 자신이 휩쓸려 버릴 것 같은 위협을 느낄 때면, 세세한 일상으로 눈을 돌리는 것이 도움이 된다. 해나는 다시 청소에 집중한다. 커피 머신의 은색 표면을 카페 실내가 비칠 정도로 깨끗이 닦는다.

커피 머신 청소를 끝내자, 해나는 의자를 끌어내 자리에 앉는다. 그리고 바깥 도시를 떠돌고 있는 누군가가 들어오기를 기다린다.

오전 1시

해나

문이 열리고, 10대 후반에서 20대 초반으로 보이는 남자가 카페에 들어온다. 초록색 후드 점퍼와 많이 커 보이는 연한 청바지를 입고, 어깨엔 커다란 배낭을 메고 있다. 남자는 해나를 보자 고개 숙여 인사하더니, 아주 잠깐 시선을 맞췄다가 아래로 떨군다. 고개를 숙이자, 모래색 머리카락이 남자의 얼굴 위로 흘러내려, 턱 옆에 가닥가닥 매달려 있다. 해나는 남자가 며칠 동안 수염을 깎지 않았는지 턱이 거뭇거뭇하다는 것을 알아차린다.

"어서 오세요! 편한 데 앉으세요." 카운터에 있던 해나가 말한다.

그녀는 그 남자 손님이 좌석들을 둘러본 뒤, 구석 자리를 고르는 것을 지켜본다. 부스 석이 아니라 테이블 석이다. 그는 옆자리에 배낭을 내려놓고, 목을 좌우로 천천히 기울이면서 어깨를 돌린다. 그런 다음 배낭을 열고 대학 교재처럼 보이는 책들을 꺼낸다. 그 책들을 테이블 위에 내려놓을 때마다 확실히 학구적으로 들리는 '쿵' 소리가 난다. 남자는 그 책들을 단정히 쌓아올린 뒤, 메뉴판을 살핀다. 조금 뒤, 남자는 후드 점퍼의 지퍼를 턱 끝까지 올리고, 의자에 살짝 몸을 파묻는다. 해나는 주문 수첩과 펜을 들고 자리에서 일어난다.

"주문하시겠어요?" 해나가 남자의 자리로 다가가 묻는다. 후드를 입은 남자는 책에서 고개를 들어 올린다. 그 남자가 보고 있는 책이 얼핏 보인다. 숫자와 도형이 많이 나와 있다.

"카푸치노 한 잔 주세요." 해나가 생각했던 것보다 남자의 목소리는 부드럽다.

"초콜릿도 드릴까요?"

"추가 요금이 있나요?"

해나는 웃으려고 하다가 남자의 얼굴을 보고 바로 미소를 거둔다.

"아니요."

남자의 뺨이 붉게 달아오른다.

"그럼 주세요." 남자가 조용히 말한다.

"더 필요한 건 없으신가요?"

남자는 다시 메뉴판을 본 뒤, 모나가 조금 전 진열해 둔 케이크들을 쳐다본다. 알렉산더가 퇴근하기 전에 마지막으로 구운 것들이다.

"당근 케이크를 추천해 드리고 싶은데요." 남자의 시선을 따라간 해나가 말한다. "아니면 팬케이크도 괜찮아요. 팬케이크는 항상 좋죠."

남자는 잠시 머뭇거리다 고개를 저은 뒤 다시 책으로 시선을 돌린다.

"그냥 커피만 주세요." 남자는 해나와 아주 짧게 눈을 마주친 뒤에 다시 읽고 있던 책을 쳐다본다.

"알겠습니다."

해나는 그 테이블을 떠나기 전에 남자의 배낭에서 침낭이 튀어나와 있는 것을 알아차린다. 그녀는 주문받은 커피를 가져다주기 직전에, 컵받침에 커다란 초콜릿 비스킷을 올린다. 남자는 해나를 보고 미소 짓더니, 다시 책으로 시선을 돌린다.

"안녕!" 입구에서 경쾌한 목소리가 들린다. 해나는 스페인 억양과 말끝에 미소가 걸려 있는 그 목소리를 바로 알아듣는다.

그녀도 미소 지으며 인사를 한다. "안녕하세요." 파블로는 알렉산더와 교대로 일하는 요리사다. 부산스럽게 카페에 들어와 가죽 재킷을 벗자, 안에 입고 있던 하얀색 주방장 유니폼이 보인다. 그 옷은 여러 번 세탁한 침대 시트처럼 흰색이 살짝 누렇게 변해 있다. 파블로는 키가 작고, 땅딸막한 남자로, 나이는 50대 후반일 것이다. 하얗게 샌 숱 많은 검정색 곱슬머리에, 장밋빛 뺨을 가진 얼굴에는 항상 미소가 감돈다. 파블로는 알렉산더와 정반대다. 알렉산더는 폴란드어로 종종 혼잣말을 중얼거리지만, 다른 사람들과는 이야기를 하지 않는다. 그렇지만 두 요리사는 서로에 대해 암묵적으로 이해하고 있는 것처럼 보인다. 어쩌면 그 연대감은 두 사람이 같은 직업을 가지고 있기 때문일 수도 있고, 단순히 같은 축구팀을 응원하기 때문일 수도 있다.

"이제 걷기 시작했어!" 주방 쪽으로 가던 파블로가 말한다.

이제는 해나도 파블로의 어법에 익숙하다. 그는 새로 대화를 시작할 때처럼 말을 하지 않고, 지난번에 하던 이야기를 이어서 하는 것처럼 말한다. 걷기 시작했다는 건 파블로의 손녀인 로사다. 파블로가 자신의 인생에서 사랑하는 건, 그 손녀와 아스널 축구팀이다.

"지난주에 벽돌이 담겨 있는 작은 수레를 잡고 일어서더니, 어제는 그 짧은 다리로 혼자 일어났어. 아마 이제 곧 뛰어다닐 거야. 손녀한테 줄 축구공을 사 놨는데, 내가 생각했던 것보다 일찍 주게 될 것 같아. 이것 좀 봐봐." 파블로가 말한다.

파블로가 해나에게 휴대폰에 있는 사진 몇 장을 보여 준다. 그는 서둘러 주방으로 들어갈 마음이 확실히 없어 보인다. 하지만 해나는 신경 쓰지 않는다. 로사의 사진을 보는 건 항상 즐거운 일이다. 해나가 사진들을 보고 고개를 끄덕이면서 와와 하는 감탄사를 내뱉자, 파블로의 뺨이 자부심으로 달아오른다.

파블로는 눈을 문지르더니, 고개를 젓는다.

"이 모습을 직접 봐야 하는데." 그가 말한다. 파블로는 행복한 듯 깊이 숨을 내쉬고는 해나에게 손을 흔든 뒤 주방으로 향한다. 그리고 파블로가 건네는 인사에 "네"나 "그래요"로 대답하는 알렉산더의 목소리가 들린다. 조금 뒤 알렉산더가 어깨에 코트를 걸친 채, 주방에서 나온다.

"이제 가요?"

해나가 묻자, 알렉산더는 시선을 내리깐 채 고개를 끄덕인다.

"잘 가고, 좋은 하루 보내요." 해나가 덧붙인다. 알렉산더는 다시 고개를 끄덕인 뒤, 문 쪽으로 향한다.

알렉산더가 나간 뒤, 해나는 배낭을 들고 온 젊은 남자가 앉아 있는 쪽을 흘깃 쳐다본다. 남자는 손으로 머리를 받친 채, 눈꺼풀이 무겁게 내려앉은 눈으로 테이블 위에 있는 책을 대충 훑어보고 있다. 그 남자는 꾸벅꾸벅 고개를 떨어뜨리다가 갑자기 고개를 번쩍 들어 올린다.

카페 문이 다시 열리고, 이번에는 흰머리가 위로 툭 솟아 있는 50대 남자가 들어온다. 남자가 한 손으로 머리를 쓸어내리자, 쉽게 내려갈 생각이 없어 보이는 머리카락이 그나마 약간 평평하게 가라앉는다. 그는 한쪽 어깨에 색 바랜 서점 책가방을 매고 있다. 해나는 남자의 남색 셔츠 앞주머니에 펜 두 자루가 꽂혀 있는 것을 알아차린다. 그는 즉시 카페 중앙으로 가더니, 후드를 입은 남자가 앉아 있는 자리에서 하나 떨어진 자리에 앉는다. 그리고 가방에서 공책과 십자말풀이 책을 꺼낸다. 그가 창문과 마주 보는 자리에 앉아 있어서, 해나도 남자의 시선을 따라 바깥을 쳐다본다.

주먹으로 맥주캔을 꽉 쥔 채, 신발을 한쪽만 신은 남자가 지나가고 있다. 해나는 그 남자의 손가락 끝부분이 밝은 분홍색이라는 것을 알아차린다. 마치 잉크에 적신 것처럼 손이 검게 물들어 있다. 그건 잉크 때문이 아니라, 추위로 인한 흔적이다. 갑자기 해나는 카페 안의 따뜻함과 일이 끝나고 돌아갈 집이 있다는 사실이 고맙게 느껴진다. 길 건너편에는 여행 가방을 들고 있는 사람들이 줄을 지어 서 있다. 그중 몇 명은 커플이거나, 일행인 듯 옹기종기 모여 서 있다. 다른 사람들은 휴대폰을 쳐다보며 혼자 서 있다. 휴대폰 화면에서 새어나오는 불빛이 사람들의 얼굴을 기괴하게 비추고 있다.

그들 위로 건물들이 우뚝 솟아 있다. 완전히 깜깜한 곳도 있고, 불빛이 새어 나오는 사무실에선 줄줄이 비어 있는 책상들이 보인다. 리버풀 스트리트 역의 입구에 있는 벽돌 탑 꼭대기에는 비둘기 네 마리가 앉아 있다. 비둘기들은 깃털을 공처럼 부풀린 채, 고개를 파묻고 있다.

그런 도시 풍광을 보며 해나는 모나를 떠올린다. 모나가 야간 버스를 제대로 타고 집에 무사히 돌아갔을지, 오디션을 잘 볼 것인지 궁금하다. 아마 장시간 근무로 너무 지쳐 있는 터라, 최고 실력을 발휘하진 못할 것이다. 어쩌면 과거에도 여러 번 그랬듯 모나의 큰 키가 문제가 될지도 모른다. 그런 생각들이 아무런 제지도 없이 눈 깜짝 할 사이에 해나의 마음속에 들어온다. 그런 생각을 하고 있다는 걸 인지한 순간, 해나는 온몸을 떤다. 모나는 잘될 것이다. 해나의 제일 친한 친구는 그런 행운을 누릴 자격이 있다.

마음속에 떠오른 못난 생각들을 밀어낸 후, 해나는 주문 수첩을 집어 든다.

"주문하시겠어요?" 해나는 십자말풀이 책을 꺼낸 남자에게 말한다. 뜻도 제대로 생각나지 않을 정도로 반복해서 하는 말이다. 커피와 과자 냄새에 속이 울렁거린다.

댄

팬케이크 냄새에 잠이 깬다. 처음에는 정신이 없고, 혼란스럽다. 하지만 이내 자기가 어디에 있는지 기억해 낸다. 앞에는 대학 교재들이 펼쳐져 있고, 옆자리에 배낭이 놓여 있다. 24시간 영업하는 카페다. 카페 벽 한복판에 실크해트를 쓴 박제 곰이 발을 앞으로 내밀고 우뚝 서서는, 으르렁거리는 것처럼 입을 쫙 벌린 채 그를 내려다보고 있다. 어릴 때였으면 그 곰이 무서웠을 것이다. 다행히 지금 그는 성인이다. 자신을 노려보고 있는 것 같은 곰의 유리 눈에서 시선을 돌리며 몸서리를 친다.

그는 자신이 조는 모습을 누가 보진 않았는지 살피기 위해 재빨리 주위를 둘러본다. 카페에는 한 테이블 건너 자리에 앉아 십자말풀이를 하고 있는 중년 남자와 카운터에 서서 멍하니 창밖을 내다보고 있는 웨이트리스 밖에 없다. 그 웨이트리스는 예쁘다. 피부는 투명할 정도로 하얗고, 동그스름한 얼굴을 감싸고 있는 새빨간 색 머리가 물결치듯 어깨 위로 흘러내린다. 여자의 화장(두꺼운 검정색 아이라이너와 머리카락 색과 비슷한 코랄색 립스틱)이 짙은 것으로 보아 나이는 20대 후반에서 30대 초반인 것 같다. 그는 자신이 조는 모습을 여자가 보지 않았기를 바란다. 특히 코는 골지 않았기를 바랄 뿐이다.

그는 자세를 바로 하고, 앞에 놓여 있는 교재에 손을 내민다. 교재는 중간쯤 펼쳐져 있다. 졸다가 테이블 밑으로 떨어뜨린 것이 분명한 펜을 줍고, 차갑게 식은 커피 잔 옆에 놓여 있는 공책을 끌어당긴다. 다시 교재를 읽어 보지만, 팬케이크 냄새 때문에 위와 갈비뼈 근처 어딘가가 아플 지경이라 도저히 집중할 수가 없다.

시계를 보면서 대학 도서관 여는 시간(6시)과 첫 수업 시간(8시)까지 얼마나 남았는지 확인한다.

카페 문이 열리고 사람들의 웃음소리와 목소리가 울려 퍼진다. 댄은 카페에 들어온 사람들을 쳐다본다. 그와 비슷한 또래의 여자 세 명과 남자 두 명이다. 여자들은 길이가 허벅지 바로 아래까지 오고, 마치 붕대로 몸을 감고 있는 것처럼 딱 붙는 밝은 색 드레스를 입고 있다. 여름이 끝났음에도 불구하고 맨다리를 내놓고 있다. 남자들은 청바지에, 목까지 단추를 채운 체크무늬 셔츠를 입고 있다. 그들을 보자마자 모두 취했다는 것을 알 수 있다. 일행은 어린 아이처럼 비틀거리며 천천히 걷고 있다. 여자들은 서로를 지탱하기 위해 팔짱을 낀 채, 플랫폼 힐을 신은 발을 내디디면서 깔깔거리며 웃고 있다.

댄은 조심스럽게 옆자리에 놔둔 배낭을 테이블 밑에 내려놓는다.

여자들은 웨이트리스에게 주문을 한 뒤, 부스 한쪽에 팔짱을 낀 채로 몸을 바짝 붙이고 앉는다. 남자들은 그 맞은편 자리에 앉아, 인조가죽 의자에 무겁게 몸을 기댄다. 댄은 카페 한쪽에서 들려오는 말소리와 웃음소리를 애써 무시하며 다시 책에 집중하려고 애를 쓴다.

하지만 바로 그때 고함 소리가 들리는 바람에 댄은 다시 고개를 들 수밖에 없다.

"마셔라! 마셔라! 마셔라!" 남자들 중 한 명이 외치고 있다. 댄이 그쪽을 쳐다보자, 그 남자가 테이블 한복판에 있는 통에서 케첩, 마요네즈, 브라운소스 봉지를 꺼내 친구 앞에 일렬로 늘어놓는다. 여자들은 새된 소리를 지르고, 그중 한 명이 휴대폰을 꺼내 촬영이라도 하는 것처럼 들어 올린다. 아마 그 상황을 촬영하는 모양이다.

댄은 카페에 있던 중년 남자가 그 젊은이들을 쳐다보고 있다가, 고개를 내젓고는 다시 십자말풀이를 하는 모습을 본다.

"안 돼. 이건 못 해!" 남자들 중 한 명이 외치며, 양팔을 내젓는다.

"마셔라! 마셔라! 마셔라!" 친구가 계속 외치자, 이제는 여자들도 같이 외친다. 그들이 손바닥으로 테이블을 내리치자, 웨이트리스도 그들 쪽을 쳐다본다. 그녀는 그들에게 주의를 주려는 듯 입을 벌렸다가 다시 입을 다물고 음료 준비를 계속한다. 댄은 주방 쪽에서 덜그럭거리는 소리를 듣는다. 그 소리에 다시 허기가 밀려온다.

잠시 뒤, 그 남자는 저항을 멈추고 자리에서 일어난다. 소매를 걷어 붙이고 근육을 자랑하는 것 같은 시늉을 한 뒤, 그 소스 봉지들을 이로 물어뜯고는 그 비닐 조각을 테이블 위에 뱉는다. 그리고 케첩, 마요네즈, 브라운소스를 차례로 입안에 짜 넣는다.

그 모습을 보면서, 케첩과 브라운소스가 섞인 맛이 입안에 느껴지자 댄은 속이 뒤집힌다. 그 모습을 보며 웃고 있는 친구들의 모습이 역겨웠음에도 불구하고, 그런 그들의 태평함에 어쩐지 속이 가라앉는다.

음식이 나오자, 그들은 게걸스럽게 먹기 시작한다. 댄은 반쯤은 책을 읽고, 반쯤은 여자들을 쳐다보고 있다. 여자들이 신발을 테이블 밑에서 벗어 던지자, 드레스를 입었음에도 불구하고 맨발 때문인지 더 어려 보인다. 그들은 밀크셰이크를 마시면서, 지친 발을 문지른다. 때때로 서로를 다정하게 쿡쿡 찌르거나, 서로의 어깨에 머리를 올리고 쉬기도 한다. 댄은 그들이 어디에 살고 있을지를 생각해 본다. 어쩌면 좋은 기숙사에서 살지도 모르고, 부모님과 같이 살 수도 있다. 다른 형제들도 있을지 모른다. 그들을 지켜보면서 댄은 갑자기 그들이 자신이 배운 것과 같은 것을 배우는 일이 결코 없기를 바란다. 인생이란 개 같은 것이고, 언젠가는 온전히 자기 자신에게 달려 있다는 사실을 알게 되는 것. 댄은 그들이 밀크셰이크를 마시면서 자신들의 어리석은 언행이 얼마나 우스꽝스러운지를 알게 되더라도 아무것도 아닌 일에 웃으며 밤새 카페에 머물기를 바란다. 내일 그들을 기다리고 있는 건 숙취와 물집 이외에 다른 걱정은 아무것도 없이 시간이 멈춘 채로 이곳에 머무는 것이다.

해나

이제까지 저들과 같은 애들을 수백 번 넘게 상대해 왔다. 해나 본인이 생각보다 젊지 않았기에, 실제로는 나이가 20대일 저들을 애라고 여긴다. 그들과 그녀 사이의 거리는 광대하다. 해나는 마지막으로 새벽 1시에 외출했던 때를, 일이 아닌 다른 목적으로 밖에 있었던 적을 기억해 보려고 애를 쓴다. 카페에서 야간 근무를 하거나, 공연을 하는 게 아니면 해나는 집에서 조용히 밤을 보내며 넷플릭스를 보거나, 일찍 잠자리에 드는 것을 즐긴다. 10대 시절의 자아였다면 외출복 대신 볼품은 없지만 아끼는 잠옷을 입고 있는 것을 부끄럽게 여겼을 것이다. 해나는 마지막으로 '외출'을 한 게 언젠지 기억할 수 없다. 땀에 젖은 사람들의 몸과 음악은 제대로 들리지도 않고 술에 취한 인간들의 고함 소리만 울려 퍼지는 클럽을 떠올리는 것만으로도 몸서리가 처진다.

해나는 그 젊은이들을 보면서 9년 전 자신이 처음으로 런던에 왔던 때를 떠올린다. 갑자기 피로감과 환멸, 그 모든 세월이 사라지면서 해나는 스물한 살 때로 되돌아간다. 대문자 L로 시작되는 인생(Life)을 막 시작하던 그 시절로.

해나는 가져갈 수 있을 만큼의 옷과 책, 레코드로 가득 채운 가방을 끌고 역 플랫폼으로 내려간다. 바퀴 한 개가 고장 나는 바람에 가방이 자꾸 다른 방향으로 튀어 나간다(엄마의 말이 떠오른다. "그 가방에 뭘 더 넣었다간 망가질 거야."). 해나는 그 가방과 함께 술 취한 사람들 사이를 뚫고, 울퉁불퉁한 길을 재빨리 지나간다.

"얘야, 아빠가 들어줄게." 아버지가 가방 쪽으로 손을 내밀며 말한다. 하지만 해나는 재빨리 가방을 잡아당긴다.

"괜찮아요. 걱정하지 마세요."

아버지가 엄마를 힐끗 쳐다보는 것을 해나는 애써 무시한다. 돌아보지 않아도 엄마의 얼굴이 벌겋게 잔뜩 부어 있다는 걸 알고 있다. 지난밤, 가족이 모두 모여 마지막 식사를 한 뒤로 계속 그 상태다. 해나의 아버지가 엄마의 손을 잡는다. 해나가 기차를 향해 걸어가는 동안, 두 사람은 뒤에서 손을 잡고 따라온다. 여느 때와 마찬가지로 생각했던 것보다 준비하는 데 시간이 더 걸렸다. 그래서 해나는 빠른 걸음으로 성큼성큼 플랫폼을 지나간다. 뒤에서 그녀와 보조를 맞춰 따라오느라 애쓰고 있는 어머니의 구두 굽 소리가 들린다.

해나는 어깨에 보라색 기타 케이스를 매고 있다. 발걸음을 크게 옮길 때마다 그 단단한 무게가 등에 부딪치면서, 지금 이 자리까지 오게 해 준 노래 수업과 연기 수업을 했던 지난날들을 상기시켜 준다.

"다른 사람들을 감동시키세요." 해나는 한 달 전에 졸업한 카디프 대학의 행위예술학부 학장인 조세핀 와그너의 말을 떠올린다. 그날은 그들의 마지막 날이었고, 해나는 조세핀이 말하는 동안 몇몇 젊은 남자와 여자들이 복도를 내다보던 것을 기억한다. "여러분 모두 스타가 될 겁니다."

해나는 처음 그 말을 들었을 때 이처럼 새롭게 생성된 별들이 자리 잡을 공간이 충분할지 궁금했다. 눈부시게 빛나는 친구들과 동기들 사이에서, 해나 자신이 가지고 있는 빛은 감지되지도 않을 정도로 희미한 것처럼 느껴졌다. 어쩌면 진작 이런 미래의 현실에 대해 생각했어야 했다. 하지만 어쩐 일인지 한 번도 그런 생각을 한 적이 없었다. 현실적이지도 않고, 불확실하다. 해나는 판단이 흐려진 채, 진부한 표현과 영감을 주는 말들이 양식이라도 되는 것처럼 살고 있었다. 전부 다 잘될 거야. 열심히 하면 보람이 있을 거야. 아홉 살에 결심했던 것처럼 간절히 바라기만 한다면 가수가 될 수 있을 거야. 모든 일이 잘될 거야.

조세핀 와그너의 모습이 다시 떠올랐을 때, 주머니에 들어 있던 휴대폰이 울린다. 해나와 같은 과정을 배우고 런던으로 같이 가기로 한 일곱 명의 친구들이 보낸 메시지다. 네 명은 벌써 떠났고, 세 명은 해나와 같은 기차를 타고 가기로 했다. 클라라, 베키, 에이미는 해나의 가장 친한 친구들로, 런던에서 같이 살기로 했다. 한 달 전, 그들은 런던에 올라가 괜찮은 아파트를 찾기 위해 끝없이 발품을 팔았다. 마침내 너무 눅눅하지도 않고, 어둡지도 않고, 싸구려 식당 위도 아닌 곳을 발견했다. 아파트는 작았지만, 런던에서의 첫 번째 집이었다. 해나는 아무래도 좋았다.

"어디야? 우리가 네 자리 맡아 놨어! 기차 놓치지 마! 카바(스페인산 발포성 와인-옮긴이)도 가져왔어! 런던아, 우리가 간다!" 메시지에는 이렇게 적혀 있다.

해나는 자신감이 돌아오는 것을 느낀다. 몸속에 흘러들어온 힘처럼, 그 자신감은 그녀를 가득 채우고 우뚝 서게 만든다. 무대에서 기타를 무릎에 올리고 자리에 앉아 노래를 부르기 시작할 때와 같은 느낌이다. 수년간 받은 무대 학교에서의 수업, 드라마 학위, 술집과 마을 회관에서 했던 수많은 공연들, 조세핀과 다른 사람들로부터 '미소'와 '자신만의 자리를 차지하라'는 끝없는 가르침들이 주입한 자신감이다.

해나는 객차 C에 이르자, 기타를 고쳐 맨다.

"여기서 타면 돼요." 해나는 발걸음을 멈추고 부모님을 보며 말한다.

"우리가 차로 데려다준다고 했잖아. 그랬으면 짐을 더 가져갈 수 있었을 텐데. 우리도 네가 런던에서 자리 잡는 걸 돕고 싶어." 엄마가 말한다.

"알아요. 하지만 너무 멀어요. 그렇게 하실 필요 없어요. 그리고 방이 너무 작아서 짐을 더 가져갈 수도 없어요." 해나가 대답한다.

그녀는 친구들보다 월세를 조금 내는 대신 제일 작은 방을 쓰기로 했다. 침대와 옷장, 서랍장이면 꽉 차는 방이지만, 상관없었다. 방에서 보내는 시간이 많지 않을 거라고 생각했다. 해나는 도시를 탐험하고, 쇼에 참석하는 자신의 모습을 그려 본다. 무대에서 노래를 부를 일도 줄지어 있을 것이다. 클럽에서 친구들과 파티를 하는 것도 카디프에 있을 때보다 백만 배는 나을 거라고 상상한다.

해나의 휴대폰이 또다시 울린다. 그리고 이제 곧 기차가 출발할 거라는 안내 방송이 나온다. 2분 뒤에 출발이다.

"이제 가 볼게요. 기차가 곧 떠나요."

해나는 부모님을 쳐다본다. 아버지는 여전히 엄마의 손을 잡고 있다. 해나는 처음으로 부모님이 엄청 차려입고 있다는 것을 알아차린다. 엄마는 흰색 물방울무늬의 남색 에이라인 드레스를 입고, 정장 구두를 신고 있다.

아버지(평소 집에 오면 청바지를 즐겨 입는다)는 푸른색 셔츠와 치노 바지에 회색 코트를 입고 있다. 셔츠 주름이 한 줄로 가슴을 가로지른다. 아버지는 그런 주름을 쫙 펴지 않고 다리미질을 한다. 부모님 두 분 다 플랫폼까지 급히 쫓아오느라 얼굴이 발갛게 달아올랐고, 단정하게 묶여 있던 엄마 머리카락도 몇 가닥 얼굴에 내려와 있다. 정성껏 차려입은 부모님은 그 자리에 서로 손을 꼭 잡고 서서, 해나가 떠나는 것을 지켜보고 있다. 해나는 또다시 눈시울이 뜨거워지는 걸 느낀다. 떠난다는 사실에 너무 흥분해 작별 인사에 대해 제대로 생각하지 못했다. 돈을 모으기 위해 대학에 다닐 때도 매일 집에서 카디프까지 차를 몰고 다녔기 때문에, 집을 떠나는 건 이번이 처음이다.

지난 석 달간, 해나는 침실 벽에 걸려 있는 커다란 달력에 오늘, 다시 말해 런던으로 출발하는 날이 오기만을 기다리며 날짜를 지워 나갔다. 지난밤 짐 싸는 걸 도와준다고 방에 들어온 엄마는 달력의 오늘 날짜에 커다란 원이 그려져 있는 것을 한참 동안 쳐다보았다. 해나는 여전히 벽에 걸려 있을 그 달력과 단정하게 정리된 침대, 빈 옷걸이들로 가득한 옷장을 떠올려 본다.

해나는 기타를 내려놓고, 부모님에게 손을 내민다. 부모님이 해나를 끌어안자, 세 사람은 그 상태로 잠시 머문다. 단란한 가족인 그들은 그렇게 서로의 온기와 머리카락 냄새, 그리고 똑같은 세탁세제 냄새를 느끼면서 서로를 꼭 끌어안는다. 해나는 집에서 쓰는 세탁세제 상표가 뭔지 모른다는 것을 깨닫는다. 제대로 본 적이 한 번도 없기 때문이다. 런던에 도착해서 자신이 직접 슈퍼마켓에 갔을 때 그 세제를 고를 수 없을지도 모른다는 사실에 갑자기 당혹감을 느낀다(너무 당황한 나머지 엄마한테 상표 이름을 묻지 못한다). 해나의 옷에서는 새로운 냄새가 나게 될 것이다. 그녀는 엄마 어깨에 얼굴을 묻고 숨을 깊이 들이마신다.

"이제 정말 가야 해요." 해나가 부모님으로부터 몸을 떼며 말한다. 엄마는 코를 훌쩍거리면서 소매에서 휴지를 꺼낸다. 아버지는 딸의 어깨에 팔을 두른다.

“그만 가 보렴.” 아버지가 짐짓 밝은 목소리로 말한다.

해나는 기타와 가방을 들고 기차에 오른다. 기차가 출발하자, 창밖을 보지 않고 곧장 웃음소리와 시끌벅적한 이야기소리가 들리는 자리로 찾아간다.

그녀는 기차에서 카바를 같이 마시자고 하는 친구들에게 털어놓을 생각은 없지만, 지금으로선 시작이 끝인 것처럼 느껴진다.

“해나!” 누군가 외치자, 해나가 친구들을 발견하고 손을 흔든다. 친구들은 머리 위에 있는 선반에 여행 가방을 잔뜩 올린 채, 테이블을 둘러싸고 앉아 있다. 그들은 시끄럽게 키득거리며 웃고 있다. 해나는 친구들이 있는 쪽으로 걸어가면서, 앞에 앉은 양복 차림 남자가 한숨을 내쉬는 것을 애써 무시한다. 앞에 빈자리가 있다. 바로 해나의 자리다. 그녀가 미소를 짓자, 클라라와 베키, 에이미도 미소를 짓는다. 그들의 얼굴에 근심이나 걱정의 기미는 전혀 보이지 않는다. 그들은 여행 내내 술을 마시고, 런던에서 무엇을 할 것인지에 대해 이야기를 나눈다. 무대들을 정복할 것이며, 모든 것을 만들어 낼 것이다. 해나는 친구들의 목소리에 깃든 낙천적인 음색에 마음이 놓이는 것을 느낀다. 모든 것이 잘될 것이다. 기차가 덜커덩거리며 카디프를 출발하자 카바가 쏟아지지만 아무도 신경 쓰지 않는다. 심지어 알아차리지도 못한다. 내일은 더 많은 술이 있을 것이다. 내일은 더 많은 일들이 있을 것이다.

해나는 런던에 처음 올라온 뒤 몇 달간을 되돌아본다. 적응하기 힘들었지만, 그 어려움들을 감추려고 애를 썼다. 그 자신감은 연기자로서의 거짓이었다. 해나는 자신의 삶을 쇼처럼 여겼고, 자기 확신과 낙천적인 행동을 하

면서 종종 그런 감정들이 진짜라고 스스로를 납득시키곤 했다.

해나는 토트넘 코트로드에 있는 오데온 극장에 일자리를 얻었다. 쉬는 날이면 오디션에 참가했고, 술집들을 돌면서 자신의 노래가 담긴 CD를 건네며 새로운 가수가 필요하진 않은지 물어봤다. 해나는 미래에 대한 투자처럼 '필요 없다'라는 거절들을 모았다. 많은 사람들이 '필요 없다'고 거절하면 할수록 그녀는 '환영한다'에 가까워질 것이다.

처음에 해나는 자신처럼 연기자를 꿈꾸는 친구들과 함께 산다는 사실에 안도했다. 그들은 먹고 싶을 때 먹었고, 일을 하지 않는 날은 대부분 저녁에 외출을 했다. 치우라고 잔소리하는 부모님이 없다는 사실에 기뻐하면서 며칠 동안 개수대에 설거지 감을 쌓아놓았다. 하지만 결국에는 그런 느긋한 생활 방식이 지겨워지기 시작했다. 해나는 제대로 된 음식을 해 먹고 싶었고, 그러기 위해선 냄비들이 깨끗한 상태여야 했다. 해나는 방은 항상 어질러져 있어도, 공용 공간만큼은 깜짝 놀랄 정도로 깔끔하게 썼다. 그래서 아무도 휴지통을 비우는 일이나, 욕실 청소 같은 일을 하지 않는다는 사실에 분노하기 시작했다. 결국 해나가 그 이야기를 꺼내자, 다른 사람들은 모두 자기 몫의 일을 했다고 말했다. 그저 해나가 알아차리지 못한 것이며, 너무 빡빡하게 구는 거라고 했다. 그들은 사소한 일들로 걸핏하면 싸우기 시작했다. 마지막으로 화장실 휴지를 산 사람이 누군지, 제일 늦게 나가면서 현관문을 잠그는 걸 잊어버린 사람이 누군지 같은 문제들이었다. 하지만 당시에는 아무것도 아닌 것 같던 일들이 쌓이면서 클라라와 에이미, 베키는 더 이상 친구가 아니라 짜증스러운 동거인처럼 느껴지기 시작했다.

해나는 그 동거인들을 마지막으로 본 게 언제인지 떠올려보지만, 기억나지 않는다. 이사를 나간 뒤에도 한동안 그들과 연락을 했다. 하지만 그들의 우정은 같이 사는 동안에 뭔가 근본적인 게 변했다. 해나가 가장 오랫동안 연락을 한 사람은 베키였다. 배우가 되기를 꿈꾸던 대담하고 화려한 베키를 제일 좋아했었다. 하지만 두 사람 사이도 결국에는 흐지부지됐다. 그들의 삶이 점점 더 멀어지면서, 그 사이의 연결 고리가 완전히 끊어지고 말았다. 해나는 페이스북을 통해 클라라는 결혼해서 미국에 살고 있고, 베키는 런던 외곽에 있는 무대 학교에서 공연 예술을 가르치고 있으며, 에이미는 런던에서 마케팅 관련 일을 하면서 한 살짜리 딸을 키우고 있다는 사실을 알게 되었다.

1년 동안 같이 살았던 카디프 친구들과 헤어진 뒤, 해나는 스페어룸(부동산 앱)으로 집을 구했고 2년 동안 낯선 사람들과 같이 생활했다. 그 세월 동안 해나는 공유 주택에서 생활하는 것에 익숙해졌고, 좋은 조리 기구들과 초콜릿은 개인 침실에 보관해야 하며 주방을 독차지하기 위해선 요리를 밤늦게 해야 한다는 것을 알게 되었다. 귀마개도 썼다. 그렇게 생활이 변했다.

그 사이 몇 명의 친구들을 사귀기도 했지만, 해나가 그 집을 떠나는 것을 반기는 사람들도 많았다. 전화 판매 회사로 일하러 나가기 전에 아침 일찍 연습을 하던 드럼 연주자나, 해나가 외동딸임에도 불구하고 쌍둥이라고 확신하는 강박적인 거짓말쟁이, 침대 밑에 애완용 쥐가 들어 있는 우리를 넣어두던 젊은 여자처럼(해나는 평생 쥐를 무서워했다).

바로 그런 상황에서 해나는 샘을 만났다. 스물세 살 때 처음으로 진지하게 사귀었던 남자를 떠올리는 것만으로 해나는 움찔한다. 그전에도 남자를 만나기는 했지만, 샘과 같은 사람은 아무도 없었다. 그런 충격을 남긴 사람은 아무도 없었다. 그 뒤로 해나는 더 이상 남자와 동거를 하지 않았다. 최근에 있었던 자하임과의 이별도 고통스러웠지만, 씁쓸하게나마 위로가 되는 건 해나에겐 아직 집이 있고, 모나가 옆에 있다는 것이다. 자하임을 떠올리면 날카로운 칼에 찔리는 것 같고, 지금 그가 무엇을 하고 있을지 궁금하다. 그야 물론 자고 있겠지. 해나는 생각한다. 이제 자하임은 그녀와는 아무 상관이 없고, 더 이상은 생각하지 말아야 한다는 걸 알고 있다. 하지만 그래도 여전히 생각이 난다.

"무슨 일이야?" 파블로가 묻는다. 해나는 파블로가 주방에서 나온 것도 모르고 있었다. 그는 오븐에서 막 구운 초콜릿 브라우니 쟁반을 들고 있다. 이른 시간이라 조용하기도 하고, 파블로가 케이크를 굽는 걸 좋아하기도 해서 보통 이 시간에 그날 판매할 케이크들을 미리 만들어 두곤 한다. 만일 파블로와 길에서 마주친다면, 그가 얼굴이 비칠 정도로 반들거리는 가나슈 초콜릿을 만들 수 있을 거라는 생각을 하지 못할지 모른다. 하지만 해나는 다년간의 경험을 통해 사람들 중에는 생각지도 못할 깜짝 놀랄 만한 능력을 가진 이들도 있다는 것을 알게 되었다.

파블로는 브라우니를 카운터 안쪽에 넣기 전에, 한 조각 잘라 해나에게 건네준다.

해나는 그 단순한 동작에 미소를 짓는다.

"별일 아니에요." 해나는 목소리의 떨림을 숨기려고 애쓰며 말한다. 파블로가 동정심이 가득한 얼굴을 잔뜩 찡그린 채 그녀를 쳐다본다. 해나는 자신이 아무 의미 없이 말하고 있음을 알아차린다. 파블로가 이렇게 미소를 짓지 않는 경우는 잘 없다. 그를 보면 아버지가 떠오른다. 전혀 닮지 않았지만, 이 스페인인 요리사와 함께 있으면 아버지와 함께 있을 때처럼 아주 편안한 느낌이다.

"어쩌다 처음 사귄 남자 생각이 나서요." 해나는 자기도 모르게 속내를 털어놓는다. 파블로는 이 카페에서 해나와 모나보다 훨씬 오래전부터 일했다. 그는 수다스럽고 호기심 많은 성격으로 두 사람의 삶의 내막을 가족처럼 알고 있다. 파블로는 해나가 이야기를 하는 동안 고개를 내젓는다.

"한참 동안 그 사람 생각은 하지 않았어요. 하지만 자하임과 헤어지는 바람에 그때 생각이 다시 났나 봐요."

해나는 자기가 눈물을 삼키고 있다는 것을 깨닫는다. 심지어 자하임의 이름을 입 밖으로 꺼내는 것조차 힘들다. 그 고통은 다른 무언가와 뒤섞여 있다. 또 다른 실패한 관계에 대한 당혹스러움이랄까. 해나는 결혼한 친구들과 해마다 끝없이 받는 것처럼 느껴지는 청첩장들을 떠올리지 않을 수 없다. 자하임은 떠났고, 그녀는 또다시 혼자다. 해나는 금방이라도 쏟아질 것 같은 눈물을 꾹 참고 초콜릿 브라우니를 크게 한입 베어 문다. 너무 맛있어서 눈물이 쏙 들어간다.

파블로는 고개를 끄덕이더니, 브라우니 쟁반을 움켜잡고 몸무게를 실어 발걸음을 옮긴다.

"그런 녀석들은 없는 편이 나아." 파블로가 부드러운 목소리로 말한다.

해나는 파블로에게 샘에 대한 이야기를 많이 하지 않았다. 자하임과 헤어진 이유에 대해서도 있는 그대로 말하지 못했다. 파블로가 자세한 내용을 몰라도 무조건 그녀의 편을 들어준다는 것에 용기가 난다.

"우리 로사는 절대로 남자 못 사귀게 해야지. 골칫덩어리들. 가능하면 그 녀석들을 다 때려눕힐 거야." 파블로가 거칠게 말한다.

해나는 나이든 파블로가 로사의 장래 남자 친구들과 싸우는 모습을 떠올리고는 웃음을 참지 못한다. 손녀 사진을 보는 것만으로도 눈물이 고이는 곱슬머리 제빵사가 싸움에 휩쓸리는 모습이 상상이 되지 않았다. 문득 해나는 파블로가 이 카페에서 일하기 전에 어떤 인생을 살았는지 거의 모른다는 사실이 떠올라 그 생각을 멈춘다. 파블로가 이곳에서 일하게 된 이유가 그를 유일하게 받아준 곳이었기 때문이란 걸 자꾸 잊어버린다. 다른 사람들은 전과자를 고용하고 싶어 하지 않았다. 평소 개방적인 성격임에도 불구하고, 파블로는 해나나 모나에게 자신이 무슨 일로 교도소에 갔었는지 절대 말하지 않았다. 다만 그는 18개월 동안 복역했고, 교도소 생활은 지옥이 따로 없었다고만 했다. 파블로는 훌륭한 요리사다. 해나는 가끔 파블로가 이곳에서 오랫동안 일하고 있는 이유가 다른 사람은 아무도 그를 써 주지 않아서인지, 스텔라에 대한 충성심 때문인지 궁금하다.

"그 브라우니 다 먹어, 치키타. 브라우니가 도움이 될 거야." 파블로가 말한다.

해나는 '치키타'라는 말에 미소를 짓는다. 그녀는 더 이상 자신이 젊은 아가씨가 아닌 것 같은 느낌이 든다. 하지만 파블로는 항상 해나와 모나를 그렇게 부른다. 해나가 파블로의 말대로 브라우니를 다 먹자, 그는 고개를 끄덕인 뒤 주방으로 돌아간다.

이제 음식을 다 먹은 젊은 학생들은 자기들이 호출한 우버 기사의 이름과 번호판을 보고 자리에서 일어난다. 여자들은 신발을 손에 들고 문 쪽으로 향한다. 그들은 배낭을 메고 온 젊은 남자가 앉아 있는 테이블 옆으로 지나간다. 해나의 눈에는 학생들이 그 남자가 앉아 있는 의자에 부딪칠 것처럼 보인다. 하지만 그들은 무사히 그 젊은 남자를 지나친다. 그리고 해맑게 떠들어대면서 카페를 나선다.

오전 2시

댄

카페는 다시 조용해진다. 그 무리의 유일한 흔적인 부스석 테이블 위에 있는 반쯤 비운 접시들과 밀크셰이크 잔들을 웨이트리스가 치우고 있다. 웨이트리스는 접시들을 올린 쟁반을 떨어뜨릴 뻔했지만, 의자에 몸을 기대 균형을 잡는다. 계속 치우기 전에 웨이트리스는 깊이 숨을 들이마신다. 댄은 그녀의 화장이 번지기 시작했다는 것을 알아차린다. 어딘가 멍하고 피곤해 보이는 모습이다.

그 테이블에 있던 여자들 중 한 명이 남기고 간 팬케이크가 보이자, 댄의 위장이 다시 요동치기 시작한다. 그는 메뉴를 보며 주머니 속을 더듬는다. 팬케이크 가격이 4파운드 50펜스다. 하지만 지금 댄의 수중에는 5파운드밖에 없고, 그나마도 내일 아침 식사를 위해 남겨 두어야 할 돈이다.

"아까 학생들은 폐활량이 좋은 것 같더군요." 조용한 목소리가 들린다.

댄이 고개를 든다. 근처에 앉아 십자말풀이를 하던 남자가 손에 펜을 든 채로 그를 쳐다보고 있다. 남자는 얼룩덜룩한 뿔테 안경을 쓰고, 핑크 플로이드 티셔츠 위에 남색 코듀로이 셔츠를 단추를 채우지 않은 채 걸치고 있다. 셔츠 주머니에는 펜이 한 자루 더 꽂혀 있다. 댄은 셔츠 단추 중 한 개가 다른 흰색 단추들과 달리 밝은 빨간색이라는 것을 알아차린다. 남자의 얼굴에는 수염이 자라 있다. 댄은 남자의 나이를 50대로 추정한다. 평소 잘 웃는 듯 눈꼬리에 주름이 자글자글한 친절해 보이는 얼굴이지만, 어딘가 침울해 보인다. 뭔가 근심이 있거나 피곤해서 그럴 수도 있고, 어쩌면 병에 걸렸을 수도 있다.

"네. 그런 것 같아요." 댄이 공손하게 미소를 지으며 대답한다. 남자는 계속 댄을 쳐다보고 있다. 댄은 남자가 테이블 아래 내려놓은 자신의 배낭을 쳐다보는 거라고 생각한다.

"학생인가요?" 남자가 테이블 위에 놓인 책을 가리키며 묻는다. 댄이 고개를 끄덕이자, 남자가 무슨 공부를 하고 있는지 묻는다.

"엔지니어가 되고 싶어서요." 댄이 대학 교재를 들어 보인다.

"『재료과학과 공학: 입문서』." 남자가 큰 소리로 제목을 읽는다. "와, 아주 인상적인 제목이군요."

댄이 어깨를 으쓱한다.

"저도 아직은 잘 몰라요."

"하지만 이런 과정을 배운다는 건 학교 성적이 좋다는 뜻이죠. 아무한테나 다리 같은 걸 설계하게 맡기진 않을 테니까."

댄은 미소 짓는다. 사실 그는 성적이 좋았다. 어머니는 항상 열심히 공부하라고 격려해 주셨고, 아들이 지금까지의 삶보다 나은 삶을 살기를 원하셨다. 댄이 중고품 가게에서 산 옷만 입거나, 일주일에 세 번은 콩을 얹은 토스트로 저녁을 먹는 것에 대해 단 한 번도 불평한 적이 없었음에도 불구하고. 벽난로 선반은 댄의 교육의 성지나 마찬가지였다. 학교 사진들과 그가 받은 상장들은 아무리 사소한 것이라도 모두 장식되어 있었다(어머니는 댄이 학교 수학 경시 대회에 참석했다는 증서조차 액자에 넣어서 장식했다).

"난 학교 시험에서 낙제를 했어요. 약간 반항심이 있기도 했고, 여자애들한테 관심이 더 많았죠." 남자가 말을 잇는다.

그가 댄을 보며 미소를 짓는다. 어쩐지 자기도 미소를 지어야 할 것 같은 분위기라 댄도 미소를 짓는다. 이번에는 좀 더 진심인 것처럼 보이길 바라면서.

"아무래도 커피를 한 잔 더 마셔야겠군요. 필요한 거 없어요? 뭐 좀 먹을래요?" 남자가 묻는다.

배 속에서 또다시 꼬르륵거리기 시작하지만, 댄은 고개를 젓는다. 그는 더 이상 남의 도움에 의지하지 않겠다고 다짐했다.

"정말 없어요?" 남자는 다시 한 번 확인한 뒤 자리에서 일어나 바 쪽으로 향한다. 카운터 앞에서 책을 읽던 웨이트리스가 고개를 든다.

"네." 댄이 대답한다.

남자가 바에서 주문을 하는 동안 댄은 다시 교재로 시선을 돌린다. 하지만 마음은 다른 곳에 가 있다. 엄마 생각이 난다. 카페에 퍼져 있는 팬케이크 냄새를 맡다 보니, 7, 8년 전에 작은 주방에서 엄마가 구워 주던 인스턴트 팬케이크가 떠오른다. 설익은 반죽 아래 바다 생물이 갇혀 있는 것처럼 보글보글 올라오는 거품과 함께 팬케이크가 지글거리며 구워지는 모습을 지켜본다. 그런 생각에 불안에 떨다가도, 달콤한 냄새가 나면 마음이 당밀과 누텔라로 변한다. 댄과 엄마는 저녁 식사로 팬케이크를 먹는다. 팬케이크 데이(사순절 전날)가 아닌데도 말이다. 댄은 기쁘다. 하지만 그때쯤엔 자신도 이미 다 컸다는 걸 알고 있던 댄이, 어릴 적 좋아하던 파워 레인저 접시를 들고 TV 앞에 앉자 엄마가 울기 시작한다. 댄은 엄마가 왜 우는지 알지 못한 채, 엄마 옆에 몸을 붙여 한쪽 팔로 어깨를 감싸 안는다. 하지만 팔이 끝까지 닿질 않는다.

"미안해." 엄마가 훌쩍거리며 말한다.

댄은 뭐가 미안하다는 건지, 무슨 말인지 알 수가 없다. 그래서 그는 엄마 팔에 손을 올린다.

"이제까지 먹었던 것 중에 제일 맛있는 팬케이크예요." 댄이 말한다. 엄마의 미소와 함께 굳어 있던 몸이 풀리는 게 느껴진다.

댄이 침을 삼키고 있을 때, 남자가 자리로 돌아온다.

"커피가 정말 필요했어요." 남자가 자리에 앉으며 말한다. "불면증 환자의 문제 중 하나죠. 완전히 녹초인데도 잠을 잘 수가 없어요. 재미있죠?"

댄은 별로 재미있지 않았지만, 그렇다고 말을 하지 않는다. 남자는 이마를 문지르더니 고개를 양옆으로 기울이며 스트레칭을 한다. 창문 밖으로 멈춰 서 있는 버스와, 배수로에 담배꽁초를 던진 뒤 발로 불을 끄는 두 남자가 보인다.

"잠을 전혀 못 주무신다는 건가요?" 댄이 다시 남자를 쳐다보며 묻는다. 그는 잠을 자는 데 전혀 문제가 없다. 댄으로선 지금 이 순간 가장 큰 문제가 깨어 있어야 한다는 것이다.

"약간이야 자죠. 잠을 전혀 못 자는 상태로 이렇게 서 있다면 의학적으론 기적일 테니까. 하지만 쉽게 잠들진 못해요." 남자가 대답한다.

"다른 방법은 없나요? 수면제 같은 건요?"

"모든 방법을 다 시도해 봤죠. 수면제, 명상, 숫자 세기, 음악 듣기. 가끔 선잠이 들기도 하지만, 이내 잠이 깨서 그냥 쳐다보게 되요. 속이 메스꺼울 정도로 천장에 갈라진 금을 쳐다보다가 여기로 나온 거예요. 밤새 영업하는 가게들 중에 제일 가까운 곳이죠. 정말 편리하지 않나요?"

남자가 댄을 쳐다본다. 하지만 댄은 이 카페와 테이블 아래 내려놓은 배낭에는 침낭이 들어 있고, 앞에 대학 교재들을 쌓아 둔 채 자신이 아침까지 이곳에 있어야 하는 이유에 대해선 이야기하고 싶지 않다.

"평소 무슨 일을 하시는데요?" 댄이 묻는다.

"각본을 써요."

남자가 십자말풀이를 가리킨다. "잠이 오지 않을 때는 이걸 하죠. 사실 잠 못 드는 밤에 이러고 있는 대신 각본을 쓴다면 훨씬 생산적일 텐데."

"어떤 걸 쓰시나요?" 댄이 남자를 자세히 쳐다보며 묻는다. 작가를 만난 건 처음이었다. 그는 글을 쓴다는 건 어떤 일인지 상상해 보려고 애를 쓴다. 매일 물질적인 재료가 아닌 단어를 디자인하는 일일 것이다. 그 생각이 머릿속을 떠다닌다. 댄은 방정식이나, 강철, 벽돌처럼 손에 잡을 수 있는 단단하고 실재하는 물건들이 좋다.

"그쪽은 보지 못했을 거예요. 어머님이나 이모 같은 분들이 즐겨 보시는 프로그램이죠. 낮 시간에 하는 살인 미스터리 소재의 드라마니까…."

남자가 제목 몇 개를 언급하자, 갑자기 떠오르는 것이 있다.

"아, 그건 우리 어머니도 보셨어요. '댄! 자동차 프로그램은 그만 보고, 채널 돌리렴. 〈미드소머 머더스〉 할 시간이야!'" 댄은 어머니 목소리를 흉내 낸다. 그러자 남자의 얼굴에 미소가 번진다. 댄의 어머니는 유람선이나 증기 기차에서 벌어지는 전통적인 살인 미스터리를 좋아했다. 어머니의 평생 소원은 오리엔트 특급 열차를 타 보는 것이었다. 두 사람은 벽난로 선반 위에 유리병을 올려 두고 동전을 모았다. 어머니는 그 유리병에 '오리엔트 특급 열차'라고 쓴 라벨 스티커를 붙였다. 댄은 그 유리병을 본 뒤, 실제로 오리엔트 특급 열차를 타는 데 비용이 얼마나 드는지, 모은 돈으로 어디까지 갈 수 있는지 알아보았다. 하지만 알아낸 사실들을 어머니에게 말하지 않았다. 그렇게 모은 동전으로는 오리엔트 특급 열차에 탈 수가 없었다. 그럼에도 그는 계속해서 그 유리병에 동전을 모았다. 어머니는 그 프로그램에서 등장인물들이 멋지게 차려입고, 왜건 위에 올려져 있는 칵테일을 마시는 것을 좋아했다. 어머니는 중고품 가게에서 술잔과 금속 왜건을 샀다. 그 왜건은 TV 옆에 자리 잡은 채로, TV 가이드와 도서관에서 빌린 책들, 맥주 캔과 재떨이를 놓는 용도로 쓰였다. 어머니는 그 왜건을 베스널 그린에서 스테프니에 있는 집까지 계속 밀고 왔다.

"그러셨군요. 내가 각본을 담당한 뒤로 재미없다고 어머님이 채널을 돌리신 건 아니겠죠? 최근에는 수면 부족 때문에 영감이 잘 떠오르지 않는 것 같아서요." 남자가 웃으며 말한다.

"몇 달 전에 돌아가셨어요." 댄이 말한다.

남자는 창백해진 얼굴로, 수염을 문지르며 고개를 젓는다. 댄은 미안함을 느낀다. 다른 사람들이 불편해하는 모습을 보고 싶지 않다. 그런 모습을 보면 그도 당혹스럽다. 하지만 댄은 진실을 무마시킬 방법을 모른다. 죽음이나 최악의 상황을 진부한 완곡한 어법으로 표현할 수 없다. "어머니를 잃었어요." 같은 표현은 어쩐지 자신의 부주의를 탓하는 것처럼 들리기도 하고, 언젠가 어머니를 찾을 수도 있다는 희망이 담겨 있는 것 같다.

"이런 젠장." 남자가 말한다. 그 네 글자를 아주 길게 발음하는 것처럼 들린다. 약간은 도움이 된다. 가끔 댄은 자기 자신에게 그 말을 반복해서 내뱉고 싶다. 사실은 소리 지르고 싶다. 숨이 남아 있지 않을 때까지 큰 소리로 고함을 지르고 싶다. 지금껏 그렇게 욕을 많이 해 본 적이 없다. 어린 시절에 당혹스러웠던 건, 어머니가 물건을 떨어뜨리거나 발을 부딪혔을 때면 가끔씩 전화에 대고 누군가에게 큰 소리로 욕을 할 때였다(어머니는 상대가 절대 누구라고 말을 하지 않았다. '네가 알 필요 없는 녀석이야.'라고만 했다.).

"어떻게 그런 일이." 남자가 말한다.

어머니가 죽은 뒤, 댄은 무슨 일이 있어도 대학에 가기로 결심했다. 어머니가 무엇보다 바라는 일이라는 걸 알고 있었으니까. 대학 진학을 위해 두 사람은 열심히 일했다. 하지만 그들에겐 집이 없었고, 어머니는 빚을 지고 있었다. 댄은 더 이상 아파트에서 살 수 없게 되었고, 기숙사에 들어가는 것도 마땅치가 않았다. 기숙사 비를 낼 형편이 되지 않았다. 학자금 대출로는 학비와 생활비를 모두 충당할 수 없었다. 그리고 도움을 청할 사람도 없었다. 댄은 학과 친구들이나 교수에게 자신의 처지를 털어놓고 싶지 않았다. 남들과 다른 대우를 받고 싶지 않았다. 그래서 친구들에게 기숙사 방에 문제가 생겼다고 말하고, 정리가 될 때까지 같이 지내도 괜찮을지를 물었다. 그는 한 번에 며칠씩 친구들 방을 돌면서 지냈다. 몇 년 선배인 롭은 현재 스트랫포드 지하 아파트에서 두 명의 친구들과 함께 살고 있었다. 댄은 그 집에서 한 달을 지냈다. 롭은 댄에게 수건을 주었고, 거실에 공기 침대를 놓아 주었다. 그곳에는 마리화나가 자라고 있는 따뜻한 유리 집들이 있었고, 펌프킨이라는 이름의 감상적인 랙돌 고양이가 댄과 침대를 같이 쓰면서 발 아래에서 잠을 잤다. 그는 그 고양이가 좋아졌고, 다른 사람들이 보지 않을 때 몰래 워짓스(어릴 때부터 제일 좋아했던 과자)를 주기도 했다. 댄은 음식 만드는 것을 돕고, 아침마다 침대의 공기를 빼서 잘 치워 두었다. 그는 롭은 물론 그 아파트에 같이 사는 매트와 제러드와도 잘 지냈다. 저녁 때면 '월드 오브 워크래프트' 게임을 같이 하거나, 맥주를 마시기도 했다. 생각해 보면 한 달 동안 잘 지냈다.

하지만 어느 날 저녁, 롭은 같이 사는 친구들의 요구라며 댄에게 나가 달라고 했다. 댄은 실망할 수밖에 없었다. 매트와 제러드도 자기를 좋아한다고 생각하고 있었다. 하지만 순간 그는 그 생각을 멈췄다. 이건 개인적인 문제가 아니었다. 이곳은 그들의 집이었다. 영원히 여기 있을 수 없는 게 당연했다. 어처구니없게도 댄은 지난 한 달간, 이곳을 집처럼 여기고 있었다.

"문제없어. 내일 아침에 나갈게. 그럼 되지?" 댄이 말했다.

"그럼. 이제 기숙사에 들어갈 수 있는 거야?"

"응, 다 정리됐대."

"나쁜 것들. 이제 대학에서 좋은 시간을 보내게 될 거야. 날 믿어."

주거 문제가 해결되지 않은 것만 제외하면.

"무슨 말을 해야 할지 모르겠군요." 남자가 말하자, 댄은 현재로 돌아와 고개를 든다. 그는 혼자가 아니다. "우리 아버지도 1년 전에 돌아가셨어요. 불면증도 그때부터 시작됐죠. 갑자기 잠이 안 오는 거예요."

"그렇죠. 저도 첫 며칠 동안은 잠이 잘 오지 않았어요." 댄도 인정한다.

"젠장, 처음 며칠은 최악이었죠." 남자가 다시 고개를 저으며 대답한다. "그러다 시간이 좀 지난 뒤에 또다시 충격이 오지 않던가요? 한 달쯤 지나 모든 일이 정리되고, 사람들이 더 이상 주시하지 않을 때 말이에요. 그분들이 정말 떠났다는 걸 실감하게 되죠."

댄은 이렇게 말해 주는 사람을 처음 만났다. 친구들은 그의 어머니에 대해 잘 알지 못한다. 그들은 이해하려고 노력하지만 이해하지 못한다. 그중에 조부모님의 장례식 이야기를 하는 친구들도 있다. 댄은 그것과는 다르다고 말하고 싶다. 전혀 다른데 그들은 어떻게 그런 생각을 할 수 있는 걸까. 하지만 댄은 그들의 기분을 상하게 하고 싶지 않다.

어머니 장례식 이후에 너무나도 힘들었던 일주일이 떠오른다. 그는 테스코에서 아파트까지 걸어갔다. 그때만 해도 아직 아파트에 살고 있었다. 쇼핑백들이 너무 무거워서 손이 떨어질 지경이었다. 물건들도 제대로 사지 못했다. 팬케이크 가루와 워깃스 과자만 너무 많이 샀다. 비가 내리기 시작하자 보도가 미끄러웠다. 댄은 잿빛 하늘을 올려다보다가, 갑자기 이 세상에 더 이상 어머니가 없다는 사실을 떠올렸다.

웨이트리스가 카푸치노와 김이 모락모락 올라오는 팬케이크를 남자 앞에 내려놓는다.

"고마워요." 남자가 말한다. 웨이트리스는 미소를 지으며 두 사람을 쳐다본다.

"더 필요한 게 있으면 말씀하세요."

댄은 팬케이크를 쳐다보지 않으려고 애쓰면서(팬케이크에서는 메이플 시럽이 주르륵 흘러내리고, 접시 한쪽 옆에는 바싹 구운 베이컨 조각들이 놓여 있다), 카페 안에 큰 소리로 울려 퍼지는 것 같은 꼬르륵거리는 소리를 어떻게든 막아 보기 위해 테이블 밑에서 한 손으로 배를 움켜잡는다. 하지만 그 소리가 진짜 그 정도로 크진 않을 것이다.

남자는 팬케이크를 몇 입 먹더니, 접시를 밀어낸다.

"배가 별로 고프지 않군요. 그냥 커피나 마셔야겠어요. 너무 아까워서 그런데…."

댄은 그 말에 대해 생각한다. 그 팬케이크는 그대로 버려질 것이다. 밤새 카페의 다른 테이블에 남아 있던 음식들이 버려진 것처럼. 그런데 지금 앞에 있는 남자가 자신에게 음식을 권하고 있다.

"정말 안 드실 거면…." 마침내 댄이 말한다. 그 남자가 접시를 건네주자, 잠깐의 망설임 끝에 댄은 팬케이크를 먹기 시작한다.

팬케이크는 맛있다. 지금 막 구운 데다가, 버터와 메이플 시럽이 뚝뚝 흘러내린다. 거기에 짭짤한 베이컨이 완벽하게 어울린다. 전혀 어울릴 것 같지 않으면서도 궁극적으로 잘 어울리는 조합이다. 음식이 들어가자 꼬르륵거리던 배 속이 진정된다. 그럼에도 어머니가 만들어 주셨던 팬케이크에 비할 수는 없다.

"글이 잘 써지지 않는다는 게 무슨 뜻인지 알 것 같아요." 음식이 입에 들어가고, 당이 보충되자 댄은 갑자기 어머니에 대한 화제를 돌리고 싶다는 충동이 든다. "저도 공부를 하려고 했지만 잘 되지 않거든요."

"십자말풀이를 한번 해 봐요. 기분 전환 삼아 좋을 거예요." 남자가 카푸치노를 한 모금 마시면서 말한다. 그리고 십자말풀이 책을 몇 페이지 찢어, 셔츠 주머니에 꽂혀 있던 펜과 함께 댄에게 건네준다. 남자는 자기 펜을 다시 집어 들고 십자말풀이에 집중한다. 댄도 십자말풀이를 시작한다. 잠시 두 사람은 아무 말 없이 십자말풀이를 한다.

고개를 들 때마다 남자가 펜을 입에 문 채 십자말풀이에 빠진 모습이 보이자 댄은 마음이 놓인다. 혼자가 아닌 게 좋다. 더군다나 이런 시간에.

댄은 교과서에 있는 내용을 머릿속에 담으려고 필사적으로 노력하는 대신 다른 일을 하자 훨씬 잠이 깨는 것 같은 느낌을 받는다. 팬케이크도 많은 도움이 되었다. 이런 상태라면 대학 도서관이 문을 열 때까지 밤새 버틸 수 있을 것 같다. 대학 도서관이 문을 열면 수업 시작 전까지 그곳에 있을 것이다.

댄은 조금 뒤 화장실로 가서 손을 씻고 얼굴에 물을 뿌린다. 그리고 거울에 비친 자신의 모습을 본다. 금발 머리는 너무 길어서 잘라야 할 것 같고, 면도용품은 롭에 집에 놔두고 왔다. 그 집에 들러 면도용품을 가져와야 한다. 하지만 눈은 마음에 든다. 엄마와 같은 초록색 눈동자. 지금 입고 있는 초록색 후드와도 어울린다. 카페 안은 따뜻함에도 불구하고, 댄은 양털 안감의 후드 지퍼를 턱까지 올리고 있다.

누군가 거울 옆 벽에 유성 매직으로 "닉은 게이다."라고 써 놓았다. 그 밑에는 연필 화살표가 그 글귀를 가리키면서 "아니, 네가 게이야."라고 쓰여 있다. 그 옆에는 페인트칠 위에 조잡하게 그려 놓은 남자 성기 그림이 있다. 자기가 정확하게 무엇을 하는지도 모르는 채, 댄은 후드 점퍼 주머니에서 카페 남자에게 빌린 펜을 꺼내 그 그림 위에 얼굴과 귀, 다리와 꼬리를 덧붙여 그린다. 그러자 그 그림은 고양이가 된다. 댄은 그 고양이에 목걸이를 그려 넣은 뒤, 그 위에 "펌프킨"이라고 쓴다.

그리고 댄은 다시 카페로 돌아와 남자의 맞은편 자리에 앉아 십자말풀이에 열중한다.

해나

해나는 캐드버리 캐비닛을 청소한 뒤, 안에 있는 케이크와 스무디를 다시 진열하고 유리를 닦는다. 어쩐지 그곳을 벌써 치운 것 같은 느낌이 들지만, 청소를 한 기억이 없다.

초록색 후드를 입은 젊은 남자는, 이제 얼룩덜룩한 뿔테 안경을 쓴 덥수룩한 머리의 중년 남자와 같은 테이블에 앉아 있다. 한참 동안 두 사람이 이야기를 나누었고, 해나는 음악 소리 중간중간 그들의 말소리를 듣는다. 하지만 너무 목소리가 작아서 내용을 알 수가 없다. 그러더니 지금은 두 사람 모두 조용히 십자말풀이에 열중하고 있다.

캐비닛 청소를 끝내자, 해나는 여전히 십자말풀이를 하고 있는 손님들을 확인한 뒤 휴대폰을 집어 든다. 달력 앱으로 들어가 다음 주 근무 일정을 확인한다. 토요일에 또 2교대 근무가 있다. 그리고 일요일과 월요일엔 한 번씩 근무를 하고 화요일은 쉬는 날이고…. 해나는 수요일에서 잠깐 멈춘다. 원래 잡혀 있던 수요일 데이트 약속과 그날의 의미를 깨닫자, 손에 쥐고 있는 휴대폰이 뜨겁게 느껴진다. 그날은 자하임과 만난 지 1주년이 되는 기념일이다. 그들은 평소에 좋아하는 워렌 스트리트 근처의 중동 음식점 '허니 앤 코'에 가기로 했다. 해나는 심지어 두 달 전에 식당 예약까지 해 두었다. 그 예약을 취소하는 것을 잊고 있었다는 것이 갑자기 떠오른다. 낮에 전화를 해야 할 것이다. 뭐라고 말을 해야 할지, 변명을 만들어 낼 만한 기운이 남아 있을지 고민이다.

휴대폰 메모란에 그 식당에 전화해서 예약 취소를 해야 한다는 사실을 기입하다가 갑자기 다른 생각이 든다. 남자 친구가 없다고 해서 좋아하는 식당에 못 갈 이유가 있나? 좋아하는 향긋한 샐러드를 곁들인 석류 치킨을 떠올리자 이 시간에도 입에 침이 고인다. 예약을 놔두고, 모나에게 같이 가자고 청하는 거다. 모나의 오디션 결과가 좋으면 축하연이 될 수도 있을 것이다. 그 생각에 해나는 미소를 지으며, 메모란에 모나를 저녁 식사에 초대하라는 내용을 기입한다. 그날 저녁에는 두 사람 모두 근무가 없는 것도 확인한다.

이번 자하임과의 이별과 예전 샘과의 이별에는 크게 다른 점이 있다. 해나가 샘과 헤어졌을 때는 갑자기 혼자 남게 되었다. 그때도 친구는 있었지만, 샘과 같이 살기 시작하면서 친구들과의 만남이 소원해져 있었다. 그 당시에는 별로 신경 쓰지 않았다. 매일 저녁 아파트에서 샘과 함께 음식을 만들어 먹고, 텔레비전을 보고 두 사람의 앞날을 설계하며 행복하게 지냈기 때문이다. 하지만 두 사람이 헤어지고 그 관계에서 벗어났을 때 해나는 지하에서 올라온 것 같았다. 그리고 자신이 아는 모든 사람들이 떠났다는 것을 깨달았다.

해나는 상자들에 둘러싸인 채, 빈 와인 잔을 들고 거실 바닥에 앉아 있다. 그녀가 앉은 자리에서 불과 몇 걸음 떨어진 곳에 있는 테이블에 술병이 놓여 있는 것이 보이지만, 그 술병을 가져오기 위해 자리에서 일어나 거기까지 가는 노력을 하기에는 너무 힘든 것처럼 느껴진다. 양탄자 위에 신문지 조각들과 뽁뽁이가 어지럽게 널려 있지만, 상자들은 전부 텅 비어 있다. 해나는 다시 술병을 쳐다본다. 만일 샘이 옆에 있었다면 말하지 않아도 그녀의 술잔을 채워 주면서 정수리에 키스를 해 주었을 것이다.

그 순간 해나는 울기 시작한다. 더 이상이 샘이 옆에 없기 때문이다. 만일 그가 지금 바로 옆에서 키스하려고 했어도 해나는 움찔하며 몸을 피했을 것이다. 속이 뒤틀리고, 머릿속엔 오직 한 가지 생각만 가득하다. 그 여자에게도 이렇게 키스했겠지?

해나는 일주일 전 진공 청소기에서 발견한 앤 섬머스(여성 속옷 회사) 영수증을 통해, 샘이 바람을 피운다는 것을 알게 되었다. 그때까지 전혀 눈치채지 못하고 있었다. 그런 생각을 할 필요도 없었다. 두 사람은 행복했으니까. 그즈음 고양이를 키우자는 이야기도 오가고 있었다. 해나는 청소 중에 진공 청소기가 작동을 하지 않아 머리카락 뭉치들을 빼내다가, 우연히 그 영수증을 발견했다. 샘은 해나에게 앤 섬머스에서 아무것도 사 준 적이 없었다. 결국 청소기에 걸린 것은 제거하지 못했다. 해나에겐 고장 난 청소기와 무너진 마음만 남았다.

샘은 몇 번인가 부인하다가 마침내 바람이 난 걸 인정했다. 몇 달 전 우연히 예전 여자 친구와 만났고, 두 사람 사이에 아직 뭔가 남은 것이 있다는 걸 알게 됐다고 했다. 그래서 그 감정이 무엇인지 알아내야 할 필요가 있었다는 것이다. 샘은 해나에게 그 사실을 말하고 싶지 않았다. 일이 어떤 방향으로 진행될지 확신할 수 없었기 때문이다. 하지만 말했어야 했다.

샘의 고백은 해나가 상상했던 것보다 더 나빴다. 바람이 났을 뿐만 아니라, 지난 2년간 그가 해나를 붙잡고 몇 번이나 욕을 했던 전 여자 친구와 또다시 사랑에 빠졌기 때문이다. 바람을 피웠다는 말도 이상하다. 해나는 항상 '바람 피운다'라는 표현을 50대나 60대 기혼자들이 비서나 유모와 부정한 관계를 맺었을 때나 쓰는 말이라고 생각했기 때문이다. 스물다섯 살에 이런 경험을 하게 될 줄은 상상조차 하지 못했다.

바닥에 주저앉아 뜨거운 눈물을 흘리면서 해나는 '불륜'이라는 말의 진정한 뜻을 마침내 알게 되었다고 생각한다. 그녀는 사랑에 빠졌고, 그 지침을 그대로 따랐다. 경계심을 풀고, 샘을 받아들인 뒤 함께 생활을 꾸렸다. 하지만 샘은 아니었다. 그는 모든 규칙을 무시하고 오로지 이기고만 싶어 했다.

아파트 계약이 한 달 남아 있다. 하지만 해나는 더 이상 그곳에서 지낼 수가 없다. 그래서 샘은 형 집에서 지내고(적어도 말은 그렇게 했다. 해나는 샘이 그 여자와 같이 있는 건지 의심하지만 그는 그렇지 않은 척한다), 해나는 지난주 내내 스페어룸과 페이스북을 통해 지낼 만한 곳을 알아보면서 짐을 쌀 기운을 끌어 모으고 있다. 이틀 전, 적당한 곳을 발견했다. 바운즈 그린에 있는 집으로 창의적인 일을 하는 20대 중반의 사람들이 사는 곳이다. 해나는 막판에 간신히 밴을 구해 내일 아침 이삿짐 배달을 예약했다. 하지만 해나는 짐을 하나도 싸지 않았고 스무 개의 빈 상자를 앞에 둔 채, 텅 빈 와인 잔만 들고 있다.

그녀는 바닥에 술잔을 내려놓고 소매로 얼굴을 닦는다. 이제 짐을 싸기 시작해야만 한다. 방을 둘러보다가 함께 살았던 모든 흔적들을 받아들인다. 벽에는 명절에 함께 떠났던 여행 포스터 액자가 걸려 있다. 베니스에서 보낸 주말, 남프랑스에 있는 샘의 부모님 집에서 보냈던 여름 휴가. 소파에는 처음 이곳에 이사 왔을 때 이케아에서 함께 샀던 쿠션들과 어머니가 집들이 선물로 준 담요가 놓여 있다. 모든 것이 샘과 연관된 것처럼 보인다.

테이블에 놓여 있는 와인따개는 해나의 것이지만, 이곳에 이사 왔을 때 가져왔던 좋은 레드 와인이나, 그 뒤로 두 사람이 함께 마신 모든 와인을 딸 때 사용했다. 해나가 즐겨 읽던 커피 테이블에 쌓여 있는 잡지들은 일을 끝내고 저녁에 돌아와 소파에 앉아 있는 샘에게 다리를 올리고 읽었다. 벽난로 선반 위에 있는 꽃병은 지금은 비어 있지만, 스물다섯 살 되던 그녀의 생일에 샘이 사 준 커다란 해바라기 꽃다발을 꽂아 두기 위해 샀던 것이다.

샘은 떠나면서 해나에게 간직하고 싶은 것이나 원하는 것이 있으면 무엇이든 가져가도 좋다고 말했다. 하지만 거실과 주방을 둘러봐도 갖고 싶은 것이 없다. 그 대신 해나는 텅 빈 상자들을 침실로 끌고 간다. 침실에 들어서면서 해나는 또다시 숨을 참는다. 샘이 떠난 뒤로 그녀는 계속 소파에서 잤다. 큰 키 때문에 소파에서 공처럼 몸을 웅크리고 자다 보니, 아침에 일어나면 온몸이 뻣뻣하다. 하지만 지금처럼 모든 것을 알고 있는 상태로, 두 사람이 쓰던 침대에서 혼자 잠을 잘 수가 없다.

침실 안은 아주 정적인 느낌이 든다. 해나는 매트리스 끝에 잠시 서서 망설이다가 시트를 어루만져 본다. 아무것도 모르는 채 따뜻한 그의 품에 안겨 마지막으로 함께 이 침대에서 잠들었던 뒤로, 샘이 떠난 뒤로 시트를 빨지 않았다. 해나는 이불 아래 손을 밀어 넣으며 이 안에 누우면 아직도 샘의 냄새가 날 것인지 생각한다. 그녀는 지금 화를 내야 하고, 가위로 그의 셔츠를 찢어 버리고 싶어야 하고, 주방에 있는 좋은 그릇들은 전부 가져가야 한다는 걸 알고 있다. 그걸 알고 있지만, 화를 내기에는 슬픔으로 인한 탈진이 너무 컸다.

해나는 아주 힘겹게 침대에서 몸을 일으켜, 옷장 문을 연다. 한쪽에는 해나의 무지개 빛깔 옷들이 걸려 있고, 다른 한쪽에는 샘의 회색과 푸른색 톤 셔츠들이 걸려 있다. 그의 옷 밑에는 신발들이 가지런히 놓여 있다. 해나의 신발들은 자기 옷 밑에 되는대로 쌓여 있다. 해나는 잠시 옷장을 쳐다보다가 옷걸이가 걸려 있는 채로 옷가지들을 꺼낸 뒤, 양팔 가득 안아 상자들

속에 집어넣는다. 옷들이 구겨지는 것도 상관하지 않고 상자가 가득 찰 때까지 쑤셔 넣은 뒤 다음 상자에 또 옷을 담는다. 옷들을 다 담자, 이번에는 신발을 담기 시작한다. 해나는 재빨리 일을 끝낸다. 모든 일이 끝나자 잠시 뒤로 물러나 반만 텅 빈 옷장 속에 가지런히 걸려 있는 샘의 셔츠들을 쳐다본다. 옷장 문을 닫을 때 샘의 셔츠 한쪽 소매가 문틈에 끼인다. 해나는 문을 다시 열고 그 소매를 안으로 밀어 넣고 셔츠를 매만진 뒤, 다시 옷장 문을 닫는다.

옷 이외에 해나가 가져갈 물건들은 레코드와 책들, 노트북과 기타다. 기타는 새 집으로 갈 때 직접 들고 갈 수 있게 현관 문 옆에 세워 둔다. 일단 상자들이 다 차자, 해나는 거실로 돌아와 소파에 누운 뒤 어머니가 선물로 준 담요를 덮는다. 천장을 올려다보며 잠을 청해 본다. 하지만 밴이 도착할 시간까지 숫자를 세면서 뜬눈으로 세운다. 이제 해나는 이 아파트를 영원히 떠날 것이다. 이곳은 두 사람의 집이었다. 하지만 해나는 조금이라도 편해지기 위해 소파에서 몸을 뒤척이다가, 여기도 그저 아파트에 불과하다는 것을 깨닫는다. 벽과 문, 창문이 있고, 더 이상 필요하지도, 원하지도 않는 물건들이 놓여 있는 곳. 샘이 바람을 피우면서 두 사람의 관계만 끝낸 것이 아니다. 해나는 자신의 집에서 쫓겨나게 된 것이다. 해가 막 뜨면서 커튼 사이로 햇살이 비쳐 들어올 무렵, 해나는 잠이 든다.

해나가 스토크뉴잉턴에 있던 작은 아파트를 떠날 때는 너무 임박해서 연락한 탓에 부모님이 이사를 도와주러 런던에 올 수 없었다. 그래서 그녀 혼자 이사를 했다. 해나는 밴과 기사에게 이동 비용만 지불하고, 짐을 옮기는 비용은 내지 않았다(그럴 여유가 없었다). 하지만 결국에는 기사가 밴에서 집까지 짐을 옮기는 걸 도와주었다. 해나가 상자를 한 개씩 옮기는 동안 기

다리고 있는 것이 지루했을 수도 있고, 어쩌면 그녀가 금방이라도 울 것처럼 보였기 때문일 수도 있다. 그리고 새로운 동거인들의 도움도 받았다. 그 집에는 해나를 포함해 다섯 명이 살았다. 포피는 해나가 이틀 전 집을 보러 왔을 때 만났던 젊은 여자로, 무용수이자 배우였다. 해나의 침울한 모습에도 불구하고, 포피는 만나는 순간부터 친절하고 말이 많았다. 그녀는 꼭대기 층에서 릴리라는 예술가이자, 초등학교에서 보조 교사로 일한다는 조용하고 몸매가 가냘픈 여자와 같이 살고 있었다. 중간층에는 베미라는 곡예사 겸 행사 기획자와 애완용 도마뱀 모드를 키우는 스코틀랜드 출신 음악가이자 마케팅 일을 하는 소피가 같이 살고 있었다. 소피는 베티라고 부르는 콘트라베이스를 가지고 있었다. 해나의 방은 1층이라 짐을 들여놓을 때 다행이었다. 같은 층에 방이 하나 더 있었지만, 현재는 비어 있었다. 포피는 그 방에 들일 사람을 아직 찾고 있는 중이며, 현재는 운동, 예술, 요가 등의 공동 공간으로 쓰고 있다고 했다.

동거인들의 도움을 받아 밴에서 짐을 다 옮기자, 해나는 기사에게 돈을 주었다. 동거인들은 짐을 풀라고 하면서 해나를 혼자 남겨 놓고 나갔다. 그때 그녀 혼자 상자들 사이에 서서 새로운 동거인들이 복도 건너 거실에서 조용히 소곤거리는 소리를 들었던 기억이 난다. 어쩐지 혼자 있을 때보다 지금이 더 혼자인 것처럼 느껴진다. 다른 동거인들은 모두 친구 사이고, 해나 혼자 침입자처럼 느껴졌다. 모두가 밴에서 아파트까지 짐을 옮기는 것을 도와주긴 했지만, 해나는 샘과 아파트 전체를 나눠 쓰다가, 이렇게 또다시 방 하나만 쓸 수 있는 곳으로 돌아왔다는 사실에 씁쓸한 실망감을 느낄 수밖에 없었다. 모든 것을 새로 시작하는 느낌이 들었지만, 이전과는 다르게 지독한 외로움이 느껴졌다.

하지만 그때는 아직 모나를 만나지 않았을 때였다. 이 카페에서 만난 모나와 몇 년을 함께 지내다 보니 이제는 친구라기보다 자매 같은 느낌이 든다. 해나는 그 생각에 미소 짓는다. 이번에는 혼자가 아니다. 이별했다고 모든 것을 다시 시작할 필요도 없다. 해나는 모나와 함께 자신의 생활을 계속해 나갈 수 있다. 벽에 포스터들이 걸려 있고, 복도에는 빨래가 널려 있으며, 냉장고에는 항상 와인이 들어 있는 집에서. 해나는 휴대폰을 주머니에 집어넣는다. 벌써부터 모나와 함께 할 다음 주 저녁 식사가 기대된다.

오전 3시

댄

조금 뒤 십자말풀이에서 고개를 들지 않은 채, 남자가 말한다. "학생은 아까 여기 왔던 학생들보단 훨씬 잘될 거요."

댄은 잠시 하던 걸 멈춘다. 손이 십자말풀이 페이지 위에 떠 있다. 스피커에서는 아는 노래가 흘러나오고 있다. 엘비스 프레슬리가 노래하는 '하트브레이크 호텔'이다. 웨이트리스는 카운터에 앉아 카페 창문을 쳐다보고 있다. 밖에서 전조등 불빛이 스치면서, 카페 안이 순식간에 밝아진다. 댄은 이 시간이면 아무도 없고 컴컴한 대학 도서관을 떠올린다. 그리고 아까 카페에 왔던 학생들도 떠올린다. 지금쯤 그들은 침대 옆에 반쯤 마신 물병과 뜯어놓은 진통제 상자를 옆에 놓은 채 잠들어 있을 것이다. 그는 어머니와 학교 상장들을 진열해 두었던 벽난로 선반을 떠올린다.

"지금 당장은 그렇게 보이지 않을 수 있어요. 하지만 앞으로 모든 일이 잘될 거예요." 남자가 말을 잇는다.

댄이 침을 삼키자, 십자말풀이의 희고 검은 네모 칸들이 빙글빙글 도는 것 같다.

"학생과 비슷한 또래의 끔찍한 녀석들을 겪어본 적이 있어요." 이번에는 남자가 고개를 들고 댄의 깜박거리는 눈을 쳐다보며 말한다. "내 아들도 거기 포함되지."

남자가 웃자, 댄은 눈썹을 치켜올린다. 그는 남자의 아버지로서의 모습을 떠올릴 수가 없다. 이 카페 밖에서의 남자의 생활을 상상하기 힘들다. 댄에게 이 남자는 불면증과 십자말풀이의 세상에만 존재하는 일종의 유령처럼 보인다. 하지만 그건 당연히 어리석은 생각이다. 남자는 가족과 자신의 문제들, 집이 있는 자신의 일상으로 돌아갈 것이다.

"물론 그 아이를 사랑하죠." 남자가 말을 잇는다. "아이를 가져보면 알게 될 거요. 자식에 대한 사랑은 영원하다는 걸. 하지만 아들 녀석이 나쁜 놈일 수도 있어요. 바보일 수도 있고. 학생은 그렇게 보이지 않아요. 틀림없이 어머님께서 자랑스러워하셨을 거요."

댄은 아무 말 없이 고개를 젓는다. 후드 점퍼 속에서 심장이 격렬하게 뛴다. 그는 그 남자에 대해 모르지만, 그 사람의 말은 옷을 뚫고, 피부를 뚫고 곧장 안으로 들어온다.

남자의 말을 인정한다는 의미로 댄은 고개만 살짝 끄덕인다. 남자도 고개를 끄덕인 뒤에, 두 사람은 다시 십자말풀이로 주의를 돌린다.

한참 뒤, 남자가 일어난다.

"이제 가야 할 것 같네요. 내일 일을 조금이라도 하려면 지금 돌아가는 게 좋을 것 같아요. 공부 잘 하길 빌어요. 다른 일들도."

"글 잘 쓰시길 바랍니다." 댄이 대답한다.

남자가 손을 내밀어 악수를 청하자, 댄은 그 손을 잡고 타인의 손의 온기를 즐긴다.

"십자말풀이 책 가져가셔야죠." 댄이 테이블 위에 놓여 있는 책을 가리킨다.

"학생 가져요." 남자가 대답한다.

남자는 카운터로 가더니 웨이트리스에게 뭐라고 말을 한다. 그리고 댄에게 손을 흔든 뒤, 카페를 떠난다.

댄은 텅 빈 접시와 반쯤 채운 십자말풀이를 앞에 둔 채 또다시 혼자 남는다.

조금 뒤, 웨이트리스가 커다란 유리잔을 가득 채운 딸기 밀크셰이크를 가져온다. 거대하게 쌓여 있는 크림 위에 딸기 한 개가 올라가 있다.

"조금 전에 나가신 손님께서 주문해 주셨어요." 웨이트리스가 말한다.

그 말을 듣는 순간, 댄은 그 남자의 이름을 물어보지 않은 것을 깨닫는다. 테이블 위에는 차갑고 다정한 빛깔의 밀크셰이크가 놓여 있다.

해나

작은 테이블에 앉아 있던 젊은 남자는 딸기 밀크셰이크를 다 마신 뒤, 해나가 가져다 준 긴 숟가락으로 바닥에 남아 있는 분홍색 잔여물까지 깨끗이 먹어치운다. 남자가 미소를 짓자, 해나도 미소를 짓는다. 그녀가 그 젊은 남자의 사연을 궁금하게 여길 무렵, 고릴라와 마릴린 먼로가 카페 안으로 들어온다. 해나는 새로 들어온 손님들에게서 눈을 뗄 수가 없다. 일단 안으로 들어오자, 고릴라가 가면을 벗는다. 벌겋게 달아오르긴 했지만, 아주 인간적인 얼굴이 나타난다. 해나는 안도의 한숨을 쉰다.

"맙소사, 쪄 죽는 줄 알았네." 남자가 말한다. 옆구리에 가면을 끼고 온몸은 털로 복슬복슬하게 뒤덮인 고릴라 옷에 가려져 있다.

"진작 벗지 그랬어." 어딘가 구겨진 것 같은 흰색 드레스를 매만지면서 마릴린 먼로가 딱딱하게 말한다.

"그러고 싶었지. 하지만 버스 기사 얼굴 봤잖아?" 남자가 웃는다. 마릴린 먼로는 한숨을 쉬며 금발 가발을 매만진다.

"아메리카노 두 잔 주세요." 여자는 해나에게 주문을 하고, 카페 뒤쪽 부스 자리로 향한다. 고릴라는 마릴린 먼로를 따라가 맞은편 자리에 앉는다.

그리고 고릴라 옷 어딘가에서 휴대폰을 꺼내 만지작거리기 시작한다. 마릴린 먼로는 팔짱을 낀 채, 창밖을 내다보고 있다.

해나는 두 사람의 코스프레 복장을 보면서, 모나와 처음 만났던 밤을 떠올린다. 바운즈 그린에 있는 집으로 옮기고 몇 주 되지 않았을 때였다. 해나는 여전히 샘과의 이별 후유증과 새로운 동거인들과의 생활에 적응하느라 마음이 어지러웠다. 하지만 동거인들은 친절했고, 집 안 분위기는 어수선하면서도 따뜻했다. 해나는 그들 중에 포피를 제일 좋아했는데, 그녀는 일이나 사교 생활로 바쁜 탓에 자주 집을 비웠다. 집에 있을 때도 휴대폰을 확인하거나, 끝없이 울리는 문자 메시지를 확인하느라 정신이 없었다. 그녀처럼 다른 동거인들도 아르바이트로 돈을 버는 중간중간 자신들의 꿈을 쫓아가느라 바빴다. 그들은 아직도 하나 남는 방에 들어올 동거인을 구하지 못했다. 모두가 비어 있는 방의 임대료를 충당하기 위해 추가로 내는 돈 때문에 부담을 느끼고 있었다.

핼러윈이 다가오자, 포피는 파티를 열기로 결심했다. 사교적인 인맥을 넓힐 기회를 만들기도 할 겸, 원래 그녀가 가장하는 것을 좋아하기도 했다. 더불어 방을 구하는 사람도 찾아볼 작정이었다. 만일 그들이 친구들에게 세를 놓아야 할 빈 방이 있다고 말을 한다면 틀림없이 무슨 수가 생길 것이다. 다른 동거인들도 동의했다. 이내 파티 장식을 하고 의상을 준비했다.

바운즈 그린에서 지냈던 그 해, 해나는 수많은 파티에 참석했다. 하지만 그중 모나를 만났던 그 핼러윈 파티는 잊히지 않는다. 물론 그날 밤에 만난 건 모나가 아닌 할리퀸(DC 코믹스 캐릭터)이지만.

해나는 얼굴에 페인트를 부드럽게 칠한다. 직접 만든 패치워크 드레스를 입고 <크리스마스의 악몽>에 나오는 샐리로 분장하는 중이다. 몸 전체를

녹색 페인트로 칠한 뒤, 그 위에 검정색 아이라이너로 솔기를 그렸다. 몇 분에 한 번씩 초인종이 울리고, 누군가 나가는 소리가 들린다. 손님을 맞이하는 건 주로 포피다(손님들에게 의상이 얼마나 멋있는지를 말할 때 목소리로 알아차린다). 그리고 대화는 닫힌 침실 문을 지나 복도를 건너 음악이 흐르고 술이 마련되어 있는 거실로 이어진다. 음악 소리 너머 커다란 웃음소리가 들린다. 아주 즐거운 것처럼 들리지만, 해나는 그 파티에 몇 주일 전부터 같이 살고 있는 동거인들을 제외하면 자신이 아는 목소리, 아는 사람은 아무도 없다는 것을 알고 있다.

그녀는 녹색으로 칠한 얼굴에 솔기를 몇 개 더 그린 뒤, 입을 크게 벌리고 미소 지어 본다. 이 파티는 새로운 친구들을 사귀고, 이별 이후에 모든 것을 다시 시작할 수 있는 기회다. 그렇지만 해나는 문이 닫힌 침실 안에 잠시 멈춰 서서, 거울 속 자신의 모습을 멍하니 쳐다본다.

힘든 한 주였다. 어제는 노래할 수 있는 무대를 얻기 위해 애써왔던 술집에서 좀 더 노련한 가수에게 그 자리를 내주었다. 이제 그곳에 해나의 자리는 없었다. 지난 석 달간, 목요일마다 그 술집에 얼굴을 비추면서 매니저와 공연에 대해 이야기를 나누려고 애를 썼다. 이제 그곳에서 칵테일에 쓴 돈을 생각하면 바보 같은 느낌이 든다. 낭비하면 안 되는 돈이었다. 샘과의 이별 후유증도 여전했다.

하지만 오늘 밤엔 파티가 있고, 집 안은 사람들로 가득하다. 해나는 숨을 깊이 들이마시며, 그런 감정들을 내면 깊은 곳에 억누른다. 그리고 마지막으로 화장을 고친다. 그녀는 문 앞에서 잠시 멈췄다가 침실에서 복도로 나선다.

음악 소리가 온 집 안에 울려 퍼지고 있다. 두루마리 휴지와 쓰레기 봉지를 찢어서 만든 가짜 거미줄들이 문간에 드리워져 있다. 계단에는 한 손에 커다란 낫을 든 여자 사신이 다른 손에 플라스틱 와인 컵을 들고, 원더우먼과 친밀하게 이야기를 나누고 있다. 복도에는 해골 옷을 입은 마른 남자와 흰색 타이즈를 입고 가슴에서 허벅지까지 내려오는 거대한 종이 호박 옷을 입은 예쁜 여자가 걸어가고 있다. 해나는 그들을 따라 거실로 간다. 호박이 문에 살짝 부딪친다. 안에는 천장에 매달린 디스코 볼 아래에서 뱀파이어 무리가 춤을 추고 있다. 컴컴한 실내를 맴도는 은색 불빛이 천장과 벽, 낯선 수많은 얼굴들 위를 스쳐 지나간다.

해나의 시선이 복잡한 거실 안에서 동거인들이나, 누구든 이야기를 할 만한 사람을 찾아 헤맨다. 오늘 밤에는 크루엘라 드 빌(〈101마리 달마시안〉에 나오는 캐릭터)로 변장한 포피가 여러 사람들 한가운데에서 웃으면서, 양손을 활기차게 흔들며 이야기를 하고 있다. 어둑한 조명 아래에서 베미와 여자 친구인 안야가 소피와 해나가 모르는 다른 커플과 이야기를 나누고 있는 것이 보인다. 릴리는 보이지 않는다. 아직 단장을 하는 중일지도 모른다. 거실에서는 모두 다 깊은 대화를 나누고 있거나, 춤을 추거나, 행복하게 웃고 있다. 그런 그들 틈에 어울리자니, 자신이 침입자 같다는 느낌이 든다. 해나는 대신 주방으로 향한다. 사람들과 어울리려면 술을 마시는 편이 낫다. 해나는 주방으로 들어가다가 노란색과 빨간색, 파란색이 섞인 가발을 다발로 묶고 할리퀸처럼 차려입은 여자와 부딪친다.

"미안해요!" 해나는 주방 식탁에 몸을 기댄다. 할리퀸은 들고 있던 플라스틱 컵에서 술을 바닥에 쏟은 것을 알아차리고 뒤로 물러난다.

"아니에요. 내 실수예요. 미안해요." 할리퀸이 말한다.

"내가 제대로 보지 않고 들어갔어요." 해나가 냉장고 위에 있던 주방용 휴지를 꺼내 바닥을 닦으며 말한다. 그녀는 이런 어설픈 행동과 이 파티를 시작부터 망친 자신을 꾸짖는다. 어쩌면 그냥 방에 처박혀 있는 편이 나았을지도 모른다.

"고마워요. 내가 잘 피했어야 하는데. 정말 내 잘못이에요." 할리퀸이 말한다.

"와, 그런데 우리 둘 다 굉장한 캐릭터로 분장했네요?" 해나가 자리에서 일어나며 말한다.

할리퀸으로 꾸민 여자는 자기 옷을 내려다본 뒤, 분장한 얼굴로 환한 미소를 짓는다. 그 따뜻한 미소를 보자, 해나는 그 자리에서 초조함이 가시는 걸 느낀다. 그때까지 파티에서 다른 사람들과 자연스럽게 어울리기 위해 온몸에 힘을 잔뜩 주고 있었다는 것도 모르고 있다가, 이제야 조금 편해지는 것을 느낀다.

"그런 것 같네요. 난 모나라고 해요. 지금 말고 평소에요."

"난 해나예요."

해나는 좁은 주방 공간에 그 여자를 받아들인다. 모나는 해나와 키가 비슷하고, 무용수의 몸을 가지고 있다. 나이도 비슷한 것 같았지만, 일단은 가발과 분장 속에 맨 얼굴과 머리카락 색이 가려져 있어 확실하지 않다. 파티의 웅성거리는 소리가 주방 문을 통해 새어 들어온다. 해나는 새로운 사람들을 만나거나, 동거인들과 대화를 나누기 위해 다시 밖으로 나가야 하나 고민한다. 하지만 그러고 싶지 않다. 해나는 그냥 이곳에 머무르고 싶다.

"그쪽은 파티 주최 측이에요, 손님이에요?" 모나가 묻는다. 해나는 모나의 말에서 어느 곳인지 알 수 없는 억양을 알아차린다.

"주최 측이에요. 3주 전에 이사 오긴 했지만. 그래도 그쪽이 손님이란 건 알아요."

윌마 플린스톤(<고인돌 가족 플린스톤>에 등장하는 캐릭터)이 주방으로 들어오자, 모나와 해나는 옆으로 비켜선다. 윌마는 반쯤 남은 와인 병을 찾아내 거실로 돌아간다.

"난 포피의 오랜 친구예요." 다시 두 사람만 남자 모나가 말한다. "무용학교를 같이 다녔죠. 포피는 정말 굉장해요. 하지만 한동안 못 만났죠. 포피가 오늘 밤에는 졸업생 전체를 초대한 것 같아요."

거실과 이제 손님들이 모이기 시작한 빈 방 쪽에서 웃음소리와 점점 커지는 사람들의 목소리가 들린다. 모나의 말이 맞는 것 같다. 집 전체가 들썩거린다.

"그럴 거예요. 포피는 파티를 좋아하는 것 같으니까." 해나가 말한다.

모나가 웃는다.

"맞아요. 포피는 그래요. 학창 시절에는 함께 미친 것처럼 놀았죠."

"이번 파티는 방을 구하는 사람을 찾으려는 목적도 있어요. 내가 여기 들어온 뒤로 맞은편 방이 계속 비어 있거든요."

"그쪽 방이 저기예요?" 모나가 흥미로운 듯 쳐다보며 묻는다. 해나는 고개를 끄덕인다. 모나는 뭔가 질문을 더 할 것처럼 보였지만, 더 이상 아무 말 없이 술을 한 모금 마신다.

"그쪽은 뭘 해요? 배우, 무용수, 화가?" 모나가 밝게 묻는다.

해나는 한쪽 눈썹을 치켜올린다. 두 사람 모두 웃는다. 해나는 갑자기 이 집과 자신의 인생에 존재하는 이상한 거품을 깨닫는다. 이 파티의 손님들은 대부분 여자다. 해나가 동거인들에 대해 알고 있는 것들로 추측을 해보면, 손님들 역시 대부분 '창의적'인 방식의 일을 하고 있을 것이다. 생계를 위한 일을 하면서도, 개개인이 품고 있는 열정과 균형을 맞추며 살아가는 젊은이들. 해나가 추측하기로는 지금 이 집 안에서 탭 댄스를 출 수 있는 사람들의 비율이 전국 평균보다 높을 것이다. 그녀는 한 지붕 아래 범상치 않은 능력을 가진 사람들이 모여 있다는 사실의 특별함에 대해 생각한다. 해나는 런던 전체에 얼마나 많은 '거품'들이 퍼져 있을지 궁금하다. 도시 안의 마을들, 그들 자신의 종족, 전통, 심지어 언어까지 가지고 있는 마을들.

해나는 모나에게 일상적인 이야기를 한다. 웨일스에서 올라온 일, 졸업한 뒤에 일자리를 찾기 위한 고군분투에 대해. 물론 모두가 그렇듯 긍정적인 시각에서의 고군분투다. 그들 세계에서는 긍정적인 사고를 갖기 위한 요령이 필수다.

"지금은 아르바이트로 안내원 일을 하고 있지만, 공연을 할 수 있는 여유가 있어서 좋아요." 해나가 말한다. 공연들이 연이어 취소되고, 다음 공연은 언제 할 수 있을지 알 수 없으며, 지금 하는 일이 지긋지긋하다는 점은 무시한다. 해나는 샘에 대해서도 간단하게 설명한다. 2년을 함께 살았고, 얼마 전에 헤어져서 여기로 이사 왔다고. 그녀는 그 이상 자세히 말하지 않았고, 모나도 묻지 않는다. 그 대신 모나는 집중해서 해나의 이야기를 들어준다. 그러면서 가끔씩 해나의 와인 잔을 조용히 채워 주면서, 고개를 끄덕이고, 미소를 짓는다. 그 뒤에 모나도 싱가포르에서 자랐고, 열여덟 살에 런던으로 건너와 무용 학교에 다녔다는 이야기를 한다. 이곳에 온 뒤로 해나처럼 공용 주택을 전전하면서, 1년 넘게 유람선에서 춤을 추고 있다고 했다. 지금 현재는 두 명의 '힘든 여자'들과 같이 살고 있다고 했다. 하지만 그 문제에 대해선 더 이상 자세히 설명하지 않고, 최근에 본 쇼에 대해 열정적으로 이야기를 이어 나간다.

그날 저녁 내내 사람들이 주방을 드나들었지만, 해나와 모나는 계속 그곳에서 이야기를 나눈다. 해나는 평생 알아온 사람처럼 모나를 편하게 느낀다. 무용에 대해 이야기하면서 모나의 얼굴이 환해지는 모습과, 온몸에 기운이 넘치며 그 자리에서 춤을 추기 시작할 것 같은 모습에 감탄한다.

"이런 건 또 없죠." 모나가 말한다. 해나는 순간 노래 부를 때를 생각한다. 눈을 감았을 때 음악이 자신을 둘러싸고 있는 것 같은 느낌을 떠올린다.

"어리석게 들린다는 것도 알아요. 하지만 춤을 출 때 내 몸이 의도한 그대로 움직이는 것처럼 느껴질 때가 있어요. 그 어떤 순간보다 내가 내 자신인 것 같아요. 가끔 누군가 나를 알고 싶다면 내가 춤추는 모습을 봐야 한다고 느낄 때가 있어요. 내 몸이 말보다 나에 대해 잘 설명하는 것 같아요. 어떤 면에선 훨씬 유창하죠. 미친 소리처럼 들리죠?"

모나가 말한다.

해나는 모나의 말이 가슴을 후려친 것처럼 침을 삼키기 힘들다. 전혀 미친 소리가 아니다. 완벽하게 이해가 된다. 샘과 헤어진 뒤로, 해나는 평소처럼 매일 노래를 부르거나 기타를 칠 수가 없었다. 지금 갑자기 노래를 부르고 기타를 치는 일을 얼마나 그리워하고 있는지 깨닫는다. 웨일스의 마을에 살면서 도시를 꿈꾸던 어린 시절부터 너무나 사랑했던 것이다. 해나의 인생에 어떤 일이 있더라도 항상 함께 했던 것이다. 예정되어 있던 공연들이 취소되었을 수도 있고, 그녀의 인생에서 자신이 선택하지 않은, 전혀 예상치 못했던 새로운 장이 열릴지도 모른다. 하지만 그 누구도 해나의 가슴 속 아픔과 슬픔과 실망 아래 여전히 남아 있는 꿈까지 앗아갈 수는 없다. 아무도 음악을 빼앗아갈 순 없다. 해나는 갑자기 다시 노래를 부르기 시작해야겠다고 굳게 결심한다. 이런 인생의 변화는 음악에 전념할 기회이며, 해나에게 큰 성공을 안겨 줄 것이다.

"아니요. 무슨 뜻인지 너무 잘 알아요." 해나가 모나에게 말한다. 두 사람은 처음부터 서로를 완벽하게 이해한다.

핼러윈 파티 다음 날, 포피는 의기양양하게 자신의 계획대로, 빈 방에 들어오고 싶어 하는 사람이 있다는 사실을 발표했다.

"너도 만난 사람이야, 해나. 모나가 들어오기로 했어." 포피가 말했다.

모나는 일주일 뒤, 해나의 맞은편 방으로 이사 왔다. 해나는 짐을 푸는 걸 도왔다. 두 사람은 모나의 옷장을 조립하고, 상자들을 분류하면서 서로에 대해 더 많은 것을 알게 되었다. 그들은 이야기를 끝없이 나누었고, 해나는 그 즉각적인 연결성에 아찔한 흥분을 느꼈다. 누군가를 만났을 때 딱 맞아떨어지는 그런 느낌이었다. 해나는 이미 모나와의 만남으로 음악에 대한 열정을 되찾았다. 파티가 끝난 다음 날, 숙취에도 불구하고 다시 기타를 집어 들었다. 지금까지는 집에 있는 것이 어딘가 불편했는데, 이제부터는 이 새 친구가 집이 편안하게 느껴지도록 도와줄 것이다.

그들은 순식간에 친해졌다. 서로의 방에 밤늦게까지 머물면서 이야기를 나누었다. 모나는 해나에게 새들러 웰스 극장에서 공연을 보여 주었고, 해나는 모나를 가장 좋아하는 음악 공연장으로 데려갔다. 두 사람은 함께 음식을 만들고, 장을 함께 봤으며, 공용 냉장고의 선반을 같이 썼다. 그리고 서로 일하는 시간이 안 맞아 같이 음식을 먹지 못할 때는 타파웨어(음식 보관통 상표) 통에 음식을 남겨 두었다. 모나는 지저분한 나이트클럽 바텐더로 일하고 있었는데 그 일을 싫어했다. 그러다 24시간 영업하는 리버풀 스트리트에 있는 스텔라 카페의 웨이트리스로 일자리를 옮겼다. 그녀는 해나에게 카페 사장이 교대 근무나 오디션을 위해 휴가를 내는 일에 융통성을 가지고 있고, 현재 또 다른 웨이트리스를 구하고 있다고 알려 주었다. 모나가 말을 잘 해 줘서 해나도 그 일자리를 얻을 수 있었다. 갑자기 두 사람은 같이 살면서 함께 일하게 되었다. 심야 교대 근무와 카페 손님들에 대한 소문이나 이야기들을 나누면서 더욱더 가까워졌다.

처음에 해나는 모나와 자신이 얼마나 친한지 포피에게 알리는 것이 조심스러웠다. 만일 두 사람이 같이 나갈 일이 있으면, 소외감을 느끼지 않게 포피도 항상 초대했다. 해나는 모나가 포피와 먼저 친구였다는 사실을 잊지 않았다. 그 두 사람이 한동안 만나지 않았고, 이런 이야기 자체가 좀스럽게 들린다는 것도 알고 있지만 말이다. 해나는 새 동거인의 기분을 상하게 하고 싶지 않았고, 나이가 20대 중반이라고 해도 따돌림으로 인한 마음의 상처는 면역이 되지 않는다는 것을 잘 알고 있었다. 하지만 포피는 신발이나 장난감 자동차를 모으는 것처럼 사람들을 모으는 부류라, 평소에는 너무 바빠서 같이 시간을 보낼 수가 없었다. 시간이 지나면서 해나와 모나도 포피가 함께 오는 것을 기대하지 않게 되었고, 더 이상 초대도 하지 않게 되었다. 다른 동거인들은 모나가 해나가 아닌 포피의 친구로 이 집에 들어왔다는 사실을 금세 잊었다.

"빌어먹을 휴대폰만 들여다보고 있을 거야?" 갑자기 큰 목소리가 들린다. 해나는 분장을 하고 들어온 커플이 앉아 있는 부스 쪽을 돌아본다. 마릴린 먼로 옷을 입은 여자가 고릴라 옷을 입은 남자를 쳐다보고 있다. 고릴라 옷을 입은 남자는 휴대폰만 쳐다보고 있다. 하지만 여자의 목소리에 남자가 고개를 든다.

"닥쳐." 남자가 말한다. 조금 전과 다르게 웃음기가 완전 사라진 채, 목소리가 거칠고 사납다. 남자가 고릴라 손으로 테이블을 쾅 하고 내리치는 소리에 해나는 깜짝 놀란다. 근처에 앉아 있던 초록색 후드를 입은 젊은 남자도 그 소리에 부스 석을 쳐다본다. 고릴라 옷을 입은 남자가 농담인 것처럼 다시 웃을 것인지 궁금해하며 해나는 그쪽을 쳐다본다. 하지만 남자는 그렇게 하지 않는다. 처음 카페에 들어왔을 때 자신만만해 보이던 여자는 살짝 의자에 몸을 파묻은 채, 아무 말도 하지 않는다. 두 사람이 서로를 노려보자, 해나는 폭력적인 사태가 일어날 경우 파블로를 부를 준비를 한다. 카페에서 이런 일은 처음이 아니다. 하지만 고릴라 옷을 입은 남자는 다시 휴대폰을 쳐다보고, 맞은편 여자도 아무 말 하지 않는다. 조금 뒤, 여자가 일어나더니, 해나와 눈을 마주치지 않은 채 계산을 한다. 여자는 다시 테이블로 돌아가 한 마디도 하지 않는다. 고릴라 옷을 입은 남자는 가면을 집어 들고 자리에서 일어난다.

"가자." 남자가 여자의 손을 잡으며 말한다. 고릴라와 마릴린 먼로는 손을 맞잡고 밖으로 나간다. 해나는 두 사람이 버스 정류장으로 걸어가는 모습을 지켜본다. 그들은 어디에서 왔으며, 어디로 가는 건지 궁금하다. 그 고함 소리도 단순히 지쳐서 그런 건지, 아니면 뭔가 심각한 일이 있는 건지 궁금하다. 하지만 해나는 결코 그 답을 알 수 없을 것이다. 두 사람이 도착한 버스에 올라타자, 버스 문이 닫힌다.

"괜찮아?" 갑자기 카페와 주방 사이 문에서 파블로가 묻는다. 어깨에 초콜릿이 묻은 행주를 걸치고 있다. "조금 전에 고함 소리가 들리는 것 같던데, 만들고 있던 케이크에서 손을 뗄 수가 없었어."

파블로의 얼굴은 주방의 열기로 인해 발갛게 달아오른 채, 땀을 흘리고 있다. 케이크를 굽는 동안 손을 닦았는지, 하얀색 주방장 유니폼에는 초콜릿 자국이 남아 있다.

"괜찮아요." 지난 몇 년간 더 심한 싸움을 많이 보았음에도 불구하고, 파블로가 함께 있다는 사실에 기뻐하며 해나가 말한다. "그냥 손님이 화가 났던 모양이에요. 이제 갔어요."

파블로는 고개를 끄덕이더니, 계속 머뭇거리며 입구에 서 있다. 해나는 갑자기 손님들을 보거나 여기저기 돌아다니지도 못한 채, 라디오만 들으며 주방에서 혼자 일하는 것이 얼마나 외로울지 생각한다.

"모나와 제가 여기서 처음 일하기 시작했을 때 기억나세요?" 해나가 묻자 파블로가 미소 짓는다.

"그럼. 네가 커피 머신 쓰는 법을 연습하면서 내린 커피를 나한테 줬지. 맛이 정말 끔찍했어. 지금은 많이 나아졌지만." 파블로가 고개를 끄덕이며 말한다.

"나아졌어야죠. 5년이나 내렸는데." 해나가 대답한다. 문득 그 숫자가 마음에 남는다. 시간이 그렇게 많이 지났나?

"난 여기 7년 있었어." 파블로가 말한다. 해나는 다시 이 카페에 오기 전 파블로의 삶에 대해 생각한다. 우리가 잘 알고 있다고 생각하는 사람에 대해 얼마나 아는 것이 없는지에 대해.

카페 문이 열리고 여자 손님이 들어온다.

"난 다시 들어가서 케이크 만들게. 아까 소리 지른 녀석 때문에 당의를 못 입혔어." 파블로가 주방으로 들어간다.

오전 4시

해나

새로 들어온 손님은 키가 작다. 아마 150센티 정도일 것이다. 운동복 바지에 운동화를 신고, 트렌치코트와 너무 커 보이는 회색 케이블 니트 점퍼를 입고 있다. 가슴 부분에 흐릿한 작은 얼룩이 보이고 바지 한쪽 끝은 양말 속에 들어가 있다. 바다오리가 그려진 연푸른색 양말을 보자, 해나는 어릴 때 신었던 양말이 떠오른다. 커다란 검정색 눈을 가진 여자는 야간 버스에서 내려 이 카페에 들어온 것이 아니라, 마법에 걸려 이곳에 떨어진 것처럼 주위를 둘러보고 있다. 금발이지만, 뿌리 쪽이 검정색인 머리카락은 뒤로 넘겨 엉성하게 포니테일로 묶었다. 여자는 어니스트와 눈이 마주치자 살짝 몸서리를 친다. 그리고 해나를 쳐다보지 않고 반대편 방향에 있는 테이블 쪽으로 시선을 돌리고는 아주 조용히 자리에 앉아 카페 창밖을 응시한다.

여전히 책을 쌓아 놓은 채 앉아 있던 초록색 후드 점퍼를 입은 젊은 남자도 새로 들어온 여자를 흘깃 쳐다본다. 그는 한참 동안 여자를 쳐다보다가 얼굴을 살짝 찡그리더니 고개를 살짝 젓고는 다시 책을 쳐다본다. 남자는 양손으로 고개를 받친 채, 책을 본다. 그때부터 남자는 간간히 운동복을 입은 여자를 쳐다보고, 또다시 책을 읽곤 한다.

"주문하시겠어요?" 해나가 여자가 앉아 있는 테이블로 가서 묻는다. 그

동안 여자의 주머니에서 윙윙거리는 휴대폰 진동 소리가 들린다.

"카푸치노 한 잔 주세요." 진동 소리가 계속 울리는 가운데, 여자가 말한다.

해나는 고개를 끄덕이고 돌아섰다가 다시 여자를 돌아본다.

"전화 오는 것 같은데요?" 해나가 휴대폰 진동 때문에 떨리는 여자의 주머니를 가리키며 말한다.

"아, 네." 여자는 산만하게 주머니에서 휴대폰을 꺼낸다. 그리고 '통화 거절' 버튼을 누른 뒤, 휴대폰을 테이블 위에 놓는다. 여자는 다시 창밖을 내다본다. 해나는 잠시 여자를 쳐다본다. 여자는 해나가 아직 그곳에 있다는 것을 모르는 것처럼 어깨를 살짝 구부린 채 의자에 몸을 기댄다. 그 여자의 모든 것이 해나로 하여금 한쪽 어깨에 손을 올리고 싶게 만든다. 하지만 그 대신 해나는 커피 머신 쪽으로 몸을 돌린다.

"금방 갖다드릴게요." 해나가 말한다. 여자는 아무 대꾸도 하지 않는다.

댄

그는 거리에서 우연히 엄마와 마주치거나, TV 프로그램에서 엄마를 본다. 금세 그 사람이 진짜 엄마가 아니라는 사실을 알아차린다. 그저 약간 닮은 사람일 뿐이지만, 댄은 매번 가슴이 철렁 내려앉을 정도로 놀란다.

지금 카페로 들어온 여자도 머리색과 키가 엄마와 비슷하다. 여자가 창문을 내다볼 때 댄은 그 여자를 쳐다본다. 테이블 위에 있는 휴대폰이 계속 진동하고 있지만, 여자는 무시한다. 댄은 자세히 보다가 여자가 많이 어리다는 것을 깨닫는다. 어린 시절 기억 속 엄마와 비슷해 보인다.

엄마는 아주 젊었을 때, 스무 살에 댄을 낳았다. 평소에는 전혀 몰랐다가, 학교 친구들의 부모님들을 만났을 때 엄마보다 나이가 많아 보인다는 것을 알아차렸다. 그는 그 사실이 항상 자랑스러웠다. 어머니는 젊고 날씬했으며, 댄이 보기에 아주 근사해 보이는 몸에 딱 붙는 청바지와 점퍼를 입었다. 학교 정문에서 다른 부모님들이 엄마를 쳐다보는 것을 보고, 댄은 뭐라 설명할 수 없는 자부심을 느꼈다. 그는 엄마가 항상 하고 있는 금으로 된 커다란 링 귀걸이도 좋아했다. 진짜 금이라 햇빛을 받으면 눈이 부시게 반짝거렸다.

친구들의 부모님을 만나면서, 엄마와 아빠가 다 있는 가정이 많다는 것도 알게 되었다. 전부 그렇진 않았다. 친구들 중에도 댄처럼 엄마와 사는 아이들이 있었다(아빠와 사는 친구는 없었다). 하지만 많은 친구들이 부모님과 함께 살았다. 댄은 초등학교 친구인 아론과 사디의 집처럼 부모님이 다 계신 친구 집에 놀러가는 걸 좋아했다. 친구들의 아버지가 집에서 어떻게 행동하는지를 지켜보는 것이 좋았다. 그 아버지들을 가까이 지켜보면서 부인들을 대하는 방식, 아이들을 대하는 방식, 자신을 대하는 방식을 알게 되었다. 사디의 아빠는 항상 집에 돌아오면 사디의 엄마의 입술에 키스했다. 그때마다 사디는 "그만 좀 해!" 하며 소리쳤다. 하지만 댄은 내심 그런 모습을 좋아했다. 살짝 불편한 느낌도 있긴 했지만, 역시 미소가 떠올랐다. 아론한테는 여동생이 두 명 있었지만, 아론의 아빠는 아이들을 대하는 태도가 똑같았다. 아론의 아빠는 집에서 일했기에, 그들이 집에 가면 문 앞에서 맞아주며(아론은 여동생들과 함께 학교에서 집까지 걸어갔다) 아이들을 차례대로 안아주고 뺨에 키스해주었다. 학교가 끝나고 그 집에 놀러 가면 아론의 아빠는 댄도 안아주었지만, 뺨에 키스는 해주지 않았다. 한 번도 인정한 적은 없지만, 댄은 아론의 아빠가 안아주는 것이 좋았다(페퍼민트 냄새가 났다). 아론 남매들에게 해주는 것처럼 뺨에 키스도 해주기를 바랐다.

하지만 이렇게 아버지들에 대한 관심에도 불구하고, 댄은 엄마와 단 둘이 사는 것을 좋아했다. 엄마가 일을 일찍 끝내고 돌아온 금요일 저녁에 이인용 피자를 나누어 먹는 것도 좋아했고, 댄의 책을 꽂으라고 거실 책장의 절반을 내준 것도 좋았다. 엄마는 한 번도 남자를 집에 데려온 적이 없었다. 만일 그런 일이 있었다면 어떤 기분이 들었을지는 모른다. 지금은 그 생각을 하면 슬펐다. 엄마가 아플 때 보살펴 줄 사람이 자기 말고는 아무도 없다는 사실 때문에 서글펐다. 비록 이기적인 생각이라고 떨쳐버리긴 하지만, 슬픔의 무게를 혼자 짊어질 수밖에 없다는 점에선 유감스럽게 생각한다. 그처럼 예민하게 느끼는 사람도, 전화를 걸어서 이야기를 털어놓을 상대도 없다.
"오늘 엄마와 닮은 사람을 봤어."

댄은 그 여자를 다시 쳐다본다. 여자가 몸을 웅크리자, 트렌치코트 벨트가 허리를 조인다. 좀 더 자세히 보니, 여자의 머리 뿌리 쪽 색이 엄마 보다 훨씬 짙은 색이고, 키도 훨씬 작다. 실제로 그 여자는 엄마와 전혀 닮지 않았다.

해나

휴대폰 진동음이 들리자, 해나는 이번에도 손님 휴대폰이 울리는 소리일 거라고 생각한다. 카페에 도착한 뒤로 휴대폰을 꺼낸 적이 없었다. 그래서 계속 창밖을 내다본다. 길 한복판에서 주정뱅이 두 명이 서로에게 소리지르고 있다. 다행히 도로에는 차가 없다. 한 명이 카페 쪽으로 맥주 캔을 던진다. 캔은 보도 위에 떨어져 배수로로 굴러간다. 해나는 그 모습을 지켜보면서 밖에 나가 그 사람들이 도로 한복판에 서 있다는 사실을 알려 주어야 하나 고민한다. 하지만 그 싸움은 시작하자마자 끝나고, 남자들은 돌아서더니 각자 다른 방향으로 걸어간다. 한 명은 역 쪽으로, 다른 한 명은 스피탈필드 쪽으로.

하지만 그때 또다시 진동음이 울리자, 해나는 앞치마 주머니에 손을 넣는다. 휴대폰을 꺼내 보니, 예전 동거인인 릴리가 보낸 문자 메시지가 와 있다. 딸의 세례식에 초대한다는 내용이다. 이 시간에 다른 친구에게 문자를 받았다면 놀랐을 것이다. 하지만 릴리의 딸인 마블이 이가 나기 시작하면서, 지난 몇 달간 릴리와 해나는 몇 번인가 밤늦은 시간에 문자를 주고받은 적이 있다. 릴리는 딸을 달래느라 늦게까지 깨어 있고 해나는 야간 근무를 하는 중이었다.

애는 좀 어때? 해나가 문자를 보낸다.

꼬마 악마야. 세례식엔 올 거지? 릴리가 답문을 보낸다.

그럼. 나중에 기차 시간 알아볼게. 해나가 답한다.

릴리는 더 이상 런던에 살지 않는다. 바운즈 그린에 있던 집을 떠나 고향인 요크셔로 돌아갔다. 처음에는 부모님과 같이 지내다가 결국에는 아파트를 얻어 독립했다. 릴리에게 문자를 보내면서, 해나는 바운즈 그린에 살던 때, 릴리가 아직 그곳에 있던 때를 떠올리자 갑자기 가슴이 아프다.

비록 다른 동거인들과는 해나와 모나가 친한 만큼 가깝지 않았지만, 시간이 지나면서 두 사람 모두 다른 여자들에 대해 잘 알게 되었다. 그들은 베미와 소피의 격렬한 말싸움을 엿들었다. 소피는 베미가 여자 친구인 안냐를 너무 자주 데려온다고 비난하면서, 관리비를 부담시켜야 한다고 주장했다. 베미는 소피가 밤늦은 시간까지 더블 베이스 연습을 한다고 불평했다. 그렇게 싸우긴 했지만, 두 사람 모두 사려 깊기도 했다. 베미와 안냐는 종종 집안 식구 모두를 위해 음식을 만들었다(안냐는 훌륭한 요리사였다). 소피는 항상 동거인들의 생일을 빼먹지 않고 기억했다. 하지만 해나는 릴리에 대해서만큼은 잘 알지 못했다. 릴리는 맨 위층에 살았고, 해나는 맨 아래층에 살았다. 떨어져 있는 거리는 2층에 불과했지만, 차이가 있었다.

그 집에서 사는 동안 해나가 릴리에 대해 알고 있었던 건, 화가이며 미술용품 점에서 아르바이트를 한다는 것뿐이었다. 그리고 헐렁한 옷들을 여러 벌 겹쳐 입었지만, 항상 맨발이었다. 가녀린 발목에는 초승달 모양의 참이 달려 있는 은 발찌를 하고 있었다. 그때만 해도 릴리는 불안정한 상태였다. 모나가 이사 온 지 일주일 정도 지났을 때, 릴리는 거실 한쪽에 임시 화실을 만들었다. 자신에게 더 많은 공간과 밝은 빛이 필요하다고 주장했다. 그리고 며칠 동안 거실을 떠나지 않으면서 온종일 열정적으로 그림을 그렸다. 어느 날 밤, 해나는 새벽 2시에 욕실로 가려고 거실을 가로지르다가, 캔버스를 쳐다보며 서 있는 릴리를 보았다. 캔버스는 빨강색과 오렌지 색조로 칠해져 있었다. 릴리가 거실을 차지한 것에 동거인들은 좌절했다. 해나는 완전히 닫히지 않은 문틈에서 새어나오는 말소리로 그 사실을 알게 되었다. 하지만 그 주가 끝나갈 무렵, 릴리의 물건들은 거실에서 깨끗하게 치워졌고, 거실은 평소 모습으로 돌아왔다. 그다음 주 내내, 릴리는 방에서 나오지 않았다. 폭발적으로 에너지를 분출한 뒤에 극심한 무기력증이 오는 건 당연했다. "밤에도 조용해." 동거인들이 주방에 모여 음식을 먹다가 릴리의 상태를 물으면 포피는 이렇게 대답하곤 했다. "그대로 놔두는 게 나을 것 같아." 모두 그 말에 따랐다.

베미와 소피 사이의 싸움뿐만 아니라, 동거인들 사이에 여러 가지 짜증나는 일들과 싸움이 점차 잦아지기 시작했다. 소피는 해나에게 샤워를 너무 오래 한다고 소리 질렀고, 베미는 모나의 엄격한 아침 운동 소리가 시끄럽다고 짜증냈다. 1층에서 지내는 해나와 모나는 한밤중에 현관문 소리에 잠에서 깼다. 한 번 그런 일이 있고 나자, 점차 두 사람의 수면을 방해하는 요소로 정착되었다. 아무래도 동거인들 중 누군가가 밤늦게 데이트를 나가는 것 같았다. 모나는 그 문제로 다른 동거인들과 맞서고 싶어 했고, 해나가 도와주기를 바랐다. 하지만 해나는 거절했다. 결국 어느 날 저녁, 모나 혼자 그 문제를 꺼냈다. 소피의 반발이 가장 심했다. "지금 내가 창녀라는 소리야?" 소피가 고함을 지르자, 모나가 극적인 목소리로 대꾸했다. "과장하지 마."

그때부터 냉장고와 냉동실에서 음식들이 없어지기 시작했고, 수동적인 공격 형태로 메모지를 붙여가며 서로를 고발하는 대화가 끝없이 이어졌다. 베미의 것인 냉동 라자냐가 사라졌을 때 특히 싸움이 심했다.

"그냥 라자냐잖아." 중재자로 나선 해나가 말했다.

"하지만 내 거지. 안냐가 요리한 거야. 난 그 라자냐를 보관해 둔 거고. 힘들게 일하고 들어와서 그 라자냐를 먹을 생각이었단 말이야." 베미가 소리쳤다.

"실수로 가져간 걸 수도 있어." 해나가 말했다.

"실수? 그럼 나도 다른 사람들 라자냐를 다 먹어 버릴 거야. 실수로!"

아무도 라자냐를 가져갔다는 걸 인정하지 않자, 베미는 쿵쾅거리며 자기 방으로 돌아가 벽이 흔들거릴 정도로 문을 세게 닫았다.

돌이켜보면, 지난 몇 달간 이 집 안에 감돌았던 긴장 상태가 너무 오래 지속되고 있었던 것이다. 일이 터졌다. 결국 누군가는 떠날 수밖에 없었다.

제일 먼저 릴리가 떠났다. 사실 아주 오랜만에 나온 것이다. 모든 사실이 밝혀지자, 릴리는 짐을 싸기로 마음먹었다. 상황은 명백한 것처럼 보였다. 하지만 이 집에는 여자가 여섯 명 있었고, 비밀을 숨기는 건 쉬웠다.

해나는 릴리에게 공간을 주어야 한다는 걸 알고 있었다. 다른 사람들도 모두 그랬다. 릴리는 그림을 그릴 때 혼자 있는 것을 좋아한다. 해나와 다른 동거인들은 그 점을 존중해 준다. 릴리는 그랬다. 그녀는 조용하고, 혼자서도 행복하다. 릴리는 그런 사람이다.

어느 날 밤늦게, 현관문이 열리는 소리에 또다시 잠이 깬 해나는 모나를 깨우지 않기 위해 조심스럽게 자리에서 일어난다. 해나는 거실에서 자신이 본 광경에 깜짝 놀랐다. 주방 문 옆에 릴리가 서 있는 것이다. 주방엔 불이 켜져 있지만, 거실은 어둡다. 릴리는 한 손으로 문틀을 잡고, 다른 손으로는 운동화를 든 채, 양말만 신은 발로 주방 타일 위에 서 있다. 얼굴이 땀으로 젖어 있다. 릴리는 운동용 레깅스와 몸에 딱 붙는 라이크라 상의를 입고 있다. 해나는 그 모습을 쳐다보다가 릴리가 평소 좋아하는 헐렁하게 늘어진 옷을 입고 있지 않은 모습을 처음 본다는 것을 깨닫는다. 그리고 그 이유를 바로 알아차린다. 이제 와서 생각해 보니, 릴리의 옷차림은 진실을 숨기기 위한 것이었다. 밝은 주방 불빛에 비친 실루엣이 거의 사라질 듯 깜박거리는 그림자로 보인다. 사람의 형체가 흐릿하다. 그녀는 거실과 주방 사이에 서 있다. 해나는 문지방 위에 서 있는 여자를 본다. 뒤에는 삶과 밝음이, 앞에는 오직 어둠만 있다. 릴리는 해나를 보자 눈이 휘둥그레지며, 허리에 묶고 있던 후드 점퍼를 풀어 재빨리 몸을 감싼다. 하지만 옷을 머리 위로 집어넣는 동안, 릴리의 가느다란 팔의 정맥과 칼처럼 가슴을 가로지르며 튀어나온 쇄골 뼈가 보인다. 해나는 릴리가 옷을 입으려고 들어 올린 팔이 떨리는 것과 상의가 딸려 올라가면서 레깅스 위로 보이는 골반 뼈를 본다. 헐렁한 점퍼를 입자, 몸을 떨고 있는 것을 제외하면 릴리는 평소 모습과 크게 다르지 않다. 다만 고통과 공포로 뒤틀려 있는 그녀의 얼굴은 해나가 처음 보는 것이다.

"어떻게 된 거야?" 해나가 복도 건너편에서 자고 있는 모나와 위층에서 잠들어 있을 다른 동거인들을 의식해 조용히 묻는다. 한편으로는 큰 소리를 질러 모두를 깨우거나, 아니면 모나에게만이라도 알리고 싶은 마음도 있다. 해나는 어떻게 된 일인지 알 수가 없다. 그래서 지금 일어나고 있는 이 일을 다른 사람도 봤으면 좋겠고, 이 자리에 누구든 어른이 있었으면 좋겠다는 생각을 한다. 스물다섯 살이나 돼서 이런 말을 한다는 게 우스꽝스러워 보인다는 것은 알고 있다. 하지만 릴리가 너무 겁에 질린 것처럼 보여서 해나는 조용히 말한다.

"지금 새벽 3시야." 해나가 릴리 머리 뒤쪽 주방 벽에 걸린 시계를 보며 말한다. "뭐 하는 거야?"

"난…." 릴리가 손에 들고 있던 운동화를 내려다보며 말을 더듬는다. 그러다 눈을 마주치지 않은 채 해나를 쳐다보며 말을 잇는다. "잠깐 뛰고 왔어. 잠이 안 와서."

"자주 이래?" 이미 답을 알고 있지만, 해나가 묻는다. 그녀가 한밤중에 현관문 소리에 잠이 깨기 시작했던 몇 달 전부터 이랬을 것이다.

"몇 번 그런 거야." 릴리가 여전히 시선을 내리깐 채 말한다.

해나는 릴리의 눈이 움푹 들어간 것을 알아차린다. 지금까지 그 사실을 알아차리지 못했다는 것이 부끄러울 정도다.

"어디까지 갔는데?" 해나가 마음을 가라앉히려고 애를 쓰며 묻는다.

"멀리 안 갔어." 릴리가 대답한다. 하지만 문틀을 또다시 꽉 붙잡는다. 해나는 릴리가 서 있기도 힘들다는 것을 깨닫는다.

"좀 앉아야겠다. 먹을 거하고 달달한 마실 것 좀 갖다줄게."

하지만 해나가 주방으로 들어가려고 하자, 릴리가 문틀을 잡고 있지 않은 다른 손으로 가로막는다.

"괜찮아." 릴리의 목소리가 단호하다. "아무 일도 아니야."

"아무 일도 아닌 게 아니야." 해나가 말한다.

"정말 괜찮아." 릴리가 딱딱하게 말한다. "그보다 이제 그만 자야겠어. 잠을 자고 나면 나아질 거야. 아까 말했듯이 뛰고 오면, 잠을 자는 데 도움이 되거든."

해나는 릴리를 한참 쳐다본다. 지금까지 있었던 모든 일들에 대해 좀 더 물어보고 싶지만, 릴리의 말에 따라야 할 것이다. 확실히 잠이 필요해 보이는 얼굴이다. 그리고 해나 역시 피곤했다. 너무 피곤해서 어떻게 해야 할지 생각이 나지 않는다. 릴리와는 내일 아침에 이야기를 다시 해 보는 편이 낫다. 만일 그녀가 없다면 모나와 포피에게 이야기할 것이다.

"부탁이야. 그만 자러 가도 될까?" 릴리가 조용히 말한다.

"그래." 해나가 옆으로 비켜서자, 릴리는 천천히 거실을 가로지른다. 해나는 릴리가 똑바로 걸어가고 있다고 말하고 싶지만, 사실 걸음이 불안정하다. 릴리는 발소리 없이 3층에 있는 자기 방까지 계단을 올라간다.

다음 날 아침, 해나는 일어나자마자 릴리의 방문을 두드린다. 하지만 맞은편 방에서 포피가 나오더니, 릴리는 아침 일찍 일을 하러 나갔다고 한다. 해나도 일을 하러 가야 했다. 커피 주문을 받고, 까다로운 고객들을 상대하면서 파블로의 딸이 결혼한다는 소식까지 듣게 되자, 잠시 그 생각을 접어 둔다.

하지만 저녁때가 되자, 전날 밤의 충격이 고스란히 되살아난다. 해나가 일을 마치고 돌아오자, 베미와 소피가 거실에 앉아 있다. 그들은 영화를 보기로 했지만, 아직까지 원하는 영화를 고르지 못했다. 그 대신 그들 세 사람은 소파에 앉아 각자 휴대폰을 쳐다보고 있다.

"이 수프 누구 거야?" 포피가 외치며, 감자 수프가 들어 있는 냄비를 들고 주방에서 거실로 들어온다. 베미와 소피는 고개를 들고 쳐다보더니, 다시 휴대폰을 들여다본다.

"내 거야." 해나가 소파에서 일어나며 말한다.

"내 자리에서 치워 줄래? 장을 좀 많이 봐서 자리가 필요하거든."

"그거 릴리 자리에 놔 둔 건데. 모나와 같이 쓰는 자리가 꽉 차서 릴리한테 부탁했더니 좋다고 했어."

"거긴 릴리 자리가 아니야. 내 자리지." 포피가 말한다.

해나는 릴리의 이름을 듣는 것만으로도 속이 뒤틀리는 느낌이다. 베미와 소피가 쳐다보는 가운데, 해나는 포피를 따라 주방으로 들어간다. 포피가 냉장고를 열고 맨 위 칸을 가리킨다.

"여기가 내 자리야." 포피가 말한다.

해나는 냉장고 맨 위 칸에 들어 있는 내용물을 들여다본다. 시금치 한 봉지, 볶음용 채소 봉지, 요거트 한 단지, 닭고기 한 봉지. 이제 와서 보니 전부 다 포피가 먹는 것이다.

"그럼 릴리 자리는 어디야?" 해나가 묻는다.

포피가 그 아래 칸을 가리킨다.

"여기."

해나가 고개를 젓는다. "거긴 모나와 내가 쓰는 자리야."

포피가 고개를 숙인다.

"그럼 그 아래 칸인가?"

해나가 다시 고개를 젓는다. "아니. 거긴 베미가 쓰는 자리야. 저번에 베미한테 뭘 빌릴 때 봤어."

포피는 냉장고 문을 잡고 있다. 안에서 새어나오는 빛이 그녀의 팔 안쪽을 창백하게 비춘다. 포피는 고개를 들고 해나의 눈을 쳐다본다.

"너희들 잠깐만 여기 와 볼래?" 포피가 거실에 대고 소리친다. 베미와 소피가 작은 주방으로 들어오자, 포피가 냉장고에서 각자 쓰는 자리가 어딘지 묻는다. 두 사람은 짜증을 냈지만, 각자 자기 자리를 말한다. 냉장고에 더 이상 남는 칸이 없다.

"무슨 일인데?" 베미가 짜증을 거두고, 혼란스러운 표정으로 묻는다.

포피와 해나는 다시 한 번 서로를 쳐다본다. 이게 무슨 의미인지를 깨닫자, 해나의 심장이 미친 듯이 뛰기 시작한다. 냉장고에 릴리의 자리가 없다. 소름 끼칠 정도로 빠른 속도로, 지금 이 상황과 어젯밤 일이, 그동안 간과했던 지난 몇 달간 있었던 모든 일들과 하나로 맞아떨어진다. 포피도 해나와 같은 결론에 도달한 모양이다. 평소 명랑한 모습은 사라지고, 제정신이 아닌 것처럼 보였기 때문이다.

"찬장을 열어 봐." 포피가 거의 비명을 지르는 것처럼 말한다. 동거인들은 서로를 흘깃 쳐다보지만, 포피의 지시에 따른다. 포피는 그 자리에 서서 해나와 소피, 베미가 찬장에서 물건들을 꺼내는 것을 지켜본다. 시리얼 상자들, 비스킷, 반쯤 빈 쌀 봉지, 누텔라, 초콜릿 스프레드…. 찬장에 들어 있던 모든 물건들을 하나씩 살피며 누구의 것인지를 신중하게 확인한다. 포피의 통밀 파스타와 현미, 베미의 국수 병과 참치 캔, 소피의 오트밀과 미니 체다치즈. 해나는 지금 직장에 있는 모나와 자신의 물건을 가리킨다. 장을 갈이 보기 때문에 모나의 물건이 무엇인지 전부 다 알고 있다. 마침내 찬장에 있는 물건들을 다 꺼냈다. 냉장고에 있는 음식들도 누구의 것인지 전부 확인한다.

포피가 주방 한복판에 가만히 서 있자, 베미와 소피는 서로를 쳐다본다. 포피는 아무 말 없이, 몸을 떨기 시작한다.

"그럼 이 주방에 릴리 물건은 아무것도 없다는 거야?" 포피가 묻는다.

동거인들은 서로를 쳐다본 뒤, 포피를 쳐다본다.

"한 개도?" 포피의 목소리가 갑자기 조용해진다.

모두 입을 다문다.

"지금 우리가 과잉 반응을 하는 걸 수도 있어. 어떻게 된 일인지 릴리가 설명할 거야." 소피가 말한다.

"아무 일도 아닐 거야." 베미가 말한다. 하지만 확신이 없는 목소리다. 해나는 어젯밤 일을 털어놓기로 마음먹는다.

"너희들한테 할 말이 있어." 해나는 가책을 받으며 재빨리 비밀을 털어놓는다. "어젯밤에 있었던 일이야. 나도 별일 아닌 줄 알았는데, 이제 보니 이해가 가네."

한밤중에 달리기를 하고 온 릴리를 발견했다는 것과 운동복을 입은 모습이 건강해 보이지 않았다는 것, 해나가 문소리 때문에 잠을 설쳤던 몇 달 동안 릴리가 계속 야간 달리기를 하고 있었던 것 같다는 이야기를 한다. 이야기를 하면서 동거인들의 얼굴을 보니, 해나처럼 그들도 이제 알아차린 것처럼 보인다. 무기력증, 헐렁한 옷, 집에서, 일상생활에서 릴리가 모습을 보이지 않았던 이유.

포피는 핏기가 가신 얼굴로 고개를 젓는다. 해나는 포피의 이런 모습을 처음 본다. 명랑한 모습도 아니고, 산만하지도 않다. 그저 겁을 집어 먹은 모습이다. 포피가 어려진 것처럼 보인다. 처음으로 어른 세계의 추한 모습을 본 아이 같다.

"그 앤 내 친구야." 포피가 작은 목소리로 말한다.

모두 포피를 쳐다보지만, 무슨 말을 해야 할지 알지 못한다.

"내 친구라고. 그런데 난 전혀 모르고 있었어. 난 대체 어떤 사람인 거야? 나는 알고 있었어야 했던 거잖아." 포피가 말한다.

해나가 앞으로 나가 떨고 있는 포피를 감싸 안는다.

"괜찮아. 네 잘못 아니야." 해나는 다른 동거인들을 바라보며 말한다.

하지만 그렇게 말하고 포피를 힘껏 끌어안아 주면서도, 해나는 속으로 궁금하다. 어째서 포피도 몰랐던 걸까? 어째서 아무도 몰랐던 걸까? 해나가 포피를 끌어안고 있는 동안, 베미와 소피도 괜찮을 거라고 말을 한다. 해나는 그렇지 않다는 걸 깨닫는다. 비록 소리 내어 말하진 않지만, 포피의 말에 일리가 있다. 그들은 알고 있었어야 했다. 해나는 릴리를 떠올리면 혼자 방에 들어가 있는 모습이나, 거실에서 탈진할 때까지 그림을 그리던 모습이 떠오른다. 해나에게 말을 할 때 릴리의 눈은 거칠지 않았다. 그녀는 릴리의 부드러운 미소와 거실에서 열정적으로 그렸던 빨강색과 오렌지 색조의 그림을 떠올린다. 비록 아무도 말을 꺼내진 않지만, 찬장에 음식이 가득 차 있는데도 동거인이 굶어 죽어가고 있었던 집 안을 떠돌고 있는 말이 들린다. 릴리, 우리한테 실망했겠구나.

릴리는 처음에 방어적인 태도를 취했다. 포피와 해나는 릴리를 만나 어떻게 알게 됐는지를 설명하고, 도움을 주고 싶다고 말했다.

"오래전부터 문제가 있었던 게 분명해." 침대에 있는 릴리 옆에 앉아 포피가 말했다. 릴리는 해나가 어릴 때 썼던 것과 비슷한 데이지 꽃무늬가 있는 이불을 덮고 있었다. "좀 더 빨리 눈치챘어야 했는데 이제야 알아서 정말 미안해."

"그런 거 아니야. 난 괜찮아." 릴리가 커다란 상의 속에 무릎을 감싸듯 밀어 넣으며 말했다.

두 사람이 계속 압력을 가하자, 릴리는 점점 화를 내며 자신을 훔쳐봤다고 소리 질렀다. 그들이 무슨 말을 하는지도 모르겠고, 친구도 아니니까 자신을 보살필 필요가 없다고 했다.

첫 번째 대화는 진척이 없었다. 릴리는 계속 움츠러들다가, 결국에는 요란하게 현관문을 닫고 나가 버렸다. 그다음 날, 해나와 포피, 다른 친구들은 또다시 릴리와 대화를 시도했다. 처음에는 같은 반응이었다. 부정, 격렬한 분노, 상처를 주는 날카로운 말들. 하지만 결국에는 릴리도 받아들이고, 마침내 포피에게 모든 것을 털어놓았다. 포피는 해나와 모나에게 그 이야기를 그대로 해 주었다. 아주 오래전부터 있었던 일로, 릴리는 아무도 모르게 굶고 있었다. 집에서 음식을 먹는 게 두려워, 장도 보지 않았다. 하지만 가끔씩 너무 허기가 질 때는 냉장고나 냉동고를 열고 아무 음식이나 꺼내 먹었다. 음식을 다 먹고 나면 죄책감이 몰려왔다. 릴리가 달리기를 시작한 건, 해나와 모나의 찬장에서 시리얼 한 줌을 훔쳐 먹고 난 뒤부터였다. 그것도 아무도 보지 못하게 밤늦게 나갔다. 처음에는 상대적으로 짧은 거리를 뛰었지만, 점점 더 멀리, 자주 나가 달리게 되었다. 5킬로미터, 6킬로미터, 10킬로미터. 해나가 주방에서 릴리를 발견했던 밤에는 20킬로미터를 뛰었다고 했다. 릴리는 자기가 얼마나 자주 밖에 나가는지를 동거인들에게 알리고 싶지 않아서, 집에서 운동복을 말리지 않고 동네 세탁소에 맡겼다고 했다.

포피는 릴리에게 당분간 부모님 집에 가 있으라고 제안했다. 릴리의 어머니에게 연락하고, 짐 싸는 것을 도와주겠다고 말했다. 그 시점에서 릴리는 너무 힘든 상황이라 거절할 수가 없었다. 며칠 뒤, 어머니가 도착하고, 동거인들은 릴리의 짐을 싸는 것을 도왔다. 이상하게 슬픈 작별 인사를 나눈 뒤, 해나와 모나는 해나 방으로 돌아왔다.

해나는 그때 옆에 앉아 있던 모나를 떠올린다. 두 사람은 아무 말 없이 앞만 쳐다보고 있었다.

"무슨 일이 있어도 우린 서로를 챙겨 주겠다고 약속해. 알았지?" 해나가 말했다. 릴리에 대한 죄책감, 같이 살던 사람들 중 한 명이 나락으로 떨어지는 것을 알아차리지 못했다는 부끄러움에도 불구하고, 해나는 계속 그 생각을 하고 있었다. 그녀는 냉장고에 있는 음식들 중에 어떤 것이 모나의 것인지 알고 있다. 모나의 안색이나, 몸이 얼마나 건강한지도 알고 있었다. 두 사람은 아주 친한 친구 사이였다. 해나는 모나가 마음속에 뭔가 담고 있는 게 있다면 자신에게 말해 줄 거라는 사실을 알고 있었다. 두 사람 사이에는 비밀이 없을 것이다.

모나는 아무 말 없이 고개를 끄덕였다. 그리고 해나의 어깨를 감싸 안았다.

릴리는 바운즈 그린에 있는 집으로 다시 돌아오지 못했다. 하지만 동거인들은 릴리를 만나러 요크셔로 찾아갔다. 릴리의 부모님 집 소파에서 담요를 덮고 비오는 황야를 내다보며 처음으로 솔직한 이야기를 나누었고, 해나는 같이 살던 동거인에 대해 이제야 제대로 알게 된 것 같았다. 주말을 그곳에서 보내고 떠났지만, 해나는 그때부터 릴리에게 문자 메시지를 보내기 시작했다. 두 사람은 그런 식으로 계속 연락을 주고받았다. 멀리 떨어져 있었지만 서로 문자를 주고받았다. 해나가 릴리에게 문자를 보내기 시작한 건 죄책감과 한때 한 집에 살았던 연약한 여자에 대한 걱정 때문일지 모른다. 하지만 시간이 지나면서 자주 만나지 못했음에도 불구하고 그 감정은 진짜 우정으로 변했다. 두 사람의 문자는 가끔 소원할 때도 있었지만, 절대 끊어지진 않았다. 요크셔로 돌아가고 1년 뒤, 릴리는 해나에게 처음 사귀었던 남자 친구와 다시 사귀게 됐다고 말했다. 런던으로 갔던 것도 그 남자 친구와 헤어지고 나서였다. 9개월 뒤, 두 사람은 약혼했다. 릴리는 몸이 나아지는데 팀의 도움도 있었다고 했다. 두 사람은 아이를 원했고, 주치의는 릴리에게 아이를 가지려면 체중을 늘려야 한다고 말했다. 비록 릴리는 상세하게 말하지 않았지만, 그 상황을 얼마나 힘들게 이겨냈을지 해나는 알 수 있었다. 마침내 릴리는 건강한 몸무게를 되찾았고, 6개월 전에 마블이 태어났다.

릴리의 문자를 보면서 해나는 눈시울이 촉촉해지는 것을 느낀다.

곧 만나. 릴리가 품안에 잠든 마블의 사진을 첨부해 보낸다.

그때 보자. 해나도 답장을 보낸다.

그녀는 잠시 마블의 사진을 본다. 릴리가 분홍색 볼과 꽉 쥔 주먹을 가지고 있는 작은 아기와 함께 행복을 찾은 것이 기쁘다. 힘든 시간을 이겨낸 릴리는 이런 행복을 누릴 자격이 있다. 하지만 다가올 마블의 세례식은 해나의 삶이 다른 친구들과 얼마나 다른지를 새삼 상기시켜 준다. 그녀는 자신을 기다리고 있는 아파트를 그려 본다. 모나와 함께 사는 것이 좋지만, 그곳은 좁고, 4년째 살고 있긴 해도 두 사람 소유도 아니다. 거실도 없고 , 정원도 없고, 식기세척기도 없다. 스물한 살, 스물세 살, 스물여섯 살일 때는 그런 게 없어도 이상할 게 없다. 그 당시에는 친구들도 해나와 비슷하게 꿈을 쫓아가면서, 저임금의 일을 하며 눅눅하고 곰팡이가 핀 작은 아파트에서 살았다. 하지만 세월이 흐르면서 많은 것들이 변했다.

한 해 한 해 지나갈수록 해나는 이제 꿈을 포기하고, 자신이 바라는 것들이 결코 이뤄지지 않을 거라는 사실을 받아들여야 할 때가 된 건 아닌지 고민한다. 해마다 그녀를 조금씩 더 버틸 수 있게 붙잡아 주는 것이 있다. 하지만 휴대폰을 쳐다보고 있는 동안에도 발이 아프고, 기름 냄새와 커피 냄새가 진동을 한다. 해나는 그것이 무엇인지, 이 일을 좀 더 오래 해도 될 정도로 충분한 건지 고민한다.

오전 5시

해나

"망할 년!"

그 여자가 카페 문을 열고 들어오는 것을 인지하기도 전에, 너무 큰 소리가 나서 해나는 깜짝 놀란다. 다른 손님들도 재빨리 돌아본다.

"망할 년! 빌어먹을 년!"

여자가 카페 중앙으로 비틀거리며 들어오는 동안, 해나는 휴대폰을 앞치마 주머니에 넣는다. 그 여자는 청바지를 반쯤 풀어헤친 채로 한 손에는 비닐봉지, 다른 한 손에는 개 줄을 잡고 바닥에 질질 끌고 있다. 머리카락은 끝 쪽이 엉켜 있고, 눈을 부라리고 있다. 앞니가 없었다. 해나는 그 여자가 누군지 알아차린다.

해나가 카운터 뒤로 살짝 물러나자, 후드를 입은 젊은 남자가 자리에서 일어난다. 여자는 욕설을 멈추더니, 대신 입을 벌리고 갑자기 큰 소리로 비명을 지르기 시작한다. 그 소리가 카페 안에 퍼지자, 창문 옆 자리에 앉아 있던 여자가 손으로 귀를 막는다. 저 여자가 또 왔네. 해나가 생각한다. 해나와 모나, 다른 카페 직원들은 저 여자에 대해 잘 알고 있다. 그들은 저 여자를 '비명인'이라고 부른다.

파블로가 주방에서 즉시 뛰어나와 해나의 옆에 선다. 그는 해나의 어깨에 한 손을 올린다. 해나는 젊은 남자와 여자 손님 사이를 돌아보면서 아무 일 없을 거라고 눈빛으로 안심시키려고 애를 쓴다. 하지만 해나 본인이 더 놀랐다. 그 비명 소리를 견디는 것이 예전보다 더 힘들다. 귀가 떨어져 나갈 것 같은 소리에, 심장 박동이 빨라지면서 갑자기 어떻게 해야 할지 아무것도 떠오르지 않는다. 해나는 젊은 남자가 여전히 서 있는 것을 알아차린다. 그 남자는 숨을 깊이 들이마신 뒤 비명을 지르는 여자 쪽으로 몸을 돌린다.

"이봐요. 개는 어디 있어요? 나도 개를 좋아하는데요." 남자가 부드러운 소리로 말한다.

갑자기 여자가 비명을 멈추더니, 재빨리 젊은 남자 쪽으로 고개를 돌린다. 여자가 남자를 노려본다.

"개? 무슨 개?"

여자가 젊은 남자 쪽으로 한 걸음 다가서자, 마치 자기한테 덤벼들기라도 한 것처럼 해나가 움찔한다. 젊은 남자는 뒤로 물러서다가, 테이블에 부딪친다. 그는 여자가 쥐고 있는 개 줄을 쳐다본 뒤, 해나를 돌아본다. 하지만 남자는 더 이상 아무 말도 하지 않는다.

마침내 파블로가 여자 쪽으로 다가간다. 해나는 마음이 다른 곳에 가 있었고, 자신이 이 일에 대처할 수 없다는 사실을 알고 불안에 휩싸인다. 그녀에겐 파블로와 저 여자를 편안하게 만들어 주는 그의 부드러운 목소리가 필요하다. 해나는 갑자기 무기력함을 느끼면서 카운터 뒤에 서 있다.

처음 '비명인'과 마주쳤을 때 해나는 너무 놀라 비명을 지를 뻔했다. 지금과 비슷한 밤 시간이었다. 그때 여자는 카페로 들어와 한복판에 버티고 서서 5분 동안 쉴 새 없이 비명을 지른 뒤, 돌아서서 나갔다. 그 일로 많이 놀란 카페 손님들에게 해나는 무료 커피를 제공했다. 이제는 해나와 모나도 '비명인'에게 많이 익숙해졌다.

카페에는 온갖 이상한 사람들이 들어오는데, 주로 밤에 많이 나타난다. 해나는 그들 모두 각자 사연이 있다는 것을 알고 있다. 그녀는 종종 '비명인'

이 대체 어떤 인생을 살았기에 저 지경이 된 것인지 궁금했다. 하지만 해나가 이 카페를 혼자 지킨다고 해서 특별히 힘든 경우는 별로 없다. 대부분은 아무런 해도 끼치지 않는다. 이를테면 가끔 밤에 찾아와 계속해서 마가렛과 이야기하고 싶다고 말하는 노인이 있다. 그때마다 해나는 마가렛은 이곳에 없다고 노인에게 친절하게 설명해 주려고 애를 쓴다. 결국 노인은 카페에 있는 모든 손님들에게 마가렛이 아닌지 물어본 뒤에 그곳을 떠난다. 그리고 손님들에게 종교 관련 전단지를 나눠 주려고 애쓰는 여자도 있다. 그 여자는 화장실 거울에도 전단지를 붙여놓는다. 가끔은 카페를 떠나기 전에 큰 소리로 성경 구절을 낭송하기도 한다.

이제 해나는 파블로의 부드러운 목소리를 '비명인'이 받아들였다는 것을 알고 있다. 파블로는 여자를 자극하지 않기 위해 너무 가까이 다가가지 않는다. 해나는 그 모든 과정을 알고 있다. 하지만 그녀는 파블로가 단호한 목소리로 여자를 진정시킨 뒤에 문 쪽으로 유도하는 모습을 끈기 있게 지켜본다. 마침내 그 여자가 문 쪽으로 향하자 해나는 안도감에 어깨가 축 처지는 것을 느낀다. 하지만 마지막 순간에 여자는 갑자기 멈춰 서더니, 눈 깜짝할 사이에 의자를 힘껏 걷어찬다. 그 의자가 리놀륨 바닥에 미끄러지면서 테이블에 부딪친다. 테이블 위에 놓여 있던 나이프, 포크 같은 날붙이들과 냅킨, 소스들이 바닥에 떨어진다. 여자는 아무 말도 없이 비닐봉지를 가슴에 꼭 끌어안고 밖으로 나간다.

여자가 나가자, 젊은 남자와 여자 손님이 그 테이블을 돌아보고 바닥에 떨어진 물건들을 줍기 시작한다. 두 사람은 웅크리고 앉아, 여기저기 흩어진 날붙이들과 소스 봉지들을 집어 든다.

해나도 겨우 정신을 차리고 수습에 나선다.

"고맙습니다." 그녀도 바닥에 손을 뻗어 흩어진 날붙이들을 줍는 데 동참한다. 몸을 숙이다가 파블로와 시선이 마주친다. 그가 물어보는 것 같은 표정으로 해나에게 엄지손가락을 들어 올린다. 그녀도 엄지손가락을 들어

올리자, 파블로는 고개를 끄덕인 뒤 주방으로 돌아간다.

해나는 손님들을 안심시키고 테이블을 정리하는 데 집중한다.

"죄송해요. 가끔씩 저렇게 나타나긴 하는데, 좀 상태가 안 좋긴 하지만… 해를 끼치진 않아요." 해나가 말한다.

"그렇더라고요." 운동복과 트렌치코트를 입은 여자가 해나에게 냅킨들을 건네주며 말한다. 젊은 남자는 날붙이들을 가득 모아 수줍은 미소와 함께 해나에게 건네준다.

"고맙습니다." 해나가 말한다. 세 사람은 자리에서 일어나 다시 테이블 위를 정리한다. 해나는 도와준 손님들의 이름을 물어본 뒤, 감사의 뜻으로 커피를 가져다준다. 그때 여자 손님의 휴대폰이 다시 울린다. 이번에는 그녀도 주머니에서 휴대폰을 꺼내, 전화를 받으며 자리로 돌아간다. 젊은 남자도 자리로 돌아가 새로 교과서를 펼치고 열심히 들여다보기 시작한다.

"모퉁이에 있는 가게에 있어." 여자가 전화로 말한다. 해나는 한쪽의 통화 내용만 들으면서, 삐뚤어진 테이블과 의자들을 바로 놓는다.

"바람 좀 쐬러 나온 거야." 여자가 트렌치코트 벨트를 손으로 비비 꼬면서, 자기 손톱을 내려다본다. "시간이 늦었다는 건 알아. 5분 있으면 들어갈 거야. 됐지?"

해나는 조용히 의자를 테이블 아래에 밀어 넣는다. 전화를 받은 여자는 이제 창밖을 보고 있다. 길 건너편 역 앞에서 어떤 남자가 노상방뇨를 하고 있고, 눈에 잘 띄는 재킷을 입은 사람들이 무리지어 거리를 활보하고 있다. 앞으로 두 시간 이내에 그 길은 사람들로 가득 찰 것이고, 온종일 그 상태일 것이다. 하지만 아직까지는 조용하고, 보도에 보이는 건 쓰레기통과 뭔가 모의를 하는 것 같은 몇몇 사람들뿐이다.

"5분 있으면 간다니까. 지금 걸어가는 중이야. 그래. 애 우는 소리 들려. 내가 집에 갈 때까지만 좀 달래고 있어. 당신이 젖을 줄 수 없다는 건 나도 알아. 자기야, 나 안 미쳤어. 그래, 고마워. 말했잖아. 지금 걸어가는 중이라고. 곧 도착해."

여자는 휴대폰을 끊더니 다시 주머니에 집어넣는다. 해나는 테이블을 정리하면서, 전화 내용을 못 들은 척한다. 이제야 호흡이 정상으로 돌아왔다. 해나의 마음은 이제 운동복을 입은 여자의 사연과 집에서 기다리고 있다는 아기에 대한 생각으로 가득하다. 자신에게는 그 여자가 남편에게 분명히 거짓말을 했다고 판단할 권리가 없다. 하지만 의구심이 뇌리를 스친다. 저 여자는 왜 여기에 있는 걸까?

여자는 해나가 엿듣고 있다는 사실이나, 얼굴 표정을 눈치채지 못한 것처럼 보인다. 해나는 의도하지 않았어도 틀림없이 걱정하는 표정을 짓고 있을 것이다. 대신 그 여자 손님은 테이블에 커피 값을 올려놓고, 코트를 여민 뒤 그대로 카페를 나선다. 해나는 여자가 거리로 나서는 모습을 지켜본다. 그녀는 보도 위에 서서, 숨을 깊고 길게 들이마시는 것처럼 어깨를 들썩거린다. 여자는 그대로 잠시 서 있다가 주머니에 손을 찔러 넣고 고개를 푹 숙인 채, 빠른 걸음으로 걸어간다.

해나는 '비명인'이 한바탕 난리를 떨고 지나가고, 여자 손님까지 나가자 카페가 평온해진 것 같은 느낌을 받는다. 이제 손님은 초록색 후드를 입은 젊은 남자밖에 없다. 그 남자는 너무 오래 있어서 가구의 일부처럼 느껴진다. 해나는 카운터 앞에 있는 의자에 앉는다. 주위가 조용해지자, 해나는 다시 릴리와 예전 동거인들에 대한 생각으로 돌아간다.

릴리가 떠나고 얼마 뒤, 베미도 그 집을 나가겠다고 했다. 그녀는 토트넘의 피시 앤 칩 가게 위에 있는 작은 아파트로 안나와 같이 들어가기로 했다. 두 사람의 형편에 맞는 유일한 집이었다. 베미는 그 이야기를 할 때 긴장한 것처럼 보였지만, 동거인들이 모두 지지해 주자 안심했다. 사실 소피를 제외한 다른 사람들은 그 소식에 전혀 놀라지 않았다. 베미가 그 이야기를 끝내자 소피는 그대로 방을 뛰어나갔다. 그리고 베미가 떠나는 날, 소피는 마오의 전차를 이삿짐 트럭에 옮기다가 울음을 터트렸다.

포피가 떠났을 때, 해나와 모나도 그 집을 나오기로 마음먹었다. 어느 날 저녁, 포피는 집 안 식구들을 불러 모았다. 포피는 다 같이 먹을 크리스피 도넛이 들어 있는 커다란 상자를 들고 왔다. 모두 거실 한복판에 있는 커피 테이블에 둘러앉았을 때, 도넛 상자 안에는 설탕이 녹아 있었다.

"난 파리로 갈 거야. 앙투안과 같이 가기로 했어." 포피가 말했다.

해나는 그 순간 모나를 돌아보았던 것이 떠오른다. 눈이 마주치고, 자신이 받은 충격이 친구의 얼굴에도 고스란히 떠오르는 것을 보았다. 포피가 앙투안에 대해 말한 적은 있지만, 평소에 언급하는 사람이 너무 많다 보니, 앙투안과 사귀는 줄 몰랐다. 포피는 주말에 파리를 방문했을 때 친구 집에서 열린 파티에서 앙투안을 만나게 됐다. 그때부터 정기적으로 만났다고 했다. 앙투안이 사업차 런던에 오면 회사에서 빌려준 아파트에서 같이 지냈다는 것이다. 해나는 자신이 여기 살게 된 뒤로, 포피가 파리 여행을 몇 번인가 갔던 것이 떠올랐다. 파리에 있는 사촌들을 만나러 간다고 했지만, 사실은 앙투안을 만나러 갔던 것이다. 포피처럼 사교적인 사람이 사생활을 엄격하게 지켰다는 점이 놀라웠다. 항상 많은 사람들에게 둘러 싸여 있으면서도 진짜 가깝게 생각하는 사람들은 우승 카드처럼 꼭 쥐고 있었던 모양이다.

"왜 말하지 않았어?" 소피가 물었다.

포피는 가볍게 어깨를 으쓱했다.

"이렇게 진지한 사이가 될 줄 몰랐으니까. 이렇게 되길 바라지도 않았고. 하지만 그 사람이 갑자기 같이 살자고 하니까 그래도 괜찮을 것 같다는 생각이 드는 거야. 안 될 게 뭐야? 항상 파리에서 살고 싶었고, 그곳엔 오디션을 볼 만한 카바레 쇼도 많을 텐데. 가끔은 무작정 믿어야 할 때도 있는 거야."

해나와 모나, 소피는 포피에게 축하 인사를 건넸고, 그들은 함께 크리스피 도넛을 먹었다. 그리고 주방에서 찾아낸 술을 마셨다(4분의 1 남은 진과 맥주 몇 캔). 아무도 말하진 않았지만, 포피가 떠나면 많은 것들이 변할 거라는 느낌이 들었다. 해나로선 그들을 하나로 아우르는 포피가 없는 곳에서 산다는 걸 상상조차 할 수가 없었다. 포피는 부적응자들을 모아놓은 이 집의 단장이었다. 아직 릴리의 방도 그대로 비어 있었다. 이제 한 명이 아니라 두 명의 동거인을 구해야만 했다. 이 집의 역학관계가 완전히 변할 것이다. 도넛을 다 먹고, 술도 바닥에 찌꺼기만 남자, 포피는 이 집의 임대 계약이 한 달 뒤에 갱신될 거라고 말하면서, 1년 더 갱신해서 이 집에 계속 살고 싶은지 물었다.

해나와 모나, 소피는 서로를 쳐다보았다. 말할 필요도 없이 결정이 났다. 소피는 남는 방이 있는 친구들이 있으니 그쪽에 연락해 보겠다고 했다. 해나와 모나도 그날 저녁부터 아파트를 찾기 시작했다. 그들은 3주 뒤에 이사하기로 했다.

모나와 함께 구한 아파트는 좀 더 집 같은 느낌이었다. 바운즈 그린의 집은 그립지 않았지만, 그래도 포피는 그리웠다. 해나는 다시 앞치마 주머니에서 휴대폰을 꺼내, 포피의 인스타그램에 들어가 사진들을 본다. 포피와 앙투안이 파리의 술집에서 찍은 사진을 한참 쳐다본다. 두 사람 모두 와인 잔을 든 채로, 앙투안은 카메라를, 포피는 앙투안을 보며 미소 짓고 있다. 해나는 이 사진을 찍어 준 사람은 누군지, 이 술집은 어딘지 궁금하다. 아마 두 사람이 좋아하는 곳일 것이다. 해나는 행복해 보인다고 생각하며 다시 한 번 포피의 얼굴을 들여다본다. 전보다 머리카락이 짧아진 것 말고는 예전과 똑같아 보인다. 헤어진 지 4년이 지났는데도 해나는 포피를 생각할 때마다 따뜻함을 느낀다. 그동안 포피가 친구들이나 가족들을 만나러 런던에 왔을 때 몇 번 만나긴 했다. 하지만 해나는 아직까지 포피를 만나러 파리에 가거나, 지난 3년간 춤을 추고 있다는 카바레 쇼를 보러 가지 못했다. 해마다 가겠다고 다짐을 하면서도, 어떻게 된 일인지 갈 수가 없다.

한 번은 해나와 모나가 함께 여행 계획을 세운 적이 있었다. 1월이었고, 두 사람 모두 공연이 없을 때였다. 모나는 크리스마스 시즌에 런던 근교

양로원들을 돌며 탭댄스 공연하는 일을 끝마쳤고, 해나도 투팅에 있는 지방 극장에서 단역으로 출연한 뮤지컬 공연을 끝냈을 때였다. 해나는 지쳐 있었다. 3주 동안의 공연 중에도 낮에는 계속 카페에 나와 일을 했다. 그리고 극장은 지금 살고 있는 집에서 한 시간 넘는 곳에 있었다. 하지만 해나는 파리를 생각하며 버텼다. 모나와 포피와 함께 복잡한 작은 식당 야외 석에 앉아, 지나가는 사람들을 구경하며 에스프레소를 마시는 모습을 상상했다. 단 며칠이라도 현실에서 벗어날 수 있기를 간절히 바랐다. 카페에서 멀어지고 싶기도 했지만, 그보다는 오디션들과 음악으로 뭔가를 이루고자 하는 갈망, 자신이 스타가 아닌 돌덩어리에 불과할지도 모른다는 점차 커져만 가는 두려움에서 멀어지고 싶은 마음이 컸다. 하지만 여행을 떠나기 일주일 전, 모나가 장염에 걸렸다. 두 사람은 파리에 가지 못했다.

"나 신경 쓰지 말고 갔다 와." 모나가 이불을 둘둘 말고 침대에 누운 채 말한다. 얼굴이 식은땀으로 축축하고, 안색도 창백하다. "같이 가 줄 다른 사람이 있으면 좋을 텐데. 아니면 너 혼자 가도 좋고."

원래 파리로 떠나기로 한 날이 내일이다. 복도에는 여행 가방들이 세워져 있다. 모나의 상태가 좋아져서 여행을 갈 수 있을 경우에 대비해 해나가 싸 둔 짐이다. 해나의 배낭 안에는 여행에 대비해 구입한 여행서적이 들어 있다. 특별히 가고 싶은 곳이나, 모나가 좋아할 만한 곳들이 나와 있는 페이지에 미리 표시를 해 두었다. 로댕 미술관, 피카소 미술관, 셰익스피어 앤 컴퍼니 서점, 모나가 좋아하는 레몬 머랭 파이가 최고라는 카페.

"네 옆에 있을 거야." 해나가 모나의 침대 옆 탁자에 생강을 갈아 넣은 뜨거운 물 잔을 내려놓으며 말한다. 그녀는 모나의 이마에 손을 올려본다. 아직 뜨겁다. 해나는 부드럽게 모나의 이불을 고쳐 덮어 준다. 바로 그 순간 모나가 몸을 떨기 시작한다. 안색이 잿빛으로 변하면서 몸을 앞으로 숙이자, 해나는 재빨리 바닥에 놔둔 대야를 모나 앞에 받친다.

"됐어." 해나가 한 손으로는 대야를 붙잡고, 다른 한 손으로는 얼굴로 흘러내리지 않도록 모나의 머리카락을 잡아주며 말한다. 모나가 울기 시작하자, 해나는 휴지와 침대 옆에 놔둔 축축한 수건을 집어 든다.

"괜찮아. 이제 좋아질 거야." 해나가 부드럽게 말한다.

모나는 다시 잠이 든다. 해나는 청소를 하고, 창문을 연다. 그리고 자기 방에서 그날 아침 일찍 산 거베라 꽃병을 가져와 모나의 침대 옆 탁자에 올려놓는다. 한참 뒤에는 욕조에 물을 받고, 모나를 부축해 침대에서 욕실로 데려간다.

"내 허리를 붙잡아." 해나의 말에 모나가 몸을 기댄다. "됐어."

평소 강인하고 침착한 모습만 보다가 이런 모습의 친구를 보니 낯설다. 모나를 보살펴 줄 수 있다는 것이 해나에게 묘한 자신감과 자부심을 안겨 준다. 지난주에는 음악 무대에서 또다시 거절당했고, 참가했던 오디션은 떨어졌다. 하지만 지금 여기선 그녀도 쓸모가 있다. 해나는 이런 열정을 지난주 오디션에 쏟아부었어야 했다는 걸 잘 알고 있다. 하지만 갑자기 아무것도 끌어낼 수가 없었다. 실패에 대한 두려움이 자신을 억누르고 있었다. 해나는 그 오디션에 10분 지각했고, 그 자리에서 떨어졌다는 것을 알았다. 하지만 사실 자신에게 재능이 없을지도 모른다는 두려움보다는 지각해서 떨어졌다는 편이 위로가 되었다.

하지만 이렇게 친구를 보살피는 일은 잘 하고 있는 것처럼 느껴진다. 그녀는 모나가 잠옷을 벗는 것을 돕는다(호그와트 레깅스와 색이 바래고 좀먹은 커다란 티셔츠다). 조심스럽게 돌아서서 벗은 잠옷을 빨래 바구니에 집어넣고, 욕조에 들어가는 모나를 잡아 준다.

"좋아. 이제 오른쪽 다리를 들고, 안에 들어가는 거야." 해나가 부드럽지만 단호한 목소리로 말한다. 모나는 아무 말 없이 해나의 지시를 따른다.

일단 모나가 욕조에 들어가자, 해나는 모나가 머리를 기댈 수 있게 수건을 말아 욕조 머리맡에 올린다. 라벤더 향 거품이 가득한 욕조에 모나가 가녀린 몸을 담그자, 해나는 물을 휘휘 저어준다.

조금 뒤, 해나는 모나에게 자리에 앉으라고 권한다. 모나가 몸을 기댈 수 있게 한쪽 팔을 내민 뒤, 다른 손으로는 샤워기를 집어 든다. 그리고 조심스럽게 친구의 머리를 감기기 시작한다. 따뜻한 물로 머리카락을 적시는 동안 낮은 소리로 노래를 부른다. 무대를 위해 배워야 했던 포크 송을 연습하는 것이다. 연습을 그리 많이 하진 못했지만, 지금은 연습처럼 느껴지지 않는다. 따뜻한 욕실 안에서, 모나가 자신의 한쪽 팔에 힘없이 기대고 있는 가운데 노래를 부르니, 경력을 쌓겠다는 압박감을 느끼기 이전으로 돌아간 것 같다. 노래를 부를 때는 그저 노래만 부르는 것이다.

"물 온도는 괜찮으세요?" 해나는 지난번 갔던 미용실에서 미용사가 했던 말을 따라한다. 모나가 고개를 끄덕인다.

해나는 손바닥에 샴푸를 짠 뒤, 모나의 두피에 부드럽게 문지르면서 다시 노래를 고른다. 그녀의 목소리가 작은 욕실에 울려 퍼지면서, 환풍기 소리와 고장 난 수도꼭지에서 계속 떨어지는 물방울 소리를 압도한다. 해나는 머리를 헹구면서 모나의 이마에 손을 올린다. 비눗기가 눈에 들어가지 않게 조심하면서 모나의 머리를 뒤로 젖힌다. 물이 떨어지고, 비눗기가 머리 길이대로 흘러내리자 모나는 눈을 감는다. 짙은 색 머리가 물에 젖자 검정색으로 보인다.

머리를 감는 동안, 욕실에 두 사람이 함께 쓰는 알로에 샴푸 냄새가 풍긴다. 모나는 욕조에 받쳐둔 수건에 머리를 기대며 해나를 쳐다본다.

"이번 일로 우리는 최고의 친구가 될 거야." 모나가 조용히 말한다. 해나는 웃자고 하는 말임을 알아차리고, 나지막한 소리로 웃는다.

"그런 것 같네." 해나가 말한다.

이틀이 지나자, 모나의 병세는 많이 호전된다. 나흘째 되는 날, 모나는 해나를 데리고 이즐링턴에 있는 프랑스 레스토랑에 저녁 식사를 하러 간다. 모나의 모습은 병석에서 막 일어난 사람처럼 보이지 않는다. 세련된 스타일의 하이 웨이스트 팬츠와 폴로 넥을 입고, 머리는 길게 늘어뜨렸다. 모나는 두 사람을 위한 와인을 주문한다. 미지근한 와인을 함께 마시면서, 레스토랑 스피커에서 나지막이 흘러나오는 세르주 갱스부르(1928~1991, 프랑스의 싱어 송 라이터 겸 배우-옮긴이)의 노래와 심한 남아프리카 억양으로 활기차게 대화를 하는 옆 테이블 커플의 말소리가 들리는 가운데 모나는 해나에게 다음 주에 있을 오디션에 대해 이야기한다.

갑자기 모나가 포크를 내려놓으며, 해나를 진지하게 쳐다본다.

"여기가 파리 같지 않다는 건 알아. 여행 못 가게 돼서 너무 미안해. 그리고 날 보살펴줘서 정말 고마워. 넌 정말 대단해." 모나가 말한다.

"그건 신경 쓰지 마." 해나가 대답한다. 모나가 손을 내밀자, 해나는 친구의 손을 꼭 잡아 준다. 웨이터가 다가와 접시를 치운 뒤, 디저트를 원하는지 물어본다.

"잊지 마, 오늘 저녁은 내가 사는 거야." 모나가 말한다.

해나가 미소 짓는다.

"그럼 먹어야지." 두 사람은 나누어 먹을 수 있게 다른 종류의 푸딩을 주문한다.

카운터에서 해나는 포피에게 문자 메시지를 보내려고 하다가 시간이 너무 이르다는 걸 깨닫는다. 문자 작성을 끝낸 뒤, '전송'을 누르지 않고 앱을 닫는다. 적당한 시간에 보내기 위해 저장해 둔 것이다. 아마 파리 여행은 다시 계획할 수 있을 것이다. 포피를 다시 만날 수 있다는 것도 좋고, 일에 대한 고민이나 최근에 있었던 자하임과의 이별로 인한 고통에서도 벗어날

수 있을 것이다. 어쩌면 스텔라가 모나에게도 휴가를 줄지 모른다. 그래서 같이 파리로 간다면 해나와 모나, 포피가 함께 레드 와인을 마실 수 있을 것이다. 제대로 휴가를 보내게 될 것이다. 해나는 카운터에 기대 손님이 거의 없는 카페를 바라보며, 지금 자신에게 가장 필요한 건 그런 시간이라는 것을 깨닫는다. 그녀에겐 휴식이 필요하다.

오전 6시

댄

아침이 다가오자 피로가 밀려오면서, 생각들이 녹아내려 대리석 무늬 페인트처럼 빙글빙글 돌고 있다. 교재에서 읽은 단편적인 내용들에, 카페 테이블에 혼자 앉아 있다는 것을 실감나게 해 주는 말뿐만 아니라 간간히 들리는 소리들까지 뒤섞인다.

"조금만 기다리면 아침 식사 준비해 줄게." 하얀색 주방장 유니폼을 입은 검정머리 남자가 카페 뒤쪽 문에서 나와 빨간색 머리 웨이트리스에게 커피를 건네주며 말한다.

"한 장만 더 보렴." 다른 교재의 다른 페이지를 읽어 보려고 애쓰는 댄에게 엄마가 말한다. "한 장만 더 봐."

그 생각에 주의가 산만해진 댄은 그 순간 카페가 아닌 예전에 살던 아파트 침대에 누워 있다. 엄마가 이불 속에 다리를 집어넣고 침대 가에 앉아 있다. 도서관에서 빌린 『호빗』이 댄의 무릎 위에 놓여 있다. 이미 두 번이나 읽었지만, 댄이 제일 좋아하는 책이다. 토요일 아침에 엄마와 도서관에 갔을 때 그는 이 책을 골랐다. 엄마가 성인 대상 서가를 천천히 돌아보는 동안, 댄은 알록달록한 의자에 앉아 이미 다 알고 있는 도입부를 다시 읽는다. 툭 튀어나온 콧등과 초록색 눈동자, 밝은 금발 머리처럼 독서를 좋아하는 것도 엄마를 닮았다. 엄마는 그 툭 튀어나온 콧등이 그의 얼굴을 개성적으로 만들어 준다고 했다. 전부 다 엄마가 남겨 준 것이다.

카페에 새로운 손님이 문을 열고 들어온다. 50대나 60대로 보이는 몸집이 작은 여자로, 짧은 잿빛 머리를 가지고 있다. 얼굴을 찡그리고 있지만, 빨간색 머리 웨이트리스를 보자 고개를 끄덕이며 환한 눈웃음을 지어 보이더니, 바 앞에 있는 의자에 앉는다. 그 여자는 갖가지 색의 통들이 담긴 커다란 양동이를 들고 있다. 댄은 예전 아파트 개수대 아래 찬장에도 그와 비슷한 세제 통들이 잔뜩 들어있었던 것을 기억한다. 엄마는 격주로 일요일마다 그 세제를 꺼내, 오전 내내 아파트를 청소했다. 어린 그에게도 먼지를 털거나 시트를 가는 일, 화장실 청소나 진공청소기를 미는 일을 시켰다.

"우린 둘뿐이잖아. 그러니 서로를 도와야지. 안 그래?" 댄이 여섯 살인가 일곱 살 때 엄마가 말했다. 그는 고개를 끄덕인 뒤, 의자에 올라가 책장과 TV 위 먼지를 털어냈다.

댄이 자라나면서 엄마가 병에 걸리자, 그는 점점 더 많은 일을 했다. 아파트 전체를 어떻게 청소하는지 알게 되었다. 댄이 청소하는 동안, 엄마는 소파에 앉아 있었다.

"넌 천사야." 찻잔에 차를 따라준 뒤, 거실 청소를 하는 댄을 보며 엄마가 조용히 말했다.

그의 청소 기술은 롭과 같이 지낼 때도 유용했다. 처음 갔을 때 아파트는 엉망으로 어질러져 있었다. 하지만 댄은 그 집에서 지낸 첫날 밤, 주방을 먼저 깨끗이 청소한 뒤 모두를 위해 음식을 만들었다.

"와, 정말 대단한데." 그가 김이 모락모락 올라오는 스파게티와 미트볼 그릇을 내밀자, 롭의 동거인들 중 한 명이 말했다. 댄은 김의 온기와 자부심으로 얼굴이 달아오르는 것을 느꼈다.

댄은 겸손했지만, 자신이 좋은 동거인이나 세입자가 될 거라는 것을 알고 있다. 어머니가 그를 잘 키웠다는 걸 이젠 알고 있다.

새로 온 손님이 고개를 들자 댄과 눈이 마주친다. 그가 미소를 짓자 그 여자도 미소를 돌려준다. 비록 그 여자는 나이가 훨씬 많고, 키도 작지만, 낯선 사람의 따스한 미소 속에 또다시 엄마가 떠오른다.

해나

쓰레기차가 비상등을 번쩍이며 거리에 서 있다. 짙은 녹색 바지와 형광색 상의를 입은 남자 네 명이 쭉 뻗은 길을 뛰어다니면서 보도 위에 놓여 있는 쓰레기봉투들을 차 안에 밀어 넣고 있다. 그들의 동작에는 뭔가 우아함이 깃들어 있다. 도로를 천천히 달리는 쓰레기차와 보조를 맞추며 뛰어가면서, 쓰레기봉투들을 휘두르는 것처럼 아주 쉽게 차에 싣는다.

그 쓰레기차를 보다가, 해나는 주방과 카운터 아래 있는 쓰레기통을 떠올린다. 악취를 맡지 않기 위해 숨을 참은 채, 쓰레기가 가득 담긴 봉투를 들어내고, 휴지통 안에 새 봉투를 끼우면서 모나가 자주 하는 말을 머릿속에 떠올린다.

"올해는 우리의 해가 될 것 같은 느낌이 들어."

모나는 해마다 그 말을 했고, 해나는 그 말에 고개를 끄덕이곤 한다. 하지만 해나는 과연 자신의 해가 아직도 오고 있는 건지, 자신을 뒤에 남겨놓고 그 시간이 꿈과 함께 그냥 지나가 버린 건 아닌지 궁금해하며 쓰레기봉투를 묶는다. 그녀는 파블로에게 카페를 봐달라고 부탁한 뒤, 주방에 있는 쓰레기봉투도 같이 들고 밖으로 나간다.

다행히 쓰레기차를 놓치지 않는다.

"죄송해요!" 해나는 자신에게서 쓰레기봉투를 받아 차에 실어 준 쓰레기 수거인에게 말한다. 평소에는 쓰레기차가 지나가는 시간 훨씬 전에 쓰레기봉투를 내놓는데, 오늘 새벽에는 정신도 없고 마음이 초조한 상태였다. 모나가 2차 오디션에 가게 됐다는 소식을 들었을 때 시작된 것으로, 밤사이 계속 심해졌다. 불안하고 초조한 마음이 전기라도 통한 것처럼 온몸으로 밀려들어오는 느낌이다.

해나는 잠시 길에 서서, 도시 위로 떠오르는 해와 함께 서서히 밝아지는 하늘을 올려다본다. 보통 이 시간에 일을 할 때는 지금처럼 해가 뜨는 시간이 가장 좋다. 하늘 색이 바뀌고, 건물들 위로 빛이 비추는 모습을 보는 것이 좋다. 근무를 끝내고 나왔을 때, 해가 더 이상 건물 뒤에 숨어 있지 않을 때는 그 눈부신 구체를 실제로 볼 수가 없다. 하지만 온종일 색색으로 퍼지면서 이동하는 그 빛에 영향을 받는다. 해나는 태양이 거기 있다는 것을 알고 있다. 거킨 빌딩이나 해론 빌딩, 런던 하늘을 가로지르고 있는 건물들 어디든 꼭대기에 올라간다면 태양이 불사조처럼 날개를 펼치고 잿빛 거리 위로 떠오르는 모습을 볼 수 있을 것이다. 예전에는 햇빛을 직접 볼 수 없어도 그 자리에 있다는 것을 아는 것만으로 위안이 되었다.

하지만 오늘은 아침 햇살도 그 매력을 잃은 것 같다. 일출과 함께 하늘을 수놓는 화려한 색상들이 보이는 대신, 역 옆에 쭈그리고 있는 노숙자 남자가 보인다. 발치에는 쓰레기가 어질러져 있다. 해나는 광고로 도배된 신문 가판대로 시선을 떨군다. 지역 피시 앤 칩스 가게와 눈에 띄지 않는 갈색과 오렌지색으로 된 태닝 살롱 광고가 보인다. 대기에는 거리의 먼지 냄새와 쓰레기차에서 풍기는 싸한 냄새가 가득하다. 해나가 너무 잘 알고 있는 이 거리에서 다른 도시의 거리들이 한꺼번에 보이는 것 같다. 익명의 얼굴들과 자동차들이 흙과 검댕이로 뒤덮인 보도와 도로를 활기차게 지나간다.

갑자기 해나는 지금 카페로 돌아가지 않으면 어떻게 될지 궁금해진다. 이대로 돌아서서 뒤돌아보지 않고 길을 따라 가는 건 쉬운 일이다. 얼굴에 스치는 공기가 어서 결정을 내리고, 그대로 뛰어가라고 외치는 목소리처럼 느껴진다. 바로 그 순간 해나는 멈춰 선다. 이미 발은 버스 정류장과 집 쪽으로 뛰어갈 준비가 되어 있다. 하지만 마치 꿈에서 깨어난 것처럼, 뇌의 이성적인 부분이 다시 작동한다. 해나는 파블로와 나중에 카페에 나올 스텔라를 떠올린다. 공연이나 오디션이 있을 경우에는 언제라도 근무 시간을 융통성 있게 조정해 준 스텔라에겐 항상 고마움을 느낀다. 카페에서 일하는 다른 웨이트리스인 엘리노어도 조금 있으면 아침 근무를 하러 나올 것이다. 아직 일을 시작한 지 얼마 되지 않은 엘리노어에게 카페를 전적으로 맡길 순 없다. 그건 옳지 못한 일이다. 해나는 마지막으로 거리를 쳐다본 뒤, 다시 돌아서서 번쩍거리는 붉은색 간판의 카페로 돌아온다.

"죄송해요. 쓰레기차가 지나가는 바람에, 쫓아갔다 오느라 늦었어요." 해나는 카페 카운터 뒤에 서서 자신을 쳐다보고 있는 파블로에게 말한다.

"괜찮아." 파블로는 해나가 다시 들어올 수 있게 카운터에서 물러나며 말한다.

"조금 있다 팬케이크 구워 줄게." 파블로가 윙크를 하며 덧붙인다. 이제 아침 7시다. 함께 근무하는 아침마다 두 사람은 갓 구운 팬케이크로 식사를 한다. 배에서 나는 꼬르륵 소리에, 그녀는 배가 고프다는 것을 인지한다.

파블로가 주방으로 돌아가자, 해나는 카페를 둘러본다. 배낭을 메고 들어왔던 남자는 이제 교재를 보는 대신, 카페의 대출 도서관인 공중전화박스 앞에 서 있다. 몸을 숙여 그 안에 있는 책들을 살피던 남자는 책을 한 권 꺼낸 뒤, 그 표지를 보고 알겠다는 듯 미소를 짓는다. 그는 그 책을 테이블로 가져가 읽기 시작한다.

카페에는 그 이외에도 잡지(《헬로》다. 해나는 그 잡지를 알아보고 미소 짓는다)를 읽고 있는 런던 교통 공사 유니폼 차림의 남자와 이 시간에 자주 오는 지역 청소부 플라비아가 평소처럼 카운터와 가까운 자리에 앉아 있다. 플라비아는 50대에 키가 작은 여자로, 언제나처럼 엄격한 표정과 상반되는 밝은 푸른색 유니폼을 입고 라일락색 아이섀도를 칠하고 있다. 플라비아는 아메리카노(우유를 타지 않은)를 마시면서, 가끔 어니스트를 쳐다보며 미소 짓는다. 마치 자신은 살아 있는데 그 곰은 죽었다는 사실이 뿌듯한 것처럼.

해나는 손님들을 확인한 뒤, 런던 교통 공사 유니폼을 입은 남자에게 카푸치노와 베이컨 샌드위치를 가져다준다. 그 주문은 파블로가 받았다. 해나는 시계를 흘깃 쳐다본다. 이제 근무 시간이 반쯤 지났다. 이 시간쯤이면 어느 정도 안심해도 된다. 하지만 여전히 무슨 일이 일어날지 모르는 여섯 시간이 남아 있다. 시계를 쳐다보고 있는 사이에 카페 문이 열린다. 오전에 같이 일할 엘리노어가 들어오자, 해나는 안도의 한숨을 내쉰다.

"어서 와." 해나는 카페를 가로질러 다가오는 20대 초반의 자그마한 여자에게 재빨리 인사를 건넨다. 엘리노어는 현재 석사 학위를 마치고, 생활비를 벌기 위해 카페에서 아르바이트를 하고 있다. 그녀는 스페인인으로 모나와 파블로, 소피아에게는 스페인어로 말한다. 소피아도 이 카페에서 일하는 웨이트리스다. 모나와 파블로는 항상 영어로 대답하지만, 소피아와 엘리노어가 같이 있을 때는 손님들에게 주문 받을 때 이외에는 영어를 쓰지 않는다. 그래서인지 해나는 그 두 사람을 상대하는 게 어렵다. 평소에는 그들 중 한 명이 오면 살짝 긴장되지만, 오늘은 엘리노어를 보자 마음이 놓인다.

"카페 좀 봐 줘. 잠깐만 쉬고 올게." 엘리노어가 앞치마를 매자, 해나가 말한다. 엘리노어가 무슨 말을 하기 전에, 해나는 카페 뒤쪽에 있는 작은 창고로 향한다. 창고에 들어가 문을 닫자마자 깊은 한숨을 내쉰다. 이렇게 지저분한 창고 안이라도 아주 잠깐이나마 카페에서 벗어날 수 있어서 좋다. 창고 안에는 음료수 병과 냅킨, 영수증 종이들이 담긴 상자들이 높이 쌓여 있다. 청소 용품도 여기 보관하기 때문에 한쪽 구석에 대걸레, 양동이, 진공청소기도 놓여 있다. 다른 한쪽엔 여분의 접시와 유리잔들이 놓여 있다. 상자들 사이에 의자 두 개가 박혀 있다. 해나는 의자 한 개에 앉고, 다른 한 개엔 다리를 올린다. 창고는 카페보다 어둡고 서늘하다. 지치고, 뜨거워진 해나의 몸엔 그 한기가 기분 좋게 느껴진다.

창고 안에는 상자들 외엔 볼 게 없다. 해나는 휴대폰을 꺼낸다. 엄마한테 부재 중 전화가 와 있다. 다른 사람이라면 새벽 5시에 부모님에게 전화가 올 경우 뭔가 긴박한 상황일 수도 있겠지만, 해나의 경우에는 익숙한 일이다. 어머니는 불면증이 있었고, 해나가 야간 근무를 할 때면 휴식 시간이길 바라며 전화를 걸곤 한다. 마지막으로 엄마와 통화한 건 일주일 전이다. 해나는 자세를 고쳐 앉은 뒤, 엄마에게 전화를 건다.

"여보세요." 엄마가 잘 안 들릴 정도의 작은 소리로 전화를 받는다. "아빠 깨지 않게 아래층에 가서 받을게. 잠깐만 기다려 주렴."

뒤쪽에서 나지막하게 드르렁거리는 아빠의 코고는 소리가 들린다. 해나는 웃음소리를 내지 않기 위해 입을 틀어막는다. 조금 뒤, 엄마가 평소 목소리로 전화를 받는다.

"미안하구나. 너랑 통화가 안 돼서 다시 침대에 누웠던 참이었어. 물론 잠은 오지 않았지만."

서른 살이나 됐으면, 그저 엄마 목소리를 듣는 것만으로 마음의 위안을 얻으면 안 될 것 같다는 생각이 든다. 하지만 지치고 불안한 마음으로 카페 창고에 앉아 있던 해나로선 휴대폰을 통해 엄마와 이야기를 하는 것만으로 마음이 가라앉는다.

해나는 갑자기 웨일스 부모님 집의 자기 침대에 눕고 싶다는 마음이 든다. 런던에서 지내는 방들과 달리, 그 방은 완전히 깜깜하다. 이제 그곳은 해나의 방이 아니다. 몇 년 전에 부모님은 그 방을 손님용 방으로 꾸몄다. 하지만 런던에서 쓰고 있는 침대보다 그 방 침대가 훨씬 편안했고, 엄마가 고른 푸른색 벽지가 마음을 가라앉혀 주고 평온함을 안겨 준다. 해나는 잠에서 깨어나 부모님과 함께 아침 식사를 하는 모습을 그려 본다. 아버지는 신문을 읽고 있고, 어머니는 커피를 따르면서 조잘조잘 이야기를 할 것이다. 주방에서는 정원과 그 너머 언덕이 보인다. 그 초록색이 너무나 그립다는 것을 깨닫는다.

"어떻게 지냈어? 일은 어떠니?" 엄마가 묻는다.

해나는 자기가 아직도 카페에서 일하고 있는 이유를 엄마가 이해하지 못한다는 것을 알고 있다. 지난 세월 동안 부모님은 가수가 되겠다는 해나의 꿈을 전폭적으로 지원해 주셨다. 공연을 보러 오고, 새 기타와 여러 장비들을 살 돈을 빌려주었다. 하지만 해나의 많은 친구들이 점차 아파트를 사고 안정적으로 정착하기 시작하자, 딸의 선택을 지지해 주던 부모님도 흔들리기 시작했다.

"네가 행복하기만 바랄 뿐이야. 정말 행복하게 살고 있는 거 맞지?" 몇 년 전 엄마가 말했다.

"그럼요." 그때 해나는 단호하게 대답했다. 잔뜩 지친 채로 교대 근무를 막 끝내고 돌아온 뒤였고, 통장 잔고를 확인조차 할 수 없는 상황이었음에도 불구하고. 월말이 다가오고 있었고, 잔고가 얼마나 조금 남아 있는지 보고 싶지 않았다.

그 이후로 엄마는 대립할 만한 주제는 피하면서, 좀 더 조심스럽게 물어보기 시작했다. 해나는 그 이유를 갈등에 대한 두려움 때문일 거라고 생각한다. 그게 좋은 건지 나쁜 건지는 모르겠다.

"잘 지내요." 해나는 휴대폰을 들고 있지 않은 다른 손으로 새벽 내내 서 있느라 아픈 정강이를 주무른다. "전화 못 받아서 죄송해요. 엘리노어가 조금 전에 와서 이제 쉬러 들어왔거든요. 파블로 아저씨 손녀는 막 걷기 시작했대요."

해나는 계속해서 엄마에게 카페 직원들에 대한 소식을 전한다. 중립적인 화제이기도 하고, 엄마가 아기들을 좋아한다는 것을 알기 때문이다.

"오, 아주 귀여울 때구나." 엄마가 부드러운 목소리로 말한다. 엄마는 손주를 갖고 싶다는 소망을 한 번도 표현한 적이 없다. 하지만 혹시라도 할머니가 되지 못한다면 슬플 것인지 궁금하다. 해나는 외동딸이기 때문에, 부모님이 할머니, 할아버지가 되는 건 오직 그녀에게 달려 있다. 친구들이 말하는 것처럼 서둘러 아이를 갖고 싶다고 생각한 적은 없지만, 해나도 언젠가는 아이를 가질 거라고 생각하고 있었다. 그러다 나이가 들어가면서 그

'언젠가'의 가능성이 줄어들기 시작하자, 극심한 공포의 원인이 되었다. 지금 해나는 또다시 혼자인 상태에서 그 '언젠가'가 정말 오긴 할 것인지 궁금해진다. 자하임과 이별한 뒤로 고민하고 있는 문제이기도 하고, 오늘 아침에 본 아기 마블의 사진이 그런 감정을 다시 한 번 불러일으키기도 했다. 하지만 해나는 그 문제를 엄마의 관점에서 생각해 본 적이 없다는 것을 깨닫는다. 그 때문에 아이를 가져야 할 이유는 없지만 처음으로 엄마 목소리에 깃들어 있는 열망을 느껴도, 자신에 대한 기대나 희망에 화가 나지 않는다. 도리어 어느 정도 이해가 된다. 엄마의 친구들 중에는 이미 할머니가 된 사람들이 많을 것이고, 손주들과 함께 보내는 시간에 대한 이야기들이 많이 나올 것이다. 해나는 엄마가 정말 좋은 할머니가 될 거라고 생각한다.

"아빠는 어때요?" 해나는 그런 생각들을 애써 밀어내며 화제를 돌린다. 아직 그 문제는 대면할 준비가 되어 있지 않다. 답이 없기 때문이다.

"잘 지내셔." 엄마가 대답한다. 아버지의 어머니, 그러니까 해나의 할머니가 올해 초에 돌아가셨다. 그 뒤로 해나는 아버지의 상태를 확인해야 할 필요를 느꼈다. 다른 것보다 자기가 부모님을 보살펴야 할 필요를 느낀다는 것이 낯선 변화다.

"지난주에는 해안에 갔다 왔단다. 점심 도시락을 싸서 아침에 갔지. 날씨가 별로 좋지 않았지만 괜찮았어." 엄마가 말을 잇는다.

해나의 부모님은 최근에 은퇴한 뒤로 새로운 자유를 즐기고 있다. 해나는 바람이 몰아치는 해변에서 두 분이 샌드위치를 먹는 모습을 떠올리며 미소 짓는다.

"자하임은 어떻게 지내니?" 엄마가 묻는다.

해나의 허를 찌르는 질문이다. 그녀는 의자에 올려 두었던 발을 내리고, 갑자기 빙 도는 머리를 진정시키기 위해 몸을 앞으로 숙인다. 목이 바짝 마르면서, 갑자기 창고의 한기가 쾌적한 느낌이 아닌 고통스러운 추위로 다가온다. 해나는 숨을 길게 들이마시며 뭐라고 말할지 고민한다.

"잘 있어요." 마침내 해나가 대답한다.

3주 전, 자하임과 헤어졌을 때 해나는 너무 당황한 나머지 그 이야기를 부모님께 전하지 못했다. 해나는 빠져나갈 길을 찾을 수 없는 어둠 속에서 일주일을 머물렀다. 그다음 주가 되서야 간신히 그 상태를 벗어났다. 여전히 눈앞이 흐리고 멍한 상태였지만, 일상으로 돌아가기 위해 노력했다. 그때 부모님께 말을 해야 한다고 생각했지만, 자하임이 어떻게 배신했는지, 너무나 큰 희망을 가지고 온 힘을 다 했던 관계가 어떻게 끝났는지를 설명하기 힘들었다.

"다행이구나." 해나의 대답에 담긴 머뭇거림을 알아차리지 못한 듯 엄마가 말한다. "좋은 사람이야. 네 아빠와 나도 자하임이 좋단다. 우리 딸이 행복해서 너무 기뻐. 특히 샘과 그런 일이 있은 뒤에 말이야."

해나는 고통에 찬 숨소리가 새어나가지 않게 손으로 입을 틀어막는다. 엄마에게 사실대로 털어놓아야 한다는 걸 알고 있다. 더 이상 진실을 숨기면 결국에는 상황이 더 안 좋아질 것이다. 해나는 이 일을 비밀로 해서 엄마를 상처 입히고 싶지 않다. 그렇지만 아직도 어떻게 말해야 할지 모르겠다. 자하임이 다른 여자와 바람을 피우진 않았다고 해도 결국에는 샘과 똑같은 인간이었다는 것을 엄마한테 말할 수가 없다. 자기가 두 남자에게 제대로 속았다는 사실을 인정할 수가 없다. 그녀는 샘과의 관계에서 아무것도 배우지 못했다. 너무 쉽게 상대방을 믿고, 너무 쉽게 자신을 드러냈기 때문이다. 그래서 자신이 또다시 혼자가 되었다는 것과 이번에는 영원히 혼자일 수도 있으며, 지금까지 인생의 많은 부분이 그랬던 것처럼 '언젠가' 아이를 가질 거라는 생각조차 환상일지도 모른다는 걱정을 엄마에게 알리고 싶지 않다.

해나는 힘겹게 침을 삼키고, 눈을 감는다. 그런 뒤 휴대폰에 대고 차분하게 말한다.

"고마워요, 엄마. 미안한데, 엘리노어가 불러서 그만 가 봐야 할 것 같아요. 아빠한테도 안부 전해주세요."

엄마가 작별 인사를 하자, 해나는 바로 전화를 끊는다. 그리고 정말 끊어졌는지 두 번 확인하고 울기 시작한다. 눈물이 쏟아지기 시작하자, 온몸이 떨릴 정도로 격한 흐느낌을 참기 위해 양팔로 자신의 몸을 꼭 끌어안는다.

해나는 자기도 모르게 앞치마 주머니에서 다시 휴대폰을 꺼낸다. 자신의 행동을 멈출 새도 없이 사진첩을 열고 아직 지우지 못한 자하임과 함께 찍은 사진들을 본다. 눈물이 계속 뺨을 흘러내린다. 두 사람의 사진이 들어 있는 폴더에는 수백 장의 사진이 남아 있다. 식당에서, 카페에서, 공원에서, 지난여름 해나의 부모님 집 정원에서 함께 찍은 사진들이다. 그중에는 자하임의 잠든 모습도 있다. 그에게 보여 주진 않았지만, 계속 찍을 수밖에 없는 모습들이다. 자하임과 헤어졌을 때 이 사진들을 전부 지웠어야 한다는 걸 알지만, 그렇게 할 수가 없었다.

해나는 더 이상 그 사진들을 볼 수 없다는 것도 알고 있다. 마치 치유되지 않은 상처를 콕콕 찌르는 것만 같다. 하지만 어쩔 수 없다. 지난 2주 동안 필사적으로 무시하려고 애쓴 끝에 마침내 고통이 씻겨 내려간 것 같은 뒤틀린 안도감이 든다. 고요한 창고 안에서 해나는 좀 더 깊이 파고들어, 자하임을 처음 만났을 때의 기억에 못을 박는다. 그때 그는 도시의 술집에 잔뜩 모여 있던 낯선 남자들 중 한 명이었다.

그녀는 처음엔 그를 알아보지 못한다. 캠던에서의 공연으로, 해나는 본 무대에 앞서 노래를 불렀다. 이 무대에 서게 된 건 이곳에서 매니저로 일하는 모나의 친구의 호의라는 것을 알고 있다. 출연 요청 연락을 받았을 때 해나는 그 관계를 모르는 척했지만, 오늘 저녁이 다가오자 그 사실이 어깨를 계속 툭툭 치면서 스스로에 대한 의심으로 이어진다. "저들은 널 정말로 원한 게 아니야." 해나는 화장실 거울 앞에서 화장을 하며 혼잣말을 했다.

불안을 감추고, 근심을 덮어 버리기 위해 블러셔와 립스틱으로 정성껏 화장을 한다. 무엇을 입을지 결정하는 데 한 시간 가까이 걸렸다. 어떻게든 도움이 되길 바라면서, 결국 머리카락 색과 비슷한 빨간색 드레스를 골랐다.

하지만 공연 준비를 하면서 바에 앉아 있는 지금, 갑자기 드레스 색과 스타일이 이곳과 어울리지 않는 것 같다는 생각이 든다. 혼자만 너무 차려입은 느낌이다. 주위를 둘러보니 손님들은 대부분 청바지를 입고 있다. 가죽 재킷을 입은 사람들과 낡은 캔버스, 닥터 마틴을 신은 사람들도 보인다. 모나는 바에서 매니저와 이야기를 나누고 있다. 그녀는 카페 근무가 끝나자마자 이곳으로 달려와, 애써 힘들지 않은 척하고 있다. 모나는 이곳에 어울린다. 바에 기대서서, 매니저와 함께 웃고 있다. 해나는 혼자 기타를 들고 앉아 있다. 친구를 사랑하지만 그만큼 부럽기도 하다.

공연 시작을 기다리는 동안, 아무도 해나가 거기 있는 것을 모르는 것 같다. 주위에서 대화들이 이어진다. 급여일 직후인 목요일 밤의 활기. 머리카락을 밀고, 수염을 단정하게 기른 남자가 큰 소리로 감자 칩 다섯 봉지를 주문한 뒤, 팔에 가득 안고 친구들이 앉아 있는 구석자리로 돌아간다. 친구들은 고맙다고 인사하며 감자 칩 봉지를 받아 뜯는다. 바에서 주문하려고 기다리고 있던 젊은 여자는 옆에서 줄무늬 셔츠와 작업복 바지를 입은 분홍색 머리 웨이트리스의 관심을 끌려고 하는 어깨 넓은 남자를 밀어낸다. 웨이트리스는 남자를 무시하고, 여자의 주문을 먼저 받는다. 젊은 여자는 안도의 미소를 지으며, 로제 한 병과 잔 네 개를 들고 친구들이 있는 자리로 돌아간다. 그 친구들은 미소를 지으며, 여자가 자리를 비운 동안 하고 있던 대화에 즉시 끌어들인다. 해나는 또다시 모나의 웃음소리를 듣는다. 가수가 되는 것이 꿈임에도 불구하고 여기서 기타를 들고 불안에 떨며 앉아 있느니, 그냥 바에 서 있으면 좋겠다는 생각이 든다.

해나는 입구 근처에 자리 잡고 있는 사람들을 쳐다본다. 해나와 비슷한 또래의 남자와 여자들이 가득 차 있거나 비어 있는 술잔을 앞에 놓고 테이블 앞에 모여 있다. 그들은 사무실에서 곧장 술집으로 온 것처럼 보인다. 말쑥해 보이긴 하지만, 그렇다고 아주 세련되지는 않은 복장으로 서로 약간씩 떨어져 앉아 빠른 말투로 활기찬 대화를 나누고 있다. 사무실에서 쓰는 신분증을 여전히 목에 걸고 있는 약간 나이가 든 여자가 좁은 테이블 위에 술잔 세 개를 올려놓고 있다. 앞에 놓인 술을 마시느라 다른 사람은 아무도 신경 쓰지 않는 것 같다. 처음엔 해나는 그 남자에게 눈길이 갔던 이유를 알지 못한다. 커다란 갈색 눈에, 커다란 귀를 강조하듯 머리를 짧게 자른 남자다. 그 자리에 있는 사람들 중에 가장 매력적인 것도 아니다. 앉아 있지만, 평소 해나가 선호하는 것보다 키도 작을 것 같다. 그렇지만 그는 그녀의 시선을 끌어당겼고, 해나는 그 이유를 알아차린다. 다른 사람들이 술을 마시고 이야기를 하는 동안, 그는 기타를 무릎 위에 올리고 있는 빨간 드레스를 입은 여자를 쳐다보고 있기 때문이다. 해나는 남자에게서 눈을 돌리고 기타를 조율한 뒤, 앉은 자세를 살짝 바꾼다. 그녀가 다시 고개를 들었을 때, 남자는 여전히 해나를 쳐다보고 있다. 그가 미소를 짓자, 갑자기 그곳에 있는 사람들 중에 가장 매력적으로 보인다. 남자는 만면에 미소를 짓는다. 웃을 줄 알고, 자기 엄마에게 친절한 사람들이 짓는 미소다. 그냥 짓는 미소일 수도 있지만, 적어도 해나에겐 자신감을 불어넣어 준다. 그의 미소에 담긴 무언가가 해나를 좀 더 편안하게 만들어 준다. 그녀는 남자를 잠시 쳐다보면서, 시선을 거두거나 미소를 멈추기를 기다리며 미소를 되돌려 준다. 하지만 그는 그러지 않는다.

결국 해나가 먼저 시선을 돌린다. 바 매니저를 돌아보며 고개를 끄덕이자, 그도 고개를 끄덕인다. 해나는 기타에 손을 올린다. 손가락 패드에 닿는 기타 줄의 느낌이 익숙하다. 그녀는 연주를 시작한다. 노래를 부르기 시작하자, 사람들의 말소리와 웃음소리가 점차 줄어들더니, 마침내 조용해진다. 그녀는 최선을 다하면 장내를 조용하게 만들 수 있다는 걸 잘 알고 있다. 그 사실을 인정하는 것이 오만하게 느껴지긴 하지만, 해나는 자신의 노래가 지금 이곳에서 초능력과 같은 힘을 보이고 있다는 것을 알고 있다. 노래를 부르는 건 문제가 아니다. 이런 곳에 서 있는 것이 문제다.

평소에는 노래를 부를 때, 사람들 사이에서 모나의 얼굴을 찾는다. 모나는 가능한 해나의 공연을 항상 보러 온다. 해나가 모나의 공연을 보러 가는 것처럼. 해나는 자신이 잘 하고 있다는 것과 믿음을 보여 주기 위해 친구가 항상 미소를 지으며 고개를 끄덕여 주는 것을 알고 있다. 하지만 오늘밤, 해나는 모나를 보지 않는다. 대신 그녀가 이제껏 본 중 가장 근사한 미소를 짓는 남자의 얼굴을 쳐다본다. 그는 다른 사람들이 보지 않을 때도, 해나가 초능력을 보이기 전부터 그녀를 쳐다보고 있었다. 자신이 그냥 해나였을 때부터. 남자가 그녀를 마주 보자, 바에 있는 모든 것들은 그저 배경 소음으로 들린다.

두 사람의 눈이 마주쳤을 때, 해나는 공연이 끝난 뒤 무슨 일이 일어날 거라는 것을 알게 된다. 종종 자기 불신으로 가득 차 있는 사람도 거기에 관해선 의문의 여지가 없다. 해나는 노래가 끝나는 대로 바를 가로질러가 환한 미소를 짓고 있는, 귀가 살짝 크고 갈색 눈동자를 가진 남자를 찾아갈 것이다. 그리고 그에게 키스할 것이다. 그 남자도 해나에게 키스를 할 것이다. 두 사람은 이야기를 나누며 술을 마실 것이고, 함께 집으로 돌아갈 것이다. 거기까진 의심의 여지가 없다. 그리고 그렇게 될 거라는 확신이 그녀가 지난 몇 달간 느꼈던 어떤 감정보다 더 큰 행복을 준다. 손님들의 재킷에 배어 있는 담배 연기와 맥주 냄새가 나는 캠던의 따뜻한 술집에서 해나는 노래를 부르고, 그는 미소를 짓는다. 다른 것들은 그저 배경 소음에 불과하다.

창고 안에서 해나는 휴대폰에 담긴 사진들을 쳐다본다. 여전히 손이 떨린다. 그녀는 순식간에 자하임에게 열정적으로 빠져 들었다. 이제 와서 생각

해 보면 샘과 그런 일을 겪었음에도 어째서 좀 더 조심하고, 경계하지 않았는지 알 수 없다. 하지만 그녀는 사랑에 빠지면 다른 모든 것은 잊어버리고, 그 달콤함에 완전히 사로잡힌다. 해나는 그 어리석음에 민망해하며, 이제부터라도 좀 더 조심할 수 있기를 바란다.

두 사람이 만난 그 공연에서 해나는 짧게나마 그곳에 있는 모든 사람들의 시선을 끌어 모았고, 자신의 목소리로 사로잡았다. 하지만 눈 깜짝할 사이에 자하임은 해나의 세상의 중심이 되었다. 다른 사람은 아무도 보지 않고 있을 때 그만이 그녀를 보고 있었다는 것이 모든 것을 의미했다. 다른 모든 것이 불확실할 때 의지할 수 있는 대상이기 때문이다. 바로 그런 점이 두 사람의 관계에 그녀가 관심을 쏟아붓고, 집중하게 된 요소였다.

그래서 엄마에게 자하임과 헤어졌다는 말을 하지 못한 것이다. 자신이 너무 잘못했기 때문에 부끄러웠다.

해나는 휴대폰을 앞치마 주머니에 집어넣는다. 창고 안을 둘러보면서 소소한 일상과 앞으로 여섯 시간은 더 일을 해야 한다는 사실을 떠올리며 마음을 가라앉히려고 애를 쓴다. 일을 해야 하기 때문에 지금 당장은 무너질 수 없다. 얼굴을 몇 번 문지르다가, 화장이 엉망이 됐을 거라는 생각이 떠오른다. 매장으로 돌아가기 전에 화장실로 가서 거울을 보며 아이라이너와 마스카라를 다시 칠한다. 그리고 침착하고 당당한 표정을 지으려고 애를 쓴다. 그렇게 가면을 쓰자, 해나는 마지막으로 깊이 숨을 들이마시고 카페로 돌아간다. 해나는 쇼도, 근무도 계속해야 한다는 걸 알 만큼 아는 숙련된 연기자다.

"마침 잘 왔어요. 찾아가려던 참이었거든요. 지난주에 알려 줬지만, 원두가 어디 있는지 기억이 안 나서요. 커피 머신에 원두가 별로 없어요."

해나는 엘리노어를 도와 창고에서 원두 자루를 꺼내 커피 머신에 채우는 일에 집중한다. 몰두할 수 있는 일이 있다는 건 좋지만, 일을 하는 동안 문득 생각이 난다. 엘리노어는 여기서 언제까지 일을 할까? 학위는 마쳤으니, 이대로 머무를 것인지 아니면 흥미롭고 영감을 주는 일자리를 찾아갈지 알 수가 없다. 여기서 해나처럼 5년 동안 일할 것인가, 아니면 아주 잠깐, 스치듯 들렀다가 본격적인 인생을 찾아 떠날 것인가?

"다 됐어. 그리고 혹시 필요하면 앞으론 그냥 큰 소리로 불러." 커피 머신에 원두를 다 채운 뒤, 해나가 말한다.

엘리노어는 고개를 끄덕이더니, 조금 전 구석자리에 앉은 손님한테 주문을 받으러 간다.

"이제 가야겠네." 해나가 돌아보자, 청소부인 플라비아가 세제 통을 들고 계산을 하기 위해 카운터로 오고 있다.

"와 주셔서 감사해요. 또 오세요." 계산을 마친 뒤, 해나가 말한다.

그녀는 플라비아가 길을 건너 사무실들이 밀집한 건물 쪽으로 가는 모습을 지켜본다. 거기서 플라비아는 오전 내내 책상을 닦고, 식기 세척기에 컵들을 집어넣을 것이다. 해나는 저 사무실에서 일하는 사람들이 전날 먹고 내버려 둔 시리얼 그릇이 치워진 것이나, 희미하게 나는 항균 스프레이 냄새를 알고 있을지 궁금하다. 잿빛으로 물든 거리에서 밝은 색상의 세제 통들이 도드라져 보인다. 그 길을 따라 걸어가는 플라비아의 모습이 점차 멀어지다가 보이지 않게 된다. 당연한 일이다. 사람들은 오고 가고, 해나는 여기 남아 있다. 그녀는 재빨리 눈을 깜박거린다.

바깥 거리에선 유니폼을 입은 신문 배달원이 〈메트로〉나 〈시티 AM〉이 쌓여 있는 수레를 밀고 지나간다. 신문들은 색색의 종이로 덮인 채, 케이블 타이로 고정되어 있다. 이제 곧 그 신문들은 역을 지나는 사람들의 손에 전해질 것이며, 사람들은 그 신문을 받아 겨드랑이 밑에 끼우거나, 가방에 넣을 것이다.

아직까진 카페 안이 조용하다. 이제 곧 직장인들이 출근하기 시작하면 카운터 앞에 줄이 늘어서기 시작할 것이다. 비록 발은 아프지만, 해나는 손님들이 몰려올 거라는 생각을 하니 반갑다. 남은 근무 시간은 정신없이 지나갈 것이다. 해나는 자신이 흐트러지기 시작한 느낌이 든다. 하지만 지금처럼 아무 생각 없이 할 수 있는 일을 하다 보면 몇 시간 정도는 버틸 수 있을 것이다. 해나는 이미 얼룩 하나 없는 테이블들을 힘차게 닦고, 손님들이 몰려오기를 기다린다.

오전 7시

댄

그는 『호빗』을 겨우 몇 챕터 읽다가 다시 잠이 든다. 고개가 떨어지고, 필사적으로 뜨고 있으려고 애를 쓰다 보니 눈이 따갑다. 댄은 카운터 위에 있는 시계에 집중한다. 시간은 점차 첫 수업 시간을 향해 흘러가고 있지만, 댄의 눈에는 시곗바늘이 꼼짝도 하지 않는 것처럼 보인다. 자꾸만 몰려오는 졸음을 몰아내며, 손톱을 손바닥에 대고 꾹 누른다. 손바닥에 반달 모양의 손톱자국들이 새겨진다.

잠이 끝내 어둡고 차가운 파도처럼 댄을 끌어내린다. 너무 지쳐 저항할 힘이 없는 댄은 그대로 잠 속에 빠진다. 편안한 잠은 아니다. 편안하고 깊은 숨을 내쉬며 단꿈을 꾸다가, 깨어났을 때 상쾌해지는 그런 잠이 아니다. 그를 할퀴고 도저히 도망갈 수 없을 것 같은 어딘가로 끌어내리는 것 같은 악몽이다.

카페에서 들리는 소리가 창문 틈으로 새어 들어오는 바람처럼 댄의 마음에 들어온다. 쉭쉭거리는 커피 머신 소리가 들린다. 하지만 잠 속에서는 기차역에 서 있는 오리엔탈 특급 열차가 거대한 증기 구름을 뿜어내는 소리로 들린다. 패딩턴 역 같다. 댄은 아직 할아버지와 할머니가 살아 계셨던 어린 시절에, 두 분을 만나러 갔던 여행을 기억한다. 기차역에서 그는 구식 여행 가방들을 옆에 두고 엄마와 함께 앉아 있다. 엄마는 좋아하는 살인 미스터리에 나오는 여자들이 입고 있는 것과 비슷한 세련된 바지 정장을 입고 있다. 엄마가 미소 짓자, 그도 미소 짓는다. 하지만 기차가 증기를 뿜어내는 부분에서 뭔가 잘못됐다는 것을 깨닫는다. 기차가 상상했던 것과 다르다. 주방에 걸어 둔 잡지에서 오려낸 사진 속 모습처럼 반짝거리고 화려한 객차가 아니다. 차체에 녹이 슬고 칠이 벗겨졌으며, 깨진 창문 틈으로 보이는 객차 안은 완전히 텅 비어 있다. 엄마와 이야기했던 열차 내 좌석이나 테이블, 바도 없다. 엄마를 돌아보지만, 아무것도 눈치채지 못한 것 같다. 엄마는 여전히 미소 짓고 있다.

"이제 탈까?" 엄마가 여행 가방을 집어 들며 말한다. 댄은 공포가 밀려오는 것을 느낀다. 엄마에게 그런 광경을 보여 줄 순 없다. 두 사람의 계획이 수포로 돌아갔으며, 그동안 꿈꿔왔던 바람이 선로 위 버려진 쓰레기 더미 사이에 서 있는, 유리창이 다 깨진 낡은 기차에 불과하다는 것을 엄마에게 알릴 순 없다.

엄마가 걷기 시작하자, 기차가 다시 쉭쉭거리며 증기를 뿜어낸다. 그 증기 구름이 엄마의 모습을 가린다.

"엄마?" 댄이 증기를 뚫고 뒤쫓아가며 부른다. 순간 엄마의 정장에서 밝은 크림색 얼룩을 발견한다. 하지만 그 순간 엄마가 사라진다. 댄이 객차 문을 열어 보려고 하지만 잠겨 있다. 몇 번이나 손잡이를 잡아당겨도 꿈쩍도 하지 않는다.

"엄마?" 댄이 플랫폼을 이리저리 뛰어다니며 엄마를 부른다. 보이는 족족 객차 문을 잡아당기고, 창문 안을 들여다보지만 기차 안은 텅 비어 있다.

"엄마?"

댄은 기차 엔진 소리보다 크게 소리친다. 하지만 역에 다른 사람은 없다. 뿌연 증기 구름 속에 버려진 낡은 기차만 보인다. 댄은 일곱 살 때 도서관에서 엄마를 잃어버렸을 때와 똑같은 공포를 느낀다(실제로 엄마를 잃어버린 건 아니었다. 그때 엄마는 통로 끝에 놓여 있던 의자에 앉아 독서에 열중하고 있었다).
다만 이번에는 흐느껴 울던 댄에게 달려와 엄마를 찾을 때까지 옆을 지켜
주던 사서도 없다. 완전히 혼자다.

그 순간 잠에서 깬 댄은 지금 자신이 어디에 있는지를 깨닫는다. 밝은 조명에 적응하자, 리놀륨 바닥과 테이블 중앙에 놓여 있는 빨간 냅킨, 벽 앞에 서 있는 곰이 앞으로 내민 발과 시계에 집중한다.

"엄마."

그는 속삭이는 것처럼 작은 소리로 말한다.

해나

배낭과 침낭을 들고 온 젊은 남자는 해나가 일을 시작한 이후로 계속 같은 테이블을 조용히 차지하고 있다. 해나가 가끔 그쪽으로 가서 필요한 게 없냐고 물으면, 남자는 자세를 고쳐 앉아, 책만 들여다보며 혼자 있게 해 달라고 한다. 오늘 아침엔 자리가 부족하진 않다. 이제 남자는 깨어났고, 고개를 비스듬히 숙인 채, 『호빗』을 읽고 있다. 해나는 아는 척하진 않았지만, 진작부터 남자가 잠을 자고 있다는 걸 알고 있었다. 스텔라는 매장에서 손님들이 자는 것을 용납하지 않는다. 아무래도 밤새 영업하는 카페다보니 그런 일이 종종 있다. 그럴 때마다 스텔라는 손님에게 다가가 잠을 자지 말든가, 나가 달라고 요청한다. 하지만 해나는 손님들이 잠을 자는 것에 대해선 개의치 않는다. 그런 사람들은 문제될 것이 없다. 야간이나 이른 아침 시간에 일할 때 무서운 건 술주정뱅이들이다. 그런 사람들은 사나운 눈빛으로 해나를 쳐다보며 여기서 줄 수 없는 것들을 내놓으라고 난리를 친다.

문이 열리고 건설 노동자가 들어온다. 주름진 얼굴에, 목에 문신을 한 남자는 필터 커피를 포장 주문한다. 그는 안전모를 손에 들고 있고, 손톱 밑

에 먼지가 끼어 있다. 남자가 계산을 할 때, 해나는 지갑 속에 발레복을 입은 어린 여자애 사진이 들어 있는 것을 발견한다. 그는 신용카드를 돌려받다가, 해나의 시선을 알아차리곤 사진 위에 커다란 엄지손가락을 올리며 말한다.

"딸아이예요." 남자의 얼굴에 부드러운 미소가 떠오르며 눈이 빛난다. 해나는 고개를 끄덕인 뒤 미소를 지어 보이며, 남자에게 커피를 건네준다. 그는 지갑을 다시 주머니에 넣고, 머리에 안전모를 쓴 다음 카페를 나선다.

이제 바깥 거리는 분주해지기 시작한다. 열성적인 사무실 직원들이 역에서 나와 사무실을 향해 거리를 지나간다. 노점상들이 내민 신문을 받아드는 사람도 있고, 발밑만 쳐다보면 여기가 아닌 날씨가 화창한 어딘가에 있다고 자신을 속일 수 있기라도 한 것처럼 고개를 푹 숙인 사람들도 있다.

한 시간 이내에 카페는 해나가 아무 생각도 하지 못할 만큼 바빠질 것이다. 하지만 그때까지는 아무 구속 없이 자유롭게 생각이 떠돈다. 해나는 조금 전 엄마와의 통화를 떠올리곤 몸이 떨리는 것을 느낀다. 사실대로 말하지 못했다는 것에 대해 죄책감이 든다. 그리고 아무리 생각하지 않으려고 애를 써도 마음이 자꾸만 자하임에게 가 있다.

모나는 오늘 밤에 일을 한다. 부시 시어터에서 공연하는 새로운 작품에서 춤을 춘다. 해나는 이미 그 공연을 두 번 봤고, 오늘 밤엔 집에 있을 것이다. 그 작품에는 다른 친구들도 함께 참가하고 있다. 모나는 공연이 끝난 뒤 그 친구들과 술을 마실 것이고, 늦게까지 돌아오지 않을 것이다.

"재미있을 거야. 전부 다 너한테 찍소리 못하게 만들어. 넌 그럴 자격이 있으니까. 함께하지 못해 미안해." 아침에 해나가 쾌활하게 말했다.

해나는 모나에게 일이 있어서 그날 저녁 술자리에 같이 하지 못한다고 둘러댄다. 아주 거짓말은 아니다. 그날 오후, 전날 공연했던 술집에서 자유

무대의 마지막 자리를 제안받았기 때문이다. 하지만 그녀는 생각도 해 보지 않고 그대로 거절한다. 몸이 좋지 않아 이번엔 노래를 할 수 없지만, 다음번에 하고 싶다고 했다. 그쪽에선 이해해 주었고, 해나는 잘 한 것 같은 기분으로 전화를 끊는다. 쉬는 시간을 가지는 것도 중요하다고 스스로에게 말한다. 더군다나 그건 단발 공연이다. 해나는 모나에게 오늘 저녁에 자신이 무엇을 할 것인지에 대해 거짓말할 생각은 없었다. 하지만 오늘 밤이 자신에게 얼마나 중요한지를 어떻게 설명해야 할지도 몰랐다. 그녀와 자하임은 둘 다 혼자 살지 않기 때문에 2주 넘게 함께 있지 못했다. 그래서 해나는 미치기 일보 직전이었다. 이런 감정을 모나는 절대 이해하지 못할 것이고, 탓하고 싶지도 않다. 차라리 거짓말을 하는 것이 더 친절한 것처럼 느껴진다.

모나와 같이 살기 시작한 뒤 처음으로, 해나는 모나가 집에 없다는 사실에 안도감을 느낀다. 평소에는 일을 끝마치고 집에 돌아올 때, 건물 앞에서 두 사람이 사는 아파트를 올려다보며 현관문 앞에 등이 켜져 있는지 꺼져 있는지를 확인한다. 예전에는 그 불빛을 신호등처럼 찾았다. 하지만 최근에는 집 앞 골목을 돌 때마다 왠지 불안한 마음으로 아파트를 올려다본다. 불빛이 없다는 건 자하임과 단둘이 저녁 시간을 보낼 수 있다는 뜻이다. 비록 사귄 지는 두 달밖에 되지 않지만, 처음 만난 뒤로 대부분의 저녁 시간을 함께 보냈다. 하지만 자하임은 동거인 세 명과 같이 살고, 해나에겐 모나가 있었다. 순식간에 자하임과 단둘이 보내는 밤이 해나의 가장 큰 행복이 되었다. 그녀는 두 사람의 관계에 욕심이 생긴다. 비록 내면에서는 이 관계가 너무 빨리 진전되는 것 같고, 이렇게 떨어져서 시간을 보내는 것이 두 사람을 위해 좋을지도 모른다는 소리도 들린다. 하지만 그 소리는 너무 작아서 무시하기 쉽다.

해나는 평소 전혀 신경 쓰지 않던 어지러운 침실을 자하임이 도착하기를 기다리면서 재빨리 치운다. 신발들을 침대 밑으로 밀어놓고, 바닥에 쌓여 있는 옷 무더기를 치운다. 기대감에 살짝 떨리는 손으로 재빨리 화장을 고친 뒤, 다시 방을 치우다가 침대 끝에 쌓여 있는 옷 무더기 위에서 책을 발견한다. 모나가 남겨 놓은 것이다. 해나가 그 책을 집어 들고 보니, 모나가 평소 좋아하는 동기 부여의 내용이 담긴 논픽션이다. 책장 사이에 카드가 꽂혀 있다. 카드 앞면에는 슈퍼히어로 옷을 입은 아기 두 명의 사진이 들어가 있다. 아기들은 손을 마주 잡은 채 웃고 있다. 해나는 카드를 펼친다.

사랑하는 해나에게

최근 들어 오디션이나 공연, 다시 말해 네가 얼마나 굉장한지 이 세상에 알리기 위해 노력해 온 모든 일들 때문에 힘들어한다는 거 알아. 그때마다 바로 알아차리지 못해서 미안해. 내 눈에는 너무 분명해서 그런가 봐. 아무리 힘들어도 열심히 하는 네가 정말 자랑스러워. 네가 이 책을 좋아했으면, 너에게 위로가 되었으면 좋겠어. 이제 곧 좋은 일들이 반드시 생길 거야. 난 언제나 널 응원해. 네가 슈퍼히어로라는 것을 믿으면서 이 자리에 있을 거야.

모나

해나는 그 카드를 읽고 눈을 깜박거리면서 눈물을 참는다. 그리고 이 카드를 고르는 모나의 모습을 떠올린다. 갑자기 친구가 집에 없기를 바랐던 것에 죄책감이 든다. 하지만 바로 그때 초인종이 울린다. 그 소리를 듣자마자 심장이 밖으로 튀어나올 정도로 빠르게 뛰기 시작한다. 다른 것들은 모두 사라진다. 해나는 재빨리 카드와 책을 옷 무더기와 함께 침대 밑에 밀어 넣고 현관문으로 나간다.

"나야." 자하임이 말한다. 그 한마디만 들어도 해나는 미칠 것 같다.

그는 튤립을 들고, 미소와 함께 나타난다. 두 사람이 만났을 때, 해나는 그와 몇 시간이고 이야기를 나누었다. 늦은 시간까지 나란히 앉아 아무도 물어보지 않을 것 같은 질문들을 퍼부었다. 두 사람 이외에 다른 사람들은 결코 신경 쓰지 않을 사소한 일들이었다. 샘과 사귀었을 때와 다른 것처럼 느껴졌다. 어쩌면 똑같은데 그저 잊어버린 것일지도 모른다. 사랑에 빠지면 모든 것을 잊게 된다.

자하임은 신생 TV 프로덕션 회사에서 까다롭지만 공정한 상사의 조수로 일하고 있다. 그는 어느 날, 이혼 소송 중인 상사가 복사기 앞에서 울고 있는 모습을 봤다고 했다. "내가 못 본 척했더니, 상사도 그랬어." 자하임이 말한다. 해나는 고개를 끄덕인다. 그의 그런 점이 좋았다. 자하임에겐 누나 두 명과 남동생이 있었다. 어느 날 저녁, 그는 형제자매 모두를 똑같이 사랑하지만, 그래도 그중에서 첫째 누나가 제일 좋다고 말했다. 자하임이 어릴 때 여자나 친구 때문에 문제가 생길 때마다 그 누나가 도와주었다고 했다. 감동시키기 위해 노력하지만 제일 힘든 대상이기도 했다(누나에겐 아장아장 걸어 다니는 쌍둥이와 그 아래 갓난쟁이가 있다고 했다). 자하임은 채식주의자로, 친구들에겐 환경적인 이유 때문이라고 말했지만, 해나에게는 어렸을 때 학교에서 갔던 농장 견학 때문이라고 털어놓았다. 그때 품에 안고 우유를 먹였던 어린 양의 따뜻한 느낌을 여전히 기억하고 있다고. 자하임은 그 이야기를 할 때 얼굴이 달아올랐지만, 해나는 아무렇지 않았다. 지금 눈앞에 보이는 자하임이라는 기적적인 존재에 기여한 것은 무엇이든 말하지 못할 이유가 없다. 아무리 사소한 일이어도 흥미롭지 않은 것이 없다. 자하임이 가장 좋아하는 토스트는 땅콩버터 위에 자른 바나나를 올려 먹는 것이다. 발 크기는 300밀리미터였고, 스타워즈보다는 스타트랙을 좋아한다. 언젠가는 독일 셰퍼드를 키우고 싶어 하고, TV 쇼를 직접 쓰고 싶어 한다. 그리고 짙은 황록색 재규어를 몰고 싶어 한다. 자하임은 봄보다 가을을 좋아한다. 해나가 보기에 그는 아버지의 엄격함보다는 어머니의 다정함을 물려받았다. 잠꼬대를 하고, 많은 사람들과 어울리지만 실제로 믿는 사람은 몇 명 되지 않는다. 경쟁심도 있다. 스코틀랜드에 가 본 적이 없고, 양말 색을 맞춰 신지 않는다. 그리고 뱀을 무서워한다.

해나는 비록 만난 지 얼마 되지 않았지만, 자하임에 대해 잘 아는 것처럼 느낀다. 그녀는 이미 그의 많은 부분들을 사랑한다. 하지만 아직도 제일 좋은 건 자하임의 미소다.

그가 아파트 안으로 들어오자마자, 두 사람은 손을 맞잡는다. 자하임이 한쪽 팔로 해나를 끌어안으며 키스한다. 그녀는 튤립을 받아 복도에 있는 테이블 위에 올려둔다. 양손이 자유로워지자, 두 사람은 서로를 힘껏 끌어안는다. 자하임은 현관문을 발로 닫은 뒤 해나를 부드럽게 벽에 밀친다. 그녀의 허리를 꼭 끌어안은 채 따뜻하게 입술을 마주 댄다. 몸이 서로에게 눌린다. 해나는 이보다 더 큰 만족감은 없을 거라고 생각한다.

지난주 두 사람은 처음으로 "사랑해."라고 말했다.

"말해 줘." 뒷걸음으로 침실로 인도하던 해나가 자하임의 귀에 대고 속삭인다. 그는 여전히 그녀를 꼭 끌어안고 있다.

"사랑해." 자하임이 해나의 귓불에 키스한 뒤, 입술이 목으로 내려갔다가 다시 쇄골로 내려간다.

"다시 말해 줘." 해나가 비틀거리며 침실로 들어가며 말한다.

"사랑해." 자하임이 얼굴을 부드럽게 맞대며 말한다. 그리고 그녀의 입술에 격렬하게 키스한다.

"사랑해." 입술이 떨어지자, 자하임이 말한다. "자길 사랑하고, 원해."

해나에게 그 두 문장은 마법의 주문과 같다. 두 사람이 침대에 들어갈 때마다 자하임은 항상 그 말을 한다. 침실 문이 열린 상태라, 해나의 신음소리가 온 집 안에 울려 퍼진다. 이보다 더 좋을 순 없다. 이보다 더 원하는 것도, 필요한 것도 없다. 두 사람이 하나가 되었을 때 해나는 모든 것을 다 잊게 된다. 놓아주는 데도 중독성이 있다. 자하임과 시간을 오래 보내면 보낼수록 해나는 현실 세계로 돌아가고 싶지 않다.

다른 종류의 허기가 두 사람을 침대에서 나와 주방으로 향하게 한다. 해나는 자하임의 셔츠를 입고, 자하임은 그녀의 가운을 걸치고 있다. 해나는 튤립을 꽃병에 꽂은 뒤, 그날 저녁을 위해 미리 준비해 둔 재료들을 냉장고에서 꺼낸다.

"당신이 자르고, 내가 볶을까?" 해나가 자하임에게 칼과 도마를 내밀며 말한다.

"네, 요리사님!" 자하임이 경례를 하며 말한다. 해나는 꽃무늬 가운을 입고 경례를 하는 그의 모습에 웃지 않을 수 없다. 엘라 피츠제럴드의 노래를 틀고, 레드와인을 따른 뒤 두 사람은 좁은 주방 공간을 편안하게 함께 쓰며 요리를 한다. 주방은 이내 따뜻해지고, 풍부한 토마토소스와 레드와인의 묵직한 냄새로 가득 찬다. 해나는 평소에는 요리하는 것을 좋아하지 않지만 지금은 느낌이 다르다. 편안한 기분으로, 자하임이 주방에서 움직이는 모습을 지켜보는 것이 좋다. 그녀가 너무나도 잘 아는 공간에서 그를 보는 것이 좋다.

해나는 문득 샘을 떠올린다. 그와의 정사가 아니라 같이 살았던 스토크뉴잉턴의 아파트가 생각난다. 아직 이런 생각은 이르지만, 얼마나 더 있어야 자하임과 같이 살 집을 구하게 될 것인지 궁금하다. 그 생각만으로도 미소가 떠오른다. 이번에는 다를 것이다. 해나는 생각한다. 이번에는 훨씬 잘될 것이다. 자하임이나 그와의 새로운 관계에 대해선 좋은 느낌뿐이다.

"이 순간이 영원했으면 좋겠어." 소스를 저으면서 자하임을 쳐다보며 해나는 말한다. 자하임은 와인 잔을 손에 든 채, 조리대에 기대서서 음악에 맞춰 발로 바닥을 톡톡 치고 있다. 해나는 진심이다. 항상 자신이 너무 많은 것을 원하고 있다고 생각한다. 진심으로 자랑스럽게 여길 만한 프로그램에 적힌 자신의 이름을 보는 것, 여행을 가고 해외에서 사는 것, 로니 스콧(영국의 유명한 재즈바-옮긴이)에서 노래하고, 스포티파이에서 자신의 음악을 듣는 것. 하지만 지금 해나가 원하는 것은 이 순간이 영원히 계속되는 것이다. 엘라 피츠제럴드의 노래와 소스가 지글거리고 있는 프라이팬, 김이 서린 따뜻한 작은 주방, 자하임의 미소. 해나는 이 순간이 끝나기를 바라지 않는다. 지금으로선 아무것도, 그 누구도 필요하지 않다.

"나도 그래." 자하임이 몸을 숙이며 해나에게 키스한다.

해나는 두 사람이 사귀기 시작했던 당시의 강렬함을 기억한다. 아파트에서 자하임과 단둘이 시간을 보내기 위해 모나가 집에 들어오지 않길 바랐던 밤들에 대한 죄책감이 밀려온다. 자하임과 헤어진 뒤로 해나는 다시 집에 돌아갈 때마다 현관 불빛이 켜져 있길 바라며 쳐다본다. 친구가 없었다면 자신이 어떻게 됐을지 알 수가 없다. 이제야 자하임과의 관계에 뿌옇게 깔려 있던 안개가 걷히고 앞이 똑바로 보인다. 해나가 의지할 수 있는 사람은 모나다. 계속해서 앞으로 나아갈 수 있게 깜박거리는 빛이 되어주는 친구에 대한 고마운 마음이 솟구친다.

해나는 모나와 함께 모든 것이 정상으로 돌아온 것 같아 마음이 놓인다. 두 사람은 자하임에 대해서나, 그에 대한 해나의 사랑이 집착처럼 바뀐 것에 대해 이야기를 많이 하지 않는다. 하지만 그들은 다시 함께하는 예전 생활로 돌아갔고, 해나는 그 사실에 커다란 위안을 얻었다.

그녀는 시계를 흘깃 보며, 모나가 잠을 좀 잤을지 궁금해진다. 해나는 모나가 마음을 진정시키기 위해 일상생활을 하는 대신, 밤을 새워 연습을 했을 거라는 것을 알고 있다. 지쳐 쓰러질 때까지 똑같은 연습을 반복해서 할 것이다. 모나는 그런 사람이니까.

이제 아침 손님들이 몰려올 것을 예상한 것처럼, 초록색 후드를 입은 젊은 남자가 자리에서 일어나 교재들을 가방에 챙겨 넣기 시작한다. 해나는 남자가 집어넣고 있는 책들의 제목을 읽어 보려고 애를 쓴다. 전부 공학 기술에 관한 책들이다. 해나는 남자 배낭에서 침낭이 튀어나와 있는 바로 아래쪽에 킹스 칼리지 런던의 열쇠고리가 달려 있는 것을 알아차린다. 남자의 머리카락이 얼굴 위로 흘러내린다. 근사한 금발이다. 조금 긴 것 같지만, 남자에겐 어울린다.

"고마웠습니다. 이만 가 볼게요." 남자가 조용히 말한 뒤 문 쪽으로 향한다.

"잘 가요." 남자가 이른 아침 길거리로 나가는 것을 보며 해나가 인사를 건넨다.

남자가 나가자, 해나는 그 자리로 가서 의자를 밀어 넣고, 테이블을 닦는다. 그러다 십자말풀이 책을 발견한다. 카페 문을 돌아보지만, 문은 예전에 닫혔고 젊은 남자의 모습은 이미 보이지 않는다. 해나는 그 책을 집어 든다. 책장 사이에 끼워져 있던 흰색 봉투가 바닥에 떨어진다. 해나는 몸을 숙여 봉투를 집는다. 뚜껑이 봉해져 있지 않다.

마음이 바뀌기 전에 재빨리 봉투를 열어 보니, 안에 50파운드짜리 지폐 두 장이 들어 있다. 해나는 그 지폐들을 한참 쳐다본다. 손가락에 닿는 촉감이 빳빳하고 건조하며, 분홍빛이 도는 붉은색이 믿을 수 없을 만큼 예쁘다. 해나는 카페를 둘러본다. 파블로는 주방에 있고, 엘리노어는 뒤쪽에서 카페 맞은편에 앉아 있는 손님을 상대하고 있다. 아무도 자기를 보지 않자 해나는 재빨리 그 돈을 십자말풀이 책과 함께 앞치마 주머니에 넣는다.

"어서 오세요." 해나는 카운터로 다가오는 손님에게 애써 밝은 목소리로 인사를 건넨다. 손님은 겨드랑이에 연한 푸른색 핸드백을 끼고 있다.

"주문하시겠어요?"

"뭐든 진한 거요." 여자가 대답한다. 해나는 여자의 목에 걸려 있는 NHS(국가 의료 서비스) 신분증을 알아본다.

"더블 에스프레소로 드릴까요?" 해나가 컵을 집어 들며 권한다.

여자는 고개를 끄덕인 뒤, 카페 앞쪽에 있는 작은 테이블 좌석에 털썩 주저앉는다. 배낭을 들고 와서 새벽 내내 머물렀던 젊은 남자가 앉아 있던 바로 그 자리다. 해나는 그 사실을 알아차리자, 앞치마 주머니에 밀어 넣은 십자말풀이 책과 돈의 무게로 얼굴이 점차 달아오르는 것을 느낀다. 하지만 애써 무시하려고 애를 쓴다. 이 일은 나중에 생각할 것이다.

"바로 드릴게요." 해나는 커피 머신 쪽으로 돌아선다.

"이런 젠장!" 여자가 갑자기 커피 머신이 돌아가는 소리보다 큰 소리로 외친다. 해나는 깜짝 놀라 바닥에 뜨거운 우유를 쏟는다.

"미안해요." 해나가 몸을 숙여 바닥을 닦자 여자가 말한다. "곰을 지금 봤어요."

해나는 여자에게 커피를 가져다준다. 여자는 젊은 남자가 테이블 위에 남겨 놓고 간 『호빗』을 읽고 있다. 해나가 커피를 건네주자, 여자가 미소를 지어 보인다.

"어렸을 때 좋아했던 책이에요. 친구들이 조랑말이나, 여자 기숙학교에 관한 책들을 좋아할 때, 난 『호빗』이 좋았어요. 몇 년간 통 보지 못했지만."

"재미있게 보세요." 해나가 고개를 끄덕이며 말한다. 여자는 다시 책을 들여다보며 미소 짓는다. 눈빛이 점차 아련해진다.

해나는 텅 빈 테이블에 앉아, 카페 문을 쳐다보면서 손님을 기다린다. 아픈 발을 쉴 수 있어 좋다. 앞치마 주머니나 자하임은 물론, 아침 식사 이외에 다른 것에 대해서는 아무것도 생각하지 않으려고 애를 쓴다. 몇 분 뒤 엘리노어가 그 자리에 합류하고, 뒤따라 파블로가 메이플 시럽과 베리를 곁들인 팬케이크 접시 세 개를 들고 온다.

"아침 식사야." 파블로가 말한다.

그들은 짧게나마 대화의 시간을 가진다. 머지않아 역에서 거리로 사람들이 쏟아져 나오고, 카페인에 굶주린 사람들이 카운터 앞에 줄지어 설 것이다. 해나는 반쯤 남은 접시를 들고 자리에서 일어난다.

"천천히 먹어." 엘리노어가 따라 일어나려고 하자, 해나가 말한다. "잠깐은 혼자 해도 될 거야."

"고마워요." 엘리노어가 말한다. 하지만 그녀도 재빨리 식사를 끝내고 몇 분 뒤에 자리에서 일어난다. 파블로는 접시를 들고 주방으로 돌아간다.

아침 손님들이 카페로 몰려들기 시작한다. 해나는 앞치마 주머니에 들어 있는 책을 애써 모른 척하며, 커피를 내리는 일에 집중한다. 그녀의 선택이 옳지 않다는 것은 알지만, 어떤 면에서는 불가피하기도 하다.

오전 8시

해나

줄 서 있던 회색 바지 정장을 입은 젊은 여자가 마침내 주문 순서가 오자, 초조한 표정으로 주머니에서 메모를 꺼낸다.

"두유 라테 한 잔, 디카페인 카푸치노 한 잔, 카푸치노 한 잔, 아메리카노 두 잔, 마키아또 한 잔이요. 포장이에요. 영수증도 받을 수 있을까요?"

해나는 고개를 끄덕인 뒤, 돌아서서 주문 받은 음료를 만들기 시작한다. 그러자 그 젊은 여자 뒤쪽에서 참을성 없는 누군가가 혀를 차는 소리가 들린다. 때때로 커피에 대한 욕구로 투덜거리는 사람들이 있다. 다른 사람이 마실 커피를 만드는 것을 보면 미치는 것이다.

"내 거 먼저 해 주면 안 돼요? 난 한 잔만 주문할 거고, 회의에 늦었어요." 어떤 남자가 큰 목소리로 말한다.

해나는 돌아보지 않는다.

"보시다시피, 이미 이 손님 주문을 받았어요. 순서대로 해 드릴게요."

엘리노어는 테이블에 앉은 손님들을 상대하느라 바쁘다. 일을 시작한 지 얼마 되지 않았는데도 벌써 지쳐 보인다. 아침 근무를 하다 보면 그렇게 된다는 걸 해나는 지난 몇 년간의 경험으로 잘 알고 있다.

해나는 그 무례한 남자를 골탕 먹이기 위해 더 천천히 음료를 만들고 싶다는 충동을 느낀다. 하지만 사무실 전체 사람들의 주문을 받아 온 젊은 여자의 초조함이 느껴진다. 그녀는 열아홉 살 정도로 보인다. 해나는 그 여자가 인턴일 거라고 생각하면서, 그곳에서 같이 일하는 사람들이 이 여자에게 친절하게 대해 주는지 궁금해진다. 해나가 근무하는 시간에 이 젊은 여자가 동료들의 커피를 사 가는 것이 두 번째인 것으로 보아 아무래도 사무실에서 대우가 좋지 않은 것 같다. 여자는 그렇게 소란을 피우면서 그 줄에 서 있는 것이 불편한 듯 가만히 서 있지 못한다.

"주문하신 거 구분할 수 있게 컵 옆에 써 놨어요." 해나가 포장용 캐리어에 음료를 담으며 말한다. "디카페인과 일반 카푸치노는 헷갈리지 않게 양쪽 끝에 넣었어요. 아시겠죠?"

젊은 여자는 미소를 지으며 손에 꼭 쥐고 있던 메모지를 주머니에 넣고 커피 캐리어에 손을 내민다.

"고맙습니다." 여자의 어깨가 살짝 처지더니, 얼굴을 붉히며 수줍은 미소를 짓는다. 그리고 그녀가 돌아서자 해나가 다급히 부른다. "영수증 가져가셔야죠!"

해나는 카운터 앞으로 몸을 내밀어 여자에게 영수증을 건네준다. 아주 잠깐 두 사람의 손이 스친다. 젊은 여자는 고개를 숙여 인사를 한 뒤, 길게 줄 서 있는 사람들을 피해 조심스럽게 문 쪽으로 향한다. 카페에 들어오던 아기 띠로 아기를 안고 있던 여자가 그 젊은 여자를 위해 문을 잡아 준다.

"자, 다음 분?" 해나가 애써 밝은 목소리로 묻는다.

"에스프레소 한 잔, 포장이요." 앞에 서 있는 남자가 휴대폰을 보느라 고개도 들지 않은 채 말한다. 해나는 조금 전 새치기를 하려고 했던 남자의 목소리라는 것을 알아차린다. 안 그래도 그 남자가 불만이 폭발해 더 이상 기다리지 못하고 회의를 하러 갔을지 궁금하던 참이다. 하지만 사람들은 일단 줄을 서고 나면 나중에 늦어서 뛰게 될지라도 중간에 빠져나가는 법이 없다. 커피를 마시는 것은 그날 하루 중에 사람들이 건너뛸 수 없는 일과다.

아침마다 만성기침 환자와 재채기를 하는 사람들에게 처방약을 건네주는 약사 같은 역할을 하는 것에 해나는 어느 정도 만족감을 느낀다. 비록 이 남자 같은 경우, 해나를 보지도 않고 주문하는 태도나 그가 가진 특권 의식으로 인해 화만 날 뿐이지만. 순간 남자의 커피에 침을 뱉을까 생각해 본다. 하지만 그건 너무 심한 짓이다. 더군다나 지금은 카페 안에 사람이 너무 많다. 그런 짓을 하면 누군가 알아차릴 것이다.

사무직이라 격식에 따르긴 했지만, 가지각색의 차림새를 보이는 손님들이 잇달아 나타난다. 그 뒤로 사이클 옷을 입고, 배낭과 헬멧을 팔에 끼고, 귀에는 이어폰을 꽂은 젊은 남자가 앞으로 나선다. 그다음 두 여자는 커피가 나오기 전까지 수다를 떤다.

"오늘 있을 승진 발표에 대해 아는 거 있어?" 한 여자가 묻자, 다른 여자가 고개를 끄덕인다.

"이번에도 승진하지 못하면 다른 직업을 찾아봐야지. 나보다 먼저 승진한 우리 부서 남자들을 보고 있자니 속이 뒤집어져서."

테이블에 앉는 손님도 몇 명 있다. 해나는 그쪽을 쳐다보며 엘리노어가 주문을 잘 받고 있는지 확인한다. 구석자리를 차지한 테스코 유니폼 차림의 여자는 커피 컵에 작은 거울을 받치고, 브러시와 립스틱, 속눈썹 롤러를 늘어놓고 화장을 하고 있다. 거기서 조금 떨어진 자리에 앉아 있는, 수술복 위에 감색 코트를 걸친 남자는 거의 입에도 대지 않은 스크램블드에그 접시를 밀어낸다. 조금 전 아기를 안고 온 엄마는 엘리노어에게 핫 초콜릿을 주문한 뒤, 창가 자리에 앉는다. 그리고 아기가 바깥 구경을 할 수 있게 아기 띠에서 빼내 테이블 위에 앉힌다. 해나는 아기가 몸을 앞으로 내밀면서 양손으로 유리창을 짚는 모습을 지켜본다. 아기의 시선을 따라 밖을 쳐다보다가 존을 발견한다. 존은 지난 몇 년간 카페 앞에서 〈빅 이슈〉를 팔고 있다. 그는 아기를 보자, 한 손을 잡지 위에 올려놓은 채 다른 한 손을 흔들어 준다.

해나는 미소를 지으며, 줄이 좀처럼 줄지 않은 것 같은 손님들 쪽을 다시 쳐다본다.

"주문하시겠어요?" 해나는 자꾸만 정신을 산만하게 만드는 생각들을 무시한 채, 애써 밝은 목소리로 말한다.

존

그가 웃으며 얼굴을 찡그리자, 카페 안에 있던 아기가 웃는다.

얼마나 귀여운지. 존은 생각한다. 아기의 웃음에 그의 얼굴에도 미소가 남는다. 존은 일을 하기 위해 마지못해 다시 거리 쪽으로 돌아선다.

"〈빅 이슈〉 사세요. 〈빅 이슈〉, 〈빅 이슈〉 있어요!" 존이 노래를 부르는 것처럼 외친다. 아무도 쳐다보지 않는다. 보행자들은 섬을 지나쳐가는 강물처럼 끊임없이 그를 스쳐 지나간다.

그중 많은 사람들이 휴대폰을 들고 있다. 길을 걸어가면서도 휴대폰을 귀에 대고 큰 소리로 통화를 하거나 들여다보고 있다. 건널목을 건널 때나 인파가 몰릴 때, 앞에 가로등 기둥이 있을 때만 고개를 든다.

"그만 좀 해!" 얼굴이 벌겋게 달아오른 키 작은 남자가 큰 소리로 말하면서 존의 옆을 지나친다. "그만 좀 하라고! 끝났다고 하잖아!" 남자는 이제 거의 고함을 지르다시피 하고 있다. 그러자 지나가던 사람들이 그 남자를 돌아본다. 남자는 통화 상대와 말하느라 옆에 있는 다른 사람들은 의식하지 못하는 것 같다. "엄마! 그만 좀 하라니까!" 남자가 그렇게 말하면서 도로 끝에 있는 모퉁이를 돌아 사라진다.

신호등이 바뀌자, 보행자들이 우르르 건널목을 건넌다. 배낭을 앞에 메고, 한 손에 지도를 든 늙은 여자가 매부리코에 주름이 자글자글한 분홍색 얼굴을 한 노인보다 약간 앞에서 걸어간다. 남자 노인은 주위를 둘러보면서 천천히 걷고 있다. 커다랗게 '불안'이라고 쓰인 눈에 확 띄는 재킷을 입은 개가 목줄을 힘껏 잡아당기며 걸어가고 있다. 그 개가 지나가는 보행자들 발밑에서 이리저리 뛰어오르자, 주인인 오렌지색 모자를 쓴 젊은 여자가 부드러운 목소리로 달랜다. 존은 그 개의 기분을 느낀다. 불안감을 잘 숨기고 있지만, 그 자신도 그런 재킷을 입고 싶은 날이 있다. 누구나 그렇지 않을까? 존은 생각한다.

보행자들의 물결이 보도에 서 있는 그를 스쳐 지나간다. 어떤 사람들은 계속 길을 따라가고, 그중 몇 몇은 카페로 방향을 튼다.

존은 숨을 깊이 들이마신 뒤 다시 판매를 시도한다.

"안녕하세요, 선생님. 〈빅 이슈〉 한번 보시죠? 좋은 날입니다, 부인. 〈빅 이슈〉 어떠십니까? 좋은 하루 보내십시오. 이런 우울한 날에 절 행복하게 만들어 주실 분 안계십니까?"

대부분의 사람들은 그를 무시하지만, 몇몇 사람들은 그의 목소리를 듣고 잠깐 쳐다보기도 한다. 그러다 어색하게 눈이 마주치면 황급히 시선을 돌리지만, 존은 놀라지 않는다. 회복력은 이 일을 하는 데 있어 가장 중요한 요소다.

"시끄러워!" 누군가 외친다. 트위드 재킷에, 노란 바지를 입은 60대로 보이는 남자다.

"이건 내 일이에요!" 존도 맞받아친다. 하지만 그 남자는 이미 멀리 가 버린 뒤다.

이런 일엔 언제나 열이 받는다. 그는 다른 사람들의 일터에 들어가지도 않고, 다른 사람들의 일을 폄하하지도 않는다. 사람들이 잡지를 사지 않겠다고 거절해도, 그는 항상 예의 바르게 행동한다(대부분 겪는 일이다). 가끔은 힘들 때도 있다. 비가 내리고, 몇 권 남지 않은 잡지를 떠나기 전에 다 팔아 버려야겠다고 생각할 때. 하지만 존은 사람들을 귀찮게 하진 않는다. 그건 프로답지 못한 행동이니까.

존은 3년 전부터 이 일을 하고 있다. 리버풀 역 건너편, 스텔라 카페 앞에서 잡지를 판다. 이 일은 일자리 이상이다. 존은 스스로 사업을 한다고 생각하는 것을 좋아한다. 다른 사업가들이 주식을 사는 것처럼 그는 본사에서 잡지를 산다. 그리고 그걸 팔아서 이윤을 남긴다. 바쁜 날이면 늦게까지 일을 하거나, 비가 오는 날에 일찍 짐을 싸서 들어가거나, 출퇴근 시간도 그에게 달려 있다. 마치 자신의 삶을 다시 장악하고 있는 것 같아서 존은 그런 융통성과 느낌이 좋다.

"존!"

그가 고개를 들자 단골인 폴이 보인다. 폴이 잠깐 손을 들고 흔든 뒤, 스텔라 카페의 문 쪽으로 다가온다. 키가 큰 중년 남자인 폴은 눈동자 색이 짙고, 코뼈가 휘어져 있다. 어깨에 메고 있는 서류 가방이 무게 때문에 앞으로 쏠린다. 존도 폴을 향해 손을 흔든다.

"만나서 반가워요." 폴이 주머니에서 동전을 찾는 동안 존이 말한다. 두 사람은 조용히 신속하게 〈빅 이슈〉와 동전을 교환한다. 폴은 잡지를 돌돌 말아 주머니에 찔러 넣고, 본론으로 들어간다.

존은 자신이 하는 일이 사업이기도 하지만, 상담사의 일도 겸하고 있다고 생각한다. 그와 이야기를 나누기 위해 들르는 단골들도 많고, 종종 잡지를 사러 온 처음 보는 손님들도 그 자리에 머물면서 자신들의 인생에 관한 이야기를 털어놓는 경우들이 있다. 처음 이 일을 시작했을 때는 자신을 상대로 사람들이 그런 이야기를 하는 것에 깜짝 놀랐다. 하지만 이제는 그런 일들이 너무 당연하게 여겨진다. 그는 사람들은 모두 누군가에게 이야기를 하고 싶어 한다는 것을 알게 되었다. 그래서 존은 매일, 비가 오나 해가 뜨나 이곳에 나온다. 사람들은 존이 어디에 있는지 알고 있다. 그리고 그와의 대화를 2파운드 50펜스라는 푼돈으로 사는 것이다(상담사들이 받는 금액에 비하면 많이 싼 것이다). 물론 존은 아무 대가가 없어도 이야기를 나눌 것이지만, 진지한 고객들은 예의를 지킨다. 먼저 잡지를 사고, 그다음에 대화를 나누는 것이다. 원하는 만큼 길게 이야기를 나눈다.

"잘 지냈어요?" 폴이 묻는다. 불쌍하게도 그는 여전히 양복을 입고, 보라색 타이를 매고 있다. 몇 주일 전에 실직했지만, 매일 사무실에 가는 것처럼 차려입고 밖으로 나온다. 존은 무슨 일이든 잘못되기 시작됐을 때, 그 상황이 얼마나 나빠졌는지를 인정하기까지 시간이 걸린다는 것을 잘 알고 있다. 결국 그 사실을 인정했을 때는 너무 늦었다. 그런 일이 누구에게나 일어날 수 있다는 것도 배웠다.

"덕분에요. 폴은 어때요? 새 일자리는 찾았어요?" 존이 묻는다.

폴이 한숨을 내쉰다.

"아직요." 폴이 천천히 말한다. "하지만 몇 군데 알아보긴 했어요. 적어도 면접이라도 볼 수 있으면 좋겠네요. 이번 달 말에는 샌드라에게 좋은 소식을 전하고 싶으니까요."

"내가 간섭할 일은 아니지만, 부인한테 솔직히 말하는 게 어때요? 부인이니까 이해해 줄 거예요." 존이 말한다.

"나도 그렇게 생각해요. 하지만 실망도 하겠죠. 그걸 견딜 수가 없어요. 아직은 안 돼요. 난 그저 시간이 조금 더 필요한 것뿐이에요." 폴이 말한다.

존은 그 마음도 이해할 수 있다.

"알 것 같아요. 당신 부인이니까, 무엇이 최선인지는 제일 잘 알겠죠. 행운을 비는 의미에서 손가락으로 십자가를 만들어 줄게요. 발로도 만들어 주고!"

존이 그 자리에서 비틀거리는 시늉을 하자 폴이 웃는다. 누군가를 웃게 하면 기분이 좋아진다. 그들은 작별 인사를 나눈다. 존이 잡지를 흔들자 폴은 카페 문을 열고 안으로 들어간다.

존은 폴을 생각할 때마다 자신의 과거를 떠올릴 수밖에 없다. 시작은 실직이었다. 그는 건설 회사에서 일했지만, 회사가 어려워지자 나올 수밖에 없었다. 다른 일자리를 찾았지만 너무 힘들었고, 그러다 보니 술을 마시게 되었다. 일자리를 구하지 못하자 매일 술을 점점 더 많이 마시게 되었다. 그는 그게 문제가 될 거라고는 생각하지 않았다. 그저 그 상황을 대처하는 방식이라고만 여겼다. 사람들 모두 각자의 방식이 있는 거니까. 그렇지 않은가? 존의 방식은 술을 마시는 것이었다. 술이 모든 것을 누그러뜨렸다. 수년간 건설 현장에서 일하면서 얻은 통증과 고통도, 앞으로 무엇을 해야 할지에 대한 두려움도. 하지만 술이 뇌까지 녹아내리게 만들면서, 동기도 사라지고 동작도 느려졌다. 대처 방법이 그를 앞으로 나가지 못하게 막는 걸림돌이 된 것이다.

존은 좋은 아파트에서 살았다. 방 한 개짜리 작은 아파트였지만, 다른 동료들이 공용 숙소에서 지내는 상황에서 그만은 자기 집을 가지고 있다는 사실이 자랑스러웠다. 하지만 실직 상태가 길어지고, 술을 점점 더 많이 마시기 시작하면서 임대료를 내는 것이 힘들어졌다. 윗집에 사는 주인도 처음에는 이해해 주었다. 존이 그 집에서 살았던 몇 년 동안, 두 사람은 정확하게 친구라고 할 순 없어도 우호적인 관계를 맺고 있었다. 길모퉁이에 있는 술집에서 맥주를 마신 적도 몇 번 있었다. 하지만 존은 그런 친절도 돈이 있을 때 가능한 것이라는 사실을 알게 되었다. 몇 달 뒤, 그는 쫓겨났다.

대부분의 사람들은 동의하지 않을 것이고, 자신들이 더 낫다고 생각한다는 것을 알고 있지만, 존은 누구나 중독이 될 수 있다고 믿는다. 그런 상황에 처하게 된다면(좀 더 정확하게 말해 아주 안 좋은 상황에 처하게 된다면) 모두 고통을 덜어주는 방법을 찾게 될 것이며, 이내 그 잿빛 세상에서 찾아낸 쾌감을 멈추기 힘들다는 것을 알게 될 것이다. 존은 적어도 자기 선택의 본질이 합법적이라는 점에 있어서는 자부심을 느꼈다. 다른 방식으로 떨어지기도 쉬웠기 때문이다.

아파트에서 쫓겨난 뒤에 존은 임시 거처를 드나들었다. 가끔은 친구들에게 신세를 졌고, 가끔은 호스텔에서 지냈다. 하지만 생활이 제대로 될 리가 없었다. 술은 언제나 모든 것을 어렵게 만들었다. 그 상황에 이르자, 술이 너무 많은 부분을 차지해서 정상적인 생활로 돌아가는 것이 불가능할 것처럼 보였다.

그때 당시, 그러니까 술에 취해 살았던 2년을 떠올릴 때마다 존은 몸서리를 친다. 오랜 친구들 중 몇 명에겐 사과할 수 있었다. 그들은 여전히 경계하고 있지만, 그는 날마다 자신이 변했다는 것을 증명할 수 있기를 바라고 있다. 하지만 두 번 다시 이야기를 나눌 수 없게 된 사람들도 있었다. 그는 그들을 너무 많이 몰아붙였고, 지금 다시 생각하면 수치심과 두려움에 숨이 막혀 한밤중에 벌떡 일어날 정도의 진상을 부렸다. 존은 이성과의 관계를 망친 것보다 친구들을 잃은 것이 더 고통스러웠다(그런 적이 너무 많았기 때문이다). 마치 일부분이 떨어져 나간 것 같고 지금도 완전하지 않은 느낌이다. 더 이상 만날 수 없게 된 친구들도 있다. 그들은 존이 더 이상 술에 취해 있지 않는다는 의미가 두 번 다시 술집에 발을 들일 수 없다는 뜻이라는 것을 이해하지 못하기 때문이다. 최악의 상황에서 은신처였던 그곳은 이젠 그에게 너무 위험하다.

지난 몇 년간, 모든 상황은 조금씩 나아졌다. 존은 이제 살 집이 있다는 것이 자랑스럽다. 침실에 개수대가 딸려 있고, 복도 저편에 있는 욕실과 주방을 공용으로 쓰는 작은 집이긴 하지만. 그리고 직업은 잡지 판매다. 하지만 앞으로 더 나아가야 한다. 언젠가는 작은 발코니에서 고추나 토마토를 키우고 싶었다. 그리고 무엇보다 개를 키우고 싶었다. 언젠가 자기 자신을 잘 보살필 수 있다는 자신감이 생기면 그때 개를 키우자고 다짐한다. 존은 다시 일어설 것이다. 벌써 개 이름도 지어두었다. 럭키. 아파트에 뜨거운 물이 나오지 않거나, 가끔 무례하게 고는 손님이 있을 때는 그런 생각이 들지 않긴 하지만, 그럼에도 그는 자신이 행운아라는 것을 알고 있기 때문이다. 그는 운 좋게 살아남았다.

존은 하늘을 올려다보며 손님들을 기다린다. 구름이 역 지붕에 모여 앉아 있는 비둘기들 등과 같은 색이다. 순간 그는 할 일도 잊고 비둘기들을 쳐다본다. 회색 깃털 속에서 검은색과 푸른색 줄무늬를 찾아낸다. 사람들은 대부분 비둘기들을 벌레 보듯 하지만, 그는 비둘기들을 보면서 겨울날 도시처럼 암울해 보이는 날개 달린 쥐떼 같다고 생각한다. 하지만 좀 더 자세히 들여다보니 비둘기들이 무지개 색으로 보인다. 부드럽게 보이는 깃털에, 밝고 호기심이 많아 보이는 눈동자도 보인다. 언뜻 봐서는 제대로 알 수 없는 법이다. 사람들이 생각하는 이상이다.

해나

잠시 뒤, 해나와 엘리노어는 역할을 바꾼다. 엘리노어가 카운터를 맡고, 해나가 테이블을 담당한다. 아기를 데리고 온 여자가 주문한 핫 초콜릿을 가져다준 뒤, 해나는 40대 후반으로 보이는 보라색 타이에, 양복을 입은 남자 쪽으로 다가간다. 제법 큰 아이를 목마 태우고 있기라도 한 것처럼 어깨가 축 처져 있다. 앞에 노트북이 놓여 있지만 남자는 창밖만 쳐다보고 있다. 카페 앞에 서 있는 존과 커피 컵을 든 사무실 직원들이 완벽하게 안무가 구성된 춤을 추는 것처럼 서로를 피해 자신들이 일하는 건물로 향하는 모습을 지켜보고 있다. 해나는 손님과 시선을 맞추기 위해 몸을 숙이고 주문을 받는다.

"오렌지 주스와 영국식 아침 식사(달걀 프라이, 베이컨, 삶은 콩, 소시지로 구성된 영국 전통식 아침 식사-옮긴이)로 주세요." 남자가 겨우 시선을 돌리며 말한다. 해나는 고개를 끄덕이고 돌아선다. 바로 그때 감색 양복을 입고, 연한 분홍색 셔츠를 입은 어깨 넓은 남자가 카페 문을 열고 들어와 카운터 쪽으로 향한다. 그러다 그는 창가 옆에 앉아 있는 남자를 보더니 멈춰 선다. 남자는 한쪽 손에 휴대폰을 꼭 쥐고 있다.

"폴!" 어깨 넓은 남자가 큰 소리로 외치며, 휴대폰을 쥐고 있던 손을 들고 흔든다. 해나는 오렌지 주스를 따르고, 다른 주문 받은 음료를 준비하다가 그 모습을 쳐다본다. 폴이라고 불린 테이블에 앉아 있던 남자는 그 소리에 살짝 몸을 떨더니 그쪽을 돌아본다. 폴이 고개를 끄덕이자, 분홍색 셔츠를 입은 남자가 그쪽으로 다가간다. 그는 폴의 테이블 옆에 다리를 쫙 벌리고 선다. 해나는 그 남자의 재킷 소매 아래로 은색 커프스단추가 반짝거리는 것을 알아차린다. 믿을 수 없을 정도로 숱이 많은 갈색 머리는 사무실 직원들이 선호하는 모양으로 다듬어져 있다. 짧게 자른 옆머리에, 길게 기른 앞머리를 정수리 위에서 부풀려 젤을 바른 것이다.

"만나서 반가워." 남자가 오른손을 내민다. 왼손은 바로 넘겨줄 수 없는 배턴이라도 되는 것처럼 휴대폰을 꼭 쥐고 있다. 폴은 자리에서 일어난다. 악수를 한 뒤에도 한 손을 테이블에 짚고, 다른 한 손은 바지 주머니에 넣은 채 어색하게 서 있다. 편안하게 기대기에는 테이블이 너무 낮아서, 몸이 한쪽으로 비스듬히 기울어져 있다. 해나는 그 모습을 쳐다보다가 폴의 얼굴이 낯설지 않다는 것을 알아차린다. 분명히 이전에 어디선가 본 얼굴이다. 그런데 어째서 금방 알아보지 못한 것인지 이유를 모르겠다. 하지만 꾸준히 오는 단골이 아닌 이상, 손님의 얼굴은 쉽게 잊어버리기 마련이다. 머릿속에 너무 많은 것들이 담겨 있으니까.

"오랜만이야." 폴이 조용히 대꾸한다.

"정말 깜짝 놀랐어." 상대방 남자가 말한다. 그 목소리가 카페 소음을 뚫고 울려 퍼진다. 실내를 가득 채우는 것 같은 소리다.

폴은 아무 말도 하지 않는다. 상대방 남자가 말을 잇는다.

"어쨌든 일이 그렇게 돼서 유감이야. 어쩔 수 없는 일이었다는 건 알고 있지? 새 일자리는 구했고?"

폴이 고개를 끄덕인다. "그래, 직장이 이 근처야."

"잘됐군! 정말 잘됐어. 그럼 지금 늦은 거 아닌가?"

"근무 시간 자율 선택제라서."

"굉장하네! 다행이군, 정말 다행이야. 그럼 난 이만 카페인 충전을 하고, 괴로운 직장으로 돌아가야겠네. 이 근방에서 일하면 저녁 때 한번 보는 게 어떤가?"

"그래, 그렇게 하지." 폴이 말한다.

"그럼 이만 가 보겠네!"

폴은 분홍색 셔츠를 입은 남자가 주문한 커피를 받을 때까지 계속 서 있다. 남자는 커피 컵을 거수경례하듯 들어 올리고 나간다. 폴도 손을 높이 들어 인사를 한 뒤, 의자에 털썩 주저앉는다.

해나는 카운터 뒤에서 빠져나와 폴에게 오렌지 주스를 가져다준다.

"아침 식사는 곧 준비됩니다. 더 필요한 건 없으세요?" 해나가 묻는다.

"진 있습니까?" 폴은 심각하게 말을 꺼냈다가 이내 피식 웃고 만다.

"진을 마시기엔 너무 이른 시간이죠?"

"그런 것 같네요."

"그럼 됐습니다."

폴은 다시 창밖을 쳐다본다. 양손을 노트북 자판 위에 올린 채, 바깥을 응시하고 있다. 해나는 카운터로 돌아와 줄 서 있는 사람들의 주문에 집중한다. 앞치마 주머니에 들어 있는 십자말풀이 책이나 자하임에 대한 생각, 가수로서의 앞날에 대한 걱정이나 그 꿈을 위해 계속 싸울 힘이 남아 있는지에 관한 생각들은 애써 무시한다.

오전 9시

해나

그날 아침 내내 포장 주문이 이어진다. 창가에 아기와 함께 앉아 있던 엄마가 카페를 떠나자, 해나는 아기의 웃음소리가 그립다. 그들은 카페에 있는 동안 함께 놀았고, 엄마가 거리에 있는 개를 가리키면 아기가 깔깔거리며 웃었다. 아직 말도 못하는 아기와 노는 것을 진심으로 즐기는 것처럼 보이진 않던 엄마도 웃었다.

해나는 엘리노어와 조용히 효율적으로 주문을 나누어 받으면서, 아까 카페에 들어왔던 보라색 타이와 양복 차림의 중년 남자가 주문했던 오렌지 주스와 영국식 아침 식사도 가져다준다. 마지막으로 이야기를 나눈 뒤로, 폴은 노트북 자판만 두드리고 있다. 가끔 바깥을 쳐다보다가, 또다시 돌바닥을 행진하는 사람들의 발소리 같은 소리를 내며 열정적으로 자판을 두드린다.

해나는 잠시 하던 일을 멈추고 바깥을 쳐다본다. 버려진 아침 신문들이 역 주변에 낙엽처럼 흩어져 있다. 도시에서 오늘의 뉴스는 이미 지난 뉴스다. 해나가 쳐다보고 있는 사이 갑자기 거리가 어두워지다가, 아침 내내 올 듯 말 듯하던 비가 보도와 도로를 지나던 버스와 자동차들, 카페 유리창 위로 떨어지기 시작한다. 해나는 처음엔 비가 오는 걸 다행으로 여긴다. 카페 유리창은 잘 닦을 수 없을 뿐만 아니라, 끝없이 지나다니는 도로의 차들이

내뿜는 매연과 거리의 먼지들로 노상 뒤덮여 있기 때문이다. 하지만 바로 그 순간 〈빅 이슈〉 판매를 하는 존이 주머니에서 서둘러 비닐을 꺼내 잡지들 위로 씌우는 모습을 발견한다. 그 주위에 있던 사람들도 상가 차양 아래로 피하거나, 우산을 쓰거나, 재킷으로 머리를 가리고 길을 건너간다. 사람들이 우산을 펼치느라 머뭇거리는 바람에 벌써 역에 병목 현상이 일어나고 있다.

"잠깐만 자리 비워도 될까?" 엘리노어는 해나의 말에 고개를 끄덕인다. 해나는 재빨리 카운터 밑에 있는 상자에서 뭔가를 찾은 뒤, 코트로 머리를 가리고 밖으로 나간다.

"좋은 아침이에요, 존." 해나가 빗소리와 자동차 소리보다 크게 외친다.

"좋은 아침!" 존이 쾌활하게 인사를 한다. 커다란 빗방울이 그의 코끝에서 떨어진다.

"이게 있으면 좋을 것 같아서요. 카페에 남겨진 분실물이에요. 색이 이래서 미안해요."

해나가 밝은 분홍색 우산을 존에게 건넨다. 손잡이가 플라밍고의 머리 모양이다. 두 사람은 잠시 서로를 쳐다본다. 존이 우산을 펼치자, 분홍빛의 대피처가 생긴다.

"안됐지만 우산이 이것밖에 없어요." 해나가 말한다.

"나한테 어울리는 것 같은데. 안 그래?" 조금 뒤 존이 말한다. 그리고 음울한 분위기에 맞서는 것처럼 밝고 큰 소리로 웃는다. 해나도 안도한 표정으로 미소 짓는다.

"커피 한 잔 하실래요?" 해나가 묻다가, 존이 커피 잔을 들고 있는 것을 알아차린다. 해나나 모나가 너무 바빠서 존에게 줄 커피를 들고 밖에 나오지 못할 때는 다른 고객들이 그에게 커피를 가져다주곤 한다.

"커피는 됐어. 고마워. 이제 그만 안으로 들어가 봐. 난 여기서 비 맞고 있을 테니까."

존은 자기가 한 농담에 껄껄거리며 웃는다. 해나는 잠깐 분홍색 플라밍고 우산을 쓰고 있는 존의 모습을 보며 미소 짓는다. 그리고 손을 흔든 뒤, 카페 안으로 돌아간다. 카페 안에 들어서자마자 시계가 보인다. 모나의 오디션 시간이 얼마 안 남았네. 해나는 생각한다. 초조하게 순서를 기다리던 모나가 짐짓 자신만만한 모습으로 오디션 장에 걸어 들어가는 모습이 떠오른다. 캐스팅 팀에서 모나를 보고 어떻게 생각할지 궁금하다. 그중에는 그녀를 처음 보는 사람도 있고, 두 번째로 보는 사람도 있을 것이다(보통 2차 오디션에는 심사위원의 수가 많아지기 마련이다). 그들은 오랜 세월 무용으로 다져진 모나의 호리호리한 몸과 우아한 동작을 알아볼 것이다. 그녀의 키와 초조할 때마다 살짝 위로 치켜든 고개를 볼 것이다. 그들도 해나가 모나를 보는 것처럼 보고 있을지 궁금하다. 결단력과 집중력, 빛을 뿜어내는 친구의 모습을. 모나는 특별하다. 그녀는 반짝반짝 빛이 난다.

해나는 손님 중에 다른 도움이 필요한 사람은 없는지 카페를 둘러본다. 보라색 타이를 맨 중년 남자가 몸을 떨고 있다. 해나는 그 남자의 이름이 폴이라는 것을 기억하고 있다. 그녀는 깜짝 놀라서 그 남자를 쳐다보다가, 이내 남자가 울고 있다는 것을 알아차린다. 얼굴에서 흘러내린 눈물이 노트북 자판으로 떨어지지만, 남자는 눈물을 닦지 않는다.

그 모습을 지켜보던 해나는 조금 전 창고에서 자기가 흘렸던 눈물이 생각나 얼굴을 붉힌다. 그리고 아버지를 떠올린다.

그녀는 어린 시절, 아버지가 우는 것을 한 번도 본 적이 없다. 엄마는 감성적인 사람이었기 때문에 RSPCA(영국 왕립동물학대방지협회) 광고나 런던 마라톤, 올림픽의 감동적인 사연만 봐도 눈물을 터트렸다. 학교 행사 때도, 엄마는 카디건 소매에 휴지를 넣어 두었다가, 해나가 무대에 오르면 가끔은 소리 내어 울기도 했다. 10대였던 해나는 그럴 때마다 곤혹스럽긴 했지만 엄마가 울지 않기를 바란 적은 없었다. 그런 점 또한 엄마의 본성이자 부드러운 성품을 보여 주는 것이기도 했고, 아무리 사소한 일이라도 언제나 해나를 걱정하고 있다는 것을 의미하기 때문이다. 아버지를 대할 땐 그보다 조심스러웠다. 아버지도 자신을 사랑한다는 건 알고 있었다. 하지만 엄마 없이 두 사람만 시간을 보내는 일이 별로 없었고, 나중에 집을 떠난 뒤로는 해나가 집에 전화했을 때 아버지가 받으면 목소리를 알아듣자마자 이렇게 말하곤 했기 때문이다. "네 엄마 바꿔 주마."

지금 해나는 올해 초에 할머니 장례식장에서 아버지가 우는 것을 처음으로 봤던 때를 떠올린다. 오늘 새벽에 엄마한테 전화하는 대신, 아버지와도 통화할 수 있게 다음 휴식 시간에 전화할걸 그랬다. 폴이 눈물을 흘리는 모습을 보자, 장례식 때 고통스러워하던 아버지의 모습이 떠오르면서 마음이 아프다. 아직 부모님께 자하임과 헤어진 사실을 말하지 못했다는 불편함에도 불구하고, 해나는 갑자기 아버지 옆에 있고 싶다는, 모든 것을 압도하는 단순하고 강렬한 충동을 느낀다.

할머니는 새해 첫날 돌아가셨다.

전날 밤, 모나와 파티를 열었던 해나는 방 안을 비추는 눈부신 겨울 햇살 속에 잠에서 깨어난다. 머리는 안개 낀 것처럼 멍하고, 방 주위에는 빈 술병들이 어질러져 있다. 파티를 이 방에서 했기 때문이다. 반쯤 찬 쓰레기 봉투들이 흩어져 있다. 해나와 모나는 새벽에 취한 상태로 방을 치우려고 하다가 결국 포기하고 그대로 둘 다 해나의 침대에 쓰러져 잠이 들었다. 자하임은 파티를 시작할 무렵에는 같이 있었지만, 새해 전날이 친한 친구 생일이라고 일찌감치 떠났다. 원래는 해나도 자하임과 같이 가려고 했지만, 그때 이미 너무 취해 버려서 그냥 집에 있으라는 그의 말에 따랐다.

해나는 몸을 뒤척일 때마다 옆에 누워 있는 모나의 따뜻한 몸을 느끼고, 가볍게 코고는 소리를 듣는다. 함께 살기 시작한 뒤로 가끔 늦게까지 영화를 본 뒤에 같이 잔 적이 있지만, 지금은 오랜만이다.

해나는 눈을 뜨자마자 휴대폰을 집어 들고 시간을 확인한다. 벌써 한낮이다. 그리고 자하임한테서 온 연락이 없는지 확인하다. 그 대신 엄마로부터 부재 중 전화가 네 통이나 와 있었다. 음성 메시지도 있다. 모나를 깨우지 않기 위해 해나는 담요로 몸을 감고 침대에서 일어난다.

엄마의 목소리는 떨리고 있지만, 애써 침착함을 유지하고 있는 것처럼 들린다.

"이 메시지 들으면 전화해 줄래? 할머니 일이야."

해나는 즉시 집으로 전화를 건다. 다행히 아버지가 아니라 엄마가 전화를 받아 소식을 전해준다. 아버지를 보면 무슨 말을 해야 할지 알 수가 없다. 두 사람은 간단하게 장례 참석 계획에 대한 이야기를 나눈다. 엄마는 이미 다음 날 기차 시간표를 알아 두었다. 해나는 엄마에게 아빠를 안아 주라고 한 뒤, 작별 인사를 한다.

해나가 전화를 끊고 나자, 모나가 문 앞에 서 있다. 가운을 걸치고 있고, 전날 지우지 못한 화장이 눈 주위에 번져 있다.

"괜찮은 거야?" 모나가 묻는다.

해나는 고개를 저으며 울음을 터트린다.

"아니." 해나의 말에 모나가 다가와 안아 준다. "할머니가 돌아가셨어."

모나가 두 사람을 위해 아침 식사를 만든다. 그리고 해나의 침대로 가져와 이불을 덮어쓴 채로 먹는다. 해나는 자하임에게 전화를 걸지만, 아직 자고 있거나 숙취 때문인지 연락이 되지 않는다. 모나는 해나가 할머니에 대해 이야기를 하는 걸 듣는다. 언제나 주머니에 사탕을 가지고 다니다가 어린 시절 해나가 손을 내밀면 몰래 쥐어 주셨던 일, 할머니가 만든 사과 파이가 세상에서 제일 맛있었다는 것, 항상 할머니한테서는 좀약, 담배, 아스트랄 크림 냄새가 났다는 것.

두 사람은 침대에서 디즈니 영화를 본다(모나의 생각이다). 해나는 어느 지점에서 숙취가 사라지고 슬픔이 시작됐는지 알 수가 없다.

오후 5시에 휴대폰이 울린다. 자하임의 전화다. 해나는 침대에서 뛰어나가 전화를 받기 위해 추위에도 불구하고 발코니로 나간다.

"연락 늦게 해서 미안해." 할머니가 돌아가셨다는 소식을 전하자 자하임이 말한다. "불쌍해라. 이럴 때 자기 혼자 있었다고 생각하니 정말 싫다."

해나는 발코니 난간에 기대서서 방 안을 들여다본다. 모나는 이제 혼자 침대에 앉아 걱정스러운 표정으로 해나를 쳐다보고 있다. 해나는 모나를 향해 고개를 끄덕여 보인다.

"혼자 있지 않았어." 그녀는 약간 차가운 목소리로 말한다.

"그래도 내가 같이 있었으면 좋았을 거야. 내 사랑." 자하임의 그 말 한마디에 해나는 마음이 녹아내린다. 상대가 자하임이고, 그녀는 그를 사랑하니까.

"나도 그래. 하지만 아무래도 나중에 봐야겠지?" 해나가 말한다.

"자기만 괜찮으면 내가 같이 갈까?" 자하임이 묻는다.

"아니, 괜찮아. 상황을 먼저 보는 게 좋을 것 같아."

두 사람은 조금 더 이야기를 나눈다. 이런 상황임에도 자하임의 목소리에 해나는 미소가 떠오른다. 그들은 해나의 할머니에 대해 조금 이야기한 뒤, 자하임이 지난밤에 있었던 친구 생일 파티에 대한 이야기를 한다. 이제 해나는 주의를 돌려, 자하임의 이야기를 즐겁게 듣는다(해나는 자하임이 무슨 이야기를 해도 다 들을 것이다). 전화를 끊자, 해나는 많이 진정된 상태로 집 안에 들어간다.

발코니 문을 닫자마자 집 안의 온기가 반갑게 느껴진다. 모나가 테이블 위에 찻잔 두 개를 내려놓으며 말한다.

"스텔라에게 알렸어. 다음 주까지 쉬라고 하더라. 엘리노어와 소피아가 네 대신 일하면 되니까 서둘러 돌아올 필요 없다고 했어. 카페는 걱정하지 마. 그리고 장례식 일정이 정해지면 나도 휴가를 내도 좋다고 했어."

해나는 방을 가로질러 가 모나를 끌어안는다.

"정말 고마워." 해나는 뒤로 물러나기 전에 모나를 끌어안은 팔에 힘을 준다. "하지만 너무 걱정하지 마. 지금까지 나한테 해 준 것만 해도 충분해. 장례식엔 자하임이 같이 가 줄 거야."

모나는 찻잔을 내려다본다.

"아, 그렇구나." 모나가 말한다.

"안 그래도 크리스마스 공연 때 빠진 걸 만회하려면 추가 근무를 해야 한다고 했잖아." 해나가 재빨리 말한다. "그리고 웨일스는 너무 멀어. 널 힘들게 하고 싶지 않아."

모나는 고개를 끄덕인다.

"그래, 알았어. 네가 굳이 올 필요가 없다 하면 돈이라도 더 벌어야지."

해나는 올바른 결정을 내린 것에 기뻐하며 미소를 짓는다. 그녀는 모나가 돈 때문에 고생하고 있다는 것을 알고 있다. 그리고 웨일스행 기차표는 비싸다.

해나가 다음 날 아침 기차를 타고 가자, 엄마가 역에 마중 나와 있다. 보통 때는 조금 떨어진 곳에 차를 세워 두고 경적을 울리면 해나가 그쪽으로 걸어갔다. 하지만 오늘 엄마는 주차장에 차를 세우고, 플랫폼에서 해나를 기다리고 있다. 엄마와 해나는 서로 끌어안은 뒤, 천천히 차를 세워 둔 쪽으로 걸어간다. 아무 의미 없이 두 사람의 발걸음이 일치한다.

"아빠는 어때요?" 해나가 묻는다. 말을 꺼내자마자 하나마나한 질문을 했다고 후회한다. 아무 의미 없이 느껴진다. 해나는 좀 더 의미 있는 표현을 찾고 싶다.

"잘 버티고 계셔." 엄마가 딸을 돌아보며 팔을 꼭 잡는다. "널 보면 좋아하실 거야."

해나가 집에 도착했을 때 아버지의 반응이 정말 좋아하는 것처럼 보인다고 말하긴 어렵지만, 아마 지금 상황에선 좋다는 표현을 할 수가 없을 것이다. 아버지는 주방 바로 옆쪽에 있는 3인용 의자에 앉아, 창밖으로 정원 담 위를 깡충깡충 뛰어다니는 참새를 쳐다보고 있다. 해나는 그 참새가 날아가는 모습을 지켜본다. 하지만 아버지의 시선은 그대로 고정되어 있다. 어머니가 아버지의 이마에 키스한 뒤 서둘러 주전자에 물을 채우러 가자, 해나는 아버지 옆에 앉아 손을 잡는다.

"아빠, 저 왔어요." 해나가 말한다.

아버지는 살짝 움찔하더니 해나를 돌아본다.

"해나. 집에 왔구나." 아버지가 부드럽게 말한다.

"네. 엄마가 역에 마중 나오셨어요." 해나가 대답한다.

그리고 잠시 아무 말도 하지 않는다.

"아빠, 정말 슬픈 일이에요." 해나가 말한다.

아버지가 손바닥이 위로 오게 뒤집자, 해나는 아버지 손 위로 깍지를 낀다.

"정말 그래." 아버지가 말한다.

"우리 할머니여서 너무 좋았어요. 대단한 분이셨죠. 할머니가 많이 그리울 거예요." 해나가 말을 잇는다.

"나도 그렇단다." 아버지가 말한다.

엄마가 크림과 커피를 들고 그 자리에 합류한다. 보통 크리스마스나 생일 때만 먹는 커피다.

"우리 모두 기운을 내야 할 것 같아서." 엄마가 커피를 따르며 말한다. 해나는 크림이 블랙커피 속에 녹아드는 모습을 지켜본다.

세 사람은 아무 말 없이 앉아 있다. 가족이니까 가능한 침묵이다. 해나는 아버지의 손을 계속 잡고 있다. 처음은 아니지만, 형제자매가 없다는 것을 새삼 느낀다. 해나는 이런 순간을 함께 나눠 줄 언니나 오빠를 원한다. 아버지의 슬픔과 어머니의 걱정과 동정심 사이에서 확실한 위로를 해야 하는 이런 순간을.

장례식 당일 자하임이 도착했을 때 안도감을 느낀 데는 그런 이유도 있다. 자하임은 처음으로 해나의 부모님을 만났고, 장례식이라는 형식이 그들 모두를 어느 정도 하나로 묶어 준다. 심지어 아버지는 자하임과 테니스에 관한 이야기를 나눈다(두 사람은 공통된 관심사를 발견한다).

해나는 교회에서 먼 친척들, 할머니의 친구들, 아버지의 동료와 친구들에게 자하임을 소개한다(그 자리엔 많은 사람들이 있고, 해나는 암울함 속에서도 잠깐이나마 눈부신 자부심을 느끼게 된다). 어쩐지 자하임의 품 안에서 그녀는 더 강해지는 것을 느낀다.

자하임은 앞쪽 해나의 옆자리 대신 뒷자리에 앉겠다고 한다. 해나는 가족들이 모두 그를 환영한다고 말하지만, 자하임은 고개를 저으며 고집을 꺾지 않는다.

"조금 있다 봐. 자기는 아버지를 보살펴 드려." 자하임이 말한다.

그래서 해나는 처음으로 교회 앞자리에 부모님과 나란히 앉는다. 어릴 때 크리스마스 캐럴 콘서트가 있을 때마다 부모님과 함께 교회에 왔던 기억이 있다. 신자는 아니었지만, 해나가 노래를 좋아했기 때문이다. 그들은 뒤쪽 자리에 앉아 몰래 초콜릿을 먹었고, 캐럴을 들었다. 지금은 찬송가를 따라 부르는 데 최선을 다한다. 해나는 찬송가를 모르지만, 신자들을 따라 열심히 불러 본다. 뒤에 있는 자하임에게 들릴 것인지, 그도 노래를 부르고 있는지 궁금하다. 엄마와 아버지는 찬송가를 부르는 동안 입을 다물고 있다. 그래서 해나는 멜로디를 찾아 조금 더 큰 소리로 불러 본다. 그녀의 목소리가 다른 사람들의 목소리와 함께 신자들의 머리 위로 울려 퍼진다. 그것이 해나가 할머니에게 드릴 수 있는 전부다.

그리고 아버지의 추도사 시간이다. 아버지는 자리에서 일어나 비틀거리며 앞으로 걸어 나간다. 주머니에서 꺼낸 구겨진 종이를 양손으로 꼭 움켜쥐고 있다. 해나의 엄마는 의자에서 몸을 살짝 일으켜 아버지에게 손을 내밀었다가 다시 자리에 앉는다. 무릎 위에 양손을 포개고, 눈을 꼭 감는다. 해나는 그 모습을 지켜보면서, 연단에 혼자 서 있는 아버지만큼 심장 박동이 빨라진다. 침묵이 흐르자, 어색함에 사람들은 몸을 뒤척인다. 기침을 하는 사람들도 있다.

그러자 해나의 아버지가 추도사를 시작한다. 시선은 손에 들고 있는 종이에 고정되어 있다. 아버지는 감정이 담겨 있지 않은 단조롭고 안정적인 목소리로 말을 한다. 마치 프롬프터를 보고 읽는 것 같은 소리에 해나는 매력적이지 않은 정치인들의 부자연스럽고 격식적인 연설을 떠올린다.

하지만 아버지는 절반쯤 읽다가 멈춘다. 목소리가 갈라지면서, 말을 계속 이어나가다가 숨을 들이킨다. 흐느낌에 가까운 신음소리만 새어나오더니, 아버지가 얼굴을 일그러뜨리면서 눈물을 흘리기 시작한다. 검은색 옷을 입고 온 신자들이 지켜보는 가운데 아버지는 어깨를 떨면서 운다. 완전히 넋이 나간 것처럼 흐느껴 울고 있는 커다란 남자는 바로 해나의 아버지였다.

짧은 순간이지만 해나는 당혹스러움을 느낀다. 교회 뒤쪽에 앉아 있는 자하임을 생각하자, 갑자기 아버지를 더 빨리, 좋을 때 만나게 할 걸 그랬다는 생각이 든다. 해나는 어머니를 돌아본다. 엄마는 너무 놀라 그 자리에서 움직이지 못하고 있는 것처럼 보인다. 이윽고 해나가 자리에서 일어난다. 지금 무슨 생각을 하고 있는 거지? 해나는 마음속 당혹스러움을 몰아내며 연단에 서 있는 아버지 옆으로 다가간다. 아버지의 떨리는 손에서 추도사 원고를 받은 뒤, 아버지의 팔짱을 낀다. 해나는 아버지의 팔을 꼭 잡는다. 그리고 그녀는 아버지가 중단한 추도사를 이어서 끝까지 읽는다. 조용해지긴 했지만, 가끔씩 아버지가 몸을 들썩이며 흐느끼는 소리가 추운 교회 안에 울려 퍼진다. 해나는 아버지가 자신의 팔을 꼭 붙잡는 것을 느낀다. 그녀도 온 힘을 다 끌어 모아 크고 또렷한 목소리로 추도사를 읽는다. 해나는 할머니를 생각하며 추도사를 읽는다. 하지만 아버지를 위해서이기도 하다.

해나는 아버지와 할머니 장례식을 떠올리며 숨을 깊이 들이마신다. 그런 뒤 폴의 테이블로 천천히 다가간다. 자판 위로 눈물을 떨어지고 있다. 중년 나이에 걸맞는 진지하고 주름진 얼굴이 고통으로 뒤틀리자 젊어 보인다.

"잠깐만 여기 앉아도 될까요?" 이미 자리에 앉았지만, 해나가 부드럽게 물어본다. 엘리노어가 이쪽을 쳐다보고 있다는 것을 알아차린다. 카운터 앞에는 여전히 손님들이 줄을 길게 서 있다. 하지만 해나는 엘리노어의 시선을 모른 척한다. 손님들은 조금 더 기다리게 될 것이다.

폴이 고개를 들더니 갑자기 얼굴을 닦는다. 마치 실제로 다른 사람을 보자 내면의 무언가가 무너지면서 자기가 누구인지 떠올린 것처럼 보인다. 중년의 남편이자, 울지 않는 아빠라는 스스로의 모습을.

"미안해요." 폴이 테이블에 있는 냅킨을 꺼내 얼굴을 닦으면서 말한다. "어떻게 된 일인지 모르겠네요. 이제껏 운 적이 없는데."

찢어진 냅킨 조각이 폴의 손에 붙어 있는 것을 보자, 해나는 어쩐지 슬퍼진다.

"우리 아버지도 울지 않으셨죠. 정말 슬픈 영화를 봤을 때나, 장례식에 참석했을 때, 아동 구호 단체 광고를 보거나 응원하는 축구팀이 졌을 때 외에는 말이에요." 해나가 부드럽게 말한다.

그녀가 미소를 짓자, 폴도 코를 훌쩍거리며 미소를 짓는다.

"아버지가 우는 모습을 봤을 때 당혹스러웠나요?" 폴이 축축하게 젖은 냅킨을 모아 다 마신 주스 잔 바닥에 쑤셔 넣으며 묻는다.

해나는 장례식 때 처음 느꼈던 당혹감이 떠오르자 움찔한다. 그런 자신이 싫다. 아마 아버지의 눈물이 너무 큰 충격이었다는 것도 작용했을 것이다. 그 눈물을 보자, 해나의 인생에서 근본적이었던 사실들이 갑자기 입증되지 않은 것처럼 불안해졌다. 산타클로스는 존재하지 않고, 남자도 울 수 있다. 하지만 그 뒤로 아버지와의 관계에는 변화가 있었다. 요즘은 해나가 전화를 했을 때 아버지가 받으면 예전보다는 오래 통화를 한다. 해나의 눈에 더 새것으로 보이긴 하지만 아버지의 신발과 비슷한 신발을 신고 있고, 울고 있는 이 남자도 뭔가 연관이 있는 것처럼 느껴진다. 아버지가 보고 싶어지자, 해나는 또다시 부모님 집과 언제든지 찾아가도 편안하게 쉴 수 있게 이부자리가 준비되어 있는 침대를 떠올린다. 집에 두 분만 있어서 외롭진 않을지 생각하다가, 해나는 부모님을 런던에서 몇 번 보긴 했어도, 장례식 뒤로 웨일스에 간 적이 없다는 것을 깨닫는다.

"전혀요. 어떤 의미로는 좋았어요. 내가 슬플 때 위로가 되어 주니까요. 우리 모두 울잖아요. 침실 안에서나 카페 안에서."

해나는 조금 전 창고에서 터트린 눈물을 떠올린다. 그녀는 눈물을 흘린 흔적을 화장으로 숨기는 데 능하다. 아무도 상자들이 가득 쌓여 있는 작은 창고에서 해나가 울었다는 사실을 모른다. 마음 한편으로는 폴에게 혼자 운 건 아니라는 사실을 알려 주기 위해, 조금 전 그녀가 울었다는 사실을 알려 주고 싶기도 하다. 하지만 해나는 그렇게 하지 않을 것이다.

"난 그런 생각이 안 들어요. 우리 아버지가 지금 내 모습을 본다면 돌아누우실 거예요. 내가 바보처럼 보이죠?" 마침내 남자가 말한다.

해나는 고개를 젓는다.

"전혀요. 아무도 모를 거예요. 혹시 누군가 봤다고 해도 두 번 볼 일 없는 사이잖아요."

폴이 움찔한다.

"저들 중 많은 사람들과 같이 일했어요." 폴이 줄 서 있는 사람들을 가리키며 말한다. "여긴 저 사람들의 동네죠. 나도 익숙한 곳이에요. 아마 내가 목요일 아침 9시 30분에 여기 앉아서 미친 사람처럼 울었다는 말이 사무실에 쫙 퍼질 거예요. 저들은 예전보다 더 나를 동정하겠죠."

해나는 무슨 말을 해야 할지 알 수가 없다. 그래서 아무 말도 하지 않고 그저 미소만 짓는다.

이제 폴의 호흡이 정상적으로 돌아오고, 얼굴도 살짝 울긋불긋하긴 하지만 평소 상태로 돌아오고 있다.

"고마워요." 그리고 그는 재빨리 말한다. "계산서 좀 가져다줄래요?"

그 말과 함께 폴은 손님으로, 해나는 웨이트리스로 돌아간다.

"그러죠." 해나가 계산서를 들고 온다. 폴은 다른 말 없이 테이블 위에 동전을 잔뜩 쌓아 올린다.

오전 10시

해나

카페는 이제 다시 조용하다. 더 이상 길게 늘어선 줄은 없다. 비가 그친다. 해나는 창밖에 있는 존이 플라밍고 우산을 접은 뒤, 물기를 털어 옆에 기대 놓는 모습을 지켜본다. 그는 잡지를 덮은 비닐을 벗기고, 휴대폰을 귀에 댄 채 지나가는 여자에게 말을 건다. 여자가 고개를 힘차게 젓고 지나간다. 존은 어깨를 으쓱한다.

문이 열리고, 남자 두 명이 안으로 들어온다. 한 명이 문을 잡아 주는 사이, 다른 한 명이 커다란 빨간색 여행 가방을 끌고 들어온다. 해나의 눈에는 그 두 사람이 지쳐 보이는 건지, 슬퍼 보이는 건지 알 수가 없다.

그녀가 주문을 받으러 가기 전에, 두 사람 중 한 명이 바로 다가와 라테 두 잔을 주문한다. 지치기도 했고, 슬프기도 한 거구나. 해나는 주문을 받으며 생각한다. 남자는 손으로 뒷목을 문지르고 있다. 얼굴에는 핏기가 하나도 없다. 그의 시선은 해나보다 위쪽에 가 있다. 대부분의 손님들처럼 곰을 보는 것이 아니라 완전히 다른 곳을 보고 있다. 해나는 그곳이 리버풀 스트리트 역 건너편에 있는 24시간 카페 안이 아닌 전혀 다른 어딘가일 거라고 생각한다. 해나가 지켜보는 가운데 남자는 테이블로 돌아간다. 그 자리에선 다른 남자가 그가 돌아오기를 기다리며 쳐다보고 있다. 잠시 뒤, 해나가 라테

두 잔을 두 사람 앞자리에 놓는다.

"주문하신 라테 나왔습니다." 해나가 말한다.

그들은 아무 말 없이 시선을 내리 깐 채 고개를 끄덕한다.

카페 분위기는 아침의 분주함이 어느 정도 진정된 상태다. 엘리노어는 쉬고 있고, 주방에서는 파블로가 틀어놓은 라디오 소리만 들린다. 카페 한복판에서 창밖으로 거리를 분주하게 오가는 사람들과 매연을 뿜어내는 자동차들을 지켜보다가 해나는 갑자기 외로움을 느낀다.

카페 안에 있는 빨간색 여행 가방을 들고 온 두 남자도 아무 말이 없다.

조와 하지크

"시간이 얼마나 남았지?" 잠시 뒤 조가 커피 잔을 들고 한 모금 길게 마신 뒤, 다시 테이블에 내려놓으며 말한다. 두 사람은 의자 세 개가 놓여 있는 테이블에 앉아 있다. 세 번째 의자에는 커다란 빨간색 여행 가방이 차지하고 있다.

하지크가 손목시계를 본다.

"차 시간까지 한 시간 남았어."

조는 한숨을 쉬며 다시 커피 잔을 든다. 카페 안은 배경음악과 사람들의 웅얼거리는 작은 대화 소리만 들릴 뿐 조용하다. 조는 노출되어 있는 것 같은 느낌에, 자리에서 불편하게 몸을 들썩인다.

그는 고개를 끄덕인 뒤 다시 커피 잔을 내려다본다. 카페 문이 열리고 눈에 잘 띄는 상의와 작업복 바지를 입은 남자들이 몰려들어온다. 팔에는 안전모를 끼고 있다. 조는 이제까지 건설 노동자들을 보고 안도한 적이 없다. 하지만 체크무늬 리놀륨 바닥에 작업용 부츠를 질질 끄는 소리와 여기저기서 들리는 말소리로 카페 안이 시끄러워지자, 살짝 마음이 놓이는 것이 느껴진다. 그 소란스러움이 그와 하지크 사이의 침묵을 덜어 주는 것 같다.

남자들은 카운터에서 베이컨과 에그 롤을 주문한 뒤, 구석자리로 가서 여러 명이 앉을 수 있게 테이블과 의자를 붙인다. 그중에는 웃고 있는 사람들도 있고, 비어 있는 의자에 발을 올리고 말없이 자리에 앉아 있는 사람들도 있다. 조는 지금이 그 사람들의 늦은 오전 휴식 시간인 건지, 아니면 이른 아침부터 일해서 점심시간인 건지 궁금하다. 어느 쪽이든 편안한 자세로, 손가락 관절을 꺾으면서 자리에 앉아 있는 모습이 즐거워 보인다.

테이블 아래로 그들의 다리가 바짝 붙어 있다. 서로의 몸에서 온기를 느끼지만, 건드리지는 않는다. 지금은 신체 접촉이 많으면 견디기 힘들다.

하지크는 앉은 자세를 바꾼다. 주머니에 들어 있는 여권이 느껴진다. 여권이 몸의 한쪽을 무겁게 짓누르고 있는 것 같다. 그는 창밖을 내다본다. 카페 밖에 있는 버스 정류장과 승차장 옆에 휠체어 이용자가 쓸 수 있게 설치된 경사로가 보인다. 운동복을 입은 남자와 여자가 서로 이야기를 나누며 나란히 보도를 달리고 있다. 그 위로 흐릿한 잉크 얼룩처럼 구름 사이로 하늘색을 서서히 내밀고 있는 잿빛 하늘을 향해 유리와 금속 탑 같은 건물들이 우뚝 솟아 있다.

"우린 결혼했어야 했어." 갑자기 조가 하지크의 눈을 쳐다보며 말한다.

하지크는 조의 말에 움찔한다. 지난 몇 주일간 두 사람 모두 회피하고 있던 그 말이 큰 소리로 내뱉어지는 것을 듣자, 가슴에 고통스러운 충격이 느껴진다.

"하지만 아직 같이 살지도 못했잖아." 하지크가 창문에서 시선을 돌리며 말한다. 그의 목소리는 부드럽지만 지쳐 있다.

"그럴 참이었지."

"알아." 하지크가 본능적으로 재빨리 카페 저쪽에 앉아 있는 남자들을 살핀 뒤에 조의 손을 잡는다. 일단 손을 잡자, 다시 놓지 않기 위해 온 힘을 다한다. 하지만 조의 온기를 직접 느끼자 마음이 진정된다. 어떻게 해도 두려움은 쉽게 가시지 않는다.

두 사람은 하지크의 짐을 조의 아파트로 옮기기 위해 이삿짐센터 예약까지 했었다. 그리고 새 이부자리를 골랐다. 두 사람이 만나기 전에 쓰던 오래된 시트 대신 단순한 회색 줄무늬 시트다. 그들은 함께 살기로 한 시점에서 새 이부자리가 중요하다는 데 동의했다. 두 사람 모두 이제까지는 동거를 해 본 적 없었기 때문에 흥분한 상태였다. 조는 인테리어 잡지를 산 뒤, 마음에 드는 물건이 나오는 페이지에 표시를 해 놓았다. 위스키 텀블러, 선인장, 겨자색 빈백. 두 사람 다, 인생의 다음 단계를 위한 준비가 되어 있었다. 그때 하지크가 편지를 받았다.

"결혼은 같이 사는 것과는 완전히 다른 문제야. 수백 번의 아침을 함께 보낸 뒤에 내 짜증이나, 개수대에 시리얼 그릇을 남겨 놓고 가는 걸 견딜 수 없게 된다면? 그럼 나와 결혼했다는 사실이 행복하지 않게 될 거야."

하지크는 부드럽게 웃는다. 가벼운 말투로 말을 하려고 애를 쓰지만 진심이 아니라는 걸 알고 있다. 테이블을 내려다보고 있던 조가 고개를 든다.

"난 너랑 결혼했을 거야. 정말로." 조가 말한다.

하지크는 미소를 거두고 한숨을 내쉰다. 그는 조를 쳐다본다. 자신이 자주 넘겨주던 조의 짙은 색 머리카락이 얼굴과 커다란 갈색 눈 위로 살짝 흘러내려 와 있다.

"알아. 나도 너랑 결혼했을 거니까. 언젠가는 말이지. 하지만 이런 식으로 내몰려서 하는 건 싫어. 부득이한 이유로 결혼하고 싶지 않아. 난 이민법 때문이 아니라, 우리 두 사람 다 준비가 됐을 때 결혼하고 싶어."

갑자기 편지가 왔다. 공부를 끝낸 뒤, 하지크는 꿈의 직장이었던 출판사에 들어갔다. 그리고 그 출판사는 하지크가 이 나라에 계속 머물 수 있게끔 후원해 주기로 했다. 그는 일을 잘했고, 얼마 전에 승진도 했다. 하지만 하지크가 이 나라에서 계속 일을 하며 사는 데 필요한 소득에 관한 규정이 바뀌었다. 심지어 승진을 했는데도 그 규정을 충족시킬 정도로 충분하지 않았다. 출판사는 사과를 했다. 그쪽에서도 하지크가 계속 일을 하기를 바라지만, 급여를 그만큼 더 인상해줄 수는 없었다. 출판사에서는 그가 몇 년만 더 일한다면 그 수준의 급여를 받게 될 거라고 말했다. 하지만 학교를 졸업한 지 얼마 되지 않는 그에게 그 정도 금액을 지불할 수는 없다고 했다. 다른 직원들과의 형평성에도 문제가 있었다.

하지크는 수긍했다. 이건 출판사의 잘못이 아니다. 하지만 자신의 운명이 결정되었다는 뜻이긴 했다. 자발적으로 떠나지 않으면 추방당할 것이다. 그는 직접 비행기 표를 끊었지만, 사실 큰 차이는 없다. 지금으로선 수갑을 찬 채 공항으로 끌려가는 것과 똑같은 느낌이다.

"사랑해." 긴 속눈썹에 눈물이 고인 채, 조가 말한다.

"나도 사랑해. 사랑하고말고."

하지크는 차마 조의 얼굴을 볼 수 없어서 고개를 돌린다. 커다란 갈색 눈동자가 그의 심장을 갈기갈기 찢고 있다.

그는 인도네시아로 돌아갔을 때 자신을 기다리고 있는 것들을 떠올려 본다. 무엇보다 부모님을 볼 수 있다는 건 좋다. 정말 오랜만에 집으로 돌아가는 것이다. 두 분은 많이 늙으셨을 것이다. 지난 몇 년간 두 분이 돌아가시는 꿈을 꾸고, 갑자기 잠에서 깬 적이 몇 번 있다. 조가 옆에 있다가 그가 깨어나는 소리를 들으면, 옆으로 몸을 바짝 붙이면서 하지크의 떨리는 몸을 꼭 끌어안아 주었다. 조는 하지크가 진정하고 다시 잠이 들 때까지 계속 안아 주었다. 그럴 때면 그렇게 몸을 웅크린 채로 아침에 깨어나곤 했다.

하지만 인도네시아에서는 부모님을 보는 것 외에 다른 기대할 일이 아무것도 없다. 가족들은 그가 동성애자라는 것을 모른다. 만일 그 사실이 밝혀지면 체포당할 수도 있다. 고등학교 때는 디아라는 예쁘고 책을 좋아하는 여자애와 만났다. 하지크는 디아가 자신의 정체성을 알고 있을 거라고 생각했지만, 그녀는 아무 말 없이 점심시간마다 그의 손을 잡았고, 아무것도 묻지 않았다. 고등학교를 졸업한 뒤로는 디아와 연락이 끊어졌다. 지금 무엇을 하고 있을지 알고 싶었고, 고맙다는 말도 전하고 싶었다. 서로 기본적인 대화만 나누었을 뿐, 그녀에 대해 더 많은 것을 알지 못한다는 것이 씁쓸하게 느껴졌다. 당시에는 다른 사람들의 의심을 피하고, 확신만 주면 된다고 생각했다.

런던에서 지낸 4년간, 하지크는 실제로 이뤄질 거라고는 믿지 않았던 꿈같은 삶을 살았다. 런던대학교 사회과학 대학의 학생으로 지내면서, 자신의 껍데기에서 나오는 데 시간이 걸렸다. 늘 그를 쫓아다니는 두려움을 떨쳐 버리는 것이 힘들었지만, 아무도 자신을 심판하지 않는다는 것을 깨달았다. 사실상 모두가 익명인 런던이라는 도시에서는 사람들 대부분이 타인에게 아무 관심이 없었다. 하지크는 자신을 옥죄던 것을 풀고, 자신의 본모습을 찾았다. 그는 친구들을 사귀었고, 토요일이면 소호에 있는 '게-이'에 갔다. 그리고 동성애자들의 프라이드 행진에 나가 매번 구호를 외쳤다. 그는 출판사 일을 좋아했다. 일을 시작한 지 얼마 되지 않았을 때 나갔던 책 출간회에서 조를 만났다. 조는 작가의 친구이자, 그 자신도 작가였다. 두 사람은 책에 대해, 런던에 대해, 어린 시절에 대해 이야기를 나누었다. 그런 뒤 그들은 상대방에게 다음 일정을 물어보지 않고 함께 그곳을 나섰다. 함께 집으로 가는 것이 세상에서 가장 자연스러운 일인 것처럼 느껴졌다. 지난 아홉 달간, 두 사람의 생활은 점점 더 얽혀들어 갔다.

하지크는 카페에 앉아 몇 달 전 토요일을 떠올린다. 두 사람의 모든 삶을 빼앗기기 이전의 일이다. 그들이 함께 보냈던 여느 때와 다를 바 없는 토요일이었다. 어째서 지금 그날이 떠오른 건지 알 수가 없다. 아마 지금 가장 그리운 것이 그 편안하고 자유로운 따뜻한 느낌이기 때문일 것이다. 두 사람은 서로의 체취와 몸의 온기를 느끼며 침대에 늦게까지 누워 있었다. 천천히 잠에서 깨어나, 함께 샤워를 하고, 옷을 입었다. 그리고 두 사람이 좋아하는 동네 레스토랑에서 친구를 만나 브런치를 먹었다. 그 브런치는 술판으로 변했고, 그들은 큰 소리로 웃다가 살짝 취한 채로 조의 아파트로 돌아갔다. 그리고 오후 내내 침대에 누워 있었다. 저녁에 다시 일어나, 친구 중 한 명이 달스턴의 화랑에서 여는 그림 전시회에 갔다. 그날 밤에 그들은 서로 떨어져 앉아 친구들과 편안하게 수다를 떨었다. 하지만 어느 순간 두 사람의 눈이 마주치자, 하지크는 두근거리는 가슴을 안고 생각했다. 조와 같이 집에 가야지.

카페 안에서 하지크는 또다시 존을 쳐다본다. 큰 키에도 불구하고 작은 의자에 웅크리고 앉아 있는 모습이 왜소해 보인다. 건설 노동자들의 웃음소리에 하지크는 불안한 듯 그쪽을 쳐다보지만, 그 사람들은 하지크와 조에 대해 알아차리지 못한다. 두 사람의 존재와 그들이 느끼는 고통을 전혀 의식하지 못하고 있다.

"괜찮아질 거야. 어떻게든 되겠지." 하지크가 말한다.

하지크는 고국에 돌아가서 다시 비자를 신청할 것이다. 그런 뒤에 두 사람은 어딘가 중간 지점에서 만나 휴가를 함께 보내기로 약속했다. 하지크는 어딘가 햇빛이 좋은 빌라와 테라스에서 와인을 마시고 있는 두 사람의 모습을 떠올린다. 수영장 옆에 나란히 누워 손을 잡고 각자 책을 읽는 모습을 상상한다. 머릿속으로 다른 시간, 다른 공간, 다른 세상을 떠올리고 있더라도 두 사람은 하나로 묶여 있다. 조는 하지크에게 그런 느낌을 준다.

하지만 이젠 떠나야 할 시간이다.

"난 이제 밖에 나가서 기다리는 게 나을 것 같아. 차 시간 다 됐어." 하지크가 자리에서 일어난다. 하지만 조가 하지크의 손을 붙잡는다.

"조금만 더 있다 가." 조가 어쩔 줄 모르는 목소리로 말한다. "부탁이야. 제발."

조의 표정에, 하지크는 다시 자리에 앉는다. 그들은 테이블 위로 손을 꼭 마주 잡고 있다. 대화를 나누는 것처럼, 서로를 오가는 깍지 낀 손가락의 온기가 말로 설명할 수 없는 모든 것들을 말하고 있다. 하지크는 용기를 내어 조의 눈을 똑바로 쳐다본다. 그러자 자신이 무너지는 것 같은 느낌을 받는다. 조를 위해서만이 아니라, 스스로를 위해서라도 애써 침착하고 강해져야 한다. 하지만 그의 내면은 이미 산산조각 나 버렸다. 조의 눈 속에서 최고의 친구를 본다. 모든 선의와 그토록 원했던 사랑을 본다. 하지크는 이제야 실현이 가능하다고 믿기 시작한 삶이 멀어져 가는 것을 본다.

건설 노동자들은 아침 식사를 끝내고 거리로 나간다. 그들이 카페 문을 열자, 조용하게 흐르는 실내 배경음악에 도로를 지나가는 자동차 소리들이 뒤섞인다. 이제 비구름은 사라지고 하늘이 다시 밝아진다. 젖은 보도와 배수로에 고인 웅덩이가 햇빛에 반사된다. 런던 위로 태양이 떠오르지만, 스텔라 카페의 작은 테이블에는 조와 하지크가 앉아 있다.

해나

건설 노동자들이 떠나자, 엘리노어는 쉬러 들어간다. 해나는 앞치마 주머니에 들어 있는 십자말풀이 책과 돈을 확인한다. 책은 꺼내지 않은 채 손가락을 밀어 넣자, 책장 사이에 끼워 둔 빳빳한 50파운드 지폐의 감촉이 느껴진다. 여전히 그녀의 처분을 기다리면서 그 자리에 있는 돈을 발견하자 어쩐 일인지 새삼 놀란다.

초록색 후드를 입은 젊은 남자가 카페를 나갔을 때 더 일찍 쫓아 나갔어야 했다. 하지만 그녀가 그 책을 발견한 것은 그가 떠나고 조금 지난 뒤였고, 그때 남자의 모습은 이미 보이지 않았다. 해나가 할 수 있는 일은 아무것도 없었다. 적어도 그녀는 그렇게 생각했다.

해나와 모나는 팁이 부족하거나, 돈은 되지 않지만 창의적인 작업에 집중하느라 웨이트리스 일을 할 시간이 없을 때면, 종종 찬장과 냉동고에 들어 있는 음식들을 대충 섞어 저녁을 때우곤 한다. 통조림 고등어를 올린 토스트, 참치와 강낭콩을 넣은 파스타, 냉동 야채와 어묵. 어릴 때는 그런 어울리지 않는 음식들을 먹는 것에 신이 나기도 했지만, 이미 오래전에 그런 데 매력을 느끼지 못하게 됐다. 해나는 여전히 학생처럼 살고 있는 것도, 저축도 없고, 돈에 대해 걱정하는 것도 싫다.

그런 스트레스와 고달픔 때문에 그 책 사이에 있던 돈을 충동적으로 집어 든 것이다. 아무도 보지 않을 때 그 돈을 앞치마 주머니에 집어넣었다. 그 돈이면 몇 주일 동안 음식 걱정을 하지 않아도 되고, 웨일스에 있는 부모님 집에 다녀올 수도 있었다. 자신이 잘못했다는 것을 알고 있지만, 해나는 스스로에게 정당성을 부여하려고 애써 본다. 한편으로는 그냥 할 수 있으니까 저지른 것이기도 하다. 죄책감이 따갑게 느껴지긴 해도 스릴이 넘쳤다.

그녀는 다시 돈을 밀어 넣은 뒤, 자하임도 이런 상황이었던 건지 생각해 본다. 해나가 사랑했던 남자는 어쩌다 그녀를 속이게 된 것일까? 때때로 그런 일들은 첫발을 잘못 디디는 것에서 시작된다.

두 사람이 함께 한 지도 1년이 다 되어 간다. 그동안 해나는 다른 사람들과 만나는 시간이 점점 줄어들고, 자하임과 함께 있는 시간이 점점 길어졌다. 샘과 헤어졌을 때, 해나는 두 번 다시 그런 식으로 행동하지 않겠다고 다짐했지만, 다시 사랑에 빠진 뒤로는 그 다짐을 까맣게 잊었다. 가끔 이런 식으로 가다가는 예전처럼 친구들이 다 떨어져 나갈지도 모른다는 생각이 들기도 했지만, 그때마다 그런 생각을 밀어낸다. 이번엔 다르다. 자하임은 다르다. 아직 그와 관계를 맺은 지 얼마 되지 않았기에, 제대로 자리 잡기 위해서는 거기에 시간을 할애해야 할 때다. 사랑은 마약이고, 해나는 거기에 중독되어 있다.

그 관계에 헌신하느라 부차적으로 밀려난 것이 친구들만은 아니다. 해나는 지난 몇 달간 공연을 하지 않았다. 대신 자하임에게 노래를 불러 주곤 한다. 그는 그녀에게 노래가 듣고 싶다고 말만 하면 된다. 가끔은 섹스를 끝낸 뒤에 해나는 기타를 집어 들고, 자하임이 침대에 누워 지켜보는 가운데 벌거벗은 채로 연주를 하기도 한다. 그보다 더 편안한 순간이 없다. 자하임과 함께 있으면 해나는 안전하게 추앙받는다. 그런 건 공연에서는 꿈도 꿀 수 없는 일이다.

공연에 대한 동기 부족은 결국 경제적인 궁핍으로 이어진다. 해나는 여전히 카페에서 일을 하고 있지만, 경제적인 문제가 해결될 정도로 많은 시간 일을 하게 되면 자하임과 함께 있을 시간이 부족해진다. 지갑이나 은행 잔고를 확인할 때마다 해나가 기대했던 것보다 항상 돈이 적은 것처럼 느껴진다.

금요일 저녁, 두 사람은 해나의 방에서 피자를 시켜 먹는다. 외출도 즐기지만, 사랑을 나누다 보면 종종 게을러지기도 한다. 초인종이 울리자 해나는 침대에서 뛰어 나간다. 침대 위에서 빈둥거리며 노트북으로 영화를 보고 있던 참이다. 해나는 서랍장 위에 놓여 있던 지갑을 열어 본다.

"이상하네." 해나가 이마를 찡그리며 말한다. "20파운드 지폐가 있었는데. 특별히 찾았거든."

자하임이 침대에 기대앉으며 하품을 한다.

"주머니에 넣은 거 아니야?"

해나는 동전 지갑을 열어 보지만, 20펜스짜리 동전 한 개 외에는 아무것도 들어 있지 않다.

"없어." 해나가 말한다.

"현금인출기 앞에 떨어뜨린 모양이네. 내 청바지 주머니에 돈이 좀 있을 거야. 꺼내 가." 자하임이 바닥에 떨어져 있는 청바지를 가리킨다.

"미안해." 해나는 몸을 굽힌 뒤, 청바지 주머니를 뒤져 빳빳한 20파운드 지폐를 꺼낸다. "내가 사려고 했는데."

두 사람은 침대에 앉아 피자를 먹었고, 해나는 그 돈에 대해선 잊어버린다.

하지만 며칠 지나 똑같은 일이 또 일어난다. 지갑에 10파운드가 들어 있을 줄 알았는데 텅 비어 있다. 이번에는 모나에게 혹시 말도 없이 돈을 빌려간 적이 있는지 묻는다. 모나가 그런 적 없다고 하자, 해나는 그 말을 믿으며 그런 말을 꺼낸 걸 후회한다. 애초에 모나가 물어보지도 않고 돈을 가져갈 리가 없으니까.

"내가 점점 미쳐 가는 것 같아." 어느 날 저녁, 해나는 자하임에게 말한다. "자꾸 돈을 잃어버려. 생각했던 것보다 돈이 늘 없어."

자하임은 해나의 콧등 위에 키스한다.

"그냥 집에서 편하게 저녁 식사 하자. 난 자꾸 나쁜 생각만 나는데, 자긴 안 그래?" 그가 말한다. 해나는 자하임의 아늑한 팔 아래 자리 잡고, 너무나도 잘 아는 그의 체취를 들이마신다. 그렇게 마음이 가라앉자 해나는 자하임에게 직장에서 어떻게 지냈냐고 묻는다. 기꺼운 마음으로 돈에서 화제를 돌린다.

하지만 그 뒤로도 계속해서 그런 상황과 대화가 반복된다. 결국 해나는 온라인 뱅킹에 접속해 입출금 내역서를 확인해 보기로 결심한다. 해나가 모르는 인출이 몇 개 보이지만 크게 걱정하진 않는다. 아주 적은 금액들이었고, 해나는 자신이 체계적이지 못한 데다가 건망증이 심하다는 것을 알고 있기 때문이다. 커피를 한 잔 마셨다거나 슈퍼에 갔던 일이나 배달 음식을 시켜 먹은 것들을 일일이 기억하지 못한다.

해나는 카페에서 미소를 지으며 특별히 친절하게 손님들을 맞기 시작한다. 손님들 모두를 챙기고, 주문을 받으러 갈 때 물을 한 잔씩 가져다준다. 그러자 팁이 늘어나기 시작한다. 해나는 카페에서 받은 팁을 서랍장 위에 놔둔 유리병에 보관한다. 대부분은 동전이지만, 하루는 이제껏 받은 중에 가장 큰 금액의 팁을 받는다. 가운데가 찢어지고 한쪽 모퉁이에 잉크 자국이 남아 있는 구겨진 10파운드 지폐지만, 통용이 되는 돈이다. 그날 저녁 기분 좋게 집에 돌아온 해나는 팁들을 모아 둔 병에 그 지폐를 집어넣는다. 그리고 작업복에서 몸매가 드러나는 드레스로 갈아입는다. 자하임이 일을 끝내고 아파트에 돌아왔을 때 해나는 술집에 가서 한잔하자고 제안한다.

"좋아." 자하임이 미소를 지으며 대답한다.

"화장 좀 고치고 올게." 해나는 침대에 앉아 있는 자하임을 내버려 두고 욕실로 들어간다. 그녀는 외출 준비를 끝낸 뒤, 막 댄스 수업에서 돌아온 모나에게 작별 인사를 하고 집을 나선다.

두 사람은 해나가 가장 좋아하는 술집으로 가서 맥주 두 잔을 시킨다.

"이번 건 내가 살 테니까, 다음 잔은 자기가 사는 게 어때?" 자하임이 바에 기대며 말한다. 해나는 미소를 지으며 머리를 자하임의 어깨에 기댄다. 그때 그녀는 자하임이 주머니에서 구겨진 10파운드 지폐를 꺼내는 것을 본다. 가운데 부분이 찢어지고, 한쪽 구석에 잉크 자국이 묻어 있지만 충분히 통용될 만한 수준의 지폐다.

자하임은 바텐더에게 받은 거스름돈을 뒷주머니에 집어넣은 뒤 해나에게 술잔을 건네준다. 해나는 손이 떨리는 것을 멈추는 데 집중한다. 술집은 소란스럽고, 사람들의 말소리와 음악소리로 가득하다. 하지만 해나의 귓가에는 갑자기 적막함과 현실의 공허함이 가득해진다.

"해나? 내 말 듣고 있어?" 자하임이 묻는다.

해나는 자하임을 돌아본다. 그녀가 너무나 사랑했던 그의 미소가 이젠 다르게 보인다.

"저기 앉을까?" 자하임의 미소가 흐려지면서 의아하다는 듯 해나를 쳐다본다.

순간 해나는 마음이 흔들리면서 오늘 저녁에 내려야 할 두 가지 잠재적인 결정과 두 가지 잠재적인 결말 사이의 결정을 부분적으로 보류한다.

정신이 돌아오자 주변 소음이 다시 들리기 시작한다. 바텐더가 고객과 이야기를 나누고 있고, 뒤쪽에 모여 있는 친구들은 잔을 부딪치며 "건배!"

를 외치고 있다. 해나는 위가 조이는 것 같고 다리에 힘이 하나도 없다. 하지만 해나는 미소를 짓는다.

"그래." 그녀는 사랑하는 남자를 따라 테이블에 앉는다. 그리고 그 남자는 그녀의 돈을 훔친다.

그와 맞서기까지 시간이 필요했다. 처음에 해나는 너무 놀라 진실을 받아들이지 못했다. 비록 명확한 증거를 보았음에도 여전히 믿을 수 없었다. 해나의 감정은 순식간에 당혹감으로 바뀌었다. 샘과 그런 일을 겪은 뒤에 어떻게 또 속을 수 있단 말인가? 해나는 샘이 바람피우는 것을 몰랐다. 그리고 이번에는 자하임의 위선에 대해서도 몰랐다. 해나는 모나를 떠올린다. 모나에게 자기 돈을 가져갔냐고 물었던 것과 친구와 시간을 보내는 대신 자하임과 방에 틀어박혀 지냈던 밤들을 떠올리자 움찔한다.

그 모든 것 중에는 끝에 대한 두려움이 있었다. 그녀는 자하임을 사랑했다. 그 사실을 알게 되었다는 것을 해나 자신이나 자하임에게 인정하는 즉시 두 사람의 관계는 끝날 것이다. 자하임은 떠날 것이고, 해나는 혼자 남게 될 것이다. 그와 함께 보낸 시간은 아무것도 아닌 것이 될 것이고, 이제 서른 살이 된 그녀는 또다시 혼자가 될 것이다. 그래서 해나는 두 사람의 관계가 조금 더 연장되기를 바라는 마음에 어쩔 수 없이 그 상황과의 대면을 미룬다.

마침내 해나가 자하임에게 자기가 알게 된 사실을 말했을 때, 그녀는 그가 방어적인 태도를 보일 거라고 생각했다. 하지만 그는 깜짝 놀랄 정도로 솔직하게 털어놓았다.

자하임은 언젠가 밤에 식료품점에 갈 때 20파운드를 빌렸을 때부터 시작된 일이라고 말했다. 그때 마침 해나의 지갑이 바로 옆에 있었다고 했다.

해나는 샤워를 하는 중이었고, 자하임은 나가서 두 사람이 먹을 걸 사 가지고 오기로 했다. 그가 그 일이 너무 쉬웠다고 말했을 때, 모든 것이 드러났다. 두 사람의 관계는 같이 짓고 오랫동안 지냈던 집이 지진에 흔들리는 것처럼 무너져 내렸다. 자하임의 말로는 처음에는 자기가 잘못한 게 없는 것 같았다고 했다. 해나에게 그 일을 말할 생각이었고, 바로 그 돈을 다시 갖다 놓을 작정이었다. 하지만 그는 잊어버렸고, 해나는 알아차리지 못한 것 같았다. 적어도 그 일에 대해 언급하지 않았다. 그래서 그 뒤로 계속 돈을 가져간 것이다. 마침 그 무렵 자하임은 온라인 도박에 빠져 있었다. 온라인 도박을 한다는 건 도둑질을 했다는 것만큼이나 충격적인 사실이었다. 해나는 전혀 몰랐다. 처음에는 출퇴근길 시간 때우기로 시작했지만, 이기기 시작하자 즐기게 되었다. 그래서 계속하게 된 것이다. 하지만 연승이 끝나면서 상황은 바뀌었다. 점점 더 도박에 몰입하게 되었다. 자하임은 그때까지 잃은 돈을 다시 따고 난 뒤에 그만둘 생각이었다.

그는 해나에게서 훔친 돈으로 식료품을 사거나 저녁 식사 비용을 냈고, 심지어 선물까지 샀다고 했다. 은행 잔고가 도박장으로 흘러들어가는 동안 애인에게서 훔친 돈으로 살았던 것이다. 그는 도박을 할 때는 항상 은행 카드를 이용했다. 그것을 구분하는 것이 중요하다는 것을 알고 있었고, 덕분에 상황이 조금 나았다. 해나는 상황이 점점 안 좋아졌지만.

해나는 술집에서 자하임이 들고 있는 10파운드 지폐를 봤을 때, 그냥 몇 번 돈을 가져갔을 거라고 생각했다. 하지만 그건 두 사람이 사귀는 기간 내내 계속된 일이었다. 해나는 부족한 돈을 벌기 위해 고군분투하며 10파운드, 20파운드 지폐가 없어진다는 것을 깨닫기 전까지 그 사실을 전혀 모르고 있었다. 자하임은 해나의 은행 카드로 온라인 거래(그것도 해나가 알아차리지 못하게 소액 결제만 했다)를 수없이 했고, 그 액수도 기억하고 있었다.

자하임이 부끄러워하면서 해나에게 훔친 돈이 몇 백 파운드 정도 될 거라고 인정한 순간, 두 사람의 관계는 끝났다.

해나는 카페에서 훔친 돈과 자하임의 기만에 대해 떠올리자 움찔한다. 그는 그녀에게 그 돈을 분납으로 갚겠다고 다짐했다. 자하임의 말이 진심이라면, 몇 달 안에 그 돈을 돌려받게 될 것이다. 하지만 그 사실이 해나에겐 아무 위안이 되지 않는다.

두 사람이 헤어지고 나서 지난 몇 주일 동안, 해나는 어떻게 그 지경까지 가게 된 건지, 어떻게 그렇게 까맣게 모를 수 있었는지 계속 생각했다. 하지만 해나는 그 질문의 답을 알고 있다. 그녀는 자하임을 사랑했다. 해나에게 있어 그 관계는 단순히 사귀는 것 이상이었다. 그녀는 상실감이 크고, 자기 자신과 미래에 대한 확신이 없을 때 자하임을 만났다. 그리고 그는 해나의 인생에 전부가 되었다.

해나는 갑자기 자하임과 사귀는 동안 자신이 했던 행동에 대해 모나에게 사과하고 싶다는 충동을 느낀다. 그 당시에는 생각하지 않았지만, 돌이켜 보니 그녀의 집착은 친구를 잊게 만들었다. 새로운 남자와의 관계가 자신에게 어떤 영향을 미쳤는지도 알 수 있었다. 이별의 고통은 여전히 가시지 않았지만, 해나가 좀 더 잘 처신했어야 했다는 것과 모나와의 관계를 바로잡고 싶다는 생각을 할 정도로 충분한 시간이 지났다. 해나는 애초에 자하임과 만난 날을 기념하기 위해 예약했던 레스토랑에 모나를 초대해 함께 식사할 계획을 세운다. 아마 두 사람은 허심탄회하게 이야기를 나눌 것이다. 해나는 모나에게 사과하며, 자신이 얼마나 어리석었는지를 말할 것이다. 해나는 그때 파리 여행을 제안해야겠다고 갑자기 결심한다. 그녀는 시간을 함께 보내면서 친구로서 모나를 얼마나 사랑하는지, 소중하게 여기는지를 알리고, 두 사람의 관계를 원래대로 돌리고 싶다고 말할 것이다.

그와 동시에 해나는 앞치마 주머니에 들어 있는 십자말풀이 책과 돈에 대한 죄책감을 느낀다. 대체 무슨 생각으로 이런 짓을 한 것일까? 해나는 자하임이 아니다. 마음이 약해진 틈을 타 이 돈이 그녀에게 어떤 기회를 줄 것인지 생각하며 찰나의 기회를 이용해 그것을 가져왔다. 하지만 그 돈은 해나의 것이 아니다. 훔치고 싶지도 않고, 거짓말을 하고 싶지도 않다. 해나가 샘과 자하임과 이별하면서 가장 크게 받은 상처는 바로 기만이었기 때문이다. 두 사람은 그녀를 속였고 거짓말을 했다. 해나는 절대 그들처럼 되고 싶지 않다.

해나는 황급히 앞치마 주머니에서 훔친 십자말풀이 책을 꺼낸다. 그리고 카운터 밑에서 커다란 봉투를 찾아 그 책을 안에 집어넣는다. 봉투를 봉하기 전에, 해나는 갑자기 카운터 밑에서 커피콩 자루 옆에 끼어 있던 가방을 꺼낸다. 그리고 휴식을 마치고 다시 나온 엘리노어를 흘깃 쳐다본다. 하지만 엘리노어는 구석자리에 있는 손님을 응대하고 있다. 해나는 웅크리고 앉아, 지난주 받은 급료 중 지폐 두 장을 꺼내 조심스럽게 십자말풀이 책 속에 끼워 넣는다. 그리고 봉투를 붙인 뒤, 분실물 상자에 집어넣는다. 분실물 상자에는 장갑 한 짝, 몇 달 전부터 있던 열쇠 두 개가 끼워져 있는 방울 달린 열쇠고리, 아기 모양 인형, 아침에 온 손님들 중 누군가가 떨어뜨린 명함이 빼곡하게 찬 은색 카드 지갑이 들어 있다.

해나는 다시 자리에서 일어나 모나에게 남길 메모를 적은 뒤, 교대 한 뒤에 볼 수 있게 금고 앞에 붙인다. 얼굴을 보고 직접 이야기할 생각이지만, 혹시라도 손님들이 몰려와 말을 할 시간이 없을 수도 있다. 그럴 경우를 대비해서 메모를 남긴 것이다.

그때부터 해나는 카페 문이 열릴 때마다 고개를 들어 올린다. 초록색 후드를 입은 젊은 남자에게 잃어버린 책과 돈을 돌려줄 수 있으면 좋을 것이다. 해나는 창밖을 지나가는 사람들을 살핀다. 혹시라도 초록색 옷을 입은 사람이 보이면 바로 뛰어나가 자신이 저지른 잘못을 바로잡을 수 있기를 바란다. 이제 그 죄책감은 날이 밝아도 사라지지 않는 악몽의 잔재처럼 그녀를 물어뜯고 있다. 하지만 그 남자는 오지 않는다. 그 대신 카페는 오전 휴식 시간을 맞은 손님들로 붐비기 시작한다. 사람들은 종이컵에 담긴 카페인 투여를 위해 이곳으로 몰려왔다가 스텔라 카페 주변에 넓게 퍼져 있는 건물들

속으로, 도시 속 수많은 거리들로 사라진다.

빨간색 여행 가방을 들고 들어와 카페 가운데 앉아 있던 젊은 남자들이 테이블 위로 손을 맞잡고 있다. 그들은 그렇게 손을 꼭 마주 잡은 채 아무 말 없이 앉아 있다. 마치 서로가 구명대인 것처럼, 그 상태로 버티면 결국에는 거친 바다가 잠잠해지거나, 누군가 와서 그들을 구해 줄 것처럼.

오전 11시

조와 하지크

"젠장." 하지크가 말한다.

조는 깜짝 놀라 고개를 든다. 그들은 하지크가 타야 할 공항버스가 카페 맞은편에 섰다가 다시 출발하는 것을 지켜보았고, 시계를 보자 비행 시간까지 얼마 안 남았다는 것을 깨닫는다. 그 뒤로 한 시간 동안 두 사람은 아무 말도 없이 이렇게 앉아 있었다.

"왜 그래?" 조가 묻는다.

하지크가 자리에서 일어난다. 순간 조는 하지크가 이제 떠나기로 마음먹고, 버스표를 사서 다음 공항버스를 타고 공항으로 출발하려는 줄 알고 공포에 휩싸인다. 그는 작별 인사를 할 수 있을 거라고 생각했다. 하지만 서로 아무 말 없이 시간이 흘러가는 것만 보면서 두 시간 동안 함께 앉아 있다 보니, 작별 인사가 불가능하다는 것을 깨닫는다. 조는 하지크를 보낼 수가 없다. 그는 작별 인사를 할 수가 없다.

하지만 하지크는 밖으로 나가는 대신 그 자리에서 무릎을 꿇는다. 조는 하지크가 뭔가를 떨어드린 모양이라고 생각하고 바닥을 내려다본다. 그가 다시 무릎을 꿇고 있는 하지크를 쳐다보자 두 사람의 시선이 마주친다.

"조." 하지크가 조의 손을 양손으로 감싸며 말한다. "나와 결혼해 줄래?"

조는 입안이 바짝 마르고 머리가 빙글빙글 돈다. 그는 카페에 있는 웨이트리스 두 명과 바 쪽에 앉아 있던 손님들이 이쪽을 쳐다보고 있다는 걸 알아차린다. 하지만 상관없다.

"너와 결혼하고 싶어." 하지크는 이쪽을 쳐다보고 있는 카페 안 사람들의 시선에 아랑곳하지 않고 또다시 말한다. 그는 조만 바라보고 있다. 하지크는 눈이 촉촉하게 젖어들자, 재빨리 눈물을 닦고 다시 조의 무릎 위에 손을 올린다. "너와 결혼하고 싶어. 이민법이나 추방당하기 싫어서가 아니야. 내가 너와 결혼하고 싶은 건, 너보다 더 좋은 사람은 만난 적이 없기 때문이고, 네 옆에서 깨어나는 것보다 내 인생에 더 큰 행복은 없기 때문이야. 너보다 더 좋은 친구나 파트너는 이 세상에 없어."

조도 눈에 눈물이 고이는 것을 느끼지만, 그냥 눈물이 흘러내리게 내버려 둔다. 하지크는 조의 손을 꼭 잡은 채, 떨리는 목소리로 말을 잇는다.

"내가 너와 결혼하고 싶은 건, 너 없는 인생을 생각하면 전혀 인생 같지 않기 때문이야. 네가 무슨 생각할지 알아. 좀 더 일찍 말했어야 했지만 내가 너무 멍청해서 그랬어. 난 그저 겁이 났던 거야. 하지만 여기서 너와 같이 앉아 있다 보니 널 떠나는 것보다 더 무서운 건 없다는 걸 깨달았어."

조는 조금 전 무너졌다가 다시 일어선 누군가의 용기에 흐느끼고 있다.

"대답해 줄래?" 하지크가 또다시 눈물을 닦으며 묻는다.

조는 숨을 깊이 들이마신다.

"당연한 거잖아. 당연히 결혼해야지." 조가 대답한다.

조가 몸을 숙여 하지크에게 키스하자, 귓가에 환호성이 울린다.

해나

해나는 커피 바에서 말없이 미소만 지은 채 청혼 장면을 지켜본다. 24

시간 영업 카페에서 5년간 일하는 동안 온갖 일들이 다 있었다. 미소를 짓게 만드는 일들도 있고, 잊어버리고 싶은 일들도 있었다. 하지만 청혼하는 모습은 본 적이 없었다. 해나는 엘리노어도 그 두 사람을 지켜보고 있다는 것을 알아차린다. 두 사람은 눈이 마주치자 저도 모르게 서로 끌어안는다. 해나가 엘리노어와 포옹하는 건 이번이 처음이다. 하지만 어쩐지 그래야 할 것 같은 느낌이다. 이 행복한 순간을 누군가와 나누고 싶다. 두 사람은 갑작스러운 신체 접촉에 살짝 놀라 한 걸음씩 물러서지만, 그럼에도 기분이 좋다.

카페 안에 있던 손님들이 박수를 치며 환호성을 지른다. 두 남자는 상기된 얼굴로 미소를 짓는다. 둘 다 살짝 얼떨떨한 표정이고, 울어서 눈은 부었지만 얼굴에는 행복이 가득하다.

해나는 휴대폰을 꺼내 청혼 장면을 사진으로 찍었으면 좋았을 거라는 생각이 든다. 그 광경을 사진으로 남겼다면 두 사람 모두 기뻐했을 것이다. 하지만 전혀 예상치 못했던 일이라 그 순간에는 생각하지 못했다. 해나는 두 사람 중 한 명이 바닥에 무릎을 꿇었을 때, 뭔가 떨어뜨렸거나 테이블 다리 밑에 냅킨을 넣어 흔들리지 않게 고정시키는 거라고 생각했다. 그 남자가 한쪽 무릎을 꿇었을 때 해나는 믿을 수가 없었다.

그녀는 밀크셰이크를 만들어 두 사람에게 가져다주며 싱긋 웃는다. 해나는 그들에게 어떤 사람들인지, 어떤 인생을 살고 있는지, 약혼에 관해서 묻고 싶은 질문들이 많다. 하지만 두 사람만 있고 싶어 할 거라는 생각에 엄청난 자제력을 발휘해 고개 숙여 인사를 한 뒤, 카운터로 돌아온다.

해나의 얼굴에선 계속해서 미소가 떠나지 않는다. 그때 주머니에 넣어 둔 휴대폰이 진동한다. 카운터 너머로 보니, 엘리노어가 이미 오래전에 비가 그쳤음에도 노란색 비옷을 입고 있는 여자의 주문을 받고 있다. 모든 게 잘 되어가고 있는 것 같고 기다리는 손님도 없다. 그래서 해나는 주머니에서 휴대폰을 조심스럽게 꺼내 새로 온 메일을 열어 본다.

그 내용을 본 순간, 갑자기 머리가 빙글빙글 도는 것처럼 느껴진다.

몹시 유감스럽지만….

'유감'이라는 말에 해나는 눈물이 솟구치고 목이 멘다. 하지만 그녀는 눈물을 흘리지 않으려고 애쓴다. 지금 여기선 안 된다. 카페에서 울 순 없다. 온몸에 남아 있는 힘을 전부 끌어모아 정신을 차리는 데 집중한다.

다음 달부터 공연하기로 되어 있던 호텔의 매니저가 보낸 메일이다. 호텔 바를 새롭고 현대적인 분위기로 바꾸면서 음악 공연 역시 바뀌게 되었다는 내용이다. 젊은 사업가들을 고객으로 영입하고 싶은 상황에서 해나의 재즈 공연 스타일은 너무 구식처럼 느껴진다고 했다. 몹시 유감스럽게 생각하며, 장차 기회가 되면 다시 연락하겠다는 말로 끝났다. 하지만 해나는 갑자기 그쪽에서 자기에게 연락 올 일은 없을 거라는 것을 확신한다. 그녀는 마음을 굳힌다. 그들은 해나를 원하지 않는다. 그녀는 세련되지 못했고, 논외의 대상이다. 비록 호텔 한 곳의 공연이 취소된 것이긴 하지만 그보다 더 큰 의미가 있는 것 같다. 전에는 느끼지 못했던 확실하고 명확한 감정이다. 앞으로 이 일을 계속한다고 해도 남은 인생 내내 이런 취급을 받게 될 것이다. 끝없는 거절, 끝없는 실망. 그렇게 세월을 보내다가, 끝내 그녀는 그 이상이 될 수 없다는 것을 깨닫게 될 것이다.

해나는 계속 휴대폰을 쥐고 있다가 문자 메시지도 와 있다는 것을 알아차린다. 다시 일할 준비가 되지 않은 상태에서, 해나는 문자를 확인한다.

합격했어.

해나는 휴대폰과 모나가 보낸 문자를 가만히 응시한다. 그녀 주변, 카페 안에서의 삶은 계속되고 있다. 해나의 귀에 엘리노어가 손님과 나누는 대화와 여행 가방을 들고 들어와 조금 전 행복하게 약혼한 남자들의 조용한 말소리가 드문드문 들린다. 카페 스피커를 통해 흘러나오는 음악과 경쟁하듯 파블로가 듣고 있는 라디오 소리가 주방에서 새어나온다. 하지만 해나는 그 자리에 얼어붙은 듯 서서, 휴대폰을 손에 꽉 쥔 채 화면만 뚫어지게 쳐다보고 있다.

그녀는 남은 힘을 다 끌어모아 모나에게 답신을 보낸다.

정말 잘됐어. 나중에 축하 파티 하자. 네가 너무 자랑스러워. 해나가.

해나는 친구가 자랑스럽다. 모나가 얼마나 열심히 하는지 알고 있다. 해나가 모나를 만난 뒤로, 모나는 해나가 생각하는 것보다 훨씬 더 오랜 시간 열중해서 연습했고, 여가 시간이나 돈도 댄스 수업에 바쳤다. 하지만 그래도 해나는 마음이 아프다.

"이봐요. 휴대폰 좀 그만 보고 주문 좀 받아 줄래요?" 날카로운 목소리가 들린다.

연한 회색 바지를 입은 여자가 한 손은 허리에 올리고, 다른 한 손은 어깨에 걸친 가방을 꽉 붙잡은 채, 해나를 쳐다보고 있다.

"죄송합니다." 해나는 재빨리 휴대폰을 주머니에 넣고 카운터로 간다.

"주문하시겠어요?"

"아메리카노 블랙이요." 여자가 딱 부러지는 소리로 말한다.

해나는 커피를 내린다. 머릿속에서는 계속 같은 생각들이 맴돌고 있다. 자하임, 그가 어떻게 자신을 속였고 바보로 만들었는지. 머릿속에 달라붙어 떨어지지 않는 호텔에서 받은 메일에 적혀 있던 '유감'이나 '구식'이라는 표현. 아기 마블, 할머니가 될 수 없는 엄마. 모나에 대해, 그리고 해나의 일이 풀리지 않는 상황에 갑자기 도약한 모나의 일에 대해서도.

해나는 커피를 건넨다. 바지 정장을 입은 여자가 얼굴을 찌푸린다.

"여기 우유를 넣었네요." 여자가 커피를 다시 해나 쪽으로 밀어낸다. "아메리카노 블랙을 달라고 했잖아요."

엘리노어가 해나를 흘깃 쳐다본다. 하지만 아무 말 없이 다시 돌아서서, 닥스훈트가 머리를 내밀고 있는 가방을 메고 있는 나이 많은 남자 손님을 상대한다. 해나는 여기서 일했던 기간 동안 내렸던 수천 잔의 커피들을 떠올리고, 어쩌다 이렇게 된 것인지 의아해하며 여자 손님의 커피를 새로 내린다.

오후 12시

해나

해나는 파블로가 주방에서 덜그럭거리며 칼질을 하고 팬에 베이컨을 굽는 소리를 듣는다. 이제 근처 회사원들이 두 시간 동안 카페로 미친 듯이 몰려들기 시작하는 점심시간이 시작됐다. 샌드위치 포장 줄이 길다. 좌석에도 여러 명이 함께 앉아 있거나, 책을 보거나 휴대폰을 보면서 혼자 앉아 있는 사람들도 많다.

한쪽 구석자리에는 나이든 남자 두 명과 면담을 하는 듯한 젊은 남자 한 명이 앉아 있다. 젊은 남자는 앞에 샌드위치를 놔둔 채로, 손짓을 하며 빠르게 말을 하고 있다. 그러다 샌드위치를 집으려고 할 때마다 나이 많은 남자들은 질문을 던지고, 그때마다 젊은 남자는 자세를 바로한다. 셔츠 겨드랑이가 땀에 젖어들기 시작한다.

파블로는 주방에서 일정한 속도로 음식 접시를 내놓고 있다. 그리고 그 접시를 카운터에 놓을 때마다 큰 소리로 음식 이름을 외친다.

"피시 앤 칩스!"

"에그 프라이 없은 토스트와 베이컨!"

"피클 뺀 파스트라미(양념한 소고기를 훈제해서 차갑게 식힌 것-옮긴이) 샌드위치!"

엘리노어와 해나는 재빠르게 움직이며, 줄 서 있는 사람들과 좌석에 앉아 있는 사람들의 주문을 처리한다. 해나는 손이 떨리고 발바닥이 타는 것 같은 느낌을 받는다. 열두 시간 동안 서서 일한 결과지만, 지금은 도저히 쉴 수가 없는 상황이다. 사실상 지금쯤이면 해나의 근무 시간은 끝났을 것이다. 하지만 모나가 도착할 때까지는 자리를 뜰 수 없다. 모나가 오더라도, 이런 식으로 손님들이 몰려 있을 때는 카운터 앞에 줄이 줄어들기 전까지 이곳을 떠날 수 없다. 해나는 최면에 걸린 것처럼 일을 한다. 손님 한두 명이 불평을 한다. 해나가 주문 받은 우유를 태우고, 두유 대신 우유를 넣었기 때문이다. 평소라면 이런 실수는 절대 하지 않는다. 그래서 엘리노어가 걱정스러운 표정으로 쳐다보고 있지만, 해나는 신경 쓰지 않는다.

모나가 도착했을 때, 해나는 너무 바쁜 상황이라 잠깐 미소를 지어 보인 뒤 다시 커피를 만드는 데 집중한다. 지금은 그녀가 카운터에서 일하고, 엘리노어가 테이블 손님들을 상대하고 있다. 그래서 혼자 몰려드는 주문을 감당하기 힘든 상황이다. 조금 뒤 모나가 카운터로 들어와 앞치마를 맨다. 그녀는 해나의 등에 가볍게 손을 올린 뒤, 줄 서 있는 손님들을 상대한다.

"다음 분, 주문하시겠어요?" 모나가 밝은 목소리로 말한다. 줄 서 있는 손님들이 조금씩 앞으로 전진한다. 그 사이 두 사람은 아무 말 없이 나란히 서서 점심 식사 주문을 받고 커피를 내린다. 모나가 여기 있는 것이 갑자기 낯설게 느껴진다. 겨우 열두 시간 만에 다시 만났는데도 뭔가 많이 달라진 것 같다. 자정에 함께 춤췄던 모나와 다른 사람인 것 같다. 해나는 시계를 흘깃 쳐다본다. 원칙적으로는 교대 시간이 지났지만, 이렇게 손님이 많을 때 엘리노어와 모나만 남겨 두고 떠날 수 없다는 걸 잘 알고 있다. 그리고 모나의 오디션 합격에 대한 이야기도 들어야 한다. 어쩌면 해나의 공연이 취소된 것도 말해야 할 수도 있다(그 이야기를 어디까지 하고 싶은 건지는 아직 모른다).

마침내 줄 서 있던 손님들이 빠지자, 해나는 이 틈에 해야 할 일을 알고 있다. 그녀는 모나를 꼭 끌어안는다. 모나의 몸이 약간 굳어지는 것을 느꼈지만, 이내 모나도 몸의 긴장을 풀고 해나를 꼭 안아 준다.

"네가 해내서 너무 기뻐. 정말 잘됐어." 해나가 모나에게서 몸을 떼면서 말한다.

해나는 자신의 진정한 감정이 아니라, 해야만 하는 말을 억지로 내뱉는다. 그녀는 친구를 위해 계속 여기 있고 싶지만 너무 힘들다.

"고마워. 나도 기뻐." 모나가 대답한다. 하지만 어쩐지 목소리에 힘이 없다. 해나는 모나가 어째서 마음껏 기뻐하지 않는지 궁금하지만, 그 마음을 억누르고 최선을 다해 지지하려고 노력한다.

"어떻게 된 건지 전부 다 말해 봐." 해나가 말한다.

모나는 잠시 말이 없다. 그녀는 앞치마만 쳐다보면서, 주머니에 양손을 찔러 넣다가 다시 뺀다. 그리고 손목시계 줄을 만지작거린다. 해나는 모나의 뺨이 달아오른 것을 알아차린다.

"할 말이 있어." 모나가 천천히 말한다.

새파란 눈에, 눈썹에 피어싱을 한 키 작은 남자가 카운터로 다가온다.

"아침 식사 포장 되나요?" 작은 키에도 불구하고 믿을 수 없을 정도로 큰 남자의 목소리에 해나는 깜짝 놀란다. 그녀는 재빨리 모나를 쳐다보며 표정을 읽어 보려고 한다. 하지만 모나는 다시 앞치마만 내려다보고 있다.

"그럼요." 해나는 눈썹에 피어싱을 한 남자에게 대답을 한 뒤, 파블로에게 주문을 전달한다.

키 작은 남자의 머리 너머로 키가 너무 커서 큰 키를 미안해하는 것처럼 옷을 입고 있는 십 대 소녀가 보인다. 한쪽 눈은 긴 앞머리에 가려 있다. 해나는 소녀의 코트 위에 "자리를 양보해 주세요."라고 쓰인 파란색 배지가 달려 있는 것을 알아차린다. 보통 대중교통을 이용할 때 쓰는 배지다. 본의 아니게 해나는 그 소녀에게 어떤 사연이 있는지, 지금 그 몸속에서 어떤 보이지 않는 전투를 치르고 있는 건지 궁금해진다. 더불어 그런 배지를 달고 있지만, 소녀가 무조건 이겼으면 좋겠다고 생각한다.

"주문하시겠어요?" 해나가 묻는다. 소녀는 라테와 햄 치즈 토스트를 주문한 뒤, 바 자리에 앉는다. 해나는 그 주문을 받는 동안, 옆에서 시곗줄을 만지작거리며 서 있던 모나가 머리카락을 뒤로 넘겼다가 다시 잡아당기고 있는 것을 알아차린다. 모나는 불안하고 혼란스러울 때 저런 행동을 한다, 지금쯤 기분이 날아갈 듯이 좋아야 할 텐데, 왜 저러는 거지? 해나는 저도 모르게 짜증이 나는 것을 느낀다. 어째서 모나는 기분이 좋지 않은 걸까? 지금 해나에겐 휴식이 필요한 상황인데, 모나는 전혀 신경 쓰지 않고 마음이 딴 데 가 있는 것 같다.

갑자기 몰려온 손님들의 주문이 끝나자, 해나는 다시 모나를 돌아본다.

"무슨 얘긴데?" 해나가 조금 전보다는 딱딱한 목소리로 묻는다.

모나는 고개를 들고 해나의 눈을 쳐다본다.

"오늘 붙은 오디션은 파리에 있는 무용단에서 일하는 거야." 모나가 말한다.

해나는 심장이 덜컥 내려앉으며, 그 자리에 멈춰 선다. 모나는 가만히 쳐다보며 해나가 무슨 말이든 해 주기를 기다리고 있다. 하지만 그녀는 무슨 말을 해야 할지 알 수가 없다. 할 말이 없기 때문이다. 너무 놀라고 압도되어 "파리"라는 말만 머릿속에서 계속 되풀이되고 있다.

"뭐라고?" 마침내 해나가 입을 뗀다. 그 말밖에 할 수가 없다. 해나는 머리가 빙글빙글 도는 것 같아 카운터를 붙잡는다. 귓가에는 자기 심장 뛰는 소리밖에 들리지 않는다.

"파리에 있는 무용단이라고." 모나가 말한다.

그 즉시 해나는 이 상황의 본질을 깨닫는다. 모나가 떠난다. 해나는 또다시 혼자 남게 될 것이다. 그녀는 갑자기 주방에서 흘러나오는 스크램블드 에그 냄새에 질린다. 모든 냄새에 속이 메스껍다. 해나는 갑자기 날카로운 고통을 느낀다.

"파리?" 해나는 그 말 외에 다른 말을 할 수가 없다.

"파리." 모나가 되풀이한다.

해나는 이야기를 더 하고 싶지만, 초췌한 얼굴의 여자가 카운터 앞에 서서 리놀륨 바닥을 발로 톡톡 두드리고 있다.

"주문부터 받을게." 모나가 조용히 말한 뒤, 손님을 돌아보며 웨이트리스답게 환한 미소를 짓는다.

"주문하시겠어요?"

모나가 그 여자의 주문을 받는 것과 동시에, 어디선가 전화벨 소리가 울리면서 모나의 목소리와 전화를 받는 사람의 목소리가 겹친다. 해나는 카페를 둘러본다. 갑자기 모든 것이 새롭게 보인다. 인조 가죽의자와 복고풍 장식이 아늑하고 재미있게 보이는 대신 조잡하고 구식으로 보이고, 멋지고 진짜처럼 보이는 것이 아니라 지루하고 예측 가능한 것처럼 보인다. 스크램블드에그 냄새는 점점 더 심해졌고, 주문한 사람이 누군지 기억조차 나지 않는다. 해나는 처음으로 앞치마에 묻은 기름 얼룩과 손톱 밑에 때가 끼어 있다는 것을 알아차린다. 어디서 묻은 건지 알 수가 없다. 카페 밖 보도에 개가 똥을 쌌지만, 개 주인은 〈빅 이슈〉 판매자인 존의 외침을 무시한 채 그대로 지나친다. 그 소리가 도로 위에서 날아다니고 있는 드론 소리와 카페 창문을 뚫고 해나의 귀에까지 들린다.

그녀는 카페 안을 가득 메운 낯선 사람들을 쳐다본다. 지난 몇 년간, 해나는 계속해서 이 일을 임시로 하는 일, 자신의 진짜 직업을 보조하는 아르바이트로만 여겼다. 갑자기 자기 자신과 지나온 삶이 우스꽝스럽게 보인다.

"그래서 떠난다는 거야?" 모나가 접객을 끝내자, 해나가 묻는다. 그녀는 목소리의 떨림을 감추려고 애를 쓰지만 힘들다. 바닥이 흔들리는 것처럼 느껴진다.

해나는 이미 답을 알고 있었지만 모나가 천천히 고개를 끄덕이는 것을 보자 새삼 충격을 받는다. 모나의 고통스러운 표정을 보면서도 해나는 못 본 척한다. 여기서 화를 내지 않으면 분노가 더 커질 것만 같다. 해나는 자신이 지난 세월 동안 분노와 맞서 싸우면서, 그 대신 슬픔을 선택했다는 것을 깨닫는다. 샘과 자하임이 그녀를 속였다는 것을 알았을 때도 처참했지만 화가 나진 않았다. 오디션에 떨어지고 공연이 취소됐을 때도, 전부 자신이 문제고 능력이 부족하기 때문이라고 생각했다. 그리고 그런 실망감들은 해나의 자신감을 무너뜨렸다. 하지만 지금 이 순간 이제껏 꾹꾹 눌러왔던 분노들이 마침내 터져 나오는 것을 느낀다.

"2주 뒤 공연 시작이야. 하지만 이번 달 집세까진 낼게." 모나가 말한다.

해나에게 엄청난 공포가 엄습한다. 지난 4년간 함께 살았던 아파트가 떠오른다. 완벽하진 않지만 집처럼 느껴지는 곳이다. 이제 벽에 붙어 있던 사진을 떼어내고, 상자에 짐을 싸서 어디로 가야 할지 생각한다. 어디로 가야 할까? 해나는 그 아파트에서 살 수 없다. 혼자서는 집세를 감당할 수 없고, 그렇다고 다른 사람과 같이 사는 건 상상조차 할 수 없다. 낯설기도 하고 슬플 것이다. 모나의 방은 모나의 방이다. 아무도 그 방에서 살게 할 수 없다. 갑자기 해나는 이 모든 상황이 견딜 수 없다. 이 카페도, 그녀가 받은 거절들도, 이 도시 자체도. 해나는 이제 어떻게 해야 할지 전혀 알 수가 없다.

"눈물 나게 고맙네." 해나는 사나운 말투에 스스로도 깜짝 놀라며 말한다. 그녀답지 않은 모습이다. 해나는 싸우고 싶지도 않고, 친구를 사랑한다. 그렇지만 이런 모습도 해나다. 이제까지의 모든 고통과 실망이 갑작스러운 분노로 실체를 드러낸다.

해나는 모나의 표정이 변하는 것을 알아차린다. 슬픔이 짜증으로 변하면서 얼굴이 굳어진다. 해나는 모나의 표정을 자기 표정보다 더 잘 알고 있다. 친구가 된 뒤로 지금까지 모든 것을 다 보아왔기 때문이다. 모나 역시 화를 내고 있다.

"네가 기뻐해 줄 줄 알았어." 모나가 짧게 말한다.

해나는 마음 한편으로 모나에게 호텔 공연이 취소된 것과 가수로서의 일이 끝났다는 것을 깨달았다는 사실을 말하고 싶다. 그렇게 하면 모나는 해나가 지금 왜 이렇게 힘들어하는지, 친구의 기쁜 소식이 행복하지만, 해나 본인은 무너지고 있다는 것을 이해해 줄 것이다.

"왜 진작 말하지 않았어?" 그 대신 해나는 목소리가 커지는 것을 느끼며 묻는다.

모나는 뭔가 불편한 게 올라가 있는 것처럼 어깨를 살짝 흔들며 몸서리를 친다. 손님 중 한 명이 두 사람을 쳐다보지만, 이내 휴대폰으로 시선을 돌린다.

"원래 오디션 이야기는 하지 않았잖아. 그래서 그런 거지."

"그래, 하지만 파리로 가야 하는 일이었으면 말을 했어야지. 우리나라를 떠나고 아파트에서 이사 나가야 하는 일이면 말했어야 해."

해나는 자신이 점점 더 동요하고 있는 것을 느낀다. 두 사람의 우정, 함께 사는 집이 자신의 인생에서 유일하게 좋은 것처럼 느껴진다는 말을 어떻게 한단 말인가? 그 말이 바로 밑에 있지만 꺼낼 수가 없다. 터무니없고, 당황스럽고, 아무 의미 없이 느껴진다. 모나는 결정을 내렸다. 그녀는 떠날 것이다.

해나는 이제 더 많은 손님들이 두 사람을 쳐다보고 있는 것을 느낀다. 그녀는 청중들을 대하듯 카페 안을 둘러보며 안심시키는 미소를 지어 보지만, 원하는 만큼 얼굴이 움직이지 않는다. 모나는 고개를 숙인 채 카운터를 닦고 있다. 그러면서 고개도 들지 않고 조용한 목소리로 다시 말을 꺼낸다.

"오랫동안 동경해 왔던 현대 무용단에서 고정을 맡았어. 이런 일자리는 잘 없지. 특히 지금 단계의 내 경력으로는 말이야. 난 더 이상 스물한 살이 아니야. 바로 이런 안전하고 확실한 자리를 찾고 있었어. 더 이상 낯선 사람들한테 커피를 나르는 대신 매일 내가 좋아하는 일만 하면서 살 수 있게 말이야…."

해나는 모나의 말에 움찔하면서, 지난 4년간 자신이 스스로를 속이고 있었다는 것을 깨닫는다. 해나는 가수이자 웨이트리스가 아니다. 그녀는 웨이트리스다. 전혀 모르는 사람들에게 커피를 내려주는 일을 한다.

"무용수가 어떤지 넌 모를 거야." 모나가 말을 잇는다. "한 해 한 해 지날수록 내가 붙을 가능성이 점점 더 낮아져. 오디션에서 옆에 서 있는 여자들, 젊은 여자들을 보면 내가 늙었다는 걸 깨닫게 되지. 난 서른 살밖에 안 됐지만, 그 여자들 눈에는 할머니처럼 보일 거야. 오디션에 참가할 때마다 이번이 마지막이 될 수도 있고, 이제 꿈을 포기해야 할 때가 온 건지도 모른다는 생각을 해. 매번 도전하고 실패하는 게 너무 고통스럽기도 했어. 사람들은 대부분 그저 그런 일에도 최선을 다하고, 때로는 싫어하는 일들도 하잖아. 나만 특별할 이유가 없어. 하지만 그럼에도 불구하고 지금과 다른 삶을 살아갈 생각을 하니 견딜 수가 없더라. 사실상 내가 좋아하는 일, 의미가 있다고 여기는 유일한 일, 숨 쉬는 것처럼 일상적인 일을 하며 하루를 보내는 삶을 멀리할 수가 없었지. 가끔 육체적인 고통이 느껴질 정도로 그 일이 너무 하고 싶었어. 이해하지 못하는 사람들도 있다는 거 알아. 하지만 정말 그런 느낌이 들어. 이번 일은 나한테 마지막 기회야. 앞으론 더 이상 기회가 없을지도 몰라. 그래서 파리로 가는 것도 감수했어. 파리가 아닌 오스트레일리아라고 해도 갔을 거야."

모나는 말을 끝내자, 숨을 깊이 내쉬고 양손을 허리에 올린다. 해나는 지금 모나와의 물리적인 거리를 새삼 깨닫는다. 두 사람은 불과 50센티미터 남짓 떨어져 있다. 예전에는 미처 몰랐던 일이다. 그들 사이에 침묵이 폭풍우처럼 소용돌이친다.

"그리고 몇 달 전에 지원했던 거야. 그땐 내가 떠나도 네가 아무렇지 않을 거라고 생각했어." 갑자기 모나가 덧붙인다.

자하임과 함께 지냈던 시간들이 떠오르자, 해나의 몸에 소름이 돋는다. 그때는 사랑 이외에 다른 모든 것들은 마음에서 멀어져 있었다. 하지만 모나에 대해서만큼은 항상 신경 쓰고 있었다. 모나와의 우정만큼은 부주의하지 않았기를 바랐던 해나는 지금 주변이 무너져 내리고 있는 것 같은 느낌이 든다. 미안해. 네가 정말 자랑스러워. 난 널 사랑해. 해나는 생각한다. 하지만 그 말들은 입 밖으로 나오지 않는다. 대신 통제할 수 없는 분노가 그녀를 집어 삼킨다.

"그런 걸 나는 모를까?" 해나는 사실 자기가 무슨 말을 하고 있는지도 모르는 채 말한다. "이제 그만 쉬고 싶다는 느낌을 나는 모른다고 생각하는 거야? 너야말로 올해 내가 공연을 거의 못 했다는 건 알아? 아무도 나한테 관심이 없어."

그 말을 큰 소리로 내뱉자 해나는 눈물이 흘러내릴 것 같다. 하지만 지금은 너무 화가 나서 울 수도 없다.

"하지만 공연을 하지 못한 게 누구 잘못이지? 네가 오디션에 간다고 해 놓고 가지 않았던 거 내가 모를 줄 알았어? 솔직히 말해 줬으면 나도 널 도왔을 거야. 하지만 넌 내 도움을 바라지 않았지. 그리고 자하임과 사귀었던 몇 달 동안 넌 방에서 나오지도 않았잖아? 네가 꿈을 포기한 거라면 그것도 좋아. 그런 거라면 나한테 화풀이할 게 아니라 그냥 인정하면 되잖아?"

해나는 마음의 상처를 입고, 한 걸음 뒤로 물러난다. 오디션에 빠진 걸 모나가 알고 있을 줄은 몰랐고, 자하임의 이름이 나오자 한층 더 가슴이 뜨끔하다. 해나는 눈을 깜박거리며 눈물을 참는다. 필사적으로 울지 않으려고 애를 쓴다. 가장 고통스러운 건 모나의 말이 옳다는 것이다. 모나의 말이 맞지만 가끔은 친구가 옳은 말을 하지 않기를 바랄 때도 있다. 그냥 내 편을 들어 주기를 바랄 때도 있는 법이다.

"그럼 벌써 살 곳을 찾은 거야?" 해나가 묻는다. 어떤 말도 꺼내기 힘들어서 다른 지적은 하지 않기로 마음먹는다.

모나가 불편한 듯 자세를 바꾼다. 눈에 남아 있던 분노가 급속도로 사라진다.

"포피와 같이 지낼 거야." 모나가 말한다.

해나는 포피의 이름을 듣자 눈을 깜박거린다. 그 말을 듣고 자신이 놀랐다는 사실에 깜짝 놀란다. 모나가 파리로 가기로 했다면 포피에게 연락하는 건 당연한 일이다. 하지만 모든 것이 너무 갑작스럽고 난데없다. 해나는 머리가 어지럽다. 모나는 그런 해나를 조심스럽게 지켜보고 있다.

"잠깐만." 해나가 조금 뒤 말한다. "언제 그렇게 일이 진행된 거야?"

모나는 다시 자세를 바꾼다.

"거기 갔었어." 마침내 모나가 말한다.

"파리에 갔다고? 언제?"

"지난달에. 너와 자하임이 헤어진 직후에 갔어." 모나가 말한다.

해나는 자하임과 헤어지고 난 다음 주를 떠올린다. 병가를 낸 뒤 계속 방에만 틀어박혀 있었다. 이불을 뒤집어 쓴 채 자하임의 연락을 기다리며 휴대폰만 쳐다보고 있었다. 하지만 해나는 그의 연락을 기다리지 말았어야 했고, 자하임은 연락하지 않았다. 그래도 그녀는 계속 휴대폰만 들여다보고 있었다. 그 첫 주엔 무슨 일이 있었는지 기억도 나지 않을 만큼 모든 게 흐릿하다. 이제야 뭔가 떠오른다. 그때 주말에 모나가 영국에 사는 고모를 만나러 간다고 했다.

"그때 고모 보러 간다고 했잖아. 그럼 고모한테 간 게 아니었어?" 해나가 묻는다.

모나는 고개를 끄덕인다.

"그래. 그때 1차 오디션 보러 파리에 갔었어. 포피와 앙트완 집에서 묵었지. 너한텐 말하지 말라고 했어."

모나는 눈을 똑바로 뜨고 해나를 쳐다보고 있다. 해나는 무슨 말을 해야 할지 알 수가 없었지만, 아무 말도 할 필요가 없다. 모나가 이야기를 계속 했기 때문이다.

"너한텐 고모를 보러 간다고 하고, 파리에 가서 포피와 같이 지냈어. 오디션에 붙으면 어떻게 할 것인지 의논을 했지. 그러자 포피가 적당한 곳을 찾을 때까지 자기 집에서 지내라고 했어. 그 무용단이 이번 주에 공연 때문에 런던에 와서 내가 2차 오디션을 보게 된 거야. 그쪽에서 자리를 준다고 해서 난 수락했어. 그래서 2주 안에 파리로 가야 해."

거기서 해나는 울음을 터트린다. 소리 없이 떨어지는 눈물을 닦으며, 울음을 참지 못한 자신에게 화를 낸다. 그 같은 분노에도 불구하고, 마음 한편으로는 다르게 행동해야 한다는 것을 알고 있다. 기분이 나쁠 이유가 없다. 친구 두 명이 파리에서 함께 살게 됐다. 두 사람은 재미있게 지낼 것이다. 하지만 해나에게 그런 사실들은 뒷전이다. 배신의 고통만 따갑게 느껴진다. 해나는 모나와 포피가 자기 뒤에서 이 모든 일을 꾸몄다고 생각한다. 또다시 속았다. 처음엔 샘, 그다음엔 자하임, 그리고 이제 가장 친한 친구인 모나한테까지.

해나는 마음속으로 모나에게 제안하려고 했던 파리 여행을 떠올린다. 하지만 이젠 세 사람이 아닌, 모나와 포피 모습만 떠오른다. 해나의 마음은 모나와 함께 파리에서 가려고 했던 카페로 향한다. 그 당시 아파서 토하던 모나의 뒷머리를 잡아주던 것과 복도에 놓여 있던 떠나지 못한 여행에 대비한 짐 가방들이 떠오른다. 그때 해나는 여행을 가지 못해도 상관없었다. 모나를 보살피는 건 선택의 여지가 아닌, 당연히 해야 할 일이었다. 이제 와 포기했던 파리 여행을 다시 떠올리며, 해나가 찍어 둔 카페에서 모나와 포피가 유명하다는 레몬 머랭 파이와 페퍼민트 차를 마시는 모습을 그려 본다.

이런 유치한 생각은 하지 말아야지. 서른 살이나 먹어서. 해나는 생각한다. 하지만 그 유치한 감정에서 벗어날 수 없다는 것을 깨달으면서, 온몸이 찢겨나가는 것 같은 질투와 분노에 휩싸인다.

해나가 울자, 모나가 굳은 표정을 풀고 해나를 끌어안으려는 듯 두 팔을 내민다. 하지만 해나는 앞치마를 풀며 뒤로 물러선다. 그리고 카운터에 앞치마를 놓고 짐을 챙긴다.

"잘 해 봐. 행운을 빌어 줄 테니." 해나는 눈물을 흘리면서 재빨리 문 쪽으로 향한다.

엘리노어와 손님들의 시선을 무시한 채, 해나는 테이블 사이를 지나친다. 서둘러 문 쪽으로 가다가 테이블 끝에 엉덩이가 부딪치는 바람에 코크슬러시가 쏟아진다.

그 자리에 앉아 있던 엄마와 십 대 아들이 테이블을 닦으며 해나를 이상한 표정으로 쳐다본다.

"사과 안 해요?" 여자가 따진다.

하지만 해나는 사과할 생각이 없다. 그들에게도, 모나에게도. 해나는 많이 지친 걸 느낀다. 그저 열두 시간 동안 근무해서 그런 것이 아니라, 채찍으로 맞은 것 같은 슬픔 때문이다. 손님들의 시선을 무시한 채, 해나는 고개를 똑바로 들고 창밖으로 내다보이는 복잡한 거리에 시선을 둔다. 문 앞에서 해나는 잠깐 멈춰 서지만 이내 카페 문을 열고 나간다. 거리에 나가자 온갖 감각들이 휘몰아치듯 느껴진다. 건물들 위로 번쩍이는 햇살, 끊임없이 지나가는 차량들, 쉴 새 없이 오고 가는 인파. 한꺼번에 너무 많은 것들이 몰려온다. 해나는 밤이면 깜깜해지는 웨일스의 시원한 푸른 방을 떠올린다. 고향집의 아래층에서는 부모님이 커피를 마시면서 신문을 읽고 있을 것이다. 지금 그녀에게 필요한 건 런던을 떠나는 것이다. 해나는 집에 가야 했다. 이제 모나와 함께 사는 그곳은 집이 아니다.

모나

모나는 사람들의 시선을 애써 모르는 척하며 카운터에 서 있다. 엘리노어는 주문을 받느라 바쁜 상황에서도 걱정스런 표정으로 보고 있고, 손님들도 흘끗거리며 그녀를 쳐다보고 있다. 모나는 고개를 들어 올린다. 차분한 표정을 짓고 싶지만 아마 인상을 찡그리고 있을 것이다. 카페가 아닌 집에 있었다면 귀의 울림을 잠재우고 몸속을 관통한 분노를 가라앉히기 위해 특별히 어려운 춤을 연습하거나, 웨이트 운동을 했을 것이다. 모나는 지금 자기가 입을 꾹 다문 채 주먹을 꽉 쥐고 있다는 것을 알아차린다. 몸의 긴장을 풀기 위해 새로 얻은 일자리를 떠올려 보지만 아무 도움이 되지 않는다. 모나는 스트레스가 몸에 끼치는 영향을 잘 알고 있다. 그녀의 몸이 바로 직업이다. 모나는 팔을 머리 위로 부드럽게 들어 올리고 쭉 편다.

새로운 일자리에 대해 생각하자, 피부 위로 흥분과 두려움의 파문이 일어난다. 모나는 아침에 있었던 오디션을 돌이켜본다. 불과 몇 시간 전이지만, 아주 오래전 일인 것처럼 느껴진다. 그 짧은 순간에 모나의 인생이 변했다. 아직도 주변이 빙글빙글 도는 것 같다. 어떻게 된 일인지, 앞으로 어떻게 될 것인지 전혀 알 수가 없다. 오디션을 보던 순간을 떠올리자 모나는 무용단 심사위원 앞에 불안하게 서 있던 것이 떠오른다. 잠시 대화를 나눈 뒤, 그들 앞에서 두 번째로 춤을 선보인다. 너무 떨리는 바람에 불안정하게 춤을 시작했다. 평소 절대 없던 일이다. 하지만 이내 중심을 잡고, 리듬을 되찾은 뒤 생명줄처럼 부여잡고 춤을 춘다. 춤이 끝나자, 발바닥과 심장이 쿡쿡 쑤신다. 온몸이 떨리는 게 느껴진다. 춤을 시작할 때 저지른 실수가 부끄럽고 실망스럽다. 지금 이 순간에도 오디션을 시작할 때 몸이 흔들렸던 것이 떠오르자, 모나는 움찔한다. 모나가 춤을 끝냈을 때 심사위원들이 따뜻한 미소를 지어 주었고, 이미 한 시간 전에 그들로부터 합격 통보와 무용단에서의 일자리를 제안하는 전화를 받았음에도 여전히 그 실수가 마음에 걸린다.

무용단장이 전화를 걸었을 때 모나는 아파트에서 오디션 중에 실수했던 스텝을 연습하고 있었다. 집에 도착하자마자 맹렬하게 반복해서 연습한 탓에 온몸이 땀에 젖어 있었고, 숨이 차 있었다. 연습에 너무 몰두하고 있어서 전화벨 소리도 듣지 못했다. 하지만 여러 번 울리는 전화벨 소리에 집중력이 깨졌다. 모나는 재빨리 전화를 받다가 너무 서두르는 바람에 수화기를 떨어뜨릴 뻔했다. 일자리를 제안하는 무용단장의 말을 들은 뒤, 모나는 순간 아무 말도 못했다. 너무 놀라기도 했고, 대답도 못할 정도로 진이 빠져 있었기 때문이다. 그녀는 전문적으로 보이기 위해 최선을 다하면서 차분한 목소리로 짧게 대답한다. 하지만 마음속에서는 폭죽이 터지고 있었다.

전화를 끊고 모나는 제일 먼저 해나에게 문자 메시지를 보냈다. 그 소식을 누구에게든 말해야 했기 때문에 본능적으로 보낸 것이다. 모나는 자신이 많이 흔든 사이다 병 같다는 느낌이 들었다. 누구에게든 말하지 않으면 폭발할 것 같았다. 해나에게 문자를 보낸 뒤, 모나는 부모님에게 전화를 걸었다. 엄마에게 전화를 걸었지만 받지 않았다. 아마 일을 하는 중일 것이다. 엄마는 수업 중에 항상 휴대폰을 무음으로 해 놓았다. 모나는 아버지에게 연락을 하려다가 그만둔다. 아르헨티나는 지금 이른 아침이고, 아직 십 대인 마티아스를 학교에 보내느라 그 집 사람들은 바쁜 아침을 보내고 있을 것이다. 아버지한테는 나중에 전화하기로 했다.

모나는 합격 소식을 들었을 때를 다시 생각해 본다. 어느 누구보다, 가족보다 먼저 해나에게 알리고 싶었다. 5년 전 두 사람이 만난 뒤로 해나는 모나에게 있어 모든 것을 다 털어놓고 싶은 사람이자, 그녀 자신과 인생에서의 선택을 어느 누구보다 잘 이해해 주는 것 같은 사람이었다. 하지만 지난 1년간 두 사람 사이가 얼마나 많이 변했는지, 그리고 조금 전 해나가 카페를 뛰쳐나가게 만들었던 싸움을 생각하자 모나는 속이 뒤틀린다.

모나는 해나가 그렇게 화를 낼 거라고는 생각지도 못했다. 카페까지 버스를 타고 오면서 모나는 이곳을 떠날 거라는 말을 해나에게 어떻게 전할 것인지 고민하다 갑자기 불안해졌다. 차창 밖으로 지나가는 도시 풍경을 보며, 모나는 댄스 스텝을 연습할 때처럼 신중하게 단어를 고르며 어떻게 말할지를 연습했다. 해나가 깜짝 놀랄 거라는 건 알고 있었다. 어쩌면 눈물을 보일지 모른다는 것도 생각했지만, 화를 낼 줄은 몰랐다. 지금까지 해나가 화를 내는 모습을 본 적이 거의 없었다. 모나 자신은 화를 잘 냈다. 부모님의 불같은 성격을 물려받은 탓이다. 하지만 해나는 항상 부드러웠고, 다른 사람들의 기분을 맞춰 주곤 했다. 해나는 갈등을 두려워했고, 갈등을 피하기 위해서는 무슨 일이든 했다. 그러다 보니 문제가 아예 없는 척하는 경우도 있었는데, 직접 보지만 않으면 문제가 사라질지도 모른다는 희망 때문이었다. 그래서 모나는 파리에 대해 사실대로 말하지 못한 것에 대한 사과의 말을 준비하고 카페에 도착했다. 해나가 마음이 많이 상했을 경우 달래줄 말도 생각했다. 해나만 좋으면 언제라도 파리에 오라고 말할 생각이었다. 하지만 해나의 분노가 야생 동물처럼 튀어나오자, 모나의 본성은 자신을 지키고 맞서 싸울 준비를 하고 있었다. 그 싸움이 점점 더 격해지자, 모나는 머릿속에서 사과해야겠다는 생각이 빠져나가는 것을 느꼈다. 어째서 사과를 해야 하지? 왜 해나는 모나를 위해 무조건 기뻐해 주지 못하는가? 올해 있었던 모든 일들을 생각해 보면 특히 그랬다.

해나가 떠난 뒤에도 그런 사실들을 인정하는 건 여전히 힘들다. 진실의 마지막 부분을 말했을 때 모나는 해나의 얼굴이 완전히 무너지는 것을 봤다. 그 순간만큼은 다른 아무것도 중요하지 않았다. 그저 친구를 안아 주고 싶은 마음 뿐이었다. 그 모든 일에도 불구하고 모나는 해나가 다치는 걸 원하지 않는다. 하지만 모든 진실을 다 말하고 난 뒤, 모나는 해나가 깊은 상처를 받았다는 것을 알았다. 모나가 안아 주기 전에 해나는 돌아섰고, 비틀거리며 카페를 떠났다.

모나는 카운터에서 호흡을 가다듬은 뒤, 카페에 도착하고 나서 처음으로 주위를 둘러본다. 코트에 푸른색 배지를 달고 있는 십 대 소녀가 긴 앞머리에 가린 눈으로 책을 읽고 있다. 책을 들고 있는 소녀의 팔이 살짝 떨린다. 그 사실을 본인도 알아차린 듯, 소녀는 자기 손을 쳐다보더니 책을 내려놓고 무릎 위에 양손을 포갠다. 타이를 맨 셔츠 차림의 남자들이 구석자리에 앉아 있다. 각자 재킷은 의자 등받이에 걸쳐져 있다. 하나는 재킷 안감이 물방울무늬 모양이고, 다른 하나는 안감이 쭉 찢어져 있다. 두 사람 사이의 테이블에는 점심 식사의 찌꺼기들이 남아 있다. 파블로와 알렉산더는 곁들이는 음식으로 샐러드를 담아 주지만, 대부분의 사람들은 그쪽은 손도 대지 않고 감자튀김만 먹는다. 그 남자들은 다시 대화에 열중하고 있다. 그들 옆에는 단골손님들이 앉아 있다. 매주 똑같은 창가 자리에 앉는 나이 많은 여자 세 명이다. 남자들과 달리 그들은 아직도 걱정스러운 표정으로 모나를 쳐다보고 있다. 모나는 그 여자들을 향해 살짝 목례를 한다.

문이 열리고, 점심 손님들이 들어와 포장 주문을 한다. 모나는 감정을 통제하는 것이 어렵지만, 침착하고 신속하게 일을 한다. 커피를 내리는 일은 너무 잘 알아서 눈 감고도 할 수 있을 정도다. 그 사이 머릿속에서는 처음 목소리가 높아졌을 때부터 해나가 문을 꽝 닫고 사라질 때 모습까지 해나와의 싸움이 반복해서 재현되고 있다.

오후 1시

모나

"모나! 모나!"

세 번째로 이름이 불리자, 모나는 다시 현실로 돌아온다. 바쁘게 손님들의 주문을 받고 있지만, 완전히 자동적으로 일하고 있다는 것을 깨닫는다. 감각이 돌아오면서 기름 냄새가 나고, 카페 어딘가에서 손님 중 한 명이 큰 소리로 전화 통화하는 소리가 들린다. 손님들이 자리에 앉고 카운터가 잠시 한가해지자, 모나는 파블로가 가죽 재킷을 입고 앞에 서 있는 것을 알아차린다.

"이제 퇴근하려고." 파블로가 말한다. 모나는 시계를 확인하고, 파블로가 한 시간이나 더 일했다는 것을 깨닫는다. 한참 점심 손님들이 몰려들 때 알렉산더만 남겨 놓고 갈 수 없었을 것이다. 파블로의 목소리는 열두 시간 넘게 근무한 뒤에도 여전히 쾌활하다.

"알렉산더는 어디 있어요?" 모나는 알렉산더가 출근하는 모습을 보지 못했다는 것을 떠올리며 주위를 둘러본다.

"한참 전에 왔지. 손님들 상대하느라 바빠서 알렉산더가 오는 것도 못 본 모양이네." 파블로가 말한다.

모나는 알렉산더가 아무 말 없이 주방으로 슬며시 들어가는 모습을 그려 본다. 기분은 나쁘지만 놀랄 일은 아니다. 함께 일한 지 제법 됐는데도(알렉산더는 3년 전부터 이 카페에서 일했다) 그에 대해 아는 것이 없다. 알렉산더는 지독하게 말이 없고, 무슨 생각을 하는지 도무지 알 수가 없다. 파블로와는 다르다. 모나는 순간 파블로의 눈에 눈물이 고여 있는 것을 알아차린다.

"네가 떠난다니 믿을 수 없어." 파블로가 모나에게 말한다.

모나는 해나와 싸웠을 때의 고통과 당혹스러움이 되살아나며 뺨이 달아오르는 것을 느낀다.

"아까 우리가 하는 이야기 다 들으셨나 보네요…. 정말 죄송해요. 그렇게 흥분할 생각은 아니었는데. 사실 어떻게 된 일인지도 모르겠어요. 그런 이야기를 여기서 다 할 생각은 없었는데. 아직 스텔라한테도 말 못 했고…."

모나는 카페 주인에게 자기가 떠난다는 말을 어떻게 해야 할지 생각하며 말끝을 흐린다. 이 카페에서 일을 시작한 뒤로, 스텔라는 항상 모나가 다른 일도 같이 할 수 있게끔 유연하게 대응해 주고 도와주었다. 모나는 갑자기 카페를 그만두게 된 것에 대해 죄책감이 든다. 파리로 떠나기까지 공식적으로는 2주가 남았지만, 짐도 싸고 이런저런 준비를 하는 데 시간이 필요할 것이다. 그렇게 되면 스텔라가 새 직원을 구할 시간이 넉넉하지 않을 것이다. 어쩌면 일이 이렇게 되도 놀라지 않게 스텔라에게 미리 이 오디션에 대해 언급했어야 했다. 하지만 모나는 오디션을 잘 보는 데만 집중하느라 다른 건 전혀 생각하지 못했다. 그녀는 마음속으로 스텔라의 반응을 예측해 본다. 어쩌면 해나처럼 스텔라도 화를 낼 수도 있다. 문득 스텔라라면 그럴 만도 하다는 생각이 든다. 스텔라는 카페에 나오는 시간이 정해져 있지 않지만 오후 늦게라도 나올 것이고, 모나는 그때 카페를 그만둔다는 이야기를 할 것이다. 아무래도 직접 이야기하는 편이 나을 것이다.

"난 아무 말도 안 할 거야!" 파블로가 입에 지퍼를 채우는 동작을 하며 말한다. "그거야 당연한 일이지. 네가 없으면 이곳도 달라지겠지만, 그래도 정말 잘됐어."

파블로가 갑자기 카운터 뒤로 들어오더니, 어느새 모나를 끌어안는다. 그녀는 처음엔 저도 모르게 저항하다가 이내 파블로의 품에 폭 안긴다. 목에 뭔가 걸린 것 같은 느낌이다. 모나는 파블로가 해나와 싸운 것에 대해 뭔가 말을 할 거라고 생각한다. 하지만 그는 그 이야기를 꺼내지 않는다. 모나는 그런 파블로가 고맙다. 파블로는 항상 모나와 해나에게 잘해 주었다. 그 덕분에 여기서 일하는 시간이 어느 정도 편안했다. 모나는 부모님을 떠올린다. 일 년에 한 번 정도 보는 사이로, 부모 자식 사이지만 썩 가깝지는 않다. 그리고 오디션에 합격했다는 이야기를 아직까지도 전하지 못했다. 문득 지난 5년간, 모나는 자신에 관한 일을 부모님보다 파블로가 먼저 알았다는 사실이 떠오른다. 두 사람은 함께 근무할 때나, 카페에 손님들이 몰려오기 전 이른 아침 식사를 하면서 대화를 나누었다. 오래전 런던에 온 뒤로 모나는 새로운 가족을 찾아야만 했다. 가끔 해나와 부모님의 관계를 볼 때면 질투가 나기도 했다. 해나의 가족들은 화목하고, 기차만 타면 만나러 갈 수 있으며, 부모님을 함께 볼 수 있다. 가끔 해나는 부모님 사이의 친밀함이나 두 분이 여전히 같이 살고 있는 것을 당연하게 여기고 있는 것처럼 보인다. 하지만 그렇다고 해나를 탓하는 건 아니다. 모나가 해나의 입장이었어도 똑같았을 것이다. 지난 몇 년 동안, 모나는 진짜 가족이 필요할 일이 점점 줄어들었다. 부모님과 너무 멀리 떨어져 있기 때문이기도 하고, 그녀도 어른이 되어 자신만의 생활과 자신만의 인맥을 쌓았기 때문이기도 하다. 모나가 런던에서 만든 가족들이 그 자리를 메웠다. 친구나 동료들로 구성된 어울리지 않으면서도 특이한 조합이다. 지난 5년간 파블로도 그런 가족 중 하나였다.

파블로는 모나에게서 몸을 뗀다. 그리고 거칠고 못이 박인 커다란 손을 모나의 어깨에 올린 뒤, 친숙하고 따뜻한 얼굴로 모나를 뚫어지게 쳐다본다.

"치키타, 네가 정말 자랑스러워." 파블로가 반짝거리는 눈으로 쳐다보며 말한다. 눈가에 희미한 주름이 보인다.

모나는 파블로에게 작별 인사를 할 생각을 하자 목이 멘다. 그리고 지금 파블로가 해 준 그 말이 해나에게 듣고 싶었던 말이라는 것을 깨닫는다.

"고마워요." 모나는 마음을 가라앉히는 데 집중하며 진지한 어조로 말한다. 더 많은 말을 하고 싶지만 적당한 표현을 찾지 못했다는 것을 파블로가 알아 주길 바랄 뿐이다.

"혹시 네가 떠나기 전에 같이 일할 기회가 없더라도, 인사하러 와 줄 거지?" 파블로가 묻는다. 그 말에 모나는 이제 이곳을 떠나게 됐다는 것을 처음으로 실감한다. 새로운 일자리를 얻었다는 흥분이 채 가시기도 전에, 해나와 격렬하게 다투는 바람에 이 카페와 지금 살고 있는 아파트, 이제는 친숙한 이 도시를 떠난다는 것에 대해 제대로 생각해 볼 겨를이 없었다.

"그럼요." 모나는 눈물을 참으며 대답한다.

"여기 앉아도 될까요?" 새로 온 여자 손님이 바 옆에 있는 테이블을 가리키며 묻는다. 모나는 카페 문 쪽으로 나가는 파블로에게 인사를 건넨 뒤, 다시 침착한 표정으로 손님을 응대한다.

"앉으시죠." 파블로가 나가고 카페 문이 닫히는 소리를 들으며 모나가 말한다. 그 문소리에 그녀는 살짝 움찔한다.

모나는 손님에게 주의를 돌린다. 그 여자 손님은 사무직 복장에 종이와 천 조각들이 튀어나와 있는 커다란 스크랩북을 팔 아래 끼고 있다. 푸른색 코트를 입고, 손에는 검정색과 흰색의 물방울무늬 우산을 들고 있다. 우산을 들고 있는 여자의 손에 약혼반지가 반짝거린다. 모나는 그 손님이 테이블 위에 스크랩북을 내려놓고 자리에 앉은 뒤, 창밖을 쳐다보고 있는 모습을 지켜본다.

"조금 있다 주문 받으러 갈게요." 모나의 말에 여자는 대답하지 않는다. 그저 고개만 끄덕이고는 계속 창밖을 쳐다보고 있다. 모나가 눈 감고도 구석구석 빠짐없이 그릴 수 있을 정도로 잘 아는 풍경이다.

소냐

일기예보에는 비가 온다고 했다. 살짝 내리는 소나기가 아니라, 억수같이 쏟아지는 폭우라고 했다. 소냐는 지난 사흘간 BBC 기상예보와 기상청 예보를 한 시간에 한 번씩 확인했다. 지역 기상대는 홍수 경보를 발령했다.

스텔라 카페의 창밖으로 보이는 풍경도 일기예보를 뒷받침해 주고 있다. 완벽하게 신호라도 받은 것처럼 먹구름이 몰려오면서, 갑작스럽게 폭우가 쏟아진다. 카페 앞 보도에서 〈빅 이슈〉를 파는 남자는 하늘을 쳐다보더니 분홍색 우산을 쓴다. 그 주변 보행자들이 가방에서 우산을 꺼내 들면서 거리는 갑자기 다채로운 색으로 뒤덮인다. 우산이 없는 사람들은 무작정 뛴다.

소냐는 푸른색 코트를 의자 등받이에 건 뒤, 갑작스러운 폭우에 대비해 검정색과 흰색 물방울무늬 우산을 주머니에 넣는다.

"범람원에서 결혼식 준비를 어떻게 하란 거야?" 소냐는 혼잣말을 한다. 그리고 테이블에 휴대폰을 내려놓고, 검은 머리의 웨이트리스에게 주문한 딸기 셰이크를 한 모금 마신다. 분홍색 솜사탕처럼 보이는 딸기 셰이크는 유리잔 안에서 응결되어 아이스크림처럼 단단하다. 소냐는 결혼식을 앞두고 자꾸 일이 틀어지는데도 불구하고 어떻게든 잘해 보려고 노력했다. 하지만 이제는 아무것도 중요하지 않은 것 같다.

티무르가 청혼했을 때, 소냐는 그 자리에서 자신도 결혼을 원한다는 것을 알았다. 두 사람 모두 그랬다. 그래서 강가에 있는 소냐의 부모님 집 정원에 천막을 세우고 결혼식을 올리기로 했다.

티무르의 부모님은 계속 튀르키예에 살고 있었기에 많이 친해질 수 없었다. 하지만 소냐의 엄마와 아빠는 티무르를 자기 자식처럼 여겼다. 소냐는 마음을 열고 티무르를 가족으로 받아 준 부모님이 자랑스러웠다. 그녀가 외동딸이었기 때문에 부모님으로서도 쉽지는 않았을 것이다. 소냐는 딸이 파트너를 데리고 집에 오면 어떤 기분일지 상상해 본다. 아마 자신도 그 사람을 따뜻하게 맞아 줄 것이다.

막상 소냐는 티무르를 다정하게 대하는 데 시간이 걸렸다. 두 사람은 직장인 언론사에서 처음 만났다. 그녀는 자신이 하는 일에 진지했지만, 티무르는 그렇지 않았다. 소냐가 종종 밤 10시까지 일할 때, 그는 5시면 칼같이 퇴근했다. 그래서 다음 날 아침 티무르를 보기만 해도 소냐는 화가 치밀어 오르곤 했다. 하지만 일하는 중에 엄마에게서 십 대 때부터 아끼던 반려견 베티가 세상을 떠났다는 소식을 전해 들은 소냐가 비상구 계단에서 울고 있을 때, 그 모습을 보고 함께 있어 준 사람이 티무르였다. 그는 옆에 앉아 소냐의 이야기를 끈기 있게 들어주었다. 소냐의 눈물에 당혹스러워하지도 않았고, 베티는 그저 개일 뿐이라고 말하지도 않았다. 대신 그도 튀르키예를 떠나 런던에 온 지 얼마 되지 않았을 때, 어린 시절부터 키웠던 고양이 세이지가 죽었다는 이야기를 해 주었다. 그러다 소냐가 울음을 그치자 두 사람은 서로에 대한 이야기를 조금 더 나누었다. 처음으로 일과 상관없는 이야기를 나누었다. 소냐는 티무르가 요리사가 되고 싶지만, 1년 전에 영국에 와서 안정적인 직장을 찾기 위해 애쓰고 있는 여동생을 보살피기 위해 보수가 좋은 언론사에서 일하고 있다는 것을 알게 되었다. 그는 매일 저녁 5시에 퇴근해서, 새로운 요리를 연습하고 있었다. 소냐는 바로 티무르가 일을 진지하게 하지 않는다는 것이 편견이었다는 것을 깨달았다. 티무르가 진짜 하고 싶은 일, 그의 진짜 직업은 언론사가 아닌 다른 곳에 있었던 것이다. 소냐는 제대로 이야기를 들어 보지도 않고 지금껏 그에 대해 오해하고 있었던 것을 후회했다.

그 뒤로 두 사람은 점차 가까워졌다. 점심 식사를 같이 하기도 하고, 종종 저녁에 술을 마시기도 했다. 하지만 소냐는 같은 직장에서 일하는 남자와 사귈 마음이 없었다. 그건 그녀가 세운 규칙에 위배되는 일이고, 자칫 상황이 복잡해질 수도 있었다. 그러자 티무르가 그곳을 그만뒀다. 그가 다른 언론사로 옮긴 뒤 두 사람은 본격적으로 사귀기 시작했다. 그러다 티무르의 동생이 안정적인 직장을 찾게 되었고, 그는 언론사를 떠나 식당의 주방장 보조로 들어갔다. 그 뒤로 몇 년이 지나 티무르는 주방장이 되었고, 소냐도 언론사에서 승진했다. 그리고 두 사람은 도저히 떨어질 수 없는 사이가 되었다.

그는 소냐가 좌절하거나 불안해할 때 미소 짓게 만들고, 웃게 만들 수 있는 유일한 사람이었다. 직장에서는 자신만만하고 전혀 흔들림이 없는 완벽한 모습만 보여 주는 그녀가, 저녁에 아파트에 돌아오면 티무르에게 매달리고, 몸이 좋지 않을 때면 머리를 빗겨 달라고 했다. 티무르는 일을 마치고 돌아오면 언제나 소냐의 이마에 부드럽게 키스해 주었다.

두 사람은 결혼식을 위해 2년 6개월 동안 돈을 모았다. 다른 사람들이 소냐가 끼고 있는 약혼반지를 보고 언제 결혼하냐고 물으면 처음에는 언제 할지 모른다고 대답하는 것이 곤혹스러웠다. 소냐도 물론 결혼을 빨리하고 싶었고, 당장이라도 하고 싶었다.

문제는 그녀의 결혼식에 대한 꿈이 너무 확실하다는 것이었다. 너무 상투적이라 짜증나긴 했지만, 소냐는 자기가 어떤 결혼식을 올리고 싶은지 정확하게 알고 있었다. 티무르를 만나기 전부터 오랫동안 작은 것 하나까지 세심하게 꿈꿨던 결혼식이었다. 부모님 정원에 대형 천막을 치고, 지역 꽃집을 운영하는 젠(엄마의 친구다)에게 장식을 맡길 것이다. 그리고 지역 식당에서 음식을 공수해, 그다음 날 친한 친구 몇 명과 함께 온실에서 브런치를 먹을 생각이었다. 머릿속에서는 아주 사소한 부분까지 완벽하게 짜여 있었다. 사랑과 배려로 아주 꼼꼼하게 선택하고 준비했다. 소냐는 자신의 계획에 티무르가 동의해 준 것 역시 행운이라는 것도 알고 있었다. 하지만 그 모든 것들은 소냐의 집 주변을 기반으로 준비한 것으로, 티무르 역시 소냐만큼이나 그것들을 좋아했다.

하지만 이제 그녀의 완벽한 결혼식은 사라졌다. 급류에 떠내려가는 대형 천막과 탁한 물에 잠길 테이블과 의자들이 눈앞에 선하다. 아무래도 결혼식을 연기해야 할 것이다.

모나

모나는 스크랩북을 가져온 손님에게 주문한 음식을 가져다준 뒤, 또다시 밀려드는 포장용 점심 주문을 받기 시작한다. 이따금 엘리노어의 시선을 알아차린다. 엘리노어와도 이야기를 하고 해나와 싸운 것에 대해 사과해야 하지만, 두 사람 다 너무 바쁘다. 엘리노어는 좌석에 앉은 손님들을 응대하고 있고, 모나는 바에서 커피와 샌드위치 주문을 받고 있다. 해나와의 싸움과 파블로와의 작별 인사로 여전히 마음이 흔들리고 있지만, 모나는 애써 감정을 숨기고 열심히 일을 한다. 모나는 자신의 어지러운 마음을 엘리노어나 손님들에게 보이고 싶지 않다. 너무 전형적인 생각이라 자기 자신을 비웃고 싶은 심정이다. 그러면서 해거스톤에서 지낼 당시 침실을 떠올린다. 깔끔하게 정리 정돈된 침실에서 그녀가 너무나 바라던 질서와 통제를 느꼈다. 모나에겐 무슨 일이 있더라도 침착한 표정으로 자제력을 잃지 않는 것이 중요하다.

"블랙커피 두 잔, 오렌지 주스 두 잔, 수란 올린 토스트 두 개, 베리를 곁들인 팬케이크 두 개요." 노란색 우비를 입은 여자가 또렷한 미국 억양으로 주문한 뒤, 역시 노란색 우비를 입은 중년 남자와 아이들 두 명이 앉아 있는 구석자리로 돌아간다. 아이들은 곰 어니스트를 가리키면서 으르렁거리다가 키득거리고 있다. 모나는 수첩에 주문받은 내용을 단정하게 써서 알렉산더에게 넘겨준다. 알렉산더는 요리를 시작하기 전에 모나를 잠깐 쳐다본다. 알렉산더가 출근할 때 인사를 하지 못했던 것을 사과하고 싶지만 시간이 없다. 카운터 앞에 손님들이 줄을 지어 기다리고 있다.

빨간 머리 여자가 라테 한 잔과 브라우니 한 조각을 주문하자, 모나는 저절로 해나를 떠올린다. 연한 푸른색 셔츠를 입고, 단정하게 콧수염을 기른 남자는 샌드위치 세 개를 주문한다. 모나는 얼룩진 두건을 쓰고 있는 십 대 소녀에게 스무디 두 잔을 건넨다. 소녀는 은발에 가까운 금발과 색이 너무 연해서 눈썹은 아예 없는 것처럼 보이는 다른 소녀의 손을 잡고 있다. 두 사람은 고개를 끄덕이더니 카페 뒤쪽 테이블에 앉는다. 그리고 이마가 거의 닿을 정도로 바짝 붙어 앉아 음료를 마신다.

사람들의 웃음소리와 커피머신의 쉭쉭거리는 소리, 주방에서 새어나오는 알렉산더의 투덜거림, 카페에 흐르는 음악 소리가 들리는 가운데, 누군가 프랑스어로 대화하는 소리가 들린다. 뒤쪽에 줄 서 있는 남자 두 명이 프랑스어로 대화를 나누고 있다. 모나는 두 사람이 무슨 말을 하는지 전혀 알아듣지 못한다. 하지만 그 소리에 그녀는 순간 자신의 인생을 바꾸어 준 오디션을 보러 프랑스로 향했던 3주 전으로 되돌아간다. 갑자기 모나는 리버풀 스트리트에 있는 카페가 아니라 파리의 마르티르 거리에 있는 것 같다.

파리의 매력은 처음에 보이는 것이 아니라 서서히 드러난다. 파리 북역에 내린 모나는 실망하지 않을 수 없다. 십 대 때 싱가포르를 떠나 런던에 왔을 때는, 유럽 본토를 여행하는 일은 아무것도 아니라고 생각했다. 처음에는 주말마다 유럽 여러 도시들을 여행하는 자신의 모습을 그려 보곤 했다. 하지만 이내 모나는 돈과 시간이 없다는 것을 알게 되었다. 무용 학위 공부도 해야 했고, 자체적으로 추가 연습도 해야만 했다. 그래서 휴가를 낼 수가 없었다. 졸업한 뒤에는 오디션과 강좌, 공연이 저글링처럼 끝없이 이어졌다. 9년이 지난 지금도 그 저글링은 계속 되고 있고, 모나는 공을 떨어뜨리지 않기 위해 애를 쓰고 있다. 그 말은 그 시간 동안 어린 시절 꿈꿔 왔던 여행을 할 시간이 많지 않았다는 뜻이다. 물론 여행을 하긴 했다. 스물두

살 때는 1년간 지중해의 크루즈 선에서 일을 했다. 그 뒤로도 비용이 적게 드는 짧은 휴가를 다녀온 적은 몇 번 있다. 하지만 그 외에는 여윳돈이 생기면 아르헨티나로 가서 아버지와 의붓어머니, 이복동생 마티아스와 함께 지내거나 독일에 있는 어머니를 보러 갔다. 그녀는 서른 살이나 됐고, 친한 친구가 살고 있는데도 불구하고 파리에 처음 왔다는 사실을 인정하는 것이 부끄러웠다.

그래서 처음 파리에 도착했을 때는 몹시 흥분해 있었지만, 분주하면서 어딘가 칙칙한 실체와 마주하자 기분이 바로 가라앉는다. 중앙 홀은 사방에서 몰려오는 사람들과 한자리에 서서 도착과 출발 안내판을 보는 사람들로 가득하다. 여자들은 어깨에 걸친 핸드백을 꽉 붙잡고 있었는데, 모나는 그 이유를 금세 알아차린다. 조금 뒤 모나의 가방을 뚫어지게 쳐다보며 어떤 남자가 접근했기 때문이다. 그리고 티켓 자판기 근처에 모여 있는 남자들도 보인다. 아마 사람들이 표를 끊으면서 잠깐 가방을 내려놓는 순간을 노리는 모양이다. 모나는 재빨리 여행 가방을 끌면서 사람들 사이를 뚫고 나폴레옹 3세 광장으로 들어간다. 그쪽도 다를 바 없다. 사람들이 가득하고, 아까처럼 의심할 만한 정황의 사람들이 모여 있다. 점차 날이 어두워지자, 모나는 갑자기 마중 나오겠다는 포피의 제안을 거절하고 아파트까지 혼자 찾아가겠다고 한 걸 후회한다.

가방에서 휴대폰을 꺼내 혹시 해나에게 온 문자 메시지가 없는지 확인한다. 사실 여기 올 때 죄책감이 들었다. 해나와 자하임은 지난주에 헤어졌고, 해나는 그 뒤로 계속 멍한 상태다. 병가를 낸 뒤 방에서 꼼짝도 하지 않고 있다. 하지만 죄책감과 더불어 다른 감정들도 스쳐 지나간다. 지난 몇 달간 서서히 쌓였던 분노와 상처다. 그 분노로 모나는 해나의 방에 들어가 도싯에 있는 고모 집에 다녀오겠다고 인사를 한 뒤, 여행 가방을 들고 아파트를 나설 수 있었다.

해나가 남긴 문자 메시지는 없다. 그래서 모나는 포피의 주소를 확인한 뒤, 휴대폰을 재킷 주머니 안쪽에 집어넣는다. 몽마르트로 가기 위해 거리로 나선 모나는 처음으로 건물들을 올려다본다. 건물 위쪽은 그녀가 상상했던 그대로다. 엷은 색 돌과 빛바랜 은으로 된 푸른 지붕들, 여기저기 보이는 발코니의 검정색 난간. 하지만 건물 아래쪽은 파리가 아니라 세상 어느 도시라고 해도 상관없어 보인다. 햄버거, 케밥 가게, 체인 호텔의 환한 정면이 보인다. 역 앞에 줄 지어 서 있는 택시들이 보행자들이나 다른 운전자들을 향해 경적을 울린다.

모나는 빠른 걸음으로, 행복하게 역과 거리를 지나는 사람들의 소음, 레스토랑과 술집의 번쩍거리는 불빛들을 벗어난다. 걸어가는 중간에 조용한 골목들도 있지만, 앙베르 지하철역에 가까워지자 또다시 군중에 휩쓸린다. 문 앞에 에펠탑이 그려진 행주들이 펄럭거리는 기념품 가게들이 즐비한 거리에서 프레 타 망제(샌드위치 전문점)를 발견하자 모나는 크게 실망한다. 정말 이곳이 그녀가 그토록 꿈꿔 왔던 곳인가? 만일 내일 오디션에 합격해서 좋은 일자리를 얻게 된다고 해도, 그동안 다져온 런던에서의 생활과 집을 떠나도 되는 걸까? 이 모든 것이 성급한 실수는 아닐까?

하지만 바로 그때, 언덕 위로 우뚝 솟은 흰색 돔과 밤하늘을 종이를 찢은 것처럼 갈라놓는 불빛과 함께 사크레 쾨르 대성당이 눈에 들어온다. 모나는 그 자리에 멈춰 서서, 컴컴한 정원과 문으로 이어지는 수많은 계단을 쳐다본다. 계단 위에 관광객들이 수없이 모여 있는 것이 보이지만, 사크레 쾨르 대성당의 아름다움은 조금도 훼손되지 않는다. 이것이 파리다. 기차에서 내린 뒤 처음으로 모나는 파리에 도착했다는 것을 느낀다.

마침내 모나는 포피와 앙트완이 사는 아파트를 발견한다. 다시 찾아가고 싶은 카페와 상점들이 있는 조용한 거리다. 조금씩 파리에 매혹되기 시작했지만, 아직 완전히 빠진 건 아니다. 포피와 앙트완의 아파트도 모나의 마음에 든다. 마르티르 거리 끝에 있는 건물 4층으로, 오래된 나선형 나무 계단으로 올라간다. 모나는 두 사람의 집을 찾으며 계단을 올라가다가 한 건물 안에 이렇게 많은 사람들이 산다는 것에 깜짝 놀란다. 대부분 문 앞에는 매트가 깔려 있고, 우산대와 유모차 한 대, 런닝화 두 켤레가 놓여 있다.

좀 더 높이 올라가자 예상치 못한 불안감이 모나를 엄습한다. 포피를 마지막으로 본 건 1년 전, 그녀가 런던에 왔을 때다. 물론 문자 메시지와 인스타그램으로 계속 연락을 주고받긴 했다. 포피는 무용 대학에서 처음 사귀었던 친구 중 한 명으로, 따뜻하고 재미있는 사람이다. 그녀는 가족들을 떠나 처음 오는 도시에 혼자 도착한 모나가 두려움을 감추기 위해 가장했던 냉정한 모습을 무너뜨렸다. 그들은 학교에 다니는 내내 친하게 지냈지만, 포피는 발이 넓었다. 모나는 자신이 포피가 아끼는 수많은 사람들 중 한 명에 불과하다는 것을 알고 있었다. 졸업한 뒤에는 다른 사람들과 함께 가끔 얼굴을 보았을 뿐이다. 그러다 핼러윈 때 파티를 연 포피가 모나를 초대했고, 그 자리에서 해나를 처음 만났다. 모나는 해나의 사이는 만나자마자 강하게 결속되었다. 모나는 그 집에 들어갔고, 다른 동거인들은 젖혀 두고 해나와 친해질 기회를 얻었다. 그녀는 포피와 친해진 것보다 훨씬 빨리 해나와 친해졌다. 두 사람 모두 친구가 필요했기 때문일 수도 있다. 해나는 얼마 전 남자 친구와 헤어진 상태였고, 모나는 졸업한 뒤로 너무 열심히 일만 한 덕분에 다른 친구들과는 소원해져 있던 상태였다. 해나와 모나는 새로운 우정에 모든 것을 쏟아부었다. 그런 반면 포피는 따뜻하고 활기찬 사람이지만, 그녀의 관심은 금세 다른 곳으로 분산되곤 한다.

모나는 포피의 아파트 문 앞에서, 갑자기 지난 세월 동안 두 사람 사이에 생긴 거리감을 느낀다. 어쩌면 이번 주말엔 호텔에서 지내는 편이 나을지도 모른다. 하지만 모나가 파리에 간다고 말했을 때 포피는 자기 집에서 지내야 한다고 고집을 부렸다. 모나는 여행 경비를 의식하고 그 제안을 받아들였다. 하지만 막상 아파트 앞에 도착하고 나니 망설여진다.

모나가 마침내 초인종을 누르자, 포피는 문을 열고 나와 활기차게 "봉쥬르."라고 인사를 건네며 양볼에 키스하고 꼭 안아 준다. 그 따뜻한 환대에 모나는 긴장이 풀어지면서 마음이 편안해지는 것을 느낀다. 모나는 앙트완을 직접 보지 못하고 사진만 봤었다. 그래서 포피가 포옹을 풀자, 호기심 어린 눈으로 앙트완을 쳐다본다. 그는 포피 조금 뒤에 서 있다. 큰 키에 아주 매력적인 외모를 가지고 있었지만, 깜짝 놀랄 정도로 수줍음이 많은 남자라는 것을 모나는 알아차린다. 앙트완은 완벽하게 다듬은 수염에, 속눈썹도 길다. 그는 모나와 눈이 마주치기 전에 재빨리 눈을 내리깔고, 양손을 주머니에 찔러 넣는다. 모나는 포옹 대신 미소를 지으며 목례를 한다. 그도 목례를 한 뒤 미소를 짓는다. 표정에 안도감이 느껴진다.

"가방은 이리 주세요." 앙트완이 모나의 가방 쪽으로 손을 내밀며 나지막한 목소리로 말한다.

아파트는 작지만 아름답다. 커다란 유리창 두 개가 있는데, 덧문이 열려 있어 거리를 내다볼 수 있다. 모나는 저도 모르게 그쪽으로 다가가 길 건너편에 있는 문이 닫힌 카페를 내려다본다. 건물 몇 개를 지나면 술집이 있고, 그 앞 보도에 사람들이 모여 담배를 피면서 웃고 있다. 모나는 조금 전에 느꼈던 긴장과 불안함이 사라지고, 갑자기 여기서 거리를 내려다보는 것만으로도 근사하다는 느낌을 받는다. 거실 창문 바로 밑에는 회색과 남색의 쿠션들이 깔린 의자들이 놓여 있다. 그 앞에 놓인 테이블에서는 앙트완이 지금 와인을 잔에 따르고 있다. 그리고 책장과 소파베드도 있다. 아파트 입구 복도 쪽에는 작은 주방이 있고, 그 끝에 욕실과 포피와 앙트완이 쓰는 침실로 통하는 문이 두 개 보인다. 거실 벽은 오래된 식물 프린트를 넣은 현대식 액자들로 장식되어 있다. 발밑에는 연한 회색 러그가 깔려 있고, 창문 쪽으로는 약간 기울어진 나무 널판이 보인다. 테이블과 선반 위에는 촛불이 놓여 있다. 어수선하지 않고 편안하고 아늑하다. 비록 지난 12년 동안 런던을 집이라고 부르며 살았지만, 모나는 그 즉시 파리에서 살게 되면 어떨지 상상이 된다.

"혹시 밤중에 자다가 내려다보면 처음엔 바닥 경사 때문에 멀미가 나는 것 같을 수도 있어." 포피가 주말 동안 모나의 침대가 될 소파베드에 앉아 앙트완이 건네주는 와인 잔을 받아 들며 말한다. 모나도 미소를 지으며 앙트완이 건네주는 와인 잔을 받는다. 그리고 세 사람은 술잔을 부딪친다.

"비앙브뉴 아 빠리(파리에 온 걸 환영해요)." 앙트완이 따뜻한 미소를 살짝 지으며 말한다.

"정말 잘 왔어!" 포피가 환한 표정으로 앙트완을 먼저 보고, 그다음 모나를 돌아본다. "이렇게 만나서 너무 좋아."

그날 밤, 앙트완이 만든 파스타로 저녁 식사를 한다. 저녁 내내 앙트완은 점점 더 부드러워진다. 그럼에도 모나는 여전히 자기가 만난 사람 중에 가장 사교적인 포피가 어쩌다 이렇게 조용한 사람을 동반자로 선택했는지 궁금하다. 두 사람은 서로를 편안하게 대했고, 덕분에 모나 역시 마음이 놓인다. 모나는 이런 환대에 깜짝 놀란다. 뿐만 아니라 앙트완과는 처음 만나는 사이이고, 포피와는 오랜만에 만나는 것인데도 불구하고 편안하다. 해나와 자하임과 함께 있을 때와 얼마나 다른지 모른다. 그땐 정말 불편했다. 모나는 와인을 한 모금 더 마시며, 그 생각을 떨쳐 버린다.

포피와 모나는 저녁 내내 대화를 나누며 따뜻하고 편안한 시간을 보낸다. 앙트완은 두 사람의 술잔을 채워 주고, 이것저것 안주를 가져다준다. 그저 이야기를 듣는 것만으로도 만족스러운 느낌이다. 포피는 지난 몇 년간 참가했던 공연에 대해 말한다. 이번 주말에는 모나를 접대하기 위해 휴가를 내는 바람에 공연을 보여 주지 못하게 됐다며 섭섭해한다.

"다음에 볼게." 모나가 다음이 있기를 바라는 마음으로 대답한다.

그들은 예전 동창들에 대한 이야기로 화제를 돌리고, 각자 아직까지 연락이 되는 친구들의 근황을 서로 알려 준다. 포피는 모나보다 훨씬 많이 알고 있다. 프랑스에 살고 있으면서도 여전히 친구들에 대한 관심이 사라지지 않은 모양이다. 대부분의 동창들이 무용을 그만두었다고 했다. 특히 포피가 알려 준 몇몇 친구들의 소식에 모나는 깜짝 놀란다. 동기 중에 가장 춤을 잘 추었던 친구 중 한 명인 라라는 지금 임신 8개월로, 다시 춤을 출 생각은 없다고 했다. 몇 명은 무용을 가르치는 일을 하지만, 대부분은 인적 자원이나, 광고, 채용 같은 완전히 다른 분야에서 일하고 있었다. 그런 이야기를 나누면서 모나와 포피는 말로 하지 않아도 두 사람 사이의 끈끈한 유대감을 느낀다. 그들은 아직도 춤을 추고 있는 소수에 속해 있다. 모나가 카페에서의 일에 대한 이야기를 할 때도, 사람들을 처음 만났을 때처럼 정당화시킬 필요가 없다. 아직까지 친구와 함께 방 한 개짜리 아파트에서 살고 있다는 것이나, 사랑하고 존중하긴 하지만, 결혼해서 정착한 친구들과는 거리가 느껴진다는 것도 설명할 필요가 없다. 포피는 다 이해하고 있다. 모나는 앞으로 있을 오디션에 대해 생각한다. 그 오디션이 마지막 기회 중 하나일 수도 있다. 앞으로 몇 년 안에 모나는 더 이상 최근에 유입된 무용 학교나 대학을 갓 졸업한 젊은 무용수들을 따라갈 수 없게 될 것이다. 그 생각을 하면 겁이 난다.

"네가 와서 너무 좋아." 마침내 포피가 자리에서 일어나며 말한다. 그녀는 모나가 소파 베드를 펴는 것을 도와준 뒤, 깨끗한 수건들을 가져다준다. 두 사람 모두 잠옷을 입고 있다. 모나는 포피의 체크무늬 잠옷을 보면서 그동안 얼마나 그녀가 그리웠는지를 깨닫는다. 이런 식으로 함께 살았던 시간이 그립다. 이제 두 사람 사이의 거리감은 이미 오래전에 사라졌다.

"내일은 진짜 파리를 보여 줄게." 포피가 잘 자라는 인사를 하기 전에 말한다.

포피의 말은 사실이었다. 그리고 모나는 이 도시에 마침내 빠져 버렸고, 완전히 사랑하게 된다. 아침에 그들은 예쁜 남색 유니폼을 입은 직원과 먹어 버리기엔 너무 예쁜 케이크(맛있어 보이기도 한다)가 있는 '빵빵'이라는 동네 빵집에 간다. 앙트완이 세 사람이 먹을 페이스트리를 산다. 평소 같으면 모나가 먹지 않을 음식임에도, 빵이 담긴 금색과 남색으로 장식된 종이 봉투에선 천국 같은 냄새가 난다. 그들은 거리를 걸어가면서 페이스트리를 먹는다. 빵 부스러기가 발밑에 떨어진다.

"식료품점에 잠깐 들러도 될까?" 포피가 말한다. 그녀는 앙트완의 팔을 잡은 채, 얼굴에 햇살을 받으며 환하게 웃고 있다. "이번 주에 우리 둘 다 늦게까지 일하는 바람에 장 볼 시간이 없었어. 우리 두 사람의 토요일 아침 전통이기도 하고."

모나도 상관없다. 두 사람이 장을 보는 건 슈퍼마켓이 아니라, 오전 내내 작은 가게들을 돌아다니는 것이기 때문이다. 그들은 제일 먼저 청과물 가게에 들른다. 직원이 포피와 앙트완의 이름을 부르며 맞아준다. 모나로선 포피가 프랑스어로 이야기하는 것이 인상적이다.

"별로 유창하진 않아." 가게를 나오며 포피가 말한다. 앙트완은 과일과 야채가 가득 담긴 캔버스 토트백을 들고 있다. "하지만 여기 살면서 확실히 늘긴 했지. 앙트완이 가르쳐 준 것도 아닌데. 그렇지?"

포피가 앙트완을 돌아보자, 그가 사랑이 가득 담긴 미소를 짓는다. 그 모습을 지켜보던 모나는 포피가 4년 전에 런던을 떠난 이유를 갑자기 알 것 같다.

그다음으로 그들은 정육점에 들르고, 그다음 가게에서 포피와 앙트완은 신중하게 자기들이 좋아하는 올리브오일을 고른다. 마지막으로 꽃집에서 앙트완은 섬세한 분홍색 꽃을 한 아름 산다. 장 본 물건들을 아파트에 가지고 돌아온 뒤, 꽃병에 꽃을 꽂는다. 그리고 세 사람은 다시 밖으로 나가 몽마르트의 미로 같은 골목들을 돌아다니면서 시간을 보낸다. 가끔 배낭을 멘 사람들로 붐비는 거리가 나오면, 포피와 앙트완은 큰 길을 벗어나 작은 골목으로 들어간다. 그러면 금세 소음이 사라진다. 마치 완전히 다른 도시로 통하는 문을 통과한 것 같다. 이 도시, 포피와 앙트완의 도시는 도시가 아닌 마을처럼 느껴진다. 그들은 에스프레소를 마시기 위해 아주 작은 커피집에 들어간다. 테이블이 세 개밖에 없다. 잘 정돈된 책장이 있고, 바리스타와 대화를 나눌 수 있는 곳이다. 앙트완이 모나를 위해 모든 대화를 통역해 준다. 오래된 건물의 옥상 정원에서 개가 짖자, 거리에 있던 작은 개는 그 소리에 놀라 주위를 살핀다. 흰색 덧문들과 창가 아래쪽에는 다양한 색상의 화단들이 보인다. 할머니 한 명이 한 손에는 바게트를, 다른 한 손은 밝은 노란색 재킷을 입은 어린아이의 손을 잡고 지나간다. 아이가 동그란 빨간색 안경을 쓰고 있어서 강아지처럼 눈이 커다랗게 보인다.

포피와 앙트완은 모나를 작은 공동묘지로 데려가, 묘비 위에서 일광욕을 하고 있는 털이 복슬복슬한 고양이를 보여 준다. 그 고양이는 마치 그곳의 무덤들을 관장하고 있는 것처럼 조용히 묘비마다 옮겨 다니고 있다. 그들은 여러 세대에 걸쳐 이곳에 자리 잡고 있는 벌통들과 작은 포도원도 보여 준다.

빽빽하게 늘어선 건물들이 떨어져 있는 지점들이 나올 때마다, 언덕 아래로 파리 전체가 내려다보인다. 그럴 때마다 모나는 그 풍광에 숨이 멎을 것 같은 느낌을 받는다. 서른 살이 될 때까지 이런 풍광을 보지 못했다는 것을 믿을 수 없다. 화창한 날이지만, 도시의 건물 옥상들 위로 안개가 깔려 있다. 모나는 돔과 첨탑, 은회색 지붕들 위로 끝없이 이어진 거미줄을 본다. 에펠탑이 보이기 시작하자 사크레 쾨르 성당을 처음 봤을 때와 같은 느낌이 든다. 모나는 자신이 어디 있는지 정확하게 알고 있다. 그리고 파리 북 역이나 런던의 리버풀 스트리트 역에 있는 군중들로부터 얼마나 멀리 떨어져 있는지를 느낀다.

그들은 그날 저녁, 아파트 근처에 있는 와인 바에서 바텐더가 추천해 준 레드 와인과 샤퀴테리(수제 햄이나 베이컨 같은 육가공품을 총칭하는 프랑스어-옮긴이)를 즐긴다. 그 작은 와인 바는 밝은 촛불과 대화로 가득 차 있다. 모나가 파리를 떠올릴 때 그려지는 바의 모습 그대로지만, 이 정도로 완벽할 줄은 미처 몰랐다. 포피와 앙트완은 마침 근처에 앉아 있던 친구를 발견한다. 그들은 모나를 위해 영어로 대화를 시도하다가 모두 웃음을 터트린다. 그 시점에서 모나는 해나를 떠올린다. 그리고 온종일 해나 생각을 한 번도 하지 않았다는 것을 깨닫는다. 해나가 집에서 잘 지내고 있는지, 전화를 해 보는 게 좋을지 고민한다. 하지만 모나는 연락을 하지 않는다. 그 대신 와인 한 잔을 더 마시며 여유를 만끽한다. 이번엔 운동복조차 가져오지 않았다. 정말 오랜만에 아무 일도 하지 않고 보내는 주말로, 몸이 근질근질할 정도로 휴식을 즐기고 있는 중이다.

모나는 파리와 사랑에 빠졌지만, 첫눈에 그렇게 된 건 아니다. 주말을 보내는 동안 점차 커진 그 감정은 오디션이 있는 월요일이 되자 더욱 강렬해진다. 사소하게 시작했던 일이 엄청난 것으로 변한 것이다. 모나가 충동적으로 그 오디션에 참가한 것은 포피와 앙트완과 함께 주말을 보낼 수 있는 좋은 핑계이자, 런던에서 벗어날 기회였기 때문이다. 그녀는 그곳에서 일어나고 있는 모든 일에서 갑자기 벗어나고 싶었다. 하지만 댄스 스튜디오 복도에서 기다리던 중에, 갑자기 파리를 떠나고 싶지 않다는 열망이 떠오른다. 모나는 빵집과 카페들이 점점이 있는 예쁜 골목과 그저 가만히 서서 쳐다보게 만드는 풍경들과 작별 인사를 하고 싶지 않다. 런던에 처음 도착했을 때도 그런 순간들이 있었다. 하지만 이제는 런던에 대해 너무 잘 알게 되어서 더 이상 아무것도 보지 않게 되었다. 12년을 보내자, 그 도시를 더 이상 의식하지 않게 되었다. 모나는 이번 주말처럼 세세한 것 하나까지도 놓치지 않고 받아들이는 이런 느낌이 그립다.

모나는 오디션 순서를 기다리면서, 해나와 해거스턴에 있는 아파트를 떠올린다. 보통 때는 오디션을 보기 전에 그런 생각을 하는 것만으로도 미소가 떠오르고, 마음이 가라앉았다. 하지만 최근 들어 뭔가 달라졌다. 해나도 알아차렸는지 모르지만 뭔가가 변했다. 더 이상 예전과 같지 않다. 심지어 예전으로 돌아가고 싶은 건지, 친구에게로 돌아가고 싶은 건지조차 알 수가 없다. 그런 생각을 하자 무서워진다. 모나는 그 생각을 떨쳐내고 대신 춤을 생각한다. 모나는 지금까지 췄던 어떤 춤보다 더 잘 출 생각이다.

여느 때와 달리 이번만큼은 모나도 첫 번째 오디션을 잘 봤다는 걸 인정하지 않을 수 없다. 그녀는 몸이 자신이 원한 대로, 아니 그 이상으로 정확하게 움직이는 것을 느낄 수 있었다. 거기에 더해 정확히 설명할 수는 없지만, 자신만의 개성을 더했다.

그럼에도 불구하고, 모나에게 있어 처음부터 춤을 추는 것이 당연한 것은 아니었다. 어릴 때부터 춤을 추는 것을 좋아했지만, 그녀는 다른 애들에 비해 항상 키가 컸고, 종종 자신이 타이즈를 신은 우아한 어린 기린처럼 느껴졌다. 싱가포르에서 첫 번째 무용 선생님을 만나지 못했다면 모나는 아마 춤을 추는 일을 포기했을 것이다. 50대인 레이크 선생님은 스텝을 가르치거나 댄스 스튜디오에 있지 않을 때도 매 순간 모든 동작이 우아한 사람이었다. 슈퍼마켓에서 물건을 집어 드는 모습(레이크 선생님은 모나와 같은 주거 단지에 살았기 때문에 종종 마주쳤다)이나, 자동차 문을 여는 모습, 얼굴에 흘러내린 머리카락을 쓸어 넘기는 모습만 봐도 무용수라는 것을 알 수 있었다. 레이크 선생님도 178센티미터 정도로 키가 컸다.

"춤추는 게 좋니?" 다른 아이들이 의자에 앉아 발레 슈즈 끈을 풀고 있을 때, 모나가 혼자 뒤에 남아 거울을 보며 연습하고 있는 것을 보고 레이크 선생님이 물었다. 그때 모나는 1학년이었다.

모나는 자신을 내려다보는 우아한 여자를 보며 고개를 끄덕였다.

"정말 좋아한다면 연습을 많이 해야 할 거야. 다른 애들보다 훨씬 더 연습을 많이 해야만 해. 공정하지 않다는 건 알아. 하지만 방법은 그것밖에 없어. 네가 무용수로 태어나지 않았다고 해서, 무용수가 될 수 없는 건 아니야. 내가 그랬듯 말이지." 레이크 선생님이 말했다.

그래서 모나는 그 말대로 했다. 대학에 가서도 모나는 동기들보다 훨씬 더 열심히 연습했다. 경쟁한다는 느낌이 아니라 따라잡기 위해서 그렇게 해야 할 것 같았다. 모나는 매일 수업 시작 전에 한 시간 이상 연습했다. 관리인도 모나가 아무도 없을 때 연습실에 와서 연습할 수 있게 복도에 있는 고리에 열쇠를 걸어 두었다. 한 번은 모나가 연습을 일찍 시작하는 것을 선생들 중 한 명인 에이미가 알게 되었다. 나이 차이도 얼마 나지 않던 에이미는 모나에게 너무 일찍 나오지 말라고 설득했다. 하지만 모나는 고집을 부렸다. 결국 두 사람은 타협을 했다. 모나는 매일 아침 7시에 나오지 않고, 에이미의 수업이 있는 날에만 7시 15분에 오기로 한 것이다.

모나는 10년 넘게 온 힘을 다해 연습을 하고 스스로를 몰아붙이다가 이제야 쉬게 되었다. 이번 일자리는 완벽하다. 바라던 일이지만, 이루어질 거라고 믿지 못했던 일이다. 특히 모나의 경력과 나이를 생각하면 더욱 그렇다. 그런데 지금 모나는 당연히 누려야 할 엄청난 행복감을 느끼지 못하고 있다. 그녀는 카운터 뒤에서 바닥에 쏟은 커피를 닦으며, 이런 상황이 달라지기를 바란다.

오후 2시

모나

엘리노어는 한꺼번에 몰려온 사무직 단체 손님들을 상대하느라 바쁘다. 계산서도 열 장 넘게 분산되어 있다. 모나는 그중에서 자신을 방해하지 않으면서 관심을 끌려는 것처럼 고개를 점잖게 세우고 있는 중년 여자들을 알아차리고, 카운터를 떠나 그 자리로 향한다.

"기다리시게 해서 죄송합니다. 계산하시겠어요?" 모나가 묻는다.

"그럴게요. 고마워요." 그들 중에서 체크무늬 셔츠와 청바지를 입은 여자가 밝은 노란색 쇼핑 봉투에서 지갑을 찾는다. 그녀가 지갑을 꺼내기 전에 남색 줄무늬 상의에 진주 목걸이를 건 여자가 그 여자의 팔을 잡고 만류한다.

"아냐, 조안. 내가 낼 거야."

첫 번째 여자가 고개를 저으며 다시 지갑을 꺼내려고 한다.

"됐어, 신시아. 내가 낼게."

"잠깐만 있어 봐." 이번엔 밝은 분홍색으로 염색한 세 번째 여자가 엄한 표정으로 말한다. "둘 다 가만히 있어. 이번엔 내가 낼 거야!"

세 여자는 서로를 쳐다보더니, 각자 지갑을 꺼내 든다.

"그럼 각각 계산해 드릴까요?" 모나가 제안한다.

“그 편이 나을지도….” 신시아가 말을 꺼냈지만, 분홍색 염색 머리의 여자가 갑자기 끼어들어 모나에게 카드를 내민다.

“어서요! 이걸로 계산해 줘요!”

그 여자가 다른 여자들을 밀쳐내자, 모나는 미소를 지으며 카드를 받아 카드 결제기에 꽂는다.

“잠깐만….” 신시아가 말한다.

“그래도…!” 조안이 말한다.

“늦었어!” 분홍색 머리 여자가 카드 결제기에 꽂힌 카드를 한 번 더 힘껏 누르는 바람에, 모나는 기계를 양손으로 꽉 잡는다.

“고마워, 바바라.”

“바바라, 이럴 필요 없었어.”

“내가 좋아서 사는 거야.” 바바라가 분홍색 머리를 쓸어 넘긴 뒤, 계산을 끝내고 돌려받은 카드를 지갑에 집어넣는다.

“이렇게 해결돼서 다행이야. 다들 난리라니까!” 바바라가 말한다.

이제 여자들은 모나를 돌아보며 미소를 짓는다.

“커피 맛있었어요. 고마워요.” 조안이 말한다. 이 자리에 커피를 가져다준 건 엘리노어였기에 모나는 할 말이 없다. 설사 그녀가 커피를 내렸다고 해도 이렇게 인사를 들을 정도로 맛이 좋았을지는 의문이다.

“주방장한테도 에그 로얄은 정말 최고였다고 전해줘요.” 신시아가 덧붙인다. “요즘은 달걀을 제대로 익히는 법도 모르는 요리사들이 많다니까. 하지만 여긴 완벽했어요. 반숙에, 터지지도 않았어요. 수란은 터지지 않아야 하잖아. 안 그래요? 그럴 바엔 차라리 완숙이 낫지.”

신시아가 그 말을 하면서 웃자, 친구들은 눈썹을 치켜올리며 서로를 쳐다본다.

“신시아가 예민한 편이긴 하지.” 바바라가 말한다.

“수란은 완전히 익혀야 한다니까.” 조안이 덧붙인다.

세 사람은 서로를 쳐다보더니, 이번엔 다 같이 웃음을 터트린다.

"이 아가씬 우리가 미친 줄 알 거야!" 조안이 너무 웃어서 고인 눈물을 닦으며 말한다.

"그럴 만도 하지." 바바라가 말한다.

기분이 안 좋은 상황임에도 모나는 저도 모르게 세 여자와 같이 웃고 있다. 그들을 보니 서로 다투고 농담하는 나이 많은 자매들이 떠오른다. 물론 그 여자들은 자매로 보기엔 전혀 닮지 않긴 했지만. 모나가 그들이 어떻게 만나게 됐는지 궁금해하는 동안, 여자들은 자리에서 일어나 어깨에 코트를 걸치고 가방을 집어 든다.

"다음 주에 봐요!" 분홍색 머리를 가진 여자가 말한다.

모나는 카페에서 나가는 여자들에게 손을 흔든다.

그 여자들이 다시 이곳을 찾을 거라는 것을 알게 되자 모나는 미소 짓는다. 그러다 바로 멈춰 선다. 어쩌면 다음 주에 그녀는 이곳에 없을지도 모른다. 그 생각을 하자 가슴이 철렁 내려앉는다. 모나의 시선은 곰 어니스트의 익숙한 유리 눈과 마주친다. 지난 세월 동안 이 카페로 돌아오고 싶지 않았던 적이 많이 있었다. 커피를 내리고, 테이블을 닦는 대신 하루 온종일 좋아하는 일만 하면서 지내고 싶었다. 하지만 모나는 실용적인 사람으로, 이렇게 커피를 내리는 일을 한 덕분에 자유롭게 춤을 출 시간이 있다는 것을 잘 알고 있었다. 그리고 이 일은 이전에 했던 다른 일들보다 훨씬 나았다. 스물한 살 때, 건축 회사의 접수원으로 일한 적이 있었다. 하지만 어느 날 밤에 회사 임원 중 한 명이 엘리베이터에서 그녀에게 억지로 키스하는 바람에 그 일을 그만뒀다. 밤늦게까지 일을 하고 엘리베이터에 탔을 때, 그 남자가 따라 타더니 모나를 밀어붙였다. 너무 순식간에 벌어진 일이라 모나는 대응할 시간이 없었다. 그녀의 손을 누르고 있는 남자의 손에서 결혼반지가 반짝거렸다. 그 남자는 회사에서 많은 젊은 직원들이 좋아하는 멘토였다. 그래서 모나는 그곳에서 오래 일할 수가 없었다. 다른 사람들이 그녀의 말을 믿지 않을 거라는 걸 알고 있었다. 결국 모나는 그 회사를 떠났다. 다른 접수원 자리를 알아보았지만 온종일 앉아 있다 보니 좀이 쑤셨다. 책상 밑에서 발만 까딱거리다보니, 팔다리는 점차 무겁고 뻣뻣해졌다. 적어도 이 카페에서는 대부분 서 있을 수 있다. 피곤할 수도 있지만 그럴 만한 가치가 있다. 몸을 움직이는 편이 기분이 좋기에, 근무 시간 동안 수도 없이 카페 안을 돌아다닌다.

모나는 여자들이 팁으로 남긴 동전을 모은 뒤, 카운터로 돌아온다. 그때 처음으로 계산대 위에 붙어 있는 노란색 메모지를 발견한다. 해나의 동그스름한 서체를 보니 갑자기 감정이 북받친다. 하지만 모나는 애써 그런 감정을 떨쳐 버리고 메모를 읽는다.

모나, 손님 중에 긴 금발 머리, 살짝 자란 수염, 초록색 후드, 커다란 배낭을 멘 젊은 남자(20대?)가 있는지 잘 좀 살펴봐 줘. 분실물 상자에 그 남자한테 줄 중요한 봉투가 있어. 사랑해. 해나가.

모나는 몸을 숙여 분실물 상자를 꺼낸다. 어제 그녀가 바닥에서 주운 장갑 한 짝을 포함해, 한가할 때마다 어디 열쇠인지 궁금하게 만드는 열쇠 뭉치들을 비롯한 여러 가지 물건들이 들어 있다. 모나는 그 안에 있는 커다란 갈색 봉투를 발견하고 집어 든다. 뭐가 들었는지 궁금하지만, 봉해져 있다. 봉투를 흔들어 본 뒤(책이 들어 있는 것 같다) 다시 상자에 집어넣는다.

앞치마 주머니에 넣어 둔 휴대폰이 진동하자 모나는 대기 중인 손님이 없는지 확인한 뒤 휴대폰을 꺼낸다.

해나한텐 말했어? 포피가 보낸 문자 메시지다.

모나는 해나와의 싸움을 떠올리며 저도 모르게 한숨을 내쉰다. "잘해 봐." 모나는 해나가 눈물로 젖은 얼굴로 카페를 뛰쳐나가기 전에 큰 소리로 했던 말이 귓가에 선하다.

말했어. 하지만 받아들이기 힘든가 봐. 모나는 답신을 보낸다.

자세히 설명할 기분이 아니다.

금방 괜찮아질 거야. 너희들은 항상 그랬잖아. 포피는 문자 메시지 끝에 행운을 뜻하는 교차시킨 손가락 모양의 이모티콘을 보낸다. 모나는 포피와 해나, 다른 동거인들이 살고 있던 바운즈 그린의 집에 들어갔을 때를 떠올린다. 해나와 모나가 순식간에 단짝으로 친해졌을 때, 포피가 언짢아하진 않았을지 궁금하다. 처음엔 포피에게도 저녁 식사나 영화관에 같이 가자고 초대했지만, 얼마 지나지 않아 해나와 모나, 두 사람만 어울리기 시작했다. 그들은 서로의 방에서 함께 시간을 보내며, 오디션이나 미래에 대한 조언이나 격려는 물론 끝없이 대화를 나누었다. 그때 포피는 소외감을 느꼈을까? 만일 그랬다고 해도 포피는 절대 티를 내지 않았다. 갑자기 모나는 파리에서 포피가 자기 집에 묵게 해 준 것이 한층 더 고맙게 느껴진다. 그 도시에 적어도 친구가 한 명은 있다는 것과 잠을 잘 수 있는 소파가 있다는 사실이 그쪽으로 터전을 옮기는 것을 한층 더 수월하게 해 준다.

잘 모르겠어. 이번엔 좀 크게 싸워서. 모나가 답신을 보낸다.

정말 괜찮아질까? 아니, 화해를 정말 하고 싶은가? 모나는 확신이 없다. 해나가 한 말들과 모나가 되받아친 말들이 머릿속을 계속 맴돌고 있다.

화면에 점들이 떠 있는 것을 보니, 포피가 문자를 작성하고 있는 중이다. 하지만 그 점들은 이내 사라진다. 아마 포피도 무슨 말을 해야 할지 알 수 없는 모양이다. 놀랄 일도 아니다. 모나도 어떻게 해야 할지 알 수 없긴 마찬가지다.

모나는 휴대폰을 앞치마 주머니에 넣고, 다시 한 번 메모지에 적힌 내용을 보면서 그 남자가 나타나면 바로 알아볼 수 있게 인상착의를 머릿속에 집어넣는다. 카페를 대충 둘러보며 초록색 옷을 찾아보지만, 보이지 않는다. 그 대신 창가 옆에 앉아 있는 여자에게 시선이 멈춘다. 약혼반지를 끼고 있던 여자는 멍하니 스크랩북을 넘기고 있다. 얼핏 스크랩북에 있는 꽃과 케이크, 장식용 깃발이 보인다.

모나는 어니스트의 그림자 밑에 서서 액자들을 둘러본다. 마치 집에 걸어놓은 것처럼 잘 알고 있는 사진들이다. 주방에서는 알렉산더가 나지막이 폴란드어로 혼잣말을 하는 소리가 들린다. 이제는 위안이 될 정도로 익숙한 버릇이다. 그 소리가 너무나도 잘 아는 카페의 다른 소음과 섞인다. 팬이 지글거리는 소리, 손님의 웃음소리, 〈조찬 클럽〉 사운드트랙 다음으로 스피커에서 흘러나오는 '위 아 낫 얼론(We are not alone)'.

모나는 그 노래를 듣는 동안 가슴이 아프다. 혼자라는 것이 어떤 느낌인지 너무 잘 알기 때문이다. 심지어 가장 친한 친구가 옆에 있을 때 느끼는 외로움. 지난 1년 동안 모나는 그런 외로움이 가장 고통스럽다는 것을 알게 되었다.

모나도 정말 자하임을 좋아하고 싶었다. 적어도 그렇게 생각한다.

해나와 자하임이 사귀기 시작했을 때, 모나는 그 데이트에 대한 이야기를 즐겁게 들었고, 해나가 자하임의 문자 메시지에 답신을 보낼 때 조언을 해 준다("바로 답장 보내지 마. 너무 좋아하는 티 나지 않게."). 두 사람은 서로 집착이 심하다고 웃지만, 어쨌든 그렇게 한다. 모나는 해나가 자하임과 키스했을 때의 이야기를 들으면서 좀 더 자세히 설명하라고 재촉한다. 그녀는 모든 것을 다 알고 싶다. 하지만 순식간에 뭔가 달라진다. 자하임이 두 사람의 아파트에 나타나는 횟수가 늘어나기 시작하면서, 커다란 남자 구두가 현관 앞 매트에 단정히 놓여 있으면 모나는 자하임이 왔음을 알게 되고, 해나의 방문이 닫혀 있을 경우에는 곧장 들어가지 않게 된다. 그가 돌아가고 난 뒤에도, 해나의 방문이 닫혀 있는 경우가 많아진다. 해나는 모나와 함께 있는 시간에 점점 집중하지 못하고, 모나의 이야기를 귀담아 듣지 않게 된다.

해나는 자신의 일이나 이제껏 함께 의논해 왔던 일들에 대한 이야기를 하지 않게 되고, 대신 자하임에 대해서나 자하임과 함께할 계획들에 대한 이야기를 늘어놓기 시작한다. 모나는 그런 변화에 깜짝 놀란다. 그녀는 언제나 해나를 독립적이고 자립적인 사람이라고 생각하고 있었다. 더군다나 해나는 샘과의 과거에 대해 털어놓았었다. 그런 경험을 한 뒤에도 해나에게 경계심이 전혀 없다는 사실이 놀라울 뿐이다. 하지만 자하임과 함께 있을 때 해나는 경계심을 가지기는커녕, 그 남자에게 모든 것을 내어 주었다. 어쩌면 모나가 불편했던 건 그런 힘의 불균형일 수도 있다. 비록 자하임은 해나와 있을 때 자상하고 다정하지만, 모나가 보기엔 그가 해나를 필요로 하는 것보다 해나가 그를 더 필요로 하는 것 같다. 모나는 친구가 염려되지만, 아무 말도 할 수 없는 곳으로 가고 있는 것 같다는 느낌을 받는다. 그렇게 하지 못한 말들이 그들 사이에 틈을 만들고, 결국엔 두 사람을 서서히 멀어지게 만든다.

해나와 자하임이 사귄 지 두 달이 지난 어느 날 저녁, 모나는 연습 중이던 공연에 해나를 초대한다. 그런데 해나의 옆에 자하임도 같이 앉아 있다. 공연이 끝나고 세 사람은 함께 근처 술집으로 향한다. 모나는 맞은편 자리에 함께 앉아 있는 해나와 자하임을 보면서, 자기가 자하임도 초대했었는지 기억을 떠올려 본다. 기억이 나진 않지만 그랬을 것이다. 당연히 자하임도 초대했을 것이다. 초대도 하지 않았는데 그냥 오진 않았을 것이다. 제일 먼저 해나를 초대해야겠다는 생각은 했지만(해나만 있으면 관객이 없어도 상관없다), 아직 자하임까지 같이 있는 것엔 익숙하지 않다. 모나는 해나와 단둘이 있는 것이 익숙했다.

그날 밤, 해나와 모나만 남게 되자(자하임은 다음 날 일찍 출근해야 한다고 회사에서 가까운 자기 아파트로 돌아갔다), 모나는 차를 끓여 해나의 방 침대에 기대앉아 함께 마신다. 두 사람 다 잠옷을 입고 있다. 모나는 무대용 화장을 지우고, 이마 위로 흘러내리는 앞머리는 머리띠로 밀어올린 채 느슨하게 머리를 묶고 있다. 옆에 앉은 해나는 손목에 찬 팔찌를 만지작거리고 있다.

"자하임도 같이 가서 기분 상한 건 아니지?" 조금 뒤 해나가 말한다.

모나는 재빨리 해나를 돌아본다. 그 말은 그녀가 자하임을 초대한 게 아니란 뜻이다. 속으로 제대로 기억하지 못한 자신을 욕한다. 그런 건 기억하려고 노력할 일이 아니다.

"물론이야." 모나가 애써 밝은 목소리로 대답한다. "자하임이야 언제든 환영이지."

해나는 찻잔을 쳐다본다.

"그래? 그냥 난 가끔 네가 자하임을 좋아하지 않는 것 같은 느낌이 들어서."

모나는 심장이 덜컥 내려앉는 느낌이다. 자신의 감정을 잘 숨기고 있다고 생각했다. 자하임이 집에 찾아올 때마다 언제나 대화를 나누기 위해 노력했고, 안부를 챙겼다. 하지만 가끔은 여전히 그의 존재가 익숙하지 않다는 것을 잊을 때가 있다. 자하임의 신발이 현관에 놓여 있는 것이나, 해나의 방문이 닫혀 있는 것, 함께 이야기를 나누고 있는 중에도 해나가 휴대폰을 들여다보는 것에 익숙해지지 않는다. 이제 해나는 몸이 여기 있어도, 마음은 늘 자하임 옆에 가 있다. 사실 이야기를 하는 것이나 미소를 짓는 모습이나, 잘생긴 외모까지 자하임에게 나쁜 점은 없다. 하지만 모나는 어쩐지 그가 불편하다. 해나는 순식간에 자하임에게 집착하게 되었고, 자하임은 그런 헌신이 좋은 듯, 그걸 즐기는 것처럼 보인다.

"나도 자하임이 좋아!" 모나는 재빨리 말하지만 어쩐지 변명하는 것처럼 들린다.

"항상 그런 것처럼 보이진 않았어." 해나가 한 손에 찻잔을 들고, 다른 한 손으로는 머리카락을 잡고 뱅글뱅글 돌리며 말한다. 그건 해나가 긴장했을 때 나오는 습관이다.

"그렇게 느꼈으면 미안해." 모나는 애써 차분한 목소리로 말한다. "나도 그 사람 좋아해. 그리고 네가 행복하면 나도 좋아."

잠시 침묵이 흐른다.

나이가 스물아홉 살이나 돼서 인정하고 싶진 않지만, 모나는 지금 질투하고 있다. 하지만 전혀 예상치 못했고, 통제할 수 없는 감정이다. 자하임과 사귀는 것(해나와 모나는 공통점이 많지만, 다행히도 남자 보는 취향은 다르다) 때문이 아니라, 해나가 모나와 함께했던 시간들을 자하임과 보내는 것을 질투하는 것이다. 해나는 일주일에 이틀이나 사흘 밤을 자하임과 보낸다. 그럴 때면 모나는 아파트에 혼자 남는다. 처음에는 자유를 즐겼다. 그럴 때마다 속옷만 입고 돌아다니기도 하고, 문을 활짝 열어 놓고 목욕을 하기도 했다. 욕실 문 앞에 의자를 놓고 그 위에 노트북을 올린 뒤, 좋아하는 독일 드라마를 보면서 물이 차갑게 식을 때까지 목욕을 하는 것이다. 하지만 얼마 지나지 않아 해나가 없으니 그 작은 아파트가 너무 크게 느껴졌다. 모나도 두 사람 중 누구한테든 남자 친구가 생기는 날이 올 거라는 사실을 알고 있었다. 이미 많은 친구들이 결혼을 한 상태였다. 하지만 모나는 그들만의 상황을 즐겼다. 해나와 함께 독신으로 지내면서, 함께 꿈을 쫓아가면서 실패를 나누고, 격려를 하며 살아가는 것이 좋았다. 이제까지 집은 두 사람의 원동력이었지만 지금은 많은 것들이 변했다.

"응, 나 행복해." 해나가 차를 다 마신 뒤, 팔을 쭉 뻗어 컵을 바닥에 내려놓으며 말한다. "이렇게 행복했던 적이 없었어."

모나는 움찔한다. 그렇다면 해나의 스물여덟 살 생일 때 했던 깜짝 파티는? 아파트에 불을 끄고 친구들이 숨어 있다가 해나가 들어오자 불을 켰다. 그때 그 자리에 있던 사람들은 모두 모나가 준비한 대로 해나의 얼굴을 인쇄한 가면을 쓰고 있었다. 친구들이 해나의 얼굴을 하고 무지개 색으로 옷을 차려입은 것이다. 해나의 공연이 끝난 뒤 늦은 시간에 술집 직원들과 함께 문을 걸어 잠그고 이른 새벽까지 어울린 적도 있었다. 즉석 노래방을 열고, 모나는 해나의 기분 좋은 환호성에 맞춰 탭댄스를 추었다. 어느 여름

날엔 두 사람이 함께 휴가를 내고 햄스테드 히스로 여행을 갔고, 그곳 나무 아래 켄우드 레이디스 폰드 수영장에서 수영을 하고, 풀밭 위에서 상의를 벗고 일광욕을 하고 잡지를 읽는 여자들 사이에 누워 있었던 적도 있었다. 물방울이 튀는 소리와 나지막한 말소리 속에 스르륵 잠이 들면서 인생에서 이보다 더 좋은 건 없을 것 같다고 잠꼬대를 하듯 말했다.

물론 그런 것들과 다르다는 건 모나도 알고 있다. 사랑은 이 세상 어느 것과도 다르다. 하지만 새로운 행복 앞에 두 사람이 함께 나눈 '이전'의 추억들이 빛이 바래는 것이 모나로선 사무치게 가슴이 아프다.

"너만 행복하면 나도 좋아." 모나가 말한다.

"그래." 해나가 말한다.

그들은 잘 자라는 인사를 하고, 모나는 해나의 방을 나간다. 해나가 침대에 올라가자 나는 삐걱거리는 소리를 들으면서 방문을 닫는다.

해나와 자하임의 관계가 깊어지면 깊어질수록 모나는 친구와 멀어지는 느낌을 받았다. 여러 번 그런 이야기를 꺼내 보려고 했지만, 그런 감정을 말로 표현하기엔 너무 옹졸하고 쑥스러운 느낌이다. 더군다나 자하임에게 푹 빠져 있는 해나는 모나가 무슨 말을 해도 듣지 않을 것이다. 모나는 해나가 늦게 들어오는 것에 익숙해졌고, 자신도 점차 저녁 식사 시간에 늦게 가기 시작했다. 해나가 제시간에 나타나지 않을 거라는 걸 알고 있었기 때문이다. 그러던 어느 날, 두 사람은 모처럼 아파트 근처에 있는 레스토랑에서 함께 저녁 식사를 하기로 했다. 그런데 해나는 그저 자하임과 있다 보니 시간 가는 줄 몰랐다는 말을 하며 한 시간 늦게 나타났다. 모나에게 사과를 하고 저녁 식사를 샀지만, 해나는 그런 일이 다시 없을 거라는 약속을 하지 않았다. 모나는 그뿐만 아니라 자하임을 만난 뒤로, 해나가 매일 빠짐없이 하

던 기타와 노래 연습을 하는 시간이 줄었다는 것을 알아차렸다. 해나에게 음악이 얼마나 큰 의미인지 알고 있기에 모나는 그것도 걱정이었다. 정말 음악을 하지 않아도 해나가 행복할까? 자하임과의 만남으로 인한 해나의 들뜬 감정이 영원하지도 않을 것이고, 지금의 행복도 건전한 것처럼 보이진 않았다. 일에 대한 열정이나 추진력과 같은 해나 자신의 일부분을 변화시키고 억누르고 있기 때문이다.

그 몇 달 동안에도 두 사람 사이에 예전 같은 느낌이 드는 순간들이 없었던 건 아니다. 해나와 모나가 함께 즐겼던 새해 전야 파티도 그랬다. 두 사람은 예전 동거인들과 친구들을 초대했다. 아파트 안은 밝고 따뜻한 웃음소리와 에너지로 가득 찼다. 자하임도 그 자리에 참석했지만, 친구의 생일 파티에 가야 한다며 일찍 자리를 떴다. 해나는 같이 가고 싶어 했지만 너무 취한 상태라, 자하임은 그녀에게 그대로 아파트에 있으라고 말했다. 자하임이 떠나자 해나는 잠시 시무룩했지만, 결국 그를 잊고 음악과 분위기에 취해 파티를 즐겼다. 해나와 모나는 오랜 친구들과 함께 춤을 췄고, 함께 웃고 즐겼다. 새해가 되자 환호성을 지르며 서로를 꼭 끌어안았다. 그 순간만큼은 다시 예전으로 돌아간 것 같았다. 하지만 다음 날 모든 것이 변했다.

모나는 해나의 침대에서 잠을 깼다. 전날 밤, 너무 취해서 자기 방으로 돌아갈 힘이 없었다. 그때 휴대폰이 울리고, 해나는 전화를 받기 위해 침대에서 일어났다. 자하임의 전화인 줄 알았는데 아니었다. 해나의 어머니 전화였고, 할머니가 돌아가셨다는 소식이었다. 해나는 전화를 끊자마자 눈물을 쏟았다. 모나는 바로 해나를 끌어안고 위로했다. 숙취로 머리가 지끈거리고 속이 메슥거렸지만, 해나를 꼭 끌어안아 주었다. 그리고 차를 끓이고 아침 식사로 베이컨 샌드위치를 만들었다. 모나는 해나가 반쯤 흐느끼면서 할머니에 대해 이야기하는 것을 가만히 들어주었다. 그리고 침대에서 이불을 덮어쓰고 함께 디즈니 영화를 보았다.

오후가 되자, 모나는 해나를 방에 놔둔 채 주방으로 나와 스텔라에게 전화를 걸어 상황을 설명했다. 모나는 해나가 일에 대한 걱정이라도 하지 않게 해 주고 싶었다. 스텔라는 해나가 필요한 만큼 쉬어도 좋다고 했다.

"자기도 장례식에 참석하고 싶겠지?" 스텔라가 물었다. 모나는 생각해 보지도 않고 바로 대답했다.

"그럼 그렇게 해." 스텔라는 장례식 날짜가 정해지는 대로 모나에게도 휴가를 주겠다고 했다.

모나는 방으로 돌아갔다. 해나는 발코니에 나가 전화를 받고 있었다. 유리문 때문에 통화 소리가 들리지 않았다. 그래서 모나는 침대에 앉아 기다렸다. 통화가 끝나자, 해나는 차가운 공기를 몰고 방으로 돌아왔다.

"자하임이랑 통화했어." 해나가 말했다. '이제야 말이지.' 모나는 그렇게 말하고 싶었지만, 아무 말도 하지 않았다. 자하임은 해나의 문자나 전화에 응답하지 않았고, 해나는 온종일 전화기만 붙잡고 있었다. 모나는 그 모습을 보면서 해나에게서 휴대폰을 빼앗아 버리고 싶은 심정이었다. 그 대신 해나에게 자하임이 왜 이렇게 연락이 늦었는지 물은 뒤, 스텔라와 했던 통화에 대해 말했다. 하지만 자기도 장례식에 가겠다는 말은 너무 성급했던 것 같다. 해나는 모나가 참석하길 바라지 않았기 때문이다. 그 대신 해나는 자하임이 와 주기를 바랐다. 사실 놀랄 일도 아니다. 하지만 그때까지 두 사람은 서로의 버팀목이었다. 그래서 모나는 해나와 같이 슬퍼했고, 조금이라도 도움이 되기 위해 장례식에 참석하고 싶었다. 해나가 더 이상 자신을 원하지도, 필요로 하지도 않는 상황에선 도움을 줄 방법이 없다. 모나는 파티에서 느꼈던 감정이 순식간에 사라지는 것을 느꼈다. 해나는 모나에게 다시 돌아오지 않았다. 실제로 떨어져 있었던 건 아니지만.

지금 카페에서 모나는 그때 일을 떠올리며 살짝 몸서리를 친다. 자하임과 해나가 사귀던 시간 내내, 해나는 모나와의 사이가 멀어졌다는 것도 몰랐을 것이다. 3주 전 자하임과 해나가 헤어진 뒤, 모나는 앞으로는 달라질 것인지 궁금했다. 해나가 그동안의 자신의 행동과 두 사람의 우정에 가했던 압력을 깨닫고 모나에게 사과를 할 것인지. 하지만 해나는 그 모든 감정들을 숨기고, 아무 일도 없었던 척하면서 덮어 버리려고 했다. 사실 모나가 그 입장이었어도 어떻게 해야 할지 몰랐을 것이다. 하지만 모나는 더 이상 견딜 수 없다는 것을 깨닫는다. 지난 1년간 받은 상처가 남아 있고, 조금 전 다툼으로 상황은 더 나빠졌다.

카페 안을 떠도는 사람들의 말소리가 모나 주위로 눈처럼 떨어진다. 그녀는 손님들과 분리된 채, 공유를 허락한 적이 없는 그들의 말과 표정, 결코 완전히 이해할 수 없을 인생을 아무도 모르게 지켜본다. 반대로 모나의 내면에서 일어나고 있는 혼란에 대해 손님들도 거의 모른다는 것을 생각한다.

머지않아 더 이상 이곳에서 일하지 않을 거라는 생각이 번쩍 든다. 저급한 음악들과 카페의 모든 것들은 모나가 없더라도, 애초에 그녀가 존재하지 않았던 것처럼 그대로 있을 것이다. 갑자기 찌를 듯한 고통이 느껴지면서, 해나도 똑같이 살아갈 것인지 궁금해진다.

소냐

얼굴에 살이 얼마나 붙을지 상상하며 소냐는 밀크셰이크를 한 모금 더 마신다. 살이 찌면 찌는 거지. 소냐는 마시면서 생각한다. 바에 있는 커피 머신이 쉭쉭거리는 가운데, 갑작스럽게 익숙한 벨소리가 시끄럽게 울린다. 소냐는 자세를 고쳐 앉으며 벨소리를 낮춘다. 그리고 뭐라고 해야 할지 고민한다. 순간 쉭쉭거리는 소리와 알아들을 수 없는 다른 사람들의 말소리가 희미하게 들리면서 내면의 무언가를 촉발시킨다. 기계 소리가 멈추고, 밴 모리슨의 '내가 최근에 말했던가(Have I told you lately)'가 들린다.

소냐는 즉시 엄마와 아빠를 떠올린다. 부모님이 제일 좋아하는 노래다. 심지어 아빠는 거친 손을 가진 건축가였음에도, 마음만큼은 부드러워 이 노래를 들을 때마다 흥얼거리고, 눈이 촉촉하게 젖어들곤 한다. 소냐는 어릴 때 잠이 오지 않아 아래층으로 내려갔을 때, 부모님이 이 노래를 틀어놓고 거실에서 춤을 추는 모습을 본 적이 있다. 엄마가 아빠 가슴에 고개를 기댄 채 두 사람은 서로를 꼭 끌어안고 있었다. 아빠는 팔로 엄마의 허리를, 엄마는 아빠의 어깨에 양팔을 두르고 있었다. 소냐는 그 모습을 지켜보며, 이제 곧 부모님이 문가에 서 있는 자신을 발견하고 왜 늦게까지 잠을 자지 않는지, 괜찮은지 물어볼 거라고 생각했다. 그리고 소냐에게 뜨거운 우유를 줄 것이고 침대로 데려다줄 것이다. 하지만 그러지 않았다. 엄마와 아빠는 소냐가 있는 것을 알아차리지 못했다.

그녀는 그 노래에 맞춰 춤을 추던 부모님을 지켜보다가 갑자기 어떤 생각이 떠올랐다. 두 사람은 소냐가 태어나기 전부터 이 세상에 존재했다. 자기가 없던 순간에도 그렇게 행복했을 것이다. 그 생각을 하자 너무 겁이 난 소냐는 조용히 2층으로 다시 올라가, 침대로 돌아갔다. 하지만 나이를 먹으면서 친구들로부터 부모님의 이혼에 대한 이야기를 들을 때마다 소냐는 그 장면을 떠올리는 것이 좋았다. 그렇게 부모님이 서로를 사랑하는 모습을 보면서 자란 것이 얼마나 행운인지 알 수 있었다.

소냐와 티무르가 부모님께 약혼했다고 말했을 때, 엄마 아빠 모두 기뻐하셨다. 아빠는 곧장 일어나 샴페인을 사러 나갔다. 티무르는 아빠를 따라 나서면서 운전을 자신이 하겠다고 제안했다(아빠는 손을 떨고 있었다).

두 사람이 나가자, 엄마는 소냐 옆에 앉아 딸의 손을 잡고 자신의 무릎 위에 올려놓았다.

"내가 결혼으로 누렸던 모든 것을 너도 누렸으면 좋겠다. 다정한 남자를 골랐더구나. 우리 둘 다 다정한 남자를 만났으니 정말 행운이야. 항상 서로를 다정하게 대한다는 마음만 잊지 않으면 모든 게 다 잘될 거야. 중요한 건 그것밖에 없어. 네가 너무 자랑스럽다."

그리고 엄마는 소냐를 꼭 끌어안아 주었다. 소냐는 갑자기 규칙이 오직 다정함뿐인 클럽에 가입한 것 같은 느낌이 들었다. 중요한 건 그것밖에 없었다.

소냐는 테이블에 고인 물을 보고 자기가 울고 있다는 것을 깨닫는다. 눈 화장이 뺨을 타고 내려오는 것이 느껴지지만, 그녀는 미소 짓고 있다. 소냐는 살짝 웃는다. 다른 테이블에 있는 사람들이 그녀를 이상하게 보고 있을 것이다.

얼굴을 닦은 뒤, 소냐는 휴대폰을 들고 번호를 누른다. 상대방이 전화를 받자 소냐는 재빨리, 그리고 당당하게 말한다. 그녀는 마음을 정했다.

"엄마, 온실에 몇 명까지 들어갈 수 있을 것 같아요? 장화 80켤레 구할 데 있을까?"

모나

"비가 멎은 것 같네요." 카드 영수증이 나오기를 기다리는 동안, 모나는 스크랩북을 든 여자에게 말을 건넨다. 창밖으로 짙은 먹구름을 뚫고 건물들 위로 햇살이 비치는 것을 가리킨다. 이상한 날이다. 비가 오고, 구름이 꼈다가, 해가 나는 것이 날씨를 종잡을 수 없다. 격변하는 하늘이 마치 모나의 기분 같다.

"아, 그래도 비가 또 올 것 같아요." 여자가 빈 밀크셰이크 잔을 들며 말한다. 그렇지만 그 말을 하면서도 여자는 미소 짓고 있다. 모나는 여자가 카페에 처음 들어올 때보다 기분이 많이 좋아졌다는 것을 알아차린다.

"이번 주말에 결혼해요." 모나가 카드와 영수증을 건네주자 여자가 덧붙여 말한다. 그녀는 모나를 쳐다보며 미소 짓고 있다.

"어머, 축하드려요. 날씨가 좋아져야 할 텐데요!" 모나가 말한다.

여자는 고개를 저으며 자리에서 일어나 코트를 팔에 걸친다.

"아마 그럴 것 같진 않아요. 하지만 날씨가 중요한 건 아니잖아요?"

여자의 침착한 모습에 모나는 깜짝 놀란다. 친구들이 결혼식 준비를 하다가 미칠 뻔한 걸 본 적이 많다. 아무래도 완벽한 날을 만들기 위한 압박에 시달리기 때문이다. 그래서 나중에 결혼식 사진을 보면 술에 취해 웃고 있는 하객들을 배경으로 초췌하고 긴장한 모습인 경우가 많다.

"그렇죠. 정말 그래요. 어쨌든 행복한 하루가 되길 빌어요." 모나가 대답한다.

여자는 가벼운 걸음으로 카페를 나선 뒤, 우산을 옆으로 살짝 돌리면서 리버풀 스트리트를 지나, 군중 속으로 사라진다. 모나는 타인의 행복에 따뜻해진 마음으로 잠시나마 다른 모든 것을 잊고 미소를 짓는다.

오후 3시

모나

분주한 점심시간이 끝나자 카페는 조용해진다. 카페 곳곳에 프리랜서로 보이는 사람들 몇 명만이 혼자 앉아 반짝거리는 맥북을 앞에 놓고, 커피를 천천히 마시고 있다.

"와이파이 비밀번호가 뭐예요?" 검은 테 안경을 쓰고, 검은 머리를 뒤로 넘긴 30대 남자가 물어본다. 흰색 티셔츠 위에 겨자색 코듀로이 셔츠를 받쳐 입고 있다. 모나는 남자에게 작은 상자에 담겨 있는 메뉴판을 가리킨다. 그 뒷면에 비밀번호가 인쇄되어 있다. 타닥타닥 키보드를 두드리는 소리가 음악 소리와 커피 머신 소리 사이로 들린다. 카페의 배경음악이다.

그들 외에 다른 손님들은 없다. 모나는 바깥을 흘깃 쳐다본다. 사람들이 모두 사무실로 돌아간 탓에 거리도 조용하다.

엘리노어가 테이블 정리를 끝내고 모나가 있는 카운터로 들어온다. 모나가 근무를 시작한 뒤로 다른 직원과 제대로 이야기를 나누는 건 지금이 처음이다. 아침에 해나와 싸운 것도 부끄럽고, 이 상황에 대해 나이가 어린 직원에게 뭐라고 해야 할지도 모르겠다. 그래서인지 모나는 갑자기 어색한 기분이 든다. 엘리노어와는 함께 일을 하지만 서로에 대해 잘 모른다. 평소에는 너무 바빠서 제대로 대화를 나누지 못한다. 하지만 엘리노어는 모나를 보며 미소 짓고 있다.

“무용단 일은 정말 잘됐어요.” 엘리노어가 행주를 짜며 말한다.

“고마워. 이런 식으로 알릴 생각은 아니었는데. 하지만 해나의 반응을 봤지?”

모나는 자신의 말이 방어하는 것처럼 들린다는 것을 깨닫는다. 하지만 어떻게 할 수가 없다. 그녀가 느끼고 있는 당혹스러움을 엘리노어에게 알리고 싶지 않다.

“좋은 기회인 것 같아요. 나도 늘 파리에서 살고 싶었어요.” 엘리노어가 말을 잇는다.

“아직도 실감이 나지 않아.” 모나는 약간 누그러진 말투로 대답한다. “너무 갑작스러운 일이라서. 오늘 아침에야 알게 됐거든. 아직 가족들한테도 알리지 못했어….”

모나는 말끝을 흐린다. 이 소식을 전하면 부모님이 뭐라고 할지 궁금하다. 마지막으로 통화한 지 몇 주, 어쩌면 한 달 정도 됐을 것이다. 모나는 그때가 언젠지 기억나지 않는다.

엘리노어가 시계를 본 뒤, 모나를 쳐다본다.

“조금 있으면 소피아가 교대하러 올 거예요. 소피아가 오기 전에 잠깐 들어가서 가족들한테 연락하는 게 어때요?”

모나는 깜짝 놀라 눈만 깜박거린다. 엘리노어의 제안에 감동한다.

“그래도 괜찮겠어?” 엘리노어 혼자 카페를 볼 수 있을지 걱정하면서 모나가 묻는다.

“그럼요. 지금은 조용하잖아요. 혼자 감당할 수 있어요.” 엘리노어가 대답한다.

모나는 고개를 끄덕인 뒤 감사 인사를 한다. 그런 뒤 창고로 들어가, 통화 소리가 카페에 들리지 않게 문을 닫는다. 이 작고 어지러운 공간이 모나에겐 항상 스트레스였다. 상자들이 아무렇게나 사방에 쌓여 있다. 스텔라가 정리를 하거나, 아니면 정리하라는 지시라도 내려주길 바랐다. 모나가 여러 번 제안했지만, 스텔라는 항상 신경 쓰지 말라고 한다. 하지만 그 상자들이 위에서 떨어질 것 같은 느낌에 모나는 항상 불안하다. 창고 한복판에 있는 의자에 앉아 바닥에 떨어진 휴지를 옆으로 걷어차고, 옆에 있는 상자들을 밀어내 숨을 쉴 공간을 만든다. 그런 뒤 모나는 휴대폰을 꺼내 부모님께 전화를 건다.

엄마는 전화를 받지 않아서 전화해 달라는 메시지를 남긴다. 아버지는 신호음이 한참 울린 뒤 전화를 받는다.

"모나. 잘 지냈니?" 아버지의 목소리 뒤로 자판을 두드리는 소리가 들린다.

계속 자판 두드리는 소리가 들리자, 모나는 부에노스아이레스 아파트에 있는 아버지 사무실을 그려 본다. 아버지는 지금 휴대폰을 테이블 위에 올려놓고 스피커폰으로 받고 있거나, 전화기를 귀에 낀 채 동료들에게 보낼 메일을 쓰고 있을 것이다. 창문을 통해 들어온 아침 햇살이 벽에 걸려 있는 마티아스와 의붓어머니 카밀라의 사진이 들어 있는 액자 유리에 비치는 것이 모나의 눈에 선하다.

"잘 지내요." 모나는 차분한 목소리로 대답한다. 그녀는 발을 쭉 뻗어 상자 한 개를 밀어낸다.

"전할 말이 있어요." 모나가 말한다.

"고마워." 아버지가 대답한다.

"뭐가요?" 모나가 이마를 찌푸리며 묻는다.

"너한테 한 말이 아니다." 계속해서 자판 두드리는 소리와 함께 아버지가 말한다. "카밀라한테 한 말이야. 지금 차를 가져다줬거든. 오늘은 집에서 일하고 있어. 아주 큰일을 앞에 두고 있거든. 잠재적인 새 고객들을 잡았단다. 카밀라의 사업 판도를 바꿀 만한 일이지."

"잘됐네요. 제가 행운을 빈다고 전해 주세요. 그리고 아버지, 할 말이 있는데….”

모나는 자판 두드리는 소리와 아버지가 자기 이야기에 귀 기울이고 있지 않다는 느낌을 애써 무시한다.

“마티아스가 1군 테스트를 받았다는 말 했던가?” 아버지가 말을 가로챈다. “이 지역 주니어 스카우트가 있었거든. 코치는 마티아스한테 재능이 있다고 생각해. 아주 어릴 때부터 공을 잘 다뤘다고 했잖니. 막 걷기 시작했을 때부터….”

“잘됐네요. 아빠.” 모나는 숨을 깊이 들이마시며 다시 말을 꺼낸다. 이런 일에 신경 쓸 것 없다는 건 알지만, 아버지는 한 번도 자신한테 무용수로서 재능이 있다는 말을 해 준 적이 없다. 아버지의 무심함이 마음 깊은 곳의 아픔을 건드린다. 이런 점이 아버지와 한 달 동안 통화를 하지 않았던 이유이기도 하다. 대화가 항상 이런 식이다 보니, 모나는 주먹을 쥐었다 풀었다 하면서 쓸데없이 화만 내게 되기 때문이다.

모나는 말을 계속한다. “이번에 파리에 있는 무용단 오디션을 봤어요. 정말 멋진 기회예요. 무용단 쪽에서 일자리를 제안받았거든요. 그래서 2주 안에 파리로 옮길 거예요. 카밀라가 파리에 와 본 적 없는 걸 알아요. 그러니까 혹시 파리에 오고 싶으면… 물론 처음엔 친구들과 같이 지낼 거지만, 조만간 작은 방이나 아파트로 옮길 거예요. 그래도 구경은 시켜 드릴 수 있으니까….”

모나는 머뭇거리는 자신의 목소리에 수치심을 느끼며 말끝을 흐린다. 이건 모나답지 않다. 그녀는 자신의 말이 머릿속에서 울리는 것을 들으면서 생각한다. 모나는 침착하고 차분하며 자립적이다. 열여덟 살 이후로 서른 살인 지금까지 독립적으로 살아왔고, 이제 막 꿈의 직장을 얻었다. 그렇지만 여전히 무용수가 되겠다고 결심하고 발레복을 입고, 필사적으로 부모님의 허락을 구하는 멀쑥한 열한 살짜리 애이기도 하다. 그녀가 성적을 잘 받고 상을 받으면 부모님이 자랑스럽게 여기고, 두 사람이 싸움을 그만둘지도 모른다는 헛된 희망으로 더 열심히 춤을 추고 더 오래 연습을 했다. 모나가 부모님의 자랑이 된다면, 두 분도 그녀를 사랑하고 서로를 사랑했던 순간을 기억할지도 모른다.

그때를 떠올리자 모나는 목이 멘다. 이젠 모든 것이 변했다. 그녀는 이제 어른이다. 그렇지만 여전히 전화선 너머의 짧은 침묵에 귀를 기울이며, 들을 수 없을 거라고 생각하지만 그럼에도 여전히 기대하고 있는 그 말을 기다린다.

"무용단이라니! 와! 안 그래도 얼마 전에 카밀라한테 무용수는 언제까지 할 수 있는 거냐고 물어봤단다. 마흔 살 넘은 발레리나들도 많이 있다는 건 너도 알지? 카밀라도 일이 바쁘고, 나도 강의가 잡혀 있고, 마티아스도 큰 기회를 얻은 참이라 파리에 갈 수 있을지는 모르겠다만…"

모나는 열세 살짜리 아이가 무슨 '큰 기회'를 잡았다는 건지 궁금해하면서 숨을 깊이 들이마신다. 모나는 서른 살이고, 평생 동안 이번 기회를 기다려왔다.

"이번 여름에는 여기 올 거지?" 아버지가 묻는다.

모나는 어지러운 창고를 둘러보다가 아버지의 자판 두드리는 소리를 들으며 새로운 시각으로 자신을 돌아본다. 의무감으로 2년에 한 번씩 아버지를 찾아갔지만 즐거웠던 적이 없었다는 것을 받아들인다. 아버지와는 이미 오래전에 끝난 관계라는 것을 알고 있으면서도, 어째서 한정된 시간과 돈을 아르헨티나 여행에 써 버린 것일까? 모나는 모험을 했어야 했다. 언제나 꿈꿔왔던 대로 주말마다 유럽 여행을 했어야 했다. 이제껏 무엇 때문에 부모님이 그녀를 자랑스럽게 여긴다는 말을 해 주기를 기다린 것일까?

모나는 해나와의 싸움을 떠올리며, 어째서 그토록 해나에게 축하 인사와 자랑스럽다는 말을 듣고 싶었던 건지 생각해 본다. 친구가 된 뒤로, 해나는 모나와 부모님 사이가 그리 좋지 않다는 것을 잘 알고 있었다. 그래서 특별히 힘든 전화 통화를 한 뒤나, 실망스러운 만남에서 돌아왔을 때 모나의 이야기를 들어 주고 불평도 받아 주었다. 어쩌면 평생 부모님과 함께 지낸 해나로선 모나의 상황이 완전히 이해가 가진 않았을 수도 있다. 하지만 해나는 그 이야기를 다 들어 주었고, 항상 모나의 편이 되어 주었다.

모나는 갑자기 친구의 확신이 필요했던 이유를 깨닫는다. 지난 시간 동안 해나는 그냥 친구가 아닌 가족이었다. 모나가 스스로 선택한 가족.

"새로 얻은 일자리 때문에 시간이 어떻게 될지 모르겠어요. 이제 그만 끊어야 할 것 같아요."

모나는 처음으로 아버지의 대답을 기다리지 않고 전화를 끊는다. 그리고 그녀는 깊이 숨을 들이마신 뒤, 앞치마 주머니에 휴대폰을 집어넣는다. 그리고 모나는 자리에서 일어나 정리를 시작한다. 바닥에 어질러져 있는 상자들을 조심스럽게 똑바로 쌓아올리자, 창고 한복판에 놓인 의자 두 개 주위로 좀 더 넓은 공간이 만들어진다. 모나는 음식과 음료수(소스, 커피콩)가 들어 있는 상자들을 한쪽으로 치우고, 종이컵과 뚜껑, 냅킨, 영수증 종이 상자들은 그 맞은편으로 옮긴다. 모든 일은 순식간에 끝난다. 모나는 팔이 아플 정도로 상자들을 옮긴 뒤, 창고 한쪽 선반에 쌓인 먼지를 앞치마 끝으로 닦아낸다. 일단 창고 정리가 끝나자 모나는 잠시 의자 등받이에 손을 올린 채, 갑작스러운 격한 신체 활동으로 인한 가쁜 숨을 몰아쉰다. 가족을 떠올리면서 지금에 이르기까지 자신이 얼마나 많은 희생을 했는지 생각한다. 모나는 언제나 부모님과의 관계가 친밀하지 않은 것을 먼 곳으로 떠난 자기 탓으로 여기고 있었다. 사실 제일 먼저 아르헨티나로 떠난 건 아버지였지만, 그래도 모나는 시간을 쪼개 두 나라를 오가며 아르헨티나에서 휴가를 보내고 마티아스가 크는 것을 지켜보았다. 돈을 모아 2년에 한 번씩 찾아가긴 했지만 충분히 오래 머물 순 없었다. 그러다 보니 이복동생과의 사이도 가깝지 않았다. 그리고 엄마는… 모나는 휴대폰을 다시 확인해 보지만, 여전히 엄마가 자신의 메시지를 들었다는 것을 확인해 줄 만한 문자 메시지나 부재중 전화는 없다. 엄마는 강의 중이라 휴대폰을 보지 못했을 것이다. 사실이

든 아니든, 모나는 항상 자신의 꿈을 우선으로 여겼기 때문에 가족들과 거리가 먼 것을 자신의 탓으로 여긴다.

순간 루카스가 떠오른다. 그를 떠올린 건 아주 오랜만이다. 하지만 갑자기 루카스의 모습이 떠오르며, 12년 전 마지막으로 들었던 목소리가 들리는 것 같다. 지금 그가 모나 옆에 서 있는 것처럼 또렷하게 기억이 난다.

루카스는 모나의 첫 번째 남자 친구였다. 그와 헤어진 뒤로도 가볍게 만난 남자들은 많이 있지만, 모나가 진정으로 사랑했던 건 루카스뿐이었다. 그는 싱가포르에 있는 엄마 친구 아들이었다. 두 사람은 열다섯 살 때 사귀기 시작해서, 모나가 런던으로 떠날 때까지 만났다. 지금도 그를 생각하면 벽의 갈라진 틈으로 새어 들어오는 빛의 편린처럼 추억들이 떠오른다. 팔꿈치 털에 걸려 있던 은색으로 반짝거리는 나무 조각들(루카스는 목수가 되기 위한 훈련을 받고 있었다). 루카스 누나의 스물한 번째 생일 파티 때, 그녀는 모나를 자기 방에서 꾸며 주면서 으깬 베리색의 립스틱을 발라 주었다. 두 사람이 만난 지 2주년을 기념하기 위해 루카스가 만들어 준 나무 상자 안에는 모나가 좋아하는 것들이 가득 들어 있었다. 그녀가 좋아하는 사탕, 가지고 싶어 했던 캐시미어 양말, 좋아하는 책의 한정판.

모나는 갑자기 그 상자는 어떻게 됐을지 궁금해진다. 런던에 올 때 가져오지 않았으니, 아마 싱가포르에서 독일로 떠날 때까지는 엄마가 갖고 있었을 것이다. 그 상자를 엄마가 아직까지 간직하고 있을지도 모른다고 생각하고 싶지만, 그럴 리가 없다는 걸 너무 잘 알고 있다.

"날 사랑하지 않아?" 루카스가 침실 창문 아래 앉아 무릎에 턱을 받친 채 말한다. 열기를 막기 위해 내린 블라인드 틈으로 새어 들어오는 은빛 햇살이 두 사람을 비추고 있다. 모나가 무용 대학에 합격해 런던으로 떠나기

까지 일주일 남았다. 런던에 숙소도 정해졌고, 짐도 거의 다 쌌다. 모나는 방 안을 둘러보며 낱낱이 살핀다. 루카스의 방은 어지럽혀져 있어도 주기율표처럼 어떤 질서가 있다는 것을 잘 알고 있다. 처음 보면 혼란스럽지만, 세부적인 것들을 알고 나면 모든 것이 이해가 된다.

책상에는 연장들과 반쯤 완성된 목각 조각들이 제멋대로 놓여 있는 것처럼 보이지만, 실제로는 연장들과 각각 쌓여 있는 목재 더미들은 프로젝트별로 정리되어 있는 것이다. 침대 옆에 있는 협탁 대용 간이 탁자에는 책들이 쌓여 있고(『도시의 개들』, 『모터사이클 다이어리』, 『스타워즈: 컴플리트 로케이션』, 『현대 목공: 실기 저널』), 그 위에 앵글포이즈 램프가 놓여 있다. 침대 시트는 흐트러져 있고, 할머니가 만들어 주신 화사한 색의 담요는 반쯤 바닥에 늘어져 있다(모나는 더위와 서로의 체온 때문에 밤에 자다가 그 담요를 걷어찬 것이 떠오른다). 침대 발치에 옷가지들이 내던져져 있지만 종류별로 쌓여 있다. 한쪽에 티셔츠와 셔츠가, 다른 한쪽엔 바지와 반바지가 놓여 있다.

"사랑해." 모나가 말한다. 그녀는 그의 손을 잡고 싶지만, 루카스는 양 무릎을 감싸 안고 있다.

"그런데 왜 떠나는 거야?" 루카스가 묻는다.

모나가 런던에서 무용 공부를 하고, 웨스트엔드에서 공연을 하는 것이 꿈이라고 말한 뒤로, 여러 번 했던 이야기다. 모나는 결혼 전에 런던에서 살았던 엄마와 어릴 때 춤을 가르쳐 준 무용 선생님으로부터 런던에 대한 이야기를 들었다. 모나가 오랫동안 꿈꿔 왔던 일이다 보니, 루카스와 사귀는 기간 내내 이런 이야기를 해 왔다. 하지만 그때는 어쩐지 믿기지도 않고 너무 멀게만 느껴졌다. 예전에 루카스는 침대에서 모나를 어루만지며, 자기를 정말 떠날 수 있겠냐고 그녀의 귓가에 속삭이면서 놀리곤 했다. 그때 모나는 소리를 내지 않으려고 베개를 입에 문 채, 루카스의 어머니가 시장에서 돌아올 때 현관문 여는 소리를 놓치지 않기 위해 귀를 쫑긋 세우고 있는 상태였다.

하지만 시간이 순식간에 지나 모나가 다음 주면 떠나게 되자 그 대화는 심각하고 절실해졌다.

"알고 있었던 거잖아. 수없이 이야기했던 일이고. 내가 해야 하는 일이야. 언제나 원했던 일이고. 내 꿈이니까." 모나가 부드럽게 말한다.

모나는 비록 손은 닿지 않지만, 옆에 있는 루카스의 온기를 느낄 수 있다. 서로의 체온만이 맞닿아 있다. 모나는 똑바로 앞을 보지만 사실 보지 않아도 눈에 선하다.

"알아." 루카스가 조금 뒤에 말한다. 두 사람 사이의 침묵을 아파트에서 울리는 소음(주방에서 음식을 만드는 소리, 누나와 동생의 고함 소리)이 메운다. "그저 네 꿈에 나도 포함되어 있었으면 좋겠어."

루카스를 어떻게 떠나야 할지 알지 못한 채, 그날이 온다. 모나는 작별인사를 한 뒤, 뒤돌아보지 않고 걸어갈 것이다. 만일 루카스를 돌아본다면 떠나지 못할 수도 있다. 모나는 떠나야만 한다. 비록 루카스를 떠난다는 생각만으로도 욱신거리는 치통처럼 끔찍하게 마음이 아파도, 모나는 자기가 이대로 여기에 있을 수 없다는 것을 알고 있다. 여기서도 춤을 출 수는 있다. 하지만 그 이상이 있다. 모나는 온전히 자신을 위한 무언가를 하기 위해 혼자 서야 할 필요가 있다. 그녀는 루카스를 사랑하지만, 이곳에 계속 머무르게 된다면 자신을 위해서가 아닌 루카스를 위한 삶을 살게 될 것이다.

"넌 나중에 누군가의 굉장한 남편이 되어 있을 거야." 모나가 조용히 말한다. 비록 열여덟 살밖에 되지 않았고 아직 어리긴 하지만, 모나는 루카스에 대해 잘 알고 있고, 그가 그런 남자가 될 거라는 것을 알고 있다. 루카스는 성격이 급하지만 온화한 마음을 가지고 있다. 정말 마음이 상했을 경우에는 안으로 움츠러드는 경향도 있지만, 목공 일을 할 때는 온 힘을 쏟아 집중하는데 그럴 때 그를 다시 현실로 데려오기 위해서는 집에서 만든 음식과 사랑으로 구슬릴 필요가 있다. 가족을 지키는 데 열심이고, 본인은 숨기려고 하지만 막내 여동생을 대할 때의 특별한 다정함을 온 가족이 다 알고 있다. 나중에 자기 아이들에게도 그렇게 다정하게 대할 것이다. 루카스는 자식들이 학교에서 공연을 하는 것을 보면 다른 부모보다 더 크게 박수치고 눈물 흘릴 것이다. 주차장 한쪽을 개조한 작업실에서 아이들의 침대와 책장을 직접 만들어 줄 것이다. 해마다 기념일이면 정성이 가득한 수공예품 선물을 줄 것이다.

"난 너랑 같이 있고 싶어." 루카스가 말한다.

'나도 그래.' 모나도 그렇게 말하고 싶지만 말할 수 없다. 그렇게 말하고서 그렇게 할 수 없다는 것을 설명하기가 너무 힘들기 때문이다.

대신 모나는 침묵을 선택한다. 바로 그때 루카스의 여자 형제들 중 한 명이 요란하게 방문에 부딪치는 소리가 난다. 발소리와 열쇠 구멍을 통해 사과와 화해를 시도하는 소리가 들린다. 주방에서 밥 냄새가 나기 시작한다. 바닥에 떨어져 있는 휘어진 톱밥 위로 쏟아져 내린 햇살이 눈부신 흰색으로 반짝거린다.

"네가 그리울 거야." 모나가 머리를 루카스의 어깨에 기대며 말한다. 그는 그녀를 밀어내지 않는다.

모나는 방 그늘에서 루카스의 배를 베고 누워 책을 읽던 것이 그리울 것이다. 수업이 끝난 뒤에 루카스의 스쿠터 뒷좌석에 올라타, 양팔로 그의 허리를 꼭 끌어안은 채 이 집으로 돌아오던 것도 그리울 것이다. 마치 그녀도 식구인 것처럼 루카스의 가족들과 함께 이야기를 나누고, 샐러드나 물을 상대에게 밀어 주면서 저녁 식사를 함께하던 것도 그리울 것이다. 지금처럼 아무 말도 하지 않아도 서로에게 완전히 동화된 채 루카스의 방에 나란히 앉아 있는 것도 그리울 것이다.

"어느 누구도 너처럼 사랑할 순 없을 거야." 루카스가 조용히 말한다.

모나는 아무 말도 하지 않는다. 그가 그럴 거라는 것을 알고 있기 때문이다. 그리고 그 사실에 모나의 마음은 찢어지는 것처럼 아프다. 하지만 그럼에도 불구하고, 모나는 이곳을 떠나 자신의 인생을 만들어야 한다는 부름을 거부할 수 없다. 그 부름은 그 어떤 소리보다 크다. 루카스가 울기 시작했다는 것을 알려 주는 숨소리와 모나 자신의 가슴이 저미는 것처럼 흐느껴 우는 소리보다도, 키스를 하면서 두 사람의 입술이 맞닿는 소리보다도, 귓가에 울려 퍼지는 미친 듯한 심장 박동 소리보다도.

모나는 상자들과 침묵에 둘러싸인 채, 의자 등받이에 몸을 기댄다. 한 번도 해나에게 말한 적은 없지만, 바로 이런 루카스와의 사랑이 해나가 자하임에게 집착하는 걸 이해하기 힘든 이유 중 하나다. 모나도 사랑에 빠진다는 것이 어떤 느낌인지 알고 있지만, 또다시 열여덟 살로 돌아간다고 해도, 아무리 힘들다고 해도 그녀의 선택은 변하지 않을 것이라는 것을 알고 있다. 어쩌면 이기적인 것일 수도 있다는 생각이 든다. 하지만 모나에게 있어 꿈은 그 어떤 것보다 중요하다. 그 꿈을 실현시키기 위해서라면 그렇게 해야 한다는 것을 알고 있었다. 해나를 처음 만났을 때, 모나는 바로 그 점을 이해해 줄 거라 생각했다. 해나가 노래에 대해 이야기하는 것을 들으면서 모나는 자신의 열정이 메아리치는 것만 같았다. 그리고 자신을 이해할 수 있는 사람을 만났다는 사실에 마음이 놓였다. 외로움이 가시는 것 같았다.

하지만 자하임을 만난 뒤로, 해나는 모든 것을 등한시했다. 우정, 자신의 일, 자기 자신마저도. 이제 모나는 생각했던 것만큼 해나에 대해 잘 알고 있는 건지 확신이 서지 않는다. 그런 생각을 하자 갑자기 외로워진다. 모나는 해나에게 아버지에 대해 이야기하고 싶지만, 그럴 수 없다는 걸 알고 있다. 어수선한 창고 안에서 모나는 감정에 휩쓸리지만 울지 않는다. 그 대신 자세를 바로 하고, 머리카락을 귀 뒤로 넘긴 뒤, 고개를 들어 올린 채 카페로 돌아간다.

"부모님한테 연락드렸어요?" 카운터를 지키고 있던 엘리노어가 묻는다. 그녀 옆에 소피아가 서 있다. 속 깊은 대화를 나누고 있는 것처럼 보이는 두 사람의 모습을 보자, 자신과 해나의 모습이 떠오르며 가슴에 날카로운 통증이 느껴진다.

"그래. 전화 걸 시간을 줘서 고마워. 근무 시간 끝났으니 이제 집에 가야지? 어서 와, 소피아." 모나는 차분하게 대답한다.

모나가 앞치마를 푸는 동안, 소피아가 고개를 숙여 인사를 한다. 엘리노어가 해나와 자신의 싸움이나, 이제 모나가 이곳을 떠난다는 것에 대해 이야기했는지 궁금하다. 하지만 그런 이야기를 들었다고 해도 소피아는 아무 말도 하지 않을 것이다. 모나는 애써 심란한 마음을 가라앉혀 본다.

엘리노어가 인사를 한 뒤 카페를 나서다가, 유모차를 끌고 들어오는 여자 손님을 위해 문을 잡아 준다. 모나가 고개를 드니 제일 먼저 유모차 밖으로 튀어나온 노란색 양말을 신은 작은 발이 보인다. 유모차에 탄 아이는 두 살 정도된 것 같고, 한쪽 팔로 장난감 오리를 끌어안은 채 깊이 잠들어 있다. 유모차를 밀고 있는 여자는 모나와 비슷한 또래로, 흑백 물방울 무늬 랩 드레스로 제법 불룩하게 튀어나온 임신한 배를 감싸고 있다. 엘리노어가 문을 잡고 있는 동안, 계속해서 다른 여자 두 명도 유모차를 밀고 들어온다. 유모차 덮개 아래 담요에 싸여 있는 몸과 작은 얼굴이 보인다. 엘리노어는 짧게 손을 흔든 뒤 거리로 나선다.

물방울 무늬 옷을 입은 여자가 유모차를 이끌고 카페 중앙을 가로지른다. 다른 두 여자는 머뭇거리면서 그 뒤를 따른다. 그들이 카페 안쪽으로 들어오는 동안, 유모차가 테이블에 부딪친다.

"아무 데나 앉아도 되나요?" 제일 먼저 들어온 여자가 카페를 둘러보며 말한다.

"물론이죠." 모나가 대답한다.

"저쪽에 앉을까?" 여자가 한쪽 구석자리를 가리킨다. "유모차를 세워 둘 자리도 있고, 다른 사람들한테 방해도 되지 않을 것 같으니까."

"좋은 생각이야." 다른 여자들 중, 푹신해 보이는 모자가 달린 패딩 재킷과 운동복을 입은 여자가 말한다. 세 사람은 유모차를 끌고 구석자리로 가서, 코트를 벗고 잠든 아기들을 살펴본 뒤 메뉴에 대한 의논을 한다.

유모차 중 한 곳에서 소리가 나자, 안경을 끼고 짧은 아프로 곱슬머리를 화려한 머리띠를 이용해 뒤로 넘긴 세 번째 여자가 재빨리 아기를 안아 올린다.

"괜찮아, 피클." 여자가 어르면서 아이를 가슴에 기대게 안자, 남색 모자를 쓴 아이의 작은 얼굴이 여자의 어깨 너머로 보인다. 아기는 울음을 그치고 엄마의 품에 안긴 채, 커다란 까만 눈으로 카페 내부를 쳐다본다. 여자의 친구들이 앞으로 몸을 내밀더니, 한 명은 아기의 뺨을 어루만지고, 다른 한 명은 등을 토닥여 준다.

모나가 그 테이블로 가려는 순간, 소피아가 먼저 그쪽으로 향한다. 소피아는 아기들을 좋아하기 때문에 아기를 안고 온 엄마 손님이나, 가끔 유모차를 끌고 노트북을 들고 와 구석에 자리 잡는 아빠 손님들을 상대할 기회를 놓치지 않는다. 그녀는 이내 여자들에게 메뉴판을 건네 준 뒤, 유모차에 있는 아기들을 어른다.

그 모습을 지켜보던 모나는 앞치마 주머니에 들어 있는 휴대폰이 진동하는 걸 느낀다. 문자 메시지가 두 개 와 있다. 첫 번째 문자는 엄마가 보낸 것이다.

메시지는 봤는데 통화할 상황이 아니야. 급한 일이니?

모나는 잠시 생각해 본다. 그녀 자신에게는 기념비적인 일로 느껴진다. 이제 막 꿈에 그리던 일자리를 얻었고, 10년 넘게 살던 도시를 떠나야 하며, 그 과정에서 가장 친한 친구와의 사이도 틀어졌다. 모나는 지금껏 알고 있던 모든 것을 떠나 인생의 새로운 장에 들어서고 있다. 오랫동안 지치지 않고 버텨 왔던 좋아하는 일을 하게 됐다. 하지만 엄마에게 그 소식을 전하는 것이 화급을 요하는 일일까? 그건 아니다. 지금 모나에겐 엄마에게 이야기하는 것보다 더 신경 써야 할 일들이 있다. 이를테면 스텔라에게 이 소식과 함께 카페를 그만두겠다는 말을 어떻게 할 것인지, 해나와의 사이에 생긴 앙금을 어떻게 풀어내야 할 것인지. 당장 오늘 밤, 아파트에 돌아가면 해나에게 무슨 말을 해야 할까? 이런 상황에서 작은 아파트의 분위기는 어떻게 할 것이며, 두 사람의 문제를 해결할 방법은 어떻게 찾아야 하는 걸까?

아뇨. 급한 일 아니에요. 나중에 얘기해요. 좋은 하루 보내시고요. 모나는 문자 메시지를 보낸다.

다른 메시지는 스텔라가 보낸 것이다. 모나는 그 문자를 보면서, 스텔라에게 어떻게 이 이야기를 할 것인지, 스텔라는 과연 어떻게 반응할 것인지 생각하자 가슴이 뛰기 시작한다.

카페엔 별일 없지? 저녁에 들를게. 이따 봐.

모나는 문자로라도 미리 말을 하는 게 나을지 고민한다. 하지만 카페를 그만둔다는 것을 문자 메시지로 전하는 것은 도의에 어긋날 뿐더러, 여기서 일하는 동안 내내 존경해 왔던 스텔라에게 그렇게 하고 싶지도 않다.

아무 일 없어요. 이따 봬요. 대신 모나는 이렇게 답을 보낸다.

모나는 고개를 들고 주위를 둘러보다가, 카페 문 밖에 서 있는 60대 커플을 발견한다. 두 사람 뒤에는 여행 가방이 놓여 있다. 소피아는 여전히 아기를 데려온 여자들을 상대하고 있고, 주방에서는 알렉산더가 돌아다니는 소리가 들린다. 바깥은 도시 속에서 서로 이웃하여 살아가는 수백만 명 사람들의 움직임과 소리로 부산스럽다. 하지만 스텔라 카페 계산대에 서 있는 모나는 고립된 것 같은 느낌이다. 수많은 걱정들과 생각, 불안의 무게를 혼자 짊어지고 있다. 갑자기 이래서 친구가 필요한 것일지도 모른다는 생각이 든다. 우리가 아무리 자립적이고 차분해 보여도, 이 정도의 무게를 혼자 짊어지고 나갈 만큼 강한 사람은 아무도 없기 때문이다.

오후 4시

마사와 해리

해리는 마사가 카페에 들어가는 동안, 한 손은 그녀의 등에 대고 다른 한 손은 문을 잡고 있다. 그는 여행 가방을 들어 올려 문 앞에 내려놓는다.

"우리 어디 앉을까?" 해리가 카페의 특이한 실내 장식을 보며 묻는다.

마사는 미소 짓는다. 이런 사소한 것까지 그녀의 의견을 물어보고, 그 대답에 신경써 주는 해리가 좋다. 마사는 카페를 둘러본 뒤, 혼자 있을 때보다 더 신경 써서 자리를 고른다. 한쪽 구석자리에는 유모차를 끌고 온 여자 세 명이 있고, 그 근처 자리에 앉아 있던 마사와 해리 또래의 커플은 신문을 접은 뒤 막 자리에서 일어나고 있다. 다른 쪽 구석자리에는 셔츠에 멜빵바지를 입은 노인이 혼자 피시 앤 칩스를 먹고 있다.

검은 머리의 웨이트리스가 카운터에 기대서 있다. 그 뒤로 실크해트를 쓴 커다란 박제 곰이 서 있다. 그 곰을 보고 잠깐 놀랐던 마사는 이내 미소 짓는다. 밖에서는 〈빅 이슈〉 판매자가 리버풀 역에서 나오는 사람들과 지나가는 행인들을 기분 좋게 부르고 있다. 마사는 잠시 그 모습을 지켜보다가 그 사람들은 모두 어디로 가고 있는지, 어디 사는지, 여기가 아닌 다른 곳에서는 무엇을 할지 궁금해진다.

"창가 옆 자리 어때?" 마사가 사려 깊은 목소리로 말한다.

"좋은 생각이야!" 해리가 대답한 뒤 앞장서서 그 자리로 가더니, 바깥 풍경이 내다보이는 쪽 의자를 마사를 위해 빼 준다. 그는 여행 가방을 테이블 밑에 밀어 넣고서 그녀의 맞은편 자리에 앉는다.

마사와 해리는 예순다섯이다. 내심 훨씬 더 젊은 것처럼 느끼긴 하지만. 각자 침대 협탁에 레드 와인 잔을 놓고 그에 관한 이야기를 했을 때, 해리는 자기 나이가 서른 살에서 멈춘 것 같다고 말한다. 마사 역시 나이가 스물다섯을 넘지 않은 것만 같다. 두 사람은 스스로의 모습에서 세월이 몸에 흔적을 남기고 지나갔다는 것을 느끼긴 했지만, 이상하게도 내면에는 아무 변화가 없다는 것을 깨닫는다.

마사는 레깅스에 연한 초록색 여름 드레스를 입고, 그 위에 흰색 점퍼를 걸치고 있다. 그리고 녹색 레이스 양말에 흰색 운동화를 신고 있다. 의자 등받이에는 우비가 단정하게 걸쳐져 있다. 아침 일찍 옷을 입으며 겹쳐 입어야겠다고 생각했다. 비가 내리는 런던이 춥기도 하지만, 지난번 비행기에 탔을 때 제법 추웠던 게 떠오른다. 퀴퀴한 냄새를 내보내기 위한 통풍구 옆 좌석이었다. 하지만 마사는 비행기에서 내렸을 때 맞닥뜨릴 더위도 염두에 둔다. 그 생각만으로도 온기가 느껴지는 것 같다.

해리는 리넨으로 보이지만, 구겨지지 않는 특수 재질의 막스 앤 스펜서 양복을 입고 있다. 남색 보트 슈즈를 신고, 남색 테두리의 밀짚모자는 여행 가방 손잡이에 매달려 있다.

"모험 시작이야." 해리가 테이블 위로 마사의 손을 잡으며 말한다. 아침 햇살에 두 사람의 결혼반지가 반짝거린다.

모나

"주문하시겠어요?" 모나가 창가에 앉은 커플에게 묻는다. 그들은 다정하게 이야기를 나누면서, 마치 이 카페에 두 사람만 있는 것처럼 서로에게 집중하고 있다. 그들은 서로를 쳐다보다가 간혹 시선을 돌려 창밖을 내다본다. 여자가 어딘가를 쳐다보면 남자는 여자의 시선을 쫓아 고개를 돌린다. 갑자기 여자가 십 대들처럼 큰 소리로 웃는다. 모나가 그쪽으로 다가가자 손으로 입을 틀어막아 웃음소리를 죽인다.

"그럽시다." 남자가 대답하면서 부인으로 보이는 여자를 가리킨다. 여자는 웃음을 멈추고 메뉴판을 잠깐 쳐다보더니 결정했다는 듯 고개를 끄덕이며 모나를 쳐다본다.

"레드 벨벳 케이크 한 조각과 얼 그레이로 주세요." 여자는 메뉴판을 덮어 조심스럽게 테이블 위에 내려놓는다.

"난 브라우니와 아메리카노로 부탁해요." 남자가 말한다.

모나는 고개를 끄덕이며 두 사람에게서 메뉴판을 받아 든다. 바로 돌아서려는 순간 남자가 뭔가 말을 하려는 것처럼 미소를 지으며 쳐다보는 것을 알아차린다. 모나는 그 자리에 멈춰 선다.

"스탠스테드 익스프레스를 기다리는 중이에요. 좀 일찍 도착했으니 케이크를 먹고 갈 수 있겠다고 생각했죠. 뭐든 케이크를 먹을 구실이지만."

남자가 아내를 돌아보자, 두 사람은 서로를 쳐다보며 미소 짓는다.

"신혼여행 가는 길이거든요." 남자가 덧붙인다.

"축하드려요!" 모나가 깜짝 놀란 티를 내지 않으려고 애를 쓰며 말한다. 두 사람이 서로를 편안하게 대하는 모습이나 연령대를 보고 오래전에 결혼한 커플일 거라고 생각했기 때문이다. 그 자리에는 좀 더 오래 머무르게 만드는 뭔가가 있다. 그들이 해나의 부모님을 연상시키기 때문이라는 것을 깨닫는다. 모나는 웨일스에 있는 해나의 집에서 몇 번인가 묵은 적이 있고, 그때마다 믿을 수 없을 정도의 환대를 받았다. 그 생각을 하자 가슴이 아프다.

"어디로 가시나요?" 모나는 그 생각을 떨쳐내기 위해 묻는다.

"모로코요." 여자의 뺨이 발갛게 달아오른다.

"그다음에 비행기를 타고 두바이를 경유해 탄자니아에 갈 거예요. 거기서 사파리를 할 겁니다." 남편이 말한다. "예전부터 계속 하고 싶었던 일이죠. 안 그래, 여보?"

아내가 고개를 끄덕인다.

"예전부터 늘 사파리를 하고 싶었어요. 어릴 때부터 야생에 사는 코끼리를 보는 게 꿈이었거든요. 하지만 전남편은 가고 싶어 하지 않았죠. 그 사람은 사파리보다 코스타 델 솔(스페인 남부 안달루시아의 지중해에 면한 해안-옮긴이)에 더 어울리는 사람이었어요. 무슨 말인지 알 거예요. 자기가 좋아하는 게 뭔지 잘 알고 있었죠." 여자가 말한다.

모나는 재빨리 카페를 둘러본다. 소피아가 엄청나게 털이 폭신해 보이는 래브라두들(래브라도레트리버와 푸들을 교배한 개-옮긴이)을 데리고 온 나이 많은 여자가 주문한 포장용 음식을 준비하고 있다. 그 개는 가만히 앉아 주인만 쳐다보고 있다. 나이 많은 여자는 아무도 알아차리지 못할 정도로 재빨리 주머니에서 간식을 꺼내 개에게 던져 준다. 기다리는 다른 손님들이 없는 걸 확인한 모나는 조금 더 그 자리에 머문다.

"정말요? 코끼리를 꼭 보셨으면 좋겠어요." 모나가 말한다.

"이 사람과 내가 알고 지낸 지 10년이나 된 거 알아요? 10년이라니까요! 그런데 2주 전에 결혼했죠! 마사가 전처와 같이 일을 해서, 가끔 저녁 식사를 같이 했어요. 마사의 전남편인 크리스와도 그 사람 체육관에 다니기 시작하면서 사이가 좋아졌죠. 물론 그때는 우리 네 사람이 함께 하는 저녁 식사 자리에서만 마사를 볼 수 있었지만 말이에요. 결혼 생활을 하는 동안에는 어떤 부도덕한 짓도 하지 않았어요! 하지만 마사의 눈동자가 정말 아름답다는 생각은 했죠."

순간 그는 모나가 그 자리에 없는 것처럼 아내를 돌아보며 또다시 미소 짓는다. 그래서 모나가 돌아서려는 순간, 이번에는 여자가 말한다.

"크리스와 헤어지고 난 뒤, 해리는 정말 잘해 줬어요." 여자는 남편의 손을 잡는다. "두 번 다시 사랑에 빠지는 행운을 누릴 수 없을 거라고 생각했는데, 지금 우린 여기 있어요!"

"지금 여기 있지." 남편이 말한다.

"정말 축하드려요. 주문하신 음식은 곧 갖다드릴게요." 모나가 말한다.

두 사람은 더 이상 모나의 말을 듣고 있지 않는 것처럼 보인다.

"우린 여기 있어." 남자가 다시 말한다. 모나는 해나의 부모님을 생각하며 그 자리를 떠난다. 어쩌면 지금쯤 해나는 아침에 싸운 이야기를 부모님께 했을지도 모른다. 일방적인 입장에서 이야기를 했을 것이다. 모나는 해나의 부모님이 자신을 안 좋게 생각할지도 모른다는 생각을 하는 것만으로도 마음이 아프다. 특히 모나는 해나의 어머니를 생각한다. 그녀가 그 집에 갔을 때 해나의 어머니와 밤늦게 이야기를 나눈 적이 있다. 그때 집이 너무 조용하고 어두워서 잠이 오지 않았다. 모나는 도로를 지나가는 자동차 소리와 끊임없이 반짝거리는 가로등 불빛이 그리웠다. 모나는 해나에게서 어머니가 불면증이 있다는 것을 들었다. 해나의 어머니는 모나에게 디카페인 차를 끓여 준 뒤, 무용에 대해, 그녀가 하는 일에 대해 지적인 질문들을 끝없이 퍼부었다. 모나의 부모님들은 결코 물어보지 않았던 질문들이었다.

모나는 카운터로 돌아와 해나나 포피에게 연락이 온 건 없는지 휴대폰을 확인한다. 하지만 아무것도 없다. 그 대신 새로 일하게 된 무용단에서 보낸 메일이 있다. 그녀가 작성해야 할 서류들을 확인하다가, 한 페이지에서 멈춘다. 비상 연락처를 적으라는 부분이 눈에 확 들어온다. 모나는 그 문구를 가만히 응시한다. 지난 5년간, 비상 연락처는 해나의 번호였다. 해나의 전화번호를 비상 연락처로 적기 시작했을 당시가 떠오른다.

모나는 착지와 동시에 발목이 아래쪽으로 꺾이면서, 심한 고통과 함께

뭔가 잘못됐다는 것을 느낀다. 몇 분 뒤에 다시 털고 일어나 춤을 출 수 있을 정도로 발을 헛디디거나 넘어졌을 때와는 느낌이 다르다. 모나는 발목을 많이 움직이지 않게 조심하면서 자리에 앉는다.

그러자 다른 무용수들이 춤을 멈추고 모나 주위로 몰려들었다.

그들은 사우스 런던에 있는 댄스 스튜디오에서 곧 찍게 될 광고에서 쓸 안무를 익히고 있었다. 그 자리에 있는 무용수들은 광고의 배경에서 춤을 추기로 되어 있었다. 좋은 일자리다. 특별히 고무적이거나 도전적인 안무는 아니었지만, 보수도 좋고 드문 기회였다. 하지만 엎드린 상태에서 발목이 욱신거리는 것으로 보아, 모나는 더 이상 그 일을 할 수 없다는 것을, 그 돈을 벌 수 없다는 것을 깨닫는다. 그녀는 발을 헛디딘 자신을 원망한다. 어려운 동작도 아니고, 이미 쉬지 않고 다섯 시간이나 연습했던 것이다. 지난 밤 카페에서 야간 근무를 한 뒤, 리허설 전에 세 시간밖에 자지 못했다.

"괜찮아?" 스튜디오 앞에서 지켜보고 있던 안무가가 모나 옆으로 다가와 묻는다.

그녀 옆에 모여든 다른 무용수들도 안타까워한다.

"많이 다쳤나?"

"누가 얼음 좀 갖다줘."

"여긴 댄스 스튜디오야. 얼음 같은 건 없을걸."

"일어설 수 있겠어?"

모나는 조금만 움직여도 움찔할 정도로 통증이 오는 상황에서 발을 둥그렇게 말고 바닥을 디뎌 본다. 하지만 발가락이 바닥에 닿자마자 속이 메슥거릴 정도로 지독한 통증이 느껴진다. 동료들에게 우는 모습을 보이고 싶지 않았기에, 모나는 입술을 깨물며 고개를 젓는다.

"불쌍해라." 무용수들 중 한 명이 말하자, 다른 사람들도 그 말에 동의하며 고개를 끄덕인다. 진심인 것처럼 들리지만 실은 그들이 마음속으로는 발을 헛디딘 것은 자신이 아니고, 여전히 광고 일로 돈을 벌 수 있다는 사실에 안도의 한숨을 내쉬고 있을 거라는 사실을 모나는 잘 알고 있다.

또다시 고통이 밀려오며 모나는 갑자기 속이 울렁거린다.

"좀 누워야 할 것 같아요." 모나는 다리를 앞으로 쭉 펴며 천천히 자리에 눕는다.

안무가가 재빨리 행동에 나선다.

"그래, 그래야지. 움직이지 말고 가만히 있어. 프랭키, 모나에게 물을 갖다줘. 켈리, 뭐든 발목을 받칠 만한 걸 찾아봐. 모나, 비상 연락처로 연락해 줄게. 혹시 번호 알고 있어? 아니면 서류에서 찾아볼까?"

"번호 알아요. 해나한테 연락하면 돼요." 모나가 말한다. 통증 때문에 목소리가 흐려진다. "내가 그 친구한테 전화해 볼게요…."

모나는 잠깐 몸을 움직이다 또다시 밀려오는 통증에 머리가 멍해진다.

"가만히 있어. 번호를 말해 주면 내가 연락할게. 지금 당장 자길 병원에 데려갈 수 있는지 물어보고, 두 사람이 타고 갈 택시도 불러 줄게. 만일 그 친구가 바쁘다고 하면 우리 중 한 사람이 따라갈 거야. 그럼 됐지?" 안무가가 말한다.

모나는 고개를 끄덕인 뒤 눈을 감는다. 고통에 집중하면서 호흡을 가다듬자 주변에서 들리는 부산스러운 움직임과 목소리들이 멀어진다. 조금 뒤 누군가 그녀의 발목을 들어 올리더니 뭔가 부드러운 것을 받쳐 준다. 모나는 이리저리 움직이는 발소리를 들으면서, 주위에 모여들었던 다른 무용수들이 스튜디오 반대편으로 가서 연습을 계속하는 모양이라고 생각한다. 눈을 떠서 그 사실을 확인하는 대신, 그녀는 눈을 더 꼭 감은 채 울지 않으려고, 토하지 않으려고 애를 쓴다.

시간이 얼마나 지났는지 모른다. 마침내 쾅 하는 문소리와 함께 모나가 너무나 잘 아는 목소리가 귀에 들린다.

"모나!"

모나가 눈을 뜨자, 유니폼 차림에 앞치마도 풀지 않은 모습으로 앞에서 있는 해나가 보인다. 해나가 손을 내밀자 모나는 그 손을 잡는다.

"불쌍하게도." 해나가 말한다. 빨강 머리가 얼굴 주위를 곱슬곱슬하게 덮고 있고, 눈에는 걱정이 가득하다.

"얼굴에 케첩 묻었어." 모나는 정신이 살짝 멍한 상태임에도, 해나의 뺨에 남아 있는 빨간 얼룩을 알아차린다.

"카페에서 곧장 오는 길이야." 해나가 얼굴을 닦으며 말한다. "소피아가 혼자 있어도 된다고 해서, 스텔라한테 연락했어. 스텔라가 곧 카페로 갈 거야. 지금 당장 병원부터 가자."

해나와 안무가, 무용수 두 명의 도움을 받으며 모나는 힘겹게 자리에서 일어난다. 한쪽 발로 서서 반쯤은 껑충껑충 뛰고, 반쯤은 다른 사람들 손에 이끌려 밖으로 나간다. 우버가 대기 중이다.

"둘이서 괜찮겠어?" 모나를 차에 태우며 안무가가 묻는다. 운전기사도 모나의 창백하고 초췌한 얼굴을 보고 걱정스러운 표정을 짓는다. 아마 모나를 걱정하는 게 아니라 차를 걱정하는 거겠지만. 하지만 모나는 잠깐 누워 있었던 탓인지 한결 나아진 것처럼 느껴진다. 발목은 여전히 욱신거리지만 메스꺼움은 많이 가라앉은 상태다.

"괜찮아요." 해나가 모나를 따라 뒷좌석에 올라타며 말한다. "연락해 주셔서 고마워요. 이제 가 볼게요."

차가 출발하자, 안무가와 무용수들은 잠시 쳐다보다가 이내 돌아서서 스튜디오로 들어간다. 그들을 다시 보게 될 일은 없을 것이다.

가는 내내 해나는 모나의 손을 잡고 있다. 차가 과속 방지 턱을 넘으면서 발목 통증이 심해질 때마다 모나가 해나의 손을 꽉 잡아도 신경 쓰지 않는 것 같다.

"금방 도착할 거야." 해나는 계속 말한다. 마침내 두 사람은 병원에 도착한다.

"여기가 응급실이에요?" 병원 건물 앞에 있는 택시 정차장에서 해나가 묻는다. 응급실 표시가 보이지 않지만 기사는 고개를 끄덕이며 손짓한다.

"네. 여기가 응급실이에요. 차는 더 못 들어가요."

두 사람은 일단 차에서 내린다. 모나는 한쪽 다리에 힘을 준 채, 벽에 기대서 있다. 해나는 꽃다발을 들고 가는 행인을 멈춰 세우고 응급실이 어디 있는지 아냐고 묻는다.

"건물 반대편으로 돌아가면 응급실이 있어요." 남자가 방향을 알려 주더니 빠른 걸음으로 지나간다.

모나와 해나는 서로를 바라본다. 평소 같으면 건물 반대편으로 가는 건 일도 아니지만, 한쪽 발목이 타는 듯이 고통스러운 지금으로선 불가능한 일인 것처럼 느껴진다.

"가 보자." 해나가 말한다.

"한쪽 발로 뛸 수 있어." 모나는 이를 악물고 결연히 말한 뒤, 어설프게 한쪽 발로 뛰면서 출발한다. 해나는 모나를 부축하기 위해 옆에 서 있다. 하지만 몇 걸음 가지 않아 지쳐 버린 모나는 건물 벽에 기대 쉰다. 두 사람은 다시 출발하지만 처음보다 더 빨리 멈춰 선다. 발목 통증이 점점 심해지면서 모나는 정신이 아득해지는 것을 느낀다.

"좋아. 그냥 나한테 업혀." 해나가 모나 앞을 가로막으며 말한다.

모나는 그 말에 웃으려다가, 너무 심한 통증에 신음 소리를 내고 만다.

"네가 날 어떻게 업는다는 거야."

"업을 수 있어." 해나가 돌아서더니 모나가 업힐 수 있게 몸을 숙인다. 모나는 너무 힘든 나머지 마지못해 해나의 등에 천천히 몸을 맡긴다.

두 사람은 조금씩 응급실 쪽으로 걸어간다. 해나는 숨을 몰아쉬며 천천히 걷는다. 조금씩 전진하다가 잠시 쉬고, 다시 걸어간다. 모나는 친구의 목을 양팔로 꼭 감싸 안는다.

"보인다!" 마침내 해나가 외친다. "응급실 표시가 저기 있어."

해나의 걷는 속도는 처음보다 현저히 느려진 상태지만, 아주 조금이라도 앞으로 나가기 위해 애쓰고 있다.

"나도 응급실에 가야 할 것 같은데." 해나가 숨을 거칠게 몰아쉬며 말하자, 힘들고 고통스럽지만 두 사람 모두 웃음이 터진다.

"웃지 마! 웃으니까 더 힘들어!" 해나가 헐떡거리며 말한다.

두 사람은 천천히 쉬엄쉬엄 응급실 문 앞에 도착한다. 너무 웃다 보니 눈물이 흐르는 얼굴로, 타오르는 발목 통증에 모나는 신음 소리를 낸다. 해나는 모나를 조심스럽게 바닥에 내려놓으며 숨을 들이마신다. 얼굴이 달아오르고 땀에 젖어 있다.

"여기서 잠깐만 기다려." 해나는 등을 쭉 펴고 병원으로 들어가더니 조금 뒤 휠체어를 밀고 돌아온다.

"마차 대령이오." 해나가 말하자 모나는 휠체어에 주저앉는다. 해나는 휠체어를 밀고 응급실로 들어간다. 의사는 모나의 발목을 진찰해 보더니 심하게 삐었다는 진단을 내린다. 해나는 치료 받는 두 시간을 기다린 끝에, 새로 목발을 얻은 모나를 데리고 집으로 돌아간다. 그때까지도 카페 앞치마를 계속 두르고 있다. 여전히 발목 통증이 남아 있지만 모나는 미소 짓는다. 도움이 필요한 순간 친구가 바로 옆에 있기 때문이다. 도저히 못 가겠다고 생각했을 때, 해나가 자신을 업어 주었다.

"정말 고마워." 집에 돌아온 후 모나가 해나에게 말한다. 그 말이 오늘 일만이 아닌 더 많은 것을 뜻한다는 것을 두 사람 모두 알고 있다.

모나는 서류를 쳐다보며 그때의 부상을 떠올린다. 완전히 낫기까지 몇 주일이 걸렸다. 그동안 해나는 믿을 수 없을 정도로 큰 도움이 되었다. 모나가 힘겹게 상점을 돌아다니는 일이 없게 대신 장을 봐 주었고, 붓기가 가라

앉게 발목에 얹어 놓을 냉동 완두콩을 사 왔다. 부상을 입고 댄스 스튜디오에 누워 있었을 때, 모나는 해나의 목소리를 듣고 손을 잡은 후 마음이 놓였다. 지금 다시 생각해도 그때를 떠올리면 마음이 녹아내린다. 모나는 갑자기 친구의 목소리도 듣고, 아침에 싸웠던 일도 해결할 겸 해나에게 전화를 걸어 볼까 생각을 한다. 하지만 그녀는 주저한다. 해나가 지난 1년간 모나와의 우정을 당연하고 무심하게 여기는 바람에 받았던 상처가 떠오른다. 아침에 들었던 해나의 차가운 목소리와 모나가 간절히 바랐던 대로 자신을 자랑스럽게 여겨 주지 않았던 일을 떠올린다. 모나는 해나가 카페 문을 쾅 닫고 나가던 모습과 깜짝 놀라 두 사람을 쳐다보던 손님들의 시선, 아무 연락 없는 휴대폰을 떠올린다.

모나는 다시 한 번 서류를 읽으며, 포피가 새로운 비상 연락처가 되어 줄 거라고 생각한다. 그런 생각을 하자 뭔가 바뀌는 것 같다. 지금 막 그녀는 자신의 인생과 런던의 집에서 크게 한 걸음 나아간 것이다. 모나는 흥분과 슬픔이 똑같은 수준으로 조정되는 것을 느낀다.

그녀는 다시 신혼여행을 떠난다는 60대 부부를 쳐다본다. 두 사람은 아무 말 없이 다정하게 앉아 서로를 쳐다보며 미소 짓고 있다. 그들 뒤쪽 창밖을 내다보다가, 모나는 또다시 〈빅 이슈〉를 팔고 있는 존을 발견한다. 손을 흔들어 보지만, 존은 그녀가 아닌, 사람들이 분주히 오가는 거리를 쳐다보고 있다. 모나는 잠시 너무 잘 알고 있는 풍경을 자세히 쳐다본다. 그리고 이제 곧 자신이 떠날 거라는 사실과 인생의 변화를 받아들이려고 애를 쓴다. 그때 카페 문이 열리고, 새로 들어온 손님의 주문을 받아 알렉산더에게 전달한 뒤, 모나는 다른 생각들을 접고 커피를 내리는 일에 집중한다. 커피콩을 갈아 내리고, 밀크 스티머에서 쉭쉭거리며 나오는 우유를 섞는다.

오후 5시

해리

그는 커피를 한 모금 마신 뒤, 마사와 깍지 낀 채로 의자에 몸을 파묻는다. 두 사람의 손가락에서 빛나고 있는 결혼반지를 보는 것이 낯설게 느껴진다. 새로 산 지 얼마 되지 않아 반짝거린다. 두 사람이 만났을 당시 끼고 있던 결혼반지는 예전 결혼 생활처럼 빛이 날아간 상태였다.

해리는 제니퍼를 사랑했지만 그녀의 행복을 지켜 주기 위해 어떻게 사랑해야 할지 알지 못했다. 그리고 시간이 지나면서 애초에 그건 불가능한 일이었다는 것을 깨달았다.

제니퍼와 결혼했을 때 두 사람은 로열 런던 병원 뒤쪽 화이트채플에 있는 방 한 개짜리 작은 아파트에서 살았다. 저녁마다 함께 샤워를 했고, 출근 시간과 퇴근 시간의 차이로 집에서 출발하는 시간이 한 시간이나 차이가 났음에도 불구하고 매일 아침 식사를 같이 했다. 그들은 자신들의 어린 시절에 대해, 직장에 대해(덕분에 한 번도 만나 본 적이 없지만, 서로의 회사 동료들을 자기 가족처럼 잘 알게 되었다) 이야기를 나누었다. 경제적인 여유가 있었다면 휴가를 떠났을 것이다. 그런 인생의 성취는 훗날로 미룬 채, 그 당시 관심사는 저녁 식사는 무엇이며, 집에 가는 길에 화장실 휴지와 쓰레기봉투를 사 오는 순서는 누구인가 하는 것이었다.

하지만 언제부터라고 정확하게 말할 순 없지만, 모든 것이 변했다. 시간이 지날수록 제니퍼가 점점 멀어지는 것이 느껴졌다. 그녀는 아침에 해리를 보면 갑자기 짜증이 나는 것 같았다. 아주 사소한 잔소리부터 시작됐는데, 오랜 세월이 지난 뒤에야 자신이 상처받았다는 것을 깨달았을 정도로 가벼운 내용들이었다.

"그것도 옷이라고 입은 거야?"

"거기 두지 마. 바보 같으니."

"우리 엄마는 당신과 결혼하지 말라고 했어." (해리: "장모님은 날 좋아하시는 줄 알았는데?")

"매기의 남편이 티파니 반지 사 온 거 알아? 티파니라고! 팔찌도 좋은 거였는데…."

데이트를 하던 중 해리는 제니퍼가 이상할 정도로 남의 마음을 상하게 말을 한다는 걸 깨달았다. 웨이트리스에겐 차분하지만 명확하게 음식에 문제가 있다고 말했고, 동생한테는 전화로 앞으로 정신 차리고 살라고 말했다. 하지만 그 당시엔 신경 쓰지 않았다. 그 레스토랑의 음식은 맛이 없었고 제니퍼의 동생도 독립해서 정신 차리고 살아야 할 상황이었다. 두 사람이 젊었던 시절 해리는, 제니퍼가 화가 났을 때 세상에 대한 분노를 가라앉히고 온화하게 만들어 주는 존재였다. 하지만 세월이 지나며 해리는 점차 제니퍼의 분노를 일으키는 존재가 되었다. 그는 가끔 아들이 한 명씩 태어날 때마다(두 사람 사이에는 아들만 셋 있다) 조금씩 큰 아파트로 옮기다가, 주택으로 들어갔을 때 제니퍼의 짜증이 늘어나는 것 같다는 생각을 했다. 마치 두 사람의 삶이 확장될수록 제니퍼의 애정이 줄어드는 것 같았다. 해리는 종종 화이트채플에 있던 작은 아파트로 돌아갔으면 좋겠다고 생각했다. 돌이켜보면 그 집에서 살 때 제니퍼가 불평을 늘어놓긴 했지만, 그래도 그에겐 가장 행복했던 시절이었다.

제일 견디기 힘든 건, 제니퍼가 아이들 앞에서 그에 대한 비판을 할 때였다.

"아빠 너무 바보 같지 않니?"

"아빠가 또 토스트를 태웠네. 얘들아, 아무래도 오늘 아침 식사는 시리얼인가 보다."

"아빠랑 결혼해서 미안해. 좀 더 똑똑한 사람과 결혼했다면 네들도 공부를 잘했을 텐데."

처음에는 아이들도 너무 어려서 그런 말들을 이해하지 못했다. 하지만 점점 자라면서 애들도 해리를 무시하기 시작했다. 어쩌면 그런 가족의 역학 관계가 정상적인 거라고 생각했을 수도 있다. 해리는 아들들이 엄마의 안 좋은 면을 못 본 척하고, 종종 따뜻하고(적어도 아이들에겐 다정했다) 활기찬 모습만 보려고 하는 이유를 이해할 수 있었다. 금요일 밤이면 제니퍼는 아들들을 위해 아이스크림과 사탕이 가득한 작은 바구니 세 개를 들고 돌아왔다. 그리고 아이들이 좋아하는 영화를 순서대로 고르게 해 주었다. 아이들이 아플 때면 제니퍼는 휴가를 내고 집에서 콩을 얹은 토스트와 젤리, 아이스크림을 만들어 주었고, 잠들 때까지 책을 읽어 주었다. 그리고 밤새 옆을 지키면서 애들 방 침대 옆 바닥에서 잠이 들었다. 언젠가 조너선이 아팠을 때 해리가 일을 끝내고 돌아와 보니, 제니퍼는 바닥에 앉아 사랑스러운 눈으로 아들을 쳐다보고 있었다. 해리는 그 모습을 보고 방에 들어박혀 울었다. 순간 죄책감과 수치심이 들었다. 엄마가 자식에게 헌신하는 건 당연한 일이다. 다만 제니퍼는 오래전부터 해리에겐 그런 눈빛을 보여 주지 않았다. 앞으로도 그런 일은 없을 것이다.

그날 밤, 해리는 조너선에게 책을 읽어 준 뒤, 아이가 몸을 꿈틀거리며 침대 끝에 놓여 있던 장난감 공룡을 들고 잠이 들 때까지 꼭 안아 주었다. 그리고 침실로 돌아가 제니퍼에게 평소보다 열정적으로 키스했다. 하지만 그녀는 먼 곳만 쳐다보고 있었다. '나한테 돌아와.' 해리는 생각했다.

그는 집에서 점점 더 외로움을 느끼기 시작했다. 그런 감정으로 직장에

나가면, 자신이 생각하는 것보다 훨씬 더 주눅 든 것처럼 보인다는 것을 알고 있었지만 떨쳐내기가 힘들었다. 해리와 제니퍼의 지인들은 대부분 제니퍼의 친구들이었다. 그래서 사람들에게 둘러싸여 저녁 식사를 할 때도 해리만 따로 떨어져 있는 것만 같았다. 그들을 지켜보면서 가끔씩 말을 하기도 하고 고개를 끄덕이기도 하지만, 진정으로 어울리는 건 아닌 것 같은 느낌이 들었다.

"친구들한테 그렇게밖에 못하겠어? 좀 더 잘해 줄 수 없어?" 제니퍼가 말했다.

"미안해. 좀 피곤해서 그랬어."

"다음번에는 피곤하지 않아야 할 거야. 믿을 수 없을 정도로 무례해 보이니까."

마사와 남편인 크리스도 제니퍼가 주관하는 저녁 식사에 가끔 참석했다. 해리가 한참 웃을 일이 없을 때, 마사는 그 주위에 있는 사람들 중에서 그를 웃길 수 있는 유일한 사람이었다. 하지만 그럴 때도 해리는 뜬금없이 제니퍼의 분노를 살까 봐 걱정하며, 스스로를 억누르고 감정을 숨겼다.

해리의 인생은 점차 예측이 불가능해졌다. 제니퍼의 기분은 점점 더 나빠지는 것 같았다. 그녀는 훨씬 더 자주 화를 냈다. 죄책감을 느끼면서도(해리는 제니퍼가 자신을 그런 식으로 대하는 것에 대해 죄책감을 가지고 있을 거라고 생각하지만, 확실한 건 아니다), 제니퍼는 아이들에게만 점점 더 맹목적인 애정을 쏟았다. 새 자전거를 사 주었고 '엄마와 아들'이 함께하는 영화 여행을 떠났으며, 밤샘 파티에 참석했다.

하루는 아들 세 명이 모두 친구들 집에서 자기로 되어 있었다. 그래서 해리와 제니퍼는 아주 오랜만에 두 사람만의 시간을 보내게 되었다. 제니퍼의 퇴근이 늦어지자, 해리는 아내가 돌아오면 바로 먹을 수 있게 저녁 식사를 준비하기로 마음먹었다. 화이트채플 아파트에서 살 때 제니퍼의 기분을 풀어 주곤 했던 타코를 준비했다. 그는 신경 써서 음식을 만들고, 뒷정리를 한 뒤, 사용한 그릇들을 식기세척기에 집어넣었다. 그런 뒤에 한숨 돌려 식탁에 레드 와인 병을 꺼내 놓고, 신문을 읽으며 제니퍼가 돌아오기를 기다렸다.

제니퍼는 집에 들어오기 전부터 화가 난 것처럼 보였다. 그녀는 현관문을 탁 닫은 뒤, 열쇠를 요란하게 탁자 위에 던졌다. 코트도 벗지 않은 채 주방에 들어온 제니퍼의 얼굴은 창백했다.

"직장에서 안 좋은 일 있었어?" 해리가 제니퍼를 위해 와인을 따르며 물었다.

"직장이야 매일 뭣 같지." 제니퍼가 말했다.

결혼 초기에 두 사람은 서로 직장에 대한 온갖 이야기들을 다 나누었다(어떤 일을 하고 있는지, 누가 승진했는지, 팀장의 경영 스타일에 대해 어떤 느낌이 드는지, 그날 하루 무슨 일이 있었는지). 세월이 지나면서, 제니퍼는 점점 해리에게 직장에 대한 이야기를 하지 않게 되었다. 그는 아내가 그 직장을 좋아한다고 생각했다. 지난 15년간 같은 회사에서 계속 일했기 때문이다.

해리는 뭐라 할 말이 없어 아내에게 와인 잔을 건넸다. 그녀는 해리가 요리하는 중간에 마시다가 잊고 내버려 둔 차갑게 식은 찻잔 옆에 그 와인 잔을 내려놓았다.

"이런 것 좀 바로 못 치워?" 제니퍼는 그 찻잔을 들어 남은 차를 개수대에 부어 버렸다. "애들이랑 똑같다니까."

제니퍼는 식기세척기 문을 열고 맨 위 서랍을 꺼냈다. 그러다 식기세척기에 들어 있는 설거지가 끝난 그릇들을 보더니, 조금 전 찻잔을 다시 들어 올렸다.

"빌어먹을." 제니퍼가 그 찻잔을 조리대 위에 쾅 내려놓으며 말했다. "맨 위 서랍에 접시들을 넣지 말라고 골백번도 더 말했잖아. 설거지가 제대로 되지 않는다고. 이렇게 되면 이 접시들은 전부 다시 씻어야 하니까 시간 낭비라고 수백 번도 더 말했어. 어째서 제대로 하지 못하는 거야? 이런 거

하나 제대로 못해?"

제니퍼가 식기세척기를 양손으로 짚으며 소리쳤다. 그러다 갑자기 식기세척기 서랍을 통째로 꺼내더니, 그대로 해리를 향해 집어 던졌다. 찻잔과 유리잔들이 튀어 나왔다. 해리가 몸을 피하자, 그릇과 컵들이 끔찍한 소리를 내면서 깨졌고 서랍도 발밑에 떨어졌다. 그는 머리가 어지러워지면서 어린 시절에도 느끼지 못했던 공포를 느꼈다. 해리는 엉망이 된 바닥을 내려다보며 제때 피하지 못했으면 어떻게 됐을지 생각해 보았다. 제니퍼는 식기세척기 옆에 서서 바닥을 내려다보다가 나지막이 울기 시작했다.

"괜찮아." 해리가 말했다. 하지만 괜찮지 않았다. 온몸이 떨리고 신경이 곤두서 있었다. "괜찮아. 내가 잘못했어."

제니퍼는 바닥을 한참 보더니 돌아서서 주방을 나갔다. 계단을 올라가는 발소리는 욕실로 사라졌다. 일단 그녀가 보이지 않자, 해리는 깨진 유리잔과 자기 그릇 조각들에 둘러싸인 채로 울기 시작했다. 눈물이 얼굴을 뒤덮었고 온몸이 떨렸다. 그는 부모님을 떠올렸다. 당장 전화를 하거나 차를 타고 달려가 어렸을 때처럼 부모님에게 안기고 싶었다. 하지만 아버지는 남자가 울 수 있다는 걸 믿지 않으셨다. 조금 전에 있었던 일과 그 순간 해리가 느꼈던 순수한 공포를 아버지가 알게 된다는 생각만으로도 부끄러웠다. 이제까지 이런 일은 없었음에도, 해리는 자신이 오래전부터 아내를 무서워하고 있었다는 것을 깨달았다. 스스로 그 사실을 인정하고 있었다고 해도, 다른 사람에게 말을 한다는 건 상상조차 할 수 없는 일이었다. 남자는 울지 않는다. 남자는 아내를 무서워하지 않는다.

해리는 엉망이 된 주방을 조용히 치웠다. 그 와중에 깨지지 않은 그릇 몇 개를 건져낸 뒤, 나머지 깨진 조각들은 신문지에 싸서 쓰레기 봉지에 넣었다. 해리는 개수대 옆에서도 깨진 자기 조각들을 발견했다. 벤이 여섯 살인가 일곱 살 때 그림을 그려서 선물로 주었던 그릇이었다. 다시 고칠 수 있을지도 모른다는 생각에 그 그릇 조각들은 따로 모아 두었다(물론 마음 깊은 곳에서는 가망이 없다는 것을 알고 있었지만). 해리는 신문지에 싼 유리 조각들과 자기 조각들로 가득 찬 쓰레기봉투를 들고 밖으로 나갔다. 조금 전 있었던 일을 떠올리게 하는 것을 집 안에 그대로 두고 싶지 않았다. 또한 안에 무엇이 들어 있는지, 왜 이런 것들이 버려졌는지 모른다고 해도 아이들에게 이 쓰레기봉투를 보여 주고 싶지 않았다. 그는 다음 주에 이케아에 가서 새 유리잔과 자기 그릇들을 사 와야겠다고 머릿속에 입력한 뒤, 혼자 자리에 앉아 저녁을 먹기 시작했다. 위층에서는 욕조에 목욕물을 받는 소리가 들렸다.

그날 밤 늦게 해리가 2층에 올라갔을 때, 제니퍼가 침실에서 누군가와 통화하는 소리가 들렸다. 방문이 살짝 열려 있었다. 그는 층계에 멈춰 선 채로 그 내용을 들었다. 아내가 누구와 통화를 하는지 알 수 없었지만 아마 동생이나 친구일 것이다.

"이렇게 사는 거 너무 싫어. 이게 정말 최선일까? 경멸하는 일을 하고, 매일 같은 사람이랑 잠을 자고, 인생을 완전히 소모시키는 세 아이를 키우면서 사는 것이? 가끔은 애들조차 보기 싫을 때가 있어."

해리는 제니퍼가 아무 방해 없이 통화를 마칠 수 있도록 조용히 계단을 내려갔다. 너무 많은 것을 엿들었다.

해리는 체육관에 다니기 시작했다. 처음에는 일주일에 한 번씩 갔지만, 오래지 않아 매일 저녁 찾게 되었다. 직장에서 돌아오는 길에 들르거나, 아이들을 재우고 난 뒤 밤늦게 가기도 했다. 아이들에게 잘 자라는 인사를 한 뒤 조용히 운동복 가방을 챙겨 집을 나서는 것이다. 해리는 이처럼 혼자 체육관에 가는 것이 집에 있을 때보다 훨씬 덜 외롭게 느껴진다는 것이 이상했다. 그는 러닝머신에서 뛰는 것을 좋아했다. 옆에서 러닝머신 위의 다른 사람들이 숨을 몰아쉬며 쿵쾅거리면서 뛰는 소리를 듣는 것이 좋았다. 실제로는 다른 속도로 각자 러닝머신 위를 뛰고 있지만, 어쩐지 모두 같은 경주에 참여한 것처럼 느껴졌다. 운동을 통해 일상생활이 어느 정도 유지될 수 있게끔 몸을 지치게 만들고, 편안해질 수 있는 방법을 찾아냈다.

"아빠가 '운동'을 시작하셨단다." 제니퍼가 '운동'이란 표현을 강조하면서 아이들에게 말했다. 이제껏 해리가 운동을 하지 않았던 건 사실이었다. 처음 운동을 시작했을 때도 체육관에 다니는 사람처럼 보이진 않았다. 사실 해리는 제대로 된 운동복조차 없어서 예전에 정원 일을 할 때 신던 낡은 운동화에, 역시 같은 목적으로 입었던 트레이닝복 바지, 여름에 입는 티셔츠를 입었다.

"중년의 위기 때문에 그런 거지." 제니퍼가 덧붙였다. "아빠를 계속 지켜보자꾸나. 다음엔 스포츠카를 살지도 모르니까!"

해리는 제니퍼의 말이 맞는 건지 생각해 보았다. 어쩌면 중년의 위기를 겪고 있는 것일 수도 있었다. 하지만 그는 이미 오래전부터 '위기'에 처해 있었다. '위기'란 말은 분수령이나 극적인 단일 사건처럼 들리지만, 그로선 그저 생활이었다.

체육관에 두 번째로 갔을 때 크리스와 마주쳤다. 두 사람은 처음엔 살짝 어색해하면서, 아내들의 안부만 전했다. 그러던 어느 날, 크리스가 해리에게 운동을 끝낸 뒤 레저 센터 카페에서 차나 한 잔 하자고 청했다. 해리는 기꺼이 받아들였다. 두 사람은 서로의 일(크리스는 부동산 중개인이었다)에 대한 근황과 아내와 아이들에 대한 이야기를 나누었다. 그리고 레저 센터 체육관의 장점과 단점에 대해서도 세세히 의견을 교환했다.

마사의 손을 잡고 네 번째 손가락에 끼워져 있는 새 결혼반지를 보고 있는 지금, 크리스를 생각하면 죄책감이 든다. 처음에 크리스는 제니퍼의 친구로 안면만 있는 사람이었다. 하지만 체육관에서 만나면서 두 사람 사이에는 우정이 생겼다. 해리는 친구가 많지 않았기에, 잠깐 동안 크리스는 가장 친한 친구에 속해 있었다. 그래서 크리스의 아내와 결혼했다는 사실이 미안하게 느껴지는 것이다. 하지만 해리도 어쩔 수 없었다. 그가 찾은 행복은 불미스러운 일들을 모두 지워 버리는 기적을 발휘했다.

마침내 해리가 아내를 떠나기로 결심했을 때, 보다 정확하게 말하면 이미 오래전에 내린 결정을 행동으로 옮기기로 하자, 모든 일들이 이상할 정도로 빨리 처리되었다. 친구들에게도 두 사람의 결혼이 끝났다는 소식이 전해졌다. 그리고 몇 주일 뒤, 마사가 전화를 했다. 해리는 처음에 제니퍼를 찾는 전화라고 생각했다. 그때 그는 여전히 그 집에 살고 있었다. 제니퍼는 적당한 거처를 찾고 짐을 정리할 때까지 얼마든지 오래 머물러도 좋다고 말했다. 해리의 입장에선 이상할 정도로 관대한 제안이었지만, 언제라도 뭔가 끔찍한 일로 뒤바뀔 것 같은 불안감이 느껴졌다.

"제니퍼를 바꿔 줄게요." 해리의 말에 마사가 재빨리 만류했다.

"아니에요. 당신하고 이야기하고 싶어서 연락한 거예요. 잠깐 통화 가능한가요?"

제니퍼는 막내아들인 벤과 2층에 있었다. 벤은 두 달 전 집을 떠났다. 이제 이곳엔 두 사람만 살고 있었다.

"네. 괜찮습니다." 해리가 대답했다.

마사는 서둘러 해리의 결혼 생활이 끝났다는 이야기를 들었다고 했다. 하지만 그녀는 위로의 말을 전하는 대신, 잠깐 그와 만나서 이야기하고 싶다고 했다.

"아실지 모르지만, 내 결혼 생활도 끝난 것 같아요. 그래서 누군가와 이야기를 나누고 싶어요. 같은 경험을 한 사람과 말이에요. 아직 크리스나 친구들에겐 말하지 않았어요. 달리 말할 사람이 없어서 연락드린 거예요."

해리는 다음 날 저녁 마사와 만나기로 했다. 두 사람은 웨스트 런던에 있는 해리의 사무실 근처에서 만났다. 마사의 직장과는 제법 거리가 떨어져 있어 제니퍼와 마주칠 가능성은 없었다. 해리는 사무실 근처의 카페 네로를 골랐다. 그 정도면 부부 동반으로 저녁 식사를 할 때 이외에 밖에서 따로 만난 적이 없는 여자와 만나기 적당하게 느껴지는 공개적인 장소였다. 그가 그곳에 도착했을 때 마사는 먼저 도착해 아몬드 모양의 눈으로 카페 안을 둘러보고 있었다. 그러다 해리를 발견하자, 마사의 얼굴에 미소가 떠올랐다.

해리는 오랜만에 따뜻한 느낌을 받았다.

그는 마사와 대화가 쉽게 이루어진다는 것을 알아차렸다. 평소 저녁 모임에서 해리는 크리스의 이야기나, 제니퍼와 마사가 다정한 태도로 직장에 관한 소문이나, 새로 부임한 대표 이사가 세운 계획에 대해 세세하게 열띤 토론을 벌이는 것을 가만히 듣기만 했다. 하지만 이 카페에서 그의 모든 관심은 마사에게 쏠려 있었다. 그녀는 나지막하면서도 단호한 목소리로 말했다. 한마디할 때마다 충분히 생각해서 말을 하는 것처럼 보였고, 잠깐씩 말을 멈출 때마다 자신을 표현할 수 있는 가장 정확한 말을 찾으려는 듯 눈썹을 찡그렸다. 그렇게 대화가 잠깐씩 끊어져도 해리는 신경 쓰지 않았다. 마사와는 침묵조차 대화를 할 때처럼 편안했다. 마침내 그녀가 적당한 말을 찾아낸 뒤에는 그 빈틈없는 표현이나, 자신의 감정을 완벽하게 전달하는 방식에 해리는 깜짝 놀라곤 했다. 그는 자신이 오랜 세월 동안 마사의 이런 면모를 간과했다는 사실에 놀라면서 자책했다.

마사는 크리스가 저지른 불륜에 대해 이야기했다. 이미 몇 년 전부터 알고 있었지만, 가장 최근에 딸 에이미의 스물한 살 된 친구 중 한 명과 바람을 피우는 것을 보고 이 결혼 생활이 끝났다는 것을 받아들였다고 무덤덤하게 말했다.

"불쌍한 건 나죠. 하지만 이상하게 이번엔 그 사람한테 연민이 느껴졌어요. 그 여자애는 남편을 바보로 만들었죠. 그 애한테는 그저 시시한 놀이였을 테니까. 그 여자애는 한 달 전에 헤어지자고 했지만, 남편은 받아들이지 못하고 있어요. 그 애를 사랑한다고 하면서요. 남편 꼴이 우스웠어요. 오랜 세월 동안 내가 받았던 상처에도 불구하고 말이죠. 결국 그 일로 난 남편을 떠날 결심을 하게 됐어요. 불쌍하게 생각하는 남자와 결혼 생활을 계속할 순 없었으니까요."

에이미는 이번 일도, 그전에 있었던 일들에 대해서도 아무것도 모른다고 했다. 마사는 딸이 아버지의 불륜을 알지 못하게끔 최선을 다했다. 심지어 크리스가 사귀었던 에이미의 친구 피비를 찾아가 에이미에겐 이 사실을 알리지 말아 달라고 차분하게 당부했다. 만일 피비가 그 약속만 해 준다면 크리스가 더 이상 연락하지 못하게 막아 주겠다고 했다.

해리는 마사를 보면서 이 부드러워 보이는 여성이 가지고 있는 힘을 알 수 있었고, 어쩐지 마음이 편안해지는 것을 느꼈다. 그들은 다음 날 저녁에 다시 만나기로 했고, 그다음 날도 만났다. 세 번째 만남에서 해리는 마사에게 제니퍼에 대해 말했다. 그는 처음으로 자신의 결혼의 진실과 끊임없이 두려움을 가지고 있었다는 사실을 인정했다. 마사는 해리의 이야기를 집중해서 들어 주었다. 그는 이전보다 훨씬 자유롭게 말하고 있다는 것을 느꼈다. 마사의 진지한 표정은 해리가 지난 세월 느꼈던 모든 두려움을 정당화시켜 주었다.

"직장에선 숨기려고 최선을 다하긴 했지만, 제니퍼는 아주 불행한 여자처럼 보였어요." 해리의 이야기가 끝나자 마사가 말했다. 그리고 한참 동안 입을 다물고 있다가 다시 말을 이었다. "언젠가 제니퍼도 돌이켜보면 당신을 이렇게 대한 걸 마음 깊이 후회할 거예요. 그렇다고 그런 날이 언제 올 것인지 궁금해하면서 남은 생을 보내선 안 돼요. 인생은 너무 짧으니까."

해리는 마사와 만난 것을 제니퍼가 어떻게 알았는지 알 수가 없었다. 하지만 그날 밤 집에 돌아왔을 때 현관 앞에 짐 가방과 작은 여행용 가방 두 개가 놓여 있었다. 제니퍼는 계단에 앉아 해리를 기다리고 있었다.

"회계부의 그년하고는 언제부터 바람이 난 거야?"

해리는 코트도 벗지 않은 채 문 앞에 서 있었다.

"무슨 말을 하는 건지 모르겠네. 지금 누구 이야길 하는 거야?"

"마사 라이트!" 제니퍼가 소리쳤다. "다 알고 있어! 저녁 모임이 있을 때 당신이 그 여자를 어떤 눈으로 봤는지. 내가 멍청했어. 그 긴 세월 동안 내 눈앞에서 그러고 있었는데."

해리는 싸울 힘이 남아 있지 않았다. 그래서 그대로 집을 나섰다. 트래블로지 호텔에서 지내다가, 2주 뒤 화이트채플에 있는 아파트를 구했다. 해리와 마사는 만남을 이어갔고, 1년 뒤 그녀가 그 집으로 들어왔다.

그 즈음 해리는 아들들을 몇 달간 만나지 못했다. 제니퍼는 아들들과 친구들에게 해리가 바람이 났다고 알렸다. 그는 이제는 모두 집을 나가 살고 있는 아들들에게 전화를 걸어 제니퍼의 말이 사실이 아니라고 설득하려고 애를 썼다. 하지만 아들들은 해리와 말하고 싶어 하지 않았다.

이제 해리의 인생에는 마사밖에 없었다. 그녀가 이사 온 지 얼마 되지 않은 저녁, 마사는 소파 위에 올린 해리의 다리 위에 자기 다리를 올린 채 앉아 있었다. 두 사람은 프레스코 한 병을 나눠 마셨다.

"해리, 제니퍼도 당신과 내가 진짜 바람을 피웠다고 생각하진 않을 거야." 마사가 부드럽게 말했다.

마사가 이야기를 하는 동안, 해리는 마사의 하얗게 센 금발 머리를 귀 뒤로 넘겨 주었다.

"난 그렇게 생각해. 하지만 그런 주장으로 자신의 행동에 정당성을 얻었겠지. 나쁜 아내였고, 나쁜 엄마라는 죄책감도 덜어 주었을 테고. 제니퍼는 자기가 저지른 짓을 당신이 아이들에게 말할지도 모른다는 생각만으로도 견딜 수 없었을 거야. 우리가 불륜을 저질렀다는 거짓 주장이 제니퍼를 구한 거지."

해리는 분노가 솟구치는 것을 느꼈다. 그는 아들들과 친구들, 가정과 모든 사람들을 잃었다. 오로지 제니퍼의 환상을 지키기 위해서.

해리의 분노를 느낀 마사는 그의 이마에 부드럽게 키스를 한 뒤, 자기 이마를 기댔다.

"이젠 상관없는 일이야. 그렇지? 당신과 내가 서로를 구했으니까." 마사가 조용히 말했다.

해리는 카페에서 마주 앉아 있는 마사를 쳐다본다. 인생의 늘그막에 엄청난 행복을 가져다준 여자를. 그날 밤 그녀의 미소와 그 말들이 떠오른다.

그에게 더 이상 친구는 필요 없다. 아무도 필요 없다. 해리에겐 마사만 있으면 된다.

모나

"더 필요한 게 있으세요?" 창가에 앉아 있는 커플에게 모나가 묻는다. 두 사람은 여전히 여행 가방을 옆에 둔 채 자리에 앉아 있다. 앞에 놓인 접시에는 빵가루만 남아 있다.

"한 잔 더 마실까? 아직 시간이 좀 남았는데." 여자가 묻는다.

그리고 그 여자는 모나를 돌아본다.

"이 사람 때문에 공항행 기차 출발 시간보다 몇 시간이나 일찍 도착했다니까요!"

여자는 고개를 젓더니, 애정이 가득 담긴 눈으로 남자를 흘겨본다. 해리는 미소를 지으며 마사의 무릎을 두드린다.

"여유를 즐기고 싶었잖아? 신혼여행도 좀 더 일찍 떠난 거고. 덕분에 케이크도 먹고, 사람들 구경도 실컷 했으니 좋잖아!"

"아무래도 얼 그레이 한 잔 더 하는 게 좋겠어요. 이 사람한테는 커피 한 잔 더 주시고요." 마사가 말한다.

모나는 몇 분 뒤, 김이 모락모락 나는 커피와 홍차를 들고 돌아와 두 사람 앞에 잔을 내려놓는다. 그녀는 잠시 두 사람을 지켜본다. 모나의 부모님이 이혼하기 전 같이 살고 있을 때 부모님에게 바란 것이 바로 지금 그들이 보여 준 애정과 온기 같은 것이었다.

그녀는 두 사람에게 미소를 지어 보인 뒤 카운터로 돌아온다. 소피아에게 합류해, 근무일마다 북엔드처럼 자신을 받쳐 주는 커피를 기다리는 사무실 직원들에게 커피를 내려 준다. 타이를 느슨하게 매고 있는 남자가 휴대폰을 확인하고 있다. 그 옆에는 헐렁한 원피스에 운동화를 신은 여자가 유리 판매대 안에 있는 케이크를 뚫어지게 쳐다보고 있다. 모나가 그 여자에게 커피를 주고 나자, 대기 줄이 어느 정도 줄어든다. 소피아는 다시 테이블 손님들의 주문을 받으러 가고, 모나만 카운터에 남는다.

"주문하시겠어요?" 대기 줄 맨 끝에 있던 마지막 손님이 앞으로 다가오자 모나가 묻는다. 지친 얼굴로 무거워 보이는 노트북 가방을 어깨에 메고 있는 젊은 여자 손님이다. 그 여자가 모카치노 한 잔을 주문하자, 모나는 커피 머신 쪽으로 돌아선다. 커피가 다 준비된 뒤, 그녀는 한 손에 커피 잔을 든 채 돌아서다가 하마터면 잔을 떨어뜨릴 뻔한다. 그 여자 손님 뒤로 카페 문이 열리고 누군가 머뭇거리며 안으로 들어오는 모습을 봤기 때문이다.

"모카치노 나왔습니다." 모나는 떨리는 목소리와 손을 애써 숨기며 말한다. 그녀는 자신의 떨리는 모습을 보이지 않을 것이다.

여자 손님이 그곳을 떠난 후 남자가 모나를 응시하며 앞으로 다가온다.

"여긴 어쩐 일이에요?" 남자가 카운터 앞에 이르자, 모나가 날카롭게 말하며 팔짱을 낀다. 소피아가 모나를 돌아본다. 모나는 자신이 알아서 할 수 있다는 것을 알리듯 그녀에게 고개를 끄덕여 보인다. 적어도 지금은 그럴 수 있기를 바란다. 그리고 모나는 그 남자를 돌아본다. 그는 양손을 마주 잡고 있다.

"싸우고 싶지 않아요. 모나." 자하임이 말한다. 벌겋게 달아오른 얼굴에, 걱정이 가득한 갈색 눈을 보고 있자니 모나는 속이 울렁거린다. "그저 해나와 이야기하고 싶은 것뿐이에요. 해나가 카페에 나오는 날인 줄 알고."

"해나는 안 나와요." 모나가 대답한다. 그런 일이 있었는데도 이곳을 찾아온 자하임의 무례함을 믿을 수가 없다. 만일 해나가 일하는 시간이었으면 어떻게 됐을까? 직장인 데다가, 사람들 앞이라 어쩔 수 없이 해나가 이야기를 할 수밖에 없게 몰아붙이려는 것일까? 손님들 앞에서, 동료들 앞에서 해나를 곤혹스럽게 만들 생각인 건가? 모나는 분노가 끓어오르는 것을 느낀다. 자하임을 만나기 전에 해나는 자신의 일에 집중했고, 모나와의 사이도 가까웠다. 그가 나타나기 전에는 모든 것이 좋았다.

"해나가 내 전화를 안 받아요." 자하임이 바닥을 내려다보며 소심하게 말한 뒤 모나를 쳐다본다. 그의 머리카락이 눈을 가리고 있다. 소년 같은 그 남자의 얼굴을 해나가 좋아했다는 것을 알고 있지만, 모나로선 역겹기만 하다. 그녀는 소피아가 테이블 손님들을 응대하면서도 계속 이쪽을 주시하고 있음을 알아차린다. 소피아는 자하임을 쳐다보면서, 모나와 자하임의 대화에 귀를 기울이고 있다.

"그쪽 같은 도둑의 전화를 받을 리가 없잖아요." 모나가 말한다.

그녀는 일부러 약간 크게 말을 한다. 손님들이 들어도 상관없다. 아니, 손님들이 듣기를 바란다. 손님들 중 몇 명은 고개를 들고 카운터 쪽을 쳐다본다. 손님 중에는 곤란해하는 사람들도 있고, 호기심을 가지는 사람들도 있다. 모나는 창가에 앉은 나이든 커플을 쳐다본다. 그들은 걱정스러운 표정을 짓고 있다. 어떤 이유에선지 그 모습에 모나는 더 화가 난다. 자하임이 저 다정한 손님들의 차분한 오후를 망쳤기 때문이다. 여기가 어디라고 찾아온단 말인가…. 모나는 바닥에 양발을 단단히 딛고 서서, 몸을 곧게 쭉 편다. 그녀가 자하임보다 키가 크다는 사실이 갑자기 중요해진다.

"그냥 해나와 이야기를 하고 싶어요." 자하임이 주머니에서 손을 빼며 조용히 말한다. "미안하다고 말하고 해명하기 위해서요. 우리가 헤어졌을 때, 해야 할 말을 다 하지 못했어요…. 어쩌다 그런 일이 생긴 건지 해나도 알아야 해요. 난 해나에게 상처를 줄 생각은 전혀 없었어요."

"해나가 알아야 할 일은 더 이상 없어요." 모나가 거칠고 강한 목소리로 말한다. "당신은 해나에게 거짓말을 했고, 그 애의 돈을 훔쳤어요. 해나의 집에서, '우리' 집에서. 당신과 헤어진 뒤에 해나는 훨씬 잘 살고 있어요. 당신이 떠나서 해나는 행복해요."

엄밀히 말하자면 모나의 말은 사실이 아니다. 사실 해나는 간신히 침대에서 일어나 일상생활을 하고 있고, 감정을 숨기려고 애를 쓰고 있지만 여전히 이별 후유증에 시달리고 있다. 모나는 해나를 생각하면 연민으로 마음이 아프기도 하지만, 해나가 자신을 대했던 태도도 떠오른다. 그녀가 한 비난들, 점점 멀어지는 거리감. 자하임에 대한 모나의 분노에는 일정 부분 해나에 대한 분노도 있다.

"난 해나가 그리워요. 틀림없이 해나도 날 그리워하고 있을 거예요. 이야기만 나눌 수 있으면…." 자하임이 끈질기게 버틴다.

하지만 모나는 그의 말을 가로막는다.

"이제 그만 가 보는 게 좋을 것 같군요." 모나가 말한다.

그렇게 말을 하는 사이 뒤쪽에서 인기척이 느껴진다. 모나가 돌아보니 알렉산더가 주방에서 나왔고, 테이블 사이를 돌아다니고 있던 소피아도 카운터 뒤쪽에 팔짱을 낀 채 가만히 서 있다. 지원군을 확인하게 되자 모나는 안도감과 함께 또 다른 분노가 솟구친다. 그녀는 혼자가 아니다. 알렉산더는 아무 말도 하지 않고 양손을 허리에 올린 채, 주방 문 옆에 서서 자하임을 위압적으로 노려보고 있다.

"모나가 한 말 들었죠. 어서 나가요. 그만 꺼지란 말이에요." 소피아가 말한다.

모나는 소피아의 목소리에 담긴 분노에 깜짝 놀란다. 소피아는 항상 조용했다. 하지만 지금 그녀는 모나와 똑같은 자세로 서서, 강하고 단호한 목소리로 말하고 있다.

자하임은 눈에 띄게 불안한 모습으로 세 사람을 본다. 알렉산더를 가장 오래 쳐다본다. 알렉산더는 아무 말 없이 그 자리에서 서 있다. 카페에 있는 사람들 모두가 자하임을 쳐다보고 있다. 자하임은 갑자기 그 시선에 주눅이 든 것처럼 보인다. 그가 해나를 조종하고, 자신의 매력으로 해나를 속여 왔는지는 모르지만, 지금 이곳에 있는 사람들에겐 아무것도 통하지 않는다. 모나는 가슴이 두근거리는 것을 느낀다.

"지금 이곳에 그쪽이 있는 걸 원하는 사람은 없는 것 같군요." 자하임이 서 있는 근처 좌석에 앉아 있던 손님이 말한다.

모나는 더 이상 아무 말도 하지 않는다. 아무 말도 할 필요가 없다. 자하임은 잠시 머뭇거리다가 그대로 돌아선다.

"다신 이곳에 얼씬댈 생각하지 마쇼." 갑자기 알렉산더가 말한다. 순간 자하임은 멈춰 서서 카페와 모나를 돌아본다. 두 사람의 눈이 한순간 마주친다. 자하임의 얼굴은 이 상황을 수긍한 것처럼 보인다. 모나는 자하임을 보는 것이 이번이 마지막이며, 더 이상 그가 이 카페에 나타나는 일도 없을 거라고 생각한다.

마침내 자하임이 카페를 나가자, 조금 전 그에게 말을 했던 손님이 작은 환호성을 지른다.

"소란스럽게 해서 죄송합니다." 모나가 손님들에게 말한다. 조금 뒤 카페는 평소 모습으로 돌아가, 손님들은 각자 이야기를 나누며 음료를 마신다.

"괜찮아요?" 소피아가 모나의 팔에 손을 올리며 묻는다. 모나는 고개를 끄덕인다.

"고마워. 도와줘서 정말 고마워." 모나가 소피아에게 말한다.

소피아는 어깨를 으쓱하더니, 부스 석에 앉아 있는 젊은 커플의 주문을 받으러 나간다. 모나는 마음을 가라앉히고 아직 남아 있는 분노를 삭이기 위해 애를 쓴다. 그러다 알렉산더가 여전히 주방 문 앞에 서 있는 것을 알아차린다.

"고마워요, 알렉산더." 모나가 미소를 지으며 말한다. 그가 어깨를 으쓱한다.

"저건 누구요? 애인?" 알렉산더가 문 밖으로 나간 자하임을 가리키며 묻는다.

모나가 씁쓸하게 웃는다.

"아뇨." 모나는 순간 알렉산더가 미소 짓는 것처럼 보여 의아해하면서 대답한다. "해나의 남자 친구였죠. 3주 전에 헤어졌어요."

알렉산더가 고개를 끄덕이고는 잠시 멈춰 서 있다. 모나는 순간 그가 뭔가 더 할 말이 있는 건가 생각이 들지만, 알렉산더는 그대로 주방으로 돌아가고, 카페도 조용해진다. 하지만 모나는 진정이 되는 대신 자하임의 등장으로 아무리 애를 써도 잊히지 않는 지난 일이 고스란히 되살아난다. 지난 몇 달간 있었던 모든 일들 중, 유독 그 일만큼은 목구멍의 가시처럼 그대로 남아 있다. 차갑고 냉정한 추억으로 그 자리에 남아 있다. 모나는 지금 현재 카페에 손님이 많지 않은 것에 다시 한 번 안도한다.

해나와 모나의 사이는 점점 더 멀어지고 부자연스러워졌지만 해나는 알아차리지 못하는 것 같다. 두 사람이 아파트에 함께 있을 때나, 카페에서 같이 일을 할 때도 해나는 정신이 딴 데 팔린 채 휴대폰만 들여다보고 있거나 시계를 쳐다보고 있는 경우가 종종 있다. 자하임을 만날 시간만을 기다리고 있는 것처럼 보인다. 해나는 카페에서 일이 끝나는 즉시 자하임의 아파트로 향했고, 그곳에서 보내는 시간이 점점 더 많아졌다.

하지만 해나는 종종 아무것도 변한 게 없는 것처럼 가볍고 경쾌해 보인다. 그녀는 꽃을 사서 현관에 있는 꽃병에 꽂아 둔다. 어느 날 저녁에는 모나가 일을 마치고 돌아와 보니 자기 침실 협탁에 거베라가 꽂혀 있다. 그녀는 그 꽃 옆에서 잠이 든다. 비록 모나가 좋아하는 꽃이기는 하지만, 갑자기 그 꽃들이 가식적인 활기를 주는 것처럼 보인다.

모나는 오디션과 무용 연습, 카페 근무에 열중한다. 그 일은 해나와 이른 아침 시간에 일을 할 때 일어났다. 두 사람이 소금과 후추 통을 채우고 있을 때, 해나가 결코 해서는 안 되는 그 질문을 한다.

"모나, 요즘 재정 상태는 괜찮아?"

순간 모나는 깜짝 놀라 해나를 멍하니 쳐다본다. 카페 안은 조용하다. 나이가 많은 단골 한 명만이 자리에 앉아 손가락으로 박자를 맞추며, 오래된 아이팟으로 음악을 듣고 있다.

"무슨 뜻으로 하는 말이야?" 해나의 질문의 뜻을 알아차린 모나는 그녀의 대답을 기다린다.

두 사람 모두 돈에 대해서만큼은 예민했다. 안정적으로 외식을 하거나, 포장 음식을 먹을 수 있을 정도로 팁을 많이 받는 때도 있지만, 은행 잔고를 슬쩍 보는 것만으로도 몸이 아픈 것처럼 느껴질 정도로 상황이 안 좋은 때도 있다. 종종 어려운 상황을 해결하기 위해 저축에 손을 대는 경우도 있다. 오랜 세월 동안 익숙해지긴 했지만 끊임없이 되풀이되는 일이다. 그녀가 받아들여야 할 삶의 일부분이다. 직접 이야기를 나눈 적은 없어도 해나 역시 이런 경제적인 고역을 겪고 있다는 걸 알고 있다. 이야기를 나눌 필요가 없다. 둘 중 누구든 저녁 식사로 콩을 얹은 토스트를 먹거나, 스텔라에게 추가 근무를 요청하는 걸 보면 설명할 필요도 없이 바로 알 수 있는 일이다. 해나가 이렇게 돈에 대해 직접적으로 언급한 건 이번이 처음이다.

해나는 숨을 들이마시더니 재빨리 말을 잇는다. "지갑에 넣어 뒀던 20파운드 지폐가 없는 것 같아서. 사실 최근 들어 이런 일이 몇 번 있었거든. 별일 아니지만, 그래도 혹시 이번 달에 좀 빠듯해서 돈을 빌려간 거면 그냥 말해 줬으면 해."

모나는 목이 턱 막히는 것 같은 느낌이다. 지금 자기가 해나의 말을 잘못 들은 건 아닌지, 적어도 잘못 이해한 건 아닌지 생각해 본다. 하지만 지금 이 말을 다른 뜻으로 받아들일 여지가 있는가? 해나는 바닥을 내려다보고 있다가 뭔가 살피듯 재빨리 흘낏 쳐다본다. 모나와 눈이 마주치자 해나의 표정이 살짝 흔들린다.

"네가 가져간 거야?" 해나가 조용히 묻는다.

무슨 말이든 하려고 입을 벌리지만, 모나는 적당한 말을 찾지 못한다.

자신의 가장 친한 친구를 쳐다보면서 그 친구가 한 말의 함축적인 의미에 담긴 맹렬한 열기에 온몸이 타들어가는 것 같다. 모나는 지난 몇 달간 두 사람의 사이가 껄끄러웠다는 것을 알고 있었다. 하지만 이 정도로 나빠졌단 말인가? 모나는 자하임과 해나의 관계에 대한 자신의 감정을 열심히 숨겼다. 해나와 최근 몇 달간 문제가 있긴 했지만, 그래도 몇 년 동안 친구였다. 자신의 가치가 동거인이자 친한 친구에게 이런 의심을 받을 정도밖에 되지 않는단 말인가? 해나를 쳐다보자 귀가 울린다. 갑자기 낯선 사람을 보는 것 같다.

“어떻게 내가 네 돈을 훔쳤다고 생각할 수 있어?” 모나가 마침내 입을 연다. 소리 내어 말하는 것조차 괴롭고, 그 말이 입술을 지나 귓가에 울릴 때 진짜 그런 말을 내뱉었다는 것을 믿을 수 없을 정도다. 평소 잘 울지 않지만 이번만큼은 분노와 상처, 혼란스러움에 쏟아지려는 눈물을 애써 참고 있다.

“훔쳤다는 게 아니야.” 해나가 서둘러 말한다. “그냥 월세가 부족하거나 조금 힘든 상황이면 그럴 수도 있다는 거지….”

해나는 말끝을 흐리며 또다시 시선을 내린다. 그녀가 모나의 눈을 피하는 모습은 지금 하고 있는 말이나 그 속에 함축된 의미만큼 상처다. 비록 해나가 “훔쳤다는 게 아니야.”라고 말해도, 모나의 입장에선 다른 식으로 해석할 길이 없다. 표현을 조금 순화했을 뿐, 마치 판사 앞에 서 있는 것처럼 자신에게 죄를 덮어씌우고 있다.

모나는 해나에게 어떻게 이런 질문을 할 수 있는 건지, 어떤 지점에서 제일 친한 친구가 잠재적인 도둑으로 바뀌게 된 것인지 묻고 싶다. 아니면 애초에 자신을 믿지 못했던 것일까? 두 사람이 같이 살고, 함께 웃고 울며 포장 음식을 나눠 먹고, 카페에서 일하며 온갖 이야기를 나누었던 그 시간 동안 해나는 그런 감정을 숨기고 있었던 것일까? 만일 해나가 모나가 정말 돈을 훔쳤다고 믿고 있는 거라면 애초에 친구로 생각조차 하지 않았다는 뜻이다. 모나는 함께했던 시간 동안 해나를 자매처럼 생각했다. 진짜 가족의 결함을 메우기 위해 자신이 직접 선택한 가족으로 여기고 있었다. 만일 해나가 정말 모나를 이런 식으로 보고 있다면, 두 사람은 단순한 동거인이자 동료에 불과했던 것이다.

"아니야, 해나." 모나는 감정을 억누르고 울지 않으려고 애를 쓰며 말한다. "난 네 돈을 가져간 적 없어."

해나는 살짝 얼굴을 찌푸렸다가, 이내 구름이 걷히고 해가 나는 것처럼 밝게 미소 지으며 어깨를 으쓱한다.

"미안해. 내가 실수했네. 아무래도 전에 그랬던 것처럼 현금인출기 앞에서 돈을 떨어뜨린 모양이야. 지금 내가 한 말은 잊어줘. 알았지?"

해나는 소금과 후추 통을 채우는 일로 돌아가, 커다란 상자에 들어 있는 소금을 작은 유리통에 부어넣는 일에 집중한다. 모나는 해나가 지금 무슨 생각을 하고 있는지, 어떤 사과나 변명을 하려고 할 것인지를 생각하며 그 모습을 쳐다본다. 하지만 아무 말도 없자, 모나는 해나에게서 시선을 거두고 후추 통을 집어 든다.

"알았어." 모나가 말한다. 하지만 그 일을 잊을 순 없다.

그 일이 있은 다음 날, 모나는 파리 무용단에 이력서를 보냈다. 일주일 전에 이미 그 구인광고를 봤고, 자신에게 적합한 자리였지만, 다른 도시에서 일해야 한다는 사실에 실망했었다. 모든 것이 완벽했음에도 불구하고 그 광고를 처음 봤을 때 모나는 지원해야겠다는 생각조차 하지 않았다. 하지만 해나가 자신을 도둑으로 몰았던 다음 날, 모나는 댄스 수업을 끝내고 집으로 돌아가는 버스 안에서 인스타그램으로 포피와 앙트완의 사진을 찾아보다가 파리 무용단의 구인 광고를 떠올렸다. 모나는 친구의 미소 짓는 얼굴

을 보다가 처음으로 런던을 떠나면 어떻게 될지를 상상해 보았다. 아직 파리엔 가 본 적이 없었지만, 뭔가가 갑자기 속에서 끓어올랐다. 그곳에서의 생활이 떠오르기 시작했다.

그날 저녁, 모나가 집에 도착했을 때 아파트에는 아무도 없었다. 현관 옆 탁자에 열쇠를 내려놓았을 때, 거울에 붙어 있는 메모가 보였다. 자하임 집에서 자고 올게. 해나. 모나는 아파트를 돌아다니며 수년간 욕실에 까맣게 눌어붙은 곰팡이와 주방 천장에 벗겨진 페인트, 2년 전에 붙였는데 결코 떨어지지 않는 복도 천장 구석의 장식용 반짝이 조각을 본다. 작고 비좁은 아파트임에도 불구하고, 지난 몇 년간 모나에겐 집처럼 느껴졌던 곳이다. 하지만 이 복도에 혼자 서 있으니, 전날 밤 해나에게 들은 말의 고통이 피부에 새겨지기라도 한 것처럼 생생하게 느껴진다. 모나는 자신이 더 이상 이곳에 속해 있지 않는 것처럼 느껴진다. 마치 새 가구에, 벽에 사진 액자를 걸어놓고 사는 새로운 가족을 찾던 유년 시절로 돌아간 것 같다. 갑자기 이 아파트에 자신이 어울리지 않는 것 같은 느낌이 들었다. 여전히 모나가 사는 곳이었지만 더 이상 집처럼 느껴지지 않았다.

모나는 그날 저녁 지원서를 썼고, 마음이 변하기 전에 보냈다. 그리고 화가 나서 그런 게 아니라고 자기 자신에게 말했다. 좋은 일자리였고, 언제나 생각하는 것처럼 자신의 일에 대해 진지하다면 어쨌든 지원해야 할 곳이었다. 하지만 그 지원서를 보내고 난 뒤 그 일에 대해 별로 생각하지 않았다. 답신이 있을 거라고 생각하지 않았다.

카페에서 모나는 조용히 이야기를 나누고 있는 손님들을 둘러본다. 그리고 이제 새삼스레 따뜻한 느낌과 새로운 눈으로 보게 된 소피아를 쳐다본다. 모나는 조금 전 자하임이 서 있던 자리를 보며 서서히 분노가 가라앉는 것을 느낀다. 이제 그는 떠났고, 다시는 이곳에 나타나지 못할 것이다.

오후 6시

마사

마사는 차를 마시면서 카페 안에 있는 다른 사람들에게로 관심을 돌린다. 조금 전 검은 머리 웨이트리스가 짧은 머리에 살짝 귀가 튀어나온 젊은 남자에게 소리치는 광경을 마사는 걱정스러운 눈으로 지켜보았다. 그 남자는 척 봐도 믿음이 가지 않는다. 당혹스러워하며 뉘우치는 것처럼 보이지만, 마사가 보기엔 진심인 것 같지 않다. 그녀에겐 사람의 진실됨을 알아보는 방법이 있다. 젊을 때는 잘 모르겠지만(그때도 알았더라면 크리스와 결혼하는 일은 없었을 것이다), 세월이 지나고 나이를 먹으면서 점차 정확해졌다.

이제 다시 카페 분위기는 정상으로 돌아와, 집에 가기 전 커피를 마시러 들른 직장인들의 웅성거림으로 가득하다. 사람들이 분주히 오가는 바깥 거리를 보며, 마사는 이제 길 건너편으로 넘어가 공항행 기차를 타야 할 시간이 가까워졌음을 떠올린다. 이곳에 너무 일찍 왔다고 해리를 놀렸지만, 사실 지금은 마사가 좋아하는 시간이다. 해리와 함께 카페에 앉아 창밖을 구경하는 일이라면 몇 시간이든 할 수 있다. 물론 해리도 그 사실을 알고 있다. 마사의 타박에 애정이 듬뿍 깃들어 있는 이유다.

애처로운 표정을 한 여자가 케이크 진열대에서 시선을 떼지 못한 채로 오렌지 주스를 주문했다가, 다시 마음을 돌려 계산하기 전에 캐러멜 쇼트 브레드를 주문한다. 웨이트리스가 쇼트 브레드를 조심스럽게 종이봉투에 담는 동안, 여자는 종이에 배어나오는 거무스름한 얼룩을 지켜보고 있다. 여자는 쇼트 브레드의 기름얼룩이 퍼지는 것을 지켜보며 카드 비밀번호를 누른다. 웨이트리스가 쇼트 브레드 봉투와 오렌지 주스를 건네주자, 여자는 그 봉투를 재빨리 핸드백 속에 넣는다. 그 여자 뒤에 서 있던 남자와 여자는 아메리카노 두 잔을 포장용으로 주문한다. 그들은 웨이트리스가 커피를 내리는 동안 휴대폰을 들여다보고 있다.

"자동차 보험 갱신하는 거 잊지 않았지?" 그 여자가 고개도 들지 않고 남자에게 묻는다.

"응." 여자 옆에 있던 남자가 대답한다.

"클라라의 집회가 있는 다음 주 금요일 반차 신청도 했고?"

"응." 남자가 대답한다.

여자는 고개를 끄덕인다. 두 사람은 아메리카노를 받아 들고 말없이 돌아서서 카페를 나선다.

마사는 텅 빈 찻잔을 내려놓고 해리의 손을 잡는다. 조금 전에 있었던 젊은 남자와 웨이트리스의 싸움을 떠올리자, 새삼 해리의 정직함과 온화함이 고맙게 느껴진다.

"당신이랑 여기 있으니까 너무 좋아." 마사가 말한다.

"여기라니, 구체적으로 어딜 말하는 거야? 혹시 이 카페에 있는 게 그렇게 행복하다면 신혼여행을 취소할 수도 있어!" 해리가 대답한다.

마사가 웃는다. 비록 두 사람은 이번 여행을 위해 적금의 상당액을 헐었지만, 해리 역시 그녀 못지않게 신혼여행을 기대하고 있다는 걸 알고 있다. 새로운 시작을 알리는 방법으로 이번 여행이 적절한 것 같은 느낌이다. 마사에게 첫 번째 신혼여행은 어째서인지 그다지 의미 있는 것처럼 느껴지지 않았다. 두 번째 결혼식보다 훨씬 화려했던 결혼식이 너무 힘들었기 때문일지 모른다. 교회에서 식을 올리고, 전원주택에서 피로연을 했다. 어린아이 키만 한 케이크를 앞에 놓고 마사가 생각했던 것보다 훨씬 길게 춤을 추고 축하 연설이 이어졌다. 너무 웃어서 얼굴이 얼얼할 정도였지만, 행복을 확신할 정도의 느낌은 아니었다.

두 사람이 빌린 빈티지 차를 타고 공항으로 출발했을 때 마사는 녹초가 되어 있었다. 물론 그 당시엔 인정하지 않았다. 모리셔스는 크리스의 선택이었다. 너무나 아름다운 곳으로, 그가 생각하기엔 '완벽'한 신혼여행지였다(신문에서 읽었을 것이다). 하지만 그곳에서 며칠 지내자, 마사는 지루함을 느꼈다. 호텔 리조트에는 신혼부부들로 가득했다. 아침 식사, 점심 식사, 저녁 식사를 하면서 그들을 지켜보다 보니, 며칠 지나 결혼식의 흥분이 가라앉자 해묵은 습관들이 나오는 것을 알아차렸다. 신혼부부들은 서로에게 딱딱거리기 시작했다. 아주 심하진 않았지만 충분히 알아차릴 수 있을 정도였다. 그리고 상대방의 말을 가로막고, 서로의 농담에 진심으로 웃어 주지 못했다. 마사는 그런 모습들을 지켜보면서 가슴이 조이는 것을 느꼈다. 그녀와 크리스도 저렇게 보일까? 마사는 리조트에서 벗어나 혼자 오랫동안 산책을 했다. 그때 물가에 있던 신혼부부용 스위트룸에 갇혀 있는 것 같다는 느낌을 받은 것이 갓 결혼한 긴장감 때문이 아니었다는 것을 깨닫는 데 35년이 걸렸다.

마사의 첫 번째 결혼은 35년 동안 유지되었고, 두 딸을 낳았다. 그 딸들도 어른이 되었다. 하지만 이 두 번째 결혼이야말로, 자신의 진정한 결혼인 것처럼 느껴졌다. 첫 번째 결혼은 이번 결혼을 위한 사전 시운전인 것 같았다. 해리와 함께 보내지 못하고 날려 버린 그 세월을 생각하면 마음이 아프다. 그녀는 딸들에게 그런 후회에 대해 말하지 못한다. 하지만 가끔 그 후회가 슬며시 다가와 마사를 꼭 붙잡곤 한다. 하지만 그 외 다른 날들은 적어도 지금을 위해 준비한 시간이었다는 생각을 한다. 마사는 그 결혼의 의미를 잘 알고 있다. 35년의 경험이 해리와의 두 번째 결혼을 가져다준 것이다.

하지만 크리스와 헤어진 뒤, 해리와 만나면서 결혼하기까지 10년이나 기다린 이유는 무엇일까? 크리스가 잘못을 저질렀다는 건 일찍부터 알고 있었다. 처음 바람을 피웠을 때 그는 반성했고 두 사람은 눈물을 흘리며 그 일을 넘기기로 했다. 하지만 크리스는 그 뒤로 계속 바람을 피웠다. 그러다 마사는 해리를 만났다. 성격이 좋고 재미있는 남자인 해리는 저녁 식사 자리에서 마사를 웃게 만들곤 했다. 그 때문에 제니퍼와 크리스 두 사람 다 불편했겠지만, 마사도 어쩔 수 없었다. 스스로를 제어할 수가 없었다. 남편에게선 보지 못했던 것을 해리에게서 보았음에도, 그를 만나자마자 바로 집을 떠나지 못했던 이유는 무엇일까? 딸들 때문이었다. 사랑하는 딸들. 그때만 해도 아이들이 어려서 넘어지거나, 친구들과 틀어져서 울 때면 마사의 심장이 찢어질 것 같이 아팠다. 아이들을 행복하게 해 줄 수만 있다면 무엇이든 할 수 있었다. 그녀로 인해 아이들을 고통스럽게 만들 순 없었다. 남편과 헤어지게 되면 아이들에겐 큰 고통이 될 거라는 것을 마사는 잘 알고 있었다. 그녀는 남편과의 문제를 아이들이 모르게 하기 위해 노력했다. 주말마다 아이들을 조부모나 여동생에게 보냈다. 그 사이에 크리스와 주말 내내 소리 지르며 싸우거나, 서로를 무시한 채 주방에서만 잠깐씩 부딪칠 뿐, 완전히 떨어진 채로 이틀 동안 지냈다. 이 결혼으로 마사가 얼마나 외로웠는지 아이들은 전혀 알지 못했다. 엄마가 자기들을 사랑하는 이외에 다른 감정을 가지고 있다는 것조차 몰랐을 것이다. 마사는 딸들에겐 그렇게 할 수밖에 없었다. 하지만 그 이상의 두려움도 있었다. 그 공포가 극한에 달하는 데 10년이 걸렸다.

"이제 출발해야 할 것 같은데." 해리가 말하자, 마사는 카운터 위에 있는 시계를 확인한다. 그녀의 마음은 다시 임박한 신혼여행에 대한 생각으로 돌아온다. 마사는 앞으로 며칠 동안 해리와 함께 행복하게 묵을 스위트룸을 그려 본다. 모로코의 하늘이 얼마나 푸를지, 어깨 위를 감싸는 공기는 얼마나 따뜻할 것인지 궁금하다. 마사는 해리와 함께 그런 것들을 알아가고 싶다. 탄자니아의 사파리를 떠올리며, 이렇게 긴 세월이 지난 뒤에 어린 시절의 꿈이 실현되어 실제로 코끼리를 보게 되면 어떨 것인지 생각한다. 이토록 오랜 기다림에도 불구하고, 그 꿈이 이루어지는 순간 자신의 옆에 해리가 있다는 사실이 기쁘다. 마사는 기다릴 만한 가치가 있었다고 생각한다. 해리라면 기다릴 만한 가치가 있었다.

모나

서로를 해리와 마사라고 부르던 창가의 커플이 모나에게 손을 흔든 뒤, 여행 가방을 들고 카페를 나선다. 그들이 떠나자 모나는 두 사람이 코끼리를 진짜 볼 수 있을지 궁금해진다.

카운터에서 몸에 잘 맞는 양복을 입은 남자가 라테를 주문한다. 그 남자 옆에 있는 조금 초라해 보이는 동료는 아메리카노를 주문한다.

"저녁에 계획 있어?"

"평소랑 똑같지…."

그들 뒤에는 엄마와 다 큰 딸이 팔짱을 끼고 서 있다. 한눈에 가족임을 알 수 있는 두 사람은 팔짱을 끼지 않은 손에 쇼핑백을 들고 있다. 딸은 메뉴판을 보고 있고, 엄마는 딸을 보고 있다.

"너랑 같이 다니니까 너무 좋아." 엄마가 말한다. 모나가 보기에 딸이 엄마 말을 들었는지 확실하지 않다.

"카푸치노 한 잔 주세요. 엄마, 뭐 드실래요? 난 이게 좋은데." 딸이 말한다.

주방 벨이 울린다. 모나는 음식 접시(어느 나라 말인지 알아들을 수 없는 말을 하는 가족들이 주문한 피시 앤 칩스)를 집어 들다가 알렉산더와 눈이 마주친다. 그가 모나를 이상할 정도로 뚫어지게 쳐다보고 있다.

"괜찮으세요?" 모나가 양손과 팔 위에 음식 접시를 올리며 묻는다.

그는 고개를 끄덕이더니 돌아서서 요리판 위에 있는 뭔가를 요란하게 젓기 시작한다. 모나와 해나는 지난 몇 년간 알렉산더를 대화에 끌어들이려 노력했지만, 그는 아무도 보지 않을 때 폴란드어로 끊임없이 중얼거리는 것을 제외하면 아무 말도 하지 않았다. 모나는 알렉산더가 카페 밖에서는 어떻게 살고 있는지 궁금하다. 어디에 사는지, 누구랑 사는지도 모른다. 근무 시간이 끝날 때마다 무슨 계획이 있냐고 물어봐도, 알렉산더는 보통 어깨만 으쓱한 뒤 가죽 재킷을 입고 재빨리 카페를 나선다. 어쩌면 모나처럼 이 일 이외에 달리 하고 싶은 일이 있어서 항상 급하게 돌아가는 걸 수도 있다.

"알았어요." 모나는 다시 카페 쪽으로 돌아선다.

모나의 시선이 시계를 향한다. 스텔라가 언제 올지, 카페를 그만둔다는 이야기를 어떻게 해야 할지 생각한다. 그녀는 해나처럼 충돌(혹은 예상치 못한 갑작스러운 분노)을 피하기 위해 아무것도 하지 않는 부류는 아니다. 하지만 하루 동안 너무 많은 일들이 있었다. 모나는 싸움이나, 머릿속으로 싸운다는 생각을 하는 것만으로도 지치는 것 같다. 오디션을 본 뒤로 몇 시간이나 서 있었고, 어제는 밤에 2교대로 근무까지 했다. 모나는 갑자기 어두운 방에 들어가서 눕고 싶다는 생각이 든다. 순간 창고에 들어가 잠깐 휴식을 취할까 생각해 보지만, 이내 지저분한 그곳을 떠올린다. 오늘 아침에 대충 치우기는 했지만 제대로 쉬기에 창고는 여전히 비좁다.

휴대폰이 진동한다. 포피가 보낸 메시지다.

해나한테 연락 왔어? 그 메시지 뒤로 긴 키스 마크가 따라온다.

모나는 한숨을 쉰다. 온종일 해나가 메시지를 보내지 않을까 기다렸지만 아무것도 오지 않았다. 모나는 또다시 오늘 밤 집에 돌아가면 무슨 말을 해야 할지 생각한다. 아파트가 너무 작기 때문에 서로를 피하는 건 불가능한 일이다. 두 사람은 이야기를 나누게 될 것이다. 아침에 시작했던 싸움을 계속하게 될 수도 있다. 모나는 더 이상 할 말이 남아 있을지 궁금하다. 그리고 조금 전 카페에 왔던 자하임을 떠올리며, 해나에게 그 이야기를 해야 할지 고민한다. 하지만 이내 그 이야기는 전하지 않기로 마음먹는다. 해나에게 화가 났을지는 몰라도 불필요한 상처를 주고 싶지 않다는 마음이 본능적으로 깔려 있다. 자하임이 자기를 만나러 왔다는 것을 알게 되면 해나는 혼란스럽고 마음만 상할 것이다.

자하임을 떠올리자 모나의 몸이 다시 긴장된다. 자하임과의 싸운 건 처음이 아니다. 카운터 뒤쪽을 분주히 정리하면서, 몇 달 전 자하임과 충돌했던 때를 떠올린다.

모나가 아파트 문을 열자, 샤워 물소리와 함께 해나의 노랫소리가 들린다. 그녀는 현관문을 조심스럽게 닫고 복도를 지나간다. 긴 하루였기에 당장 와인 한 잔이 필요하다. 주방에 도착하기 전, 해나의 방을 흘깃 쳐다본다. 살짝 열린 문틈으로 뭔가 움직이는 것이 보인다. 자하임이 돌아선 채 몸을 숙이고 있다. 모나는 그쪽으로 다가가 발로 문을 살짝 밀어 본다. 그 사이 자하임이 몸을 살짝 돌리는 바람에, 그가 지금 무엇을 하고 있는지 보인다. 자하임이 모나가 너무 잘 아는 감청색 핸드백을 들고 있다. 해나의 침실 바닥에 던져져 있거나, 팔에 걸고 있는 것을 수도 없이 봤던 가방이다. 그리고 자하임의 손에서 분홍색 물건이 얼핏 보인다. 그는 모나를 보고 움찔하더니, 제대로 보지 못하게 그 물건을 바닥에 떨어뜨린다. 하지만 모나는 보지 않아도 그 물건이 뭔지 이미 잘 알고 있다. 해나의 지갑이 밝은 분홍색이다. 자하임은 핸드백을 침대에 던져 버린 뒤 모나 쪽으로 돌아선다.

"모나!" 그가 억지로 미소를 지으며 말한다. 모나는 자하임이 잘 차려입고 있고, 해나 서랍장 위에 와인 병이 놓여 있는 것을 알아차린다.

"지금 막 나갈 참이었어요. 알잖아요. 해나가 준비하는 데 오래 걸리는 거. 나한테 핸드백에서 립스틱을 가져다달라고 하더군요. 그런데 이 방은 십 대 아이들 쓰는 방이랑 비슷하잖아요. 놀랄 일도 아니지만."

자하임은 마치 지저분한 방에 모나를 초대하는 것처럼 방 안을 가리킨다. 그는 여전히 미소 짓고 있다.

모나는 자하임을 노려본다. 심장이 빨리 뛰고, 자기도 모르는 사이에 주먹을 꼭 쥐고 있는 것이 느껴진다. 자하임은 그 사실을 알아차리지 못한 것 같다.

"와인 한 잔 할래요?" 자하임이 서랍장 쪽으로 다가가 와인 병을 집어 들며 묻는다. "잔을 가져올까요?"

"돈이나 줘요." 모나가 말한다.

"무슨 돈이요?" 자하임이 자기 잔에 와인을 따르며 재빨리 대답한다. 그의 손엔 흔들림이 없다.

욕실에서 해나가 '나를 잊지 마(Don't you forget about me)'를 부르는 소리가 들린다. 카페에서 자주 흘러나오는 노래라, 근무가 끝난 뒤에도 두 사람 머릿속에서 맴도는 노래다.

"그러지 말아요." 모나가 목소리를 낮추려고 애를 쓰며 말한다. "다 봤으니까."

자하임이 와인 한 모금을 마신다. 모나는 그 잔을 떨어뜨리거나, 그 잔을 빼앗아 그의 푸른색 셔츠 앞에 와인을 부어 버리고 싶다. 분노가 치솟으면서 모나의 몸이 떨리기 시작한다. 큰 소리를 지를 수도 있지만 일단은 조용히 해결해 보기로 마음먹는다.

"뭘 봤다는 건지 모르겠네요. 해나의 립스틱을 찾는 걸 본 거겠죠. 그러다 떨어뜨린 거예요." 자하임이 말한다.

심지어 그는 웃는다. 하늘로 날아가지 못하고 매달려 있다가 바람이 피시식 빠지는 풍선 같은 짧은 웃음소리를 낸다. 그럼에도 여전히 웃고 있다. 자하임의 침착함이 더 화를 돋우면서 모나가 소리를 지르지 않을 자제력을 앗아간다. 그럼에도 소리를 지르지 않은 건 오직 해나 때문이다. 모나는 문자 메시지를 받았을 때 자하임이 보낸 거라는 것을 알면 바로 얼굴이 풀어지던 해나의 얼굴을 떠올린다. 그 집의 작은 식탁에서 저녁을 먹으면서, 자하임이 전에 말했던 것과 아주 비슷한 하루 일과를 이야기할 때, 해나가 한 손을 그에게 올린 채 쳐다보던 모습이 떠오른다. 모나가 지금 본 광경이나 그 이상의 이야기를 한다고 해도(모나는 확신하고 있다. 어두운 지하실에서 불빛이 밝은 방으로 올라온 것처럼 확신하고 있다), 해나는 믿지 않을 것이다. 그녀는 모나의 말을 믿고 싶지 않을 것이다. 그건 확실하다. 해나의 지갑에 손을 댈 수 있을 정도로 가까운 사람은 두 명밖에 없다. 그리고 그들은 아무것도 의심하지 않는 신뢰하는 사람들이다. 적어도 한동안은 그랬을 것이다. 그러다 마침내 그 의심을 싹텄을 때, 해나는 그 두 사람 중 4년을 같이 산, 제일 친한 친구를 골랐다.

"해나도 돈이 없어지는 걸 알고 있어요. 얼마 전에도 돈이 없어졌다고 말했으니까." 모나가 말한다.

그러자 자하임의 미소가 살짝 굳어진다. 그는 서랍장 위에 와인 잔을 내려놓는다. 자하임이 머뭇거리는 순간, 그가 딴 말을 하기 전에 모나가 말을 잇는다.

"심지어 그 돈을 내가 가져갔냐고 물었어요. 난 해나한테 어떻게 그런 생각을 하냐고 미쳤냐고 대꾸했죠. 하지만 나한테도 물어봤으니, 머지않아 당신한테도 물어볼 거예요."

자하임은 팔짱을 낀 채 서랍장에 기대서서 모나를 신중하게 지켜본다. 그처럼 편안해 보이는 자세에도 불구하고, 그는 여전히 새를 쳐다보고 있는 고양이를 연상시킨다. 샤워기 물소리와 해나의 노랫소리가 두 사람 사이의 침묵을 메운다. 모나가 말을 잇는다.

"자, 이제 해야 할 일은 하나예요. 해나는 돈을 잃어버린 적이 없어요. 지난 몇 달간 돈을 '엉뚱한 곳'에 놔뒀다가 갑자기 찾게 되는 거죠. 당신과 해나가 사귄 기간만큼 말이에요."

“해나에게 말할 생각이에요?” 자하임이 갑자기 묻는다. 이제 그는 웃고 있지 않다. “당신이 본 것을, 당신이 알고 있다고 생각하는 내용을 말할 건가요?”

자하임은 여전히 서랍장에 기대서 있지만, 자세를 살짝 바로한 채 모나를 빤히 쳐다본다.

“아뇨.” 모나는 여전히 쥐고 있던 주먹을 애써 풀면서 살짝 한숨을 내쉰다. “지금 그 애는 너무 깊게 사랑에 빠져서 자기 눈앞에서 벌어지는 진실을 받아들이지 못해요. 당신이 그런 짓을 할 수도 있다는 걸 인정하지 못하죠. 진실을 말해 주고 싶지만, 해나는 들을 준비가 되어 있지 않아요. 내 말을 믿지 않겠죠.”

두 사람은 서로를 쳐다본다. 교착상태에 빠진 선수들처럼. 먼저 움직인 건 모나다.

“하지만 언젠가는 해나도 눈을 뜰 것이고, 이번 일로 당신을 대면하게 되는 날이 올 거예요.” 모나는 좀 더 크고 힘 있게 말한다. “그때가 오면 당신이 직접 진실을 말해요. 맹세하건데 만일 해나에게 가져간 돈을 그대로 돌려놓지 않으면 내가 당신 인생을 엉망으로 만들어 버릴 줄 알아요. 당신 직장에 찾아가서 이번 일을 전부 다 말할 거예요. 친구들에게도 말할 거고, 당신 어머니한테도 전화할 거예요. 해나가 당신 어머니 번호를 알고 있으니까. 무슨 짓이든 다 할 거예요. 알아들었죠?”

해나의 노래가 바뀐다. 갑자기 물속에서 노래를 부르고 있다. 그녀의 달콤하고 부드러운 목소리를 욕실 문이 가로막고 있긴 하지만, 여전히 자하임과 모나 사이의 공간을 채울 정도로 잘 들린다. 어쩌면 해나의 목소리와 그 노래의 찬란한 느낌에서, 자하임은 막다른 곳에 몰려 있는 자신을 발견했을 수도 있다. 그는 고개를 떨어뜨리고 어깨를 움츠리며, 온몸이 쪼그라든 것처럼 보인다. 자하임은 커다란 눈으로 아이처럼 모나를 쳐다본다.

“모나, 이렇게 할 생각은 없었어요. 그저 통제가 되지 않았을 뿐이에요. 난 해나를 사랑해요. 정말이에요." 자하임이 조용히 말한다.

그의 목소리가 살짝 떨린다. 모나로선 낯선 모습이다. 평소 그는 잘 웃고, 자신만만하며 애정이 넘치는 사람이었다. 그래서 지금 이런 모습을 전혀 예상하지 않았다. 어째서인지 그의 이런 시도가 무심한 것보다 모나의 화를 더 돋운다. 이런 상황에 어떻게 감히 그 자신을 불쌍하게 여길 수 있단 말인가.

"난 그런 거 몰라요. 그저 우리 인생에서 당신이 빠져 주기를 바랄 뿐이에요. 난 당신을 믿지 않아요." 모나가 말한다.

물소리가 멈추고, 해나가 곧 문 앞에 나타난다. 분홍 수건으로 몸을 감싸고, 현관에 있던 슬리퍼를 신고, 머리에는 수건을 감고 있다. 수건 아래로 보이는 해나의 긴 다리와 함께 하얀 피부에 도드라지는 문신도 보인다.

"벌써 와 있었구나!" 해나가 발꿈치를 들어 자하임에게 키스한다.

"모나, 자하임이 널 지루하게 만들지 않았어?" 해나가 한쪽 팔로 수건을 잡고, 다른 쪽 팔로 자하임의 허리를 감싸 안으면서 애정 담긴 목소리로 말한다. 그가 잡아당기자, 해나가 그 품에 쏙 들어간다. 모나는 갑자기 눈을 피하는 자하임에게서 시선을 떼지 않는다.

"전혀." 모나가 말한다. "좋았어."

"다행이다!" 해나가 말한다. 그런 뒤 자하임을 돌아보며 경쾌한 목소리로 말한다. "옷 입고 올 테니까 나가자."

그리고 해나는 자하임에게 또다시 키스를 한다. 모나는 돌아서서 그 방을 나온다. 해나의 까르륵거리는 소리가 계속 들린다. 모나는 문을 닫은 뒤, 침대 끝에 한참 동안 걸터앉아 멍하니 앞만 쳐다본다.

모나는 그때 일이나, 자하임과의 대화에 대해 해나에게 말하지 않았다.

비록 여러 번 그 이야기를 할 뻔했던 순간들은 있었지만.

모나는 해나가 당혹스러운 표정으로 핸드백을 뒤적거리면서 아파트를 나서는 모습을 볼 때나, 방에서 자하임과 통화를 하는 소리가 들릴 때마다 그녀를 붙잡고 네가 사귀는 사람은 거짓말쟁이이자 도둑이라고 소리치고 싶었다. 이제 와서 생각해 보면 친구를 그런 식으로 속인 것이 잘못된 일이 아닌가 싶기도 하다. 해나에게 비밀이 있다거나, 이런 큰일을 숨긴다는 건 상상조차 못했던 때도 있었는데. 하지만 모든 것이 다 밝혀지고, 두 사람이 헤어진 지금조차도, 모나는 해나가 자신의 말을 믿지 않을 거라는 걸 알고 있다. 스스로 깨닫는 수밖에 없었다.

지난 1년간 모나가 힘들게 배운 교훈이 있다. 누군가를 아무리 가깝게 생각해도, 궁극적으로는 혼자라는 사실이다. 같은 길을 함께 편안하게 걸어갈 수도 있지만, 어느 지점에서는 갈리는 길이 있다. 거기서 누가 어떤 방향으로 갈지, 그 길을 따라가는 것이 가능할 것인지는 아무도 모른다. 모나는 그 두 길이 저 멀리서 돌아 다시 합쳐질 수 있을지 궁금하다.

카페 문이 갑자기 닫히는 소리에 모나는 고개를 든다. 카페 안에 몸집이 작은 여자가 들어와서 서 있다. 끝 쪽은 금발이지만, 뿌리 쪽은 검은색에 눈에 띌 정도로 곱슬곱슬한 머리 모양을 하고 있다. 트렌치코트와 청바지를 입은 여자는 카페를 잠시 둘러본 뒤, 창가에서 멀리 떨어진 안쪽 자리로 다가간다.

그 여자가 메뉴를 훑어보는 동안 모나는 소피아를 쳐다본다. 하지만 소피아는 카페 반대쪽에 있는 다른 손님을 상대하느라 바쁘다. 그래서 모나는 해나와 자하임을 머릿속에서 떨쳐 버린 뒤, 그 여자 손님이 있는 쪽으로 향한다.

"주문하시겠어요?" 모나는 여자의 눈 주위가 거무스름한 것과 코트 깃에 남아 있는 흐릿한 얼룩을 알아차린다. 여자는 카푸치노를 주문한 뒤 테이블에 내려놓은 휴대폰을 쳐다본다. 그 옆에는 열쇠 두 개와 지갑이 놓여 있다. 모나가 카푸치노를 갖다주었을 때도, 여자는 고개를 들지 않고 뭔가 찾는 것처럼 커피 잔만 내려다본다. 모나는 잠시 멈춰 서 있다가, 여자가 혼자 생각에 잠길 수 있게 그 자리를 떠난다.

카운터로 돌아가던 모나는 구석자리 테이블 옆 바닥에 노란 빛이 도는 물건이 놓여 있는 것을 발견한다. 그쪽으로 다가가 보니 플러시 천으로 만들어진 부드러운 촉감의 장난감 오리가 떨어져 있다.

모나는 그런 게 떨어져 있는 줄 전혀 알아차리지 못했다. 지난 하루를 되돌아보며 언제 어린아이가 이런 걸 떨어뜨렸는지 기억해 내려고 애를 쓴다. 모나는 분실물 상자에 그 오리 장난감을 집어넣는다. 그 옆에는 열쇠 뭉치와 명함 집, 짝 잃은 장갑, 커다란 갈색 봉투가 놓여 있다. 그 봉투의 주인이라는 초록색 후드를 입은 젊은 남자는 나타나지 않았다. 모나는 그 봉투를 집어 든 뒤, 뜯어서 안에 들어 있는 내용물을 확인해 볼까 생각한다. 하지만 그렇게 하는 대신 조금 전 주문 받은 커피를 기억해 내고, 그 봉투는 다시 분실물 상자에 집어넣는다.

오후 7시

모니크

카푸치노 위의 초콜릿 조각들이 천천히 거품 속에 잠긴다. 모니크는 그 조각들이 갈색 점처럼 녹으면서 아침 햇살에 녹아 버리는 눈처럼 흰 거품 속에 사라지는 모습을 유심히 지켜보다가, 테이블에 놓인 숟가락을 들어 휘젓는다. 그 갈색의 점들이 사라지기 전에 거품 위에 모양을 만들어 본다. 별, 하트, 구름, 그렇게 만들어진 모양들은 숟가락이 스칠 때마다 사라진다.

초콜릿 조각들이 사라지자, 거품이 꺼지면서 평평한 액체만 남는다. 모니크는 그 표면 위에 또 다른 모양을 만들어 보려고 하지만 아무것도 그려지지 않는다.

모니크는 주위를 둘러본다. 지난밤(오늘 아침이라고 해야 하나. 벽에 걸린 시간을 봤을 때 새벽 4시가 지나 있었다)에 이 카페에 처음 왔었다. 새벽에 일어나 서랍장 문 여닫는 소리가 나지 않게 그냥 침대 옆 의자에 걸쳐져 있던 남편의 점퍼와 자신의 운동복 바지를 입었을 때까지만 해도 이 카페에 올 계획은 없었다.

그녀는 잠든 남편을 남겨 두고 침대에서 빠져나오는 것이 너무 쉬워서 깜짝 놀랐다. 모니크는 아무 근심 없이 어린아이처럼 보이는 잠든 남편의 얼굴을 지켜볼 때 가장 큰 사랑을 느끼곤 했다. 남편은 한 손으로 얼굴을 받치고 잠을 자기 때문에 한쪽 뺨과 눈이 짓눌리곤 했다. 가끔 모니크는 그 모습을 조금이라도 더 지켜보기 위해 잠이 오는 걸 참고 깨어 있을 때도 있다.

하지만 그때는 남편 얼굴도 보이지 않았다.

발소리를 내지 않고 거실로 나와 코트를 찾아 입은 뒤, 현관에 있는 신발을 신었다. 테이블에 놔둔 그릇에서 열쇠를 꺼내 주머니에 집어넣었다. 밖으로 나가기 전 복도 끝 방 쪽으로 다가가, 조심스럽게 문을 열고 방 안을 들여다보았다. 베이비 모니터의 초록색 불빛 이외에는 깜깜하다. 모니크가 방에 들어가자, 그 불빛만으로도 요람에 누워 있는 아기의 형태를 확인할 수 있다. 그녀는 잠든 아기의 몸 위로 얼굴을 가까이 댔다. 숨을 쉴 때마다 아기의 가슴이 부드럽게 오르내리고 있었다. 아기는 양팔을 내놓은 채, 등을 요람에 댄 안전한 자세로 누워 있었다. 고개는 살짝 한쪽으로 기울어져 있고, 작은 뺨은 분홍색으로 물들어 있다.

조금 뒤 자리에서 일어난 모니크는 아기 방문을 닫고 재빨리 현관문으로 나섰다. 계단을 조심스럽게 내려가 거리로 나가자, 차가운 새벽 공기가 온몸으로 느껴졌다.

거리는 고요하고 컴컴했다. 창문들은 모두 닫혀 있었다. 도로에는 몇 시간 내에 쓰레기 수거차에 실려 가게 될 쓰레기봉투들이 가득했다. 거리로 나오자 자전거를 타고 지나가는 사람이 보였다. 모니크는 자전거 바퀴 불빛에 깜짝 놀랐다. 자전거를 탄 사람의 얼굴이 얼핏 보였다. 추위로 뺨이 붉게 달아오른 남자의 표정은 즐거워 보였다. 그는 텅 빈 도로 위를 빠른 속도로 달려 모퉁이를 돌아갔다. 모니크는 어딘가로 자전거를 타고 가는 기분이 어떨지 상상해 보았다. 어디든 갈 수 있을 것이다. 자유롭게. 얼굴에 차가운 바람을 맞으며 달과 별을 향해 달려가는 것이다.

모니크는 다시 걷기 시작했다. 잠이 덜 깬 주인을 산책에 끌고 나가는 참을성 없는 개처럼 발이 움직였다. 머리 위로는 밝은 가로등 불빛이 별빛을 가리고 있다.

그녀는 길 끝에서 오른쪽으로 돌아 계속 걸어갔다. 심야 버스 정류장과 장막처럼 셔터를 내린 상점들이 몇 개 있는 길을 지나갔다. 모니크는 길모퉁이에서 잠시 멈춰 서서, 오른쪽으로 가야 할지 왼쪽으로 가야할지 고민했다. 결국 오른쪽으로 가기로 마음을 정하고 모퉁이를 돌자 더 넓은 길이 나타났다. 상점들도 더 많았지만, 대부분은 불이 꺼져 있고 몇 곳에만 불이 들어와 있었다. 보안을 위해서 켜 둔 것일 것이다. 모니크는 그중 가구점 앞에 서서 창문에 입김을 내뿜으며 쿠션이 놓여 있는 단정한 침대들과 책과 펜꽂이가 놓인 책상들을 쳐다보았다. 만일 그 유리를 뚫고 그 완벽한 인테리어 속에 들어갈 수 있다면 그렇게 했을 것이다. 신발을 벗어서 양탄자 위에 가지런히 올려 둔 뒤, 너무나 깨끗하고 생활감 없는 거실 세트 한복판에 몸을 웅크리고 앉을 것이다. 생활 쓰레기가 전혀 없는 곳에서 완전히 새로 시작하는 것이다.

그 대신 모니크는 돌아서서 또 다른 버스 정류장이 나올 때까지 다시 걸었다. 심야 버스가 막 도착했다. 코트 주머니에는 항상 넣어 두는 교통 카드가 있었다. 모니크는 그 버스에 뛰어올라 기사와 눈이 마주치지 않게 피하면서 교통 카드를 찍었다. 그런 뒤 버스 뒷좌석으로 갔다. 차 안에 다른 승객은 두 명밖에 없었다. 소설책을 읽고 있는 여자와 털모자를 쓰고 헤드폰을 낀 채 들리지 않는 음악의 박자에 맞춰 고개를 끄덕이고 있는 남자가 있었다.

모니크는 차창 밖으로 스쳐 지나가는 도시 풍경을 쳐다보았다. 새벽이라 조용했지만, 그녀가 생각했던 만큼 고요한 건 아니었다. 상점 입구들은 컴컴했고 사무실 건물들은 텅 비어 있었지만, 도로를 달리고 있는 차들도 많았고, 밤새 영업하는 편의점 주인들이 과일이나 야채 상자에 기대서서 이야기를 나누고 있었다. 그때 커다란 창문 위로 환하게 빛나고 있는 스텔라 카페의 간판이 보이자, 모니크는 버스 부저를 눌렀다. 지금껏 이런 24시간 카페가 있는지 몰랐다. 안에 들어가자 미국식 식당을 전통적인 영국식 카페와 뒤섞은 것 같은 느낌이 들었다.

새벽 4시에 이 카페는 피난처처럼 느껴졌다. 모니크는 호텔 침대의 부드러운 베개에 파묻히는 것 같은 고요함에 잠겼다. 하지만 어떤 여자가 카페에 들어와 이유 없이 고함을 지르자, 모니크는 현실로 돌아왔다. 오래전부터 진동하고 있는 휴대폰을 더 이상 무시할 수 없어 전화를 받으니 남편의 목소리가 들렸다. 화가 난 것 같기도 하고, 겁에 질린 것 같기도 한 목소리였다. 전화기 너머로 아기 울음소리가 들렸다. 그녀는 남편에게 잠깐 밖에 나온 거라고, 금세 돌아갈 거라고 말했다. 그리고 모니크는 집으로 돌아갔다.

집에 도착하자 남편은 화를 냈다. 그는 우느라 얼굴이 빨갛게 된 아기를 안고 있었다. 모니크가 문을 열고 들어서자마자 남편은 우는 아이를 내밀었다.

"어디 갔었어? 애가 배고프다고 난린데. 당신은 애 엄마잖아." 마이크가 말했다.

모니크는 아기를 안으며 우는 소리를 들었다. 살짝 작아지긴 했지만 여전히 깜짝 놀랄 정도로 큰 소리였다. 이렇게 작은 몸에서 어떻게 이런 소리가 나오는 걸까. 모니크는 아기의 울음소리를 들으면서 어째서 우는 건지 알고 싶었고, 가슴 한편으로 아픔을 느끼고 싶었다. 하지만 그녀의 귀에 들리는 건 울음소리일 뿐이었다. 감정이 있어야 할 자리에 공허함밖에 없었다.

모니크는 아기에게 젖을 먹인 뒤 요람으로 데려갔다. 그녀가 어디에 갔었는지는 남편에게 말하지 않았다. 비록 실크해트를 쓴 곰에 대한 이야기나, 도시 전체가 잠들어 있는 시간 문을 연, 거의 텅 빈 카페가 이상하게 편안했다는 말을 하고 싶었음에도.

지금 아기는 모니크의 어머니가 보고 있다. 모유는 미리 짜 두었다. 그녀는 그날 오후 일찍, 볼일이 있으니 마이크가 일을 끝내고 직장에서 돌아올 때까지만 아기를 봐 달라고 어머니에게 부탁했다. 모니크는 자세히 설명하지 않았고, 어머니도 물어보지 않았다. 그 대신 어머니는 아기를 받아 안고는 환하게 미소 지으며 말했다.

“천천히 볼일 보고 오렴. 우린 걱정하지 말고.” 어머니가 말했다.

이유를 알 수 없지만, 모니크는 아파트를 나서자마자 다시 이 카페로 향했다. 이곳은 벽마다 사진 액자들과 온갖 장식들이 많은데도 불구하고 어쩐지 개인적인 느낌이 아무것도 없다. 사이에 끼어 있는 장소, 대기실, 엄마도 아내도 아닌 공간이다. 여기서 그녀는 아무도 아니다.

모니크는 테이블에 놓여 있는 커피 잔을 집어 입가로 가져가다가 다시 내려놓는다. 그녀는 숟가락으로 커피를 휘저은 뒤, 다시 숟가락을 내려놓는다. 테이블 위에 팔꿈치를 올리고는 한 손으로 턱을 받친다. 다른 한 손의 엄지손가락을 이용해 결혼반지를 만지작거린다. 처음 이 반지를 꼈을 때는 이 느낌이 익숙하지 않았고, 반지도 금색으로 빛나고 있었다. 반지가 반짝거리는 것도, 반지를 낀 안쪽 피부가 여전히 그을려 있는 것도 마음에 들지 않았다. 모니크는 부모님처럼 헌신의 세월을 보냈다는 표식으로 손가락 주위가 하얗게 되기를 바랐다.

“당신과 결혼해서 천년만년 살고 싶어. 내 손가락이 굵어져서 반지가 빠지지 않을 때까지.” 그때 모니크는 남편의 목에 열정적으로 키스를 퍼부으며 말했다. 지금 그녀는 그 반지를 손가락에서 돌려 뺀다. 그리고 그 반지를 차갑게 식은 커피 잔 옆에 내려놓는다.

모나

이제 카페 안은 조용하다. 소피아가 카운터로 돌아와 모나 옆에 서서 시계를 올려다본다. 조금 있으면 그녀의 근무 시간이 끝난다.

“조금 있으면 끝나겠네.” 자신의 근무 시간은 아직 많이 남았다는 사실에 억울함을 느끼지 않으려고 애쓰며 모나가 미소 지으며 말한다. 사실 2교대 근무를 고맙게 생각하고 있다. 터전을 옮기는 데는 돈이 많이 들 것이고, 적어도 무용단에서 첫 번째 월급을 받기 전까지는 돈이 필요하다. 하지만 온몸이 아프다.

"모나도 빨리 끝나면 좋겠네요." 소피아가 말한다. 모나는 기운을 북돋아 주려는 소피아에게 고마워하며 미소를 짓는다. 비록 지금 당장은 우울하고, 남아 있는 시간이 영원히 끝나지 않을 것처럼 느껴지긴 하지만. 모나는 너덜너덜해진 상태다. 너무 피곤해서 당장이라도 쓰러져 자고 싶다. 하지만 막상 집에 돌아가 해나를 만날 시간이 걱정되기도 한다.

"아까 왔던 남자가…." 소피아가 말한다.

"해나의 예전 남자 친구야." 모나는 소피아의 말이 끝나기도 전에 대답한다.

"그 남자가 돈을 훔쳤다고 했죠?"

모나는 고개를 끄덕인다.

"몇 달 동안 그랬어. 해나는 전혀 몰랐고."

소피아는 고개를 젓는다.

"내 전 남자 친구랑 똑같은 것 같네요."

깜짝 놀란 모나가 소피아를 쳐다보며 얼굴을 찌푸린다.

"그 사람은 돈을 훔치진 않았어요. 하지만 계속 거짓말을 했죠." 소피아가 말을 잇는다.

"어째서 그런 남자를 계속 만난 거야?" 모나가 카운터에 기대고 소피아를 쳐다보며 묻는다.

소피아는 어깨를 으쓱하고는 머리를 쓸어 넘긴다.

"조종을 잘하는 사람이었어요. 날 완전히 가지고 놀았죠. 처음부터 교묘했어요. 매력적으로 보였고, 나한테 헌신하는 것처럼 보였으니까. 그러다 서서히 내 인생을 빼앗아갔어요. 내가 밖에 나가는 것도 싫어했죠. 그래서 난 외출을 하지 않았어요. 우리가 떨어져 있는 순간에는 내가 너무 보고 싶다고 했어요. 그래서 난 친구들도 만나지 않았죠. 그땐 그런 건 아무래도 좋았어요. 그 사람과 함께 있는 게 행복했으니까. 하지만 돌이켜보면 그 사람은 날 고의로 고립시켰던 거예요. 결국 내가 그 사람의 거짓말을 의심하기 시작했을 때 그는 나를 미치게 만들었고, 주위엔 날 도와줄 사람이 아무도 없었어요. 그래서 아까 나타났던 그 남자가 내 전 남자 친구 같다는 생각이 들었던 거예요."

소피아가 모나에게 자기 이야기를 한 건 이번이 처음이다. 모나는 소피아에게 그런 사연이 있다는 걸 전혀 몰랐을 뿐만 아니라, 해나의 경우와 비슷하다는 점에서 깜짝 놀란다. 해나는 알지 못했겠지만, 모나가 보기에는 처음부터 건전하지 못한 뭔가가 있었다. 두 사람의 관계도 그렇고, 해나의 생활이 너무 빨리 자하임 위주로 돌아가게 된 방식이나 그가 그런 상황을 좋아하는 것처럼 보인다는 점이 그랬다.

"정말 해나와 자하임의 관계와 비슷하네." 모나가 생각에 잠긴 채 천천히 말한다.

"엘리노어한테 해나와 아침에 싸웠다는 이야기 들었어요. 이 카페를 떠난다는 이야기도요."

갑작스러운 소피아의 말에, 모나는 재빨리 현실로 돌아온다. 역시 소피아도 알고 있었다. 다만 언급을 하지 않았던 것뿐이다. 모나는 그 점이 깜짝 놀랄 정도로 고맙게 느껴진다. 소피아가 교대 근무를 시작했을 때는 그 이야기를 할 마음의 준비가 되어 있지 않은 상태였다.

"새로운 일을 얻은 거 축하해요." 소피아가 덧붙인다.

모나는 미소를 지으려고 하지만, 소피아의 남자 친구 이야기나, 해나와 자하임에게 있었던 일들이 떠올라 심란하다.

"고마워." 마침내 모나가 말한다. "약간 상황이 그렇긴 하지만. 물론 난 그 자리를 얻어서 무척 기뻐. 하지만 해나와 그렇게 되는 바람에… 지난 몇 년간 친하게 지냈는데, 완전히 관계가 틀어진 것 같아."

"예전으로 돌아가고 싶어요?" 소피아가 묻는다.

모나는 생각한다. 돌아가고 싶은 건가? 지난 1년간 해나가 자신에게 준 상처들을 떠올리자, 여전히 화가 난다.

"잘 모르겠어. 해나는 자하임과 사귈 때 나를 섭섭하게 만들었거든. 내 서른 번째 생일도 잊어버렸으니까." 모나도 인정한다.

그 일을 말하지 않은 건 상처받았기 때문이다. 사실 많이 서운했다. 모나의 생일은 3주 전으로, 해나와 자하임이 헤어지기 직전이었다. 모나는 집을 떠난 뒤로 생일 축하를 제대로 받아 본 적이 없었다. 주위에 알리고 싶지도 않았다. 부모님이 싸워서 손님들을 불편하게 만들곤 했던 어린 시절의 불행했던 생일 파티가 떠올랐기 때문이다. 그리고 생일 때마다 나이를 먹었다는 것과 여전히 좋아하지 않는 웨이트리스 일을 하고 있다는 사실을 상기하게 된다. 모나의 생일을 아는 건 아주 친한 친구들뿐이다. 페이스북에 올리지도 않고, 파티를 하거나, 친구들과 모여 식사를 하는 일도 없었다. 하지만 해나와 친구가 된 뒤부터는 생일 때마다 항상 뭔가를 함께 해 왔다. 한 번은 무허가 칵테일 바에 갔다가, 너무 빨리 취하는 바람에 집에 돌아와 보니 9시밖에 되지 않았던 적이 있었다. 그래서 잠옷을 입은 채로 배달 음식을 먹었다. 또 한 번은 해나가 사 준 새들러스 웰스 극장표로 함께 공연을 본 적도 있었다. 둘이서 특별한 음식을 만들어 먹었던 적도 있었는데, 모나가 가끔 먹고 싶어 하는 아르헨티나 음식을 만들었다.

하지만 올해는 해나가 모나의 생일을 잊어버렸다. 해나는 올 초에 서른 번째 생일을 맞이했고, 좋아하는 식당에서 자하임과 모나, 다른 친구들과 함께 큰 테이블에 둘러앉아 생일 축하를 받으며 함께 식사를 했다. 해나는 모나의 생일 때도 자기처럼 친구들을 모아 축하를 받고 싶은지 물었다. 하지만 모나는 요란하게 보내고 싶지 않다고 단호하게 대답했다. 그녀는 서른 살이 된다는 것에 위압감을 느끼고 있다는 것을 인정하고 싶지 않았다. 의미가 있는 나이라고 생각했지만, 그 사실을 받아들이고 싶지 않았다. 전환점 같은 게 아니라, 그냥 또 한 살을 먹은 거니까. 모나는 그렇게 생각했다. 마침내 생일이 되었을 때, 그녀는 아파트에 들어오자마자 문 앞에 떨어져 있는 엄마와 아빠의 생일 축하 카드를 집어 들면서 해나가 아직 집에 돌아오지 않은 모양이라고 생각했다. 모나는 휴대폰을 꺼내 해나가 보낸 문자가 있는지 확인했지만 아무것도 없었다. 해나가 자하임의 집에 있을 거라는 생각이 들었고, 그래도 그날 저녁에는 집에 돌아올 거라고 생각했다. 하지만 해나는 집에 오지 않았다. 모나는 해나가 어딘가 식당 예약을 했을 경우를 대비해 저녁 식사 준비를 해야 할지 말아야 할지 불확실한 상태로 계속 기다렸다. 전화를 해 볼까 생각했지만, 생일이라는 것을 해나에게 직접 알리고 싶지 않았다. 곤혹스럽고 고통스러웠다. 밤 10시가 되자, 모나는 콩을 얹은 토스트를 만들어 먹은 뒤 잠자리에 들었다. 다음 날 저녁, 일을 끝내고 집에 돌아와 보니 해나는 아파트에 있었다. 하지만 해나는 방문을 닫은 채 이불을 뒤집어쓰고 누워 있었다. 해나는 자하임과 헤어졌다고 눈물을 흘리며 말했다.

며칠이 지났다. 모나는 자신의 생일이 지났다는 것을 해나가 기억해 낼지 궁금했지만 해나는 기억하지 못했다. 그 주말에 모나는 파리에 갔고, 포피와 앙트완과 함께 지냈다. 무용단 오디션을 보면서 처음 지원했을 때보다 더 간절히 합격을 원했다.

모나는 눈물을 참으며 고개를 들어 올린다. 표정을 숨기려고 했는데 뜻대로 되지 않는다. 눈가가 젖어들면서 앞이 흐릿해진다.

소피아가 모나의 팔에 부드럽게 손을 올린다.

"마음이 많이 상했겠어요." 소피아가 걱정스런 표정을 지으며 부드러운 목소리로 말한다. "사실 나도 예전 남자 친구와 사귈 때 친구들에게 상처를 많이 줬어요. 친구의 첫 아기 세례식조차 남자 친구 때문에 가지 못했죠. 그 사람은 내가 그곳에 가는 걸 원하지 않았어요."

소피아가 생각만으로도 고통스러운 듯 찡그리며 고개를 젓는다.

"변명이 되지 않는다는 건 알아요. 하지만 그때는 완전히 눈이 멀어 있어서 아무것도 보이지 않았어요. 그렇다고 해서 친구들한테 관심이 없었던 건 아니었어요. 그 사람은 내가 친구들한테 소홀하게 만들었죠."

소피아가 믿을 수 없을 정도로 마음을 열고 이야기를 한다. 모나는 잠시 새로운 손님이 오진 않았는지 카페를 둘러본다. 카페는 여전히 조용하다.

"그 친구들하곤 어떻게 됐어? 여전히 친하게 지내?" 모나가 눈물을 닦으며 묻는다.

무례한 질문이지만 알고 싶다. 알아야만 한다.

소피아의 얼굴이 갑자기 슬퍼 보인다. 어깨를 축 늘어뜨린 채, 양손을 앞치마 주머니에 집어넣는다.

"몇몇 친구들은 멀어졌어요. 다른 친구들과는 연락은 해요. 예전 관계로 돌아가기 위해 노력하면서요. 그래도 친한 친구들은 그대로 남아 있죠. 그 친구들은 내가 심하게 굴었다고 해도, 그 일이 있기 이전에 우리의 우정이나 나에 대해 좋은 기억이 많다고 말해 줬어요. 잘못을 바로잡고 다시 시작할 가치가 있다고 생각하는 거죠."

모나의 심장 박동이 빨라진다. 소피아가 모나를 뚫어지게 쳐다본다.

"해나와의 관계도 마찬가지에요. 계속 사귈 만한 가치가 있는지, 아니면 그냥 떠나는 게 나을지 정해야 할 거예요."

모나는 숨을 깊이 들이마신다. 소피아의 말이 마음속에 들어와 여러 가지 생각들을 일으킨다. 갑자기 소피아가 시계를 쳐다본다.

"이제 그만 가 볼게요." 소피아가 앞치마 끈을 풀며 말한다. "모든 일이 잘됐으면 좋겠어요. 떠나기 전에 볼 수 있는 거죠?"

모나가 조용히 고개를 끄덕인다.

"고마워." 소피아가 재킷과 가방을 집어 들자 모나가 말한다. "아까 자하임이 왔을 때도 그렇고… 전부 다 고마워."

소피아는 모나를 꼭 안아 준 뒤 손을 흔들며 문 쪽으로 나간다. 혼자 남은 모나의 머릿속에는 조금 전 소피아의 말이 맴돌고 있다. 좋은 추억이 있는가? 이렇게 마음이 상하고, 화가 나는데도 불구하고 해나와의 우정은 계속 지킬 가치가 있는 걸까?

모나가 그 문제를 다시 생각하려던 찰나에, 테이블에 헝클어진 머리를 하고 혼자 앉아 있는 손님이 보인다. 커피 잔이 비어 있고, 모나는 그 손님과 눈이 마주친다.

"더 필요한 게 있으세요?" 모나가 묻는다. 그 손님은 물에서 막 나온 것처럼 모나를 쳐다보다가 커피를 한 잔 더 주문한다. 모나는 고개를 끄덕인 뒤, 손님을 위해 카푸치노를 새로 내린다. 소피아가 했던 말과 자신이 결정해야만 하는 일에 대해 계속 생각하면서.

오후 8시

모니크

“커피 나왔습니다.” 웨이트리스가 빈 잔을 치우고, 새 커피 잔을 테이블 위에 올리며 말한다. 그녀는 얼굴을 찡그린 채, 고개를 옆으로 갸웃하면서 잠시 옆에 서 있다.

“괜찮으세요?”

모니크는 그 웨이트리스를 쳐다본 뒤 살짝 고개를 저으며 대답한다.

“네, 좋아요. 커피 고마워요.”

웨이트리스는 고개를 끄덕이더니 돌아선다. 모니크는 웨이트리스가 카운터로 돌아가는 모습을 지켜본다. 지금 막 손님이 두 명 들어왔다. 50대로 보이는 남자 두 명이 부스 석 중 한 곳에 마주 보고 앉는다. 한 명은 운동복 바지에 흰색 폴로셔츠를 입고 있고, 다른 한 명은 청바지에 티셔츠를 입고 있다. 두 사람 모두 수염이 있는데 한 명은 길이가 짧고 지저분한데 반해, 다른 한 사람은 사진으로 봤던 할아버지처럼 풍성하게 수염을 기르고 있다. 그들은 강한 런던 동부 억양으로 말을 한다. 가운데 테이블에는 접시 두 개가 놓여 있다. 각각 빅토리아 스펀지케이크와 당근 케이크가 놓여 있다.

모니크는 다시 휴대폰으로 시선을 돌려, 페이스북을 들여다본다. 누군가는 승진을 축하하는 자리에서 샴페인을 들고 미소 지으며 찍은 사진을 올렸다. 누군가는 생일이어서 메시지들로 가득한 벽 사진을 올렸다. 생일 축하해, HB(hug buck)…. 휴가를 간 친구는 테이블에 올려 있는 와인 두 잔과 함께 발코니 너머로 보이는 일몰 사진을 올렸다. 그리고 아버지는 병원에서 새로 태어난 손녀를 안고 있는 사진으로 프로필 사진을 바꿨다. 그 포스트는 63개의 '좋아요'를 받았고, 친구들의 멘션이 죽 이어져 있었다. 아버지는 그 멘션에 전부 답글을 달았다.

모니크는 그 사진을 자세히 쳐다본다. 아버지는 나이가 들어 보인다. 어쩌면 아기가 너무 어려서 그렇게 보이는 것일 수도 있다. 태어난 지 몇 시간도 되지 않은 아기가 작은 손으로 거대하게 보이는 아버지의 엄지손가락을 잡고 있다. 아버지는 모니크가 생각했던 것보다 훨씬 나이 들어 보인다(언제까지나 무등을 태워 주고, 축제에서 뛰어난 사격술로 유니콘 장난감을 따 주던 그녀만의 아버지일 거라고 생각했다). 하지만 손녀, 바로 모니크의 딸을 쳐다보고 있는 아버지의 눈은 자부심으로 빛나고 있다.

"널 닮았구나." 아기를 처음 본 자리에서 아버지는 눈물이 가득 고인 눈으로 모니크를 보며 말했다. 모니크는 그때까지 아버지가 우는 모습을 본 적이 없었다.

"그런 것 같아요." 모니크는 애써 미소를 지어 보이며 말했다. 하지만 품 안에 안겨 있는 아기의 찡그린 얼굴이 낯설게만 보였다.

병원에서 퇴원할 때, 남편은 한쪽 팔로 아기를 꽉 끌어안고, 다른 한 손으로는 조심스럽게 아기 띠를 잡았다. 그는 앞만 보았지만, 모니크는 그 자리에 멈춰 서서 간호사들이 따라오지 않나 확인하느라 돌아보았다. 그들은 아기를 훔쳤다. 어째서 아무도 쫓아오지 않는 걸까? 하지만 아무도 오지 않았다. 아무 제지 없이 두 사람이 담요에 싸여 있는 부드럽고 주름이 자글자글한 살덩어리를 안고 병원 문을 나가 택시 승강장으로 나가게 해 주었다.

엘라. 아기의 이름은 엘라다. 손녀에게 자기 이름을 붙여 준 것을 들었을 때 모니크의 엄마는 울었다.

"우리 사랑하는 딸." 엄마는 모니크의 뺨에 키스했다. "사랑하는 우리 손녀. 고맙다."

모니크는 페이스북을 닫고 문자 메시지를 연다. 잠깐 그대로 그녀의 손은 자판 위를 맴돈다. 엘라가 태어난 뒤로 모니크는 엄마에게 여러 번 문자 메시지를 반쯤 쓰다 말곤 했다. 하지만 그 문자들을 결코 보낸 적이 없다. 엄마, 난 못 하겠어요. 모니크는 휴대폰 자판으로 그 말을 입력한다. 그리고 결코 소리 내서 할 수 없는 그 말을 쳐다본다. 엄마의 면전에서 그런 말을 꺼내는 건 상상도 할 수 없다. 그녀는 그 말을 반복해서 읽는다.

모니크는 언제나 아기를 원했다. 어릴 때는 다른 애들처럼 장난감 유모차를 밀었지만, 그 마음은 커서도 사라지지 않았고 대부분의 또래들처럼 다른 관심사로 옮겨가지 않았다. 여행이나, 특별한 연인에서 끔찍한 남편이 될 수도 있는 남자들은 흥미가 없었다. 모니크는 아기에 대한 갈망을 계속 품고 있었지만, 상황이 적절하지 않다고 느낄 때는 그 말을 하지 않았다. 친구들과 함께 직업이나 꿈에 대해 이야기할 때면 지저분한 비밀을 숨기고 있는 것 같은 느낌이었다. 모니크는 그 갈망이 새로운 것도 아니고 경계선을 허무는 것이 아니라, 수천 년 전부터 자신의 몸이라는 천에 촘촘히 짜여 있는 것이라고 말하지 않았다.

그녀는 딸과의 첫 순간이 만남이 아닌 재결합 같은 기분일 거라고 예상했다. 그 작은 얼굴과 작은 손가락, 발가락에 대해 자기 몸만큼이나 잘 알 수 있을 거라고 상상했다. 아기는 모니크를 평생 따라다닌 그림자였고, 뱃속에 품고 다닌 9개월보다 더 오랜 시간 간직하고 있던 소망이었다.

아기를 처음 봤을 때 낯선 느낌에 모니크는 심하게 흔들렸다. 이런 느낌이면 안 되는 것이다. 지금껏 모성애가 숨 쉬는 것처럼 쉽지 않을 수도 있다는 건 꿈에도 생각해 본 적이 없었다. 그녀가 아이를 사랑하는 건 너무나도 당연한 일이라고 여겼다. 북쪽은 북쪽이고, 남쪽은 남쪽이며, 해는 떴다가 지고, 엄마는 자식을 사랑한다.

모니크는 커피를 마신 뒤 카페를 둘러본다. 실크해트를 쓴 박제 곰을 쳐다보다가, 문득 그 곰한테 이름이 있는지 궁금해진다. 뭔가 구식이면서도 귀족적인 느낌의 이름일 것 같다. 다른 손님들이 옆에 있는 부스 석과 바 자리에 앉아 커피를 마시고 있지만, 그들의 얼굴은 분간이 안 된다.

모니크는 집에서 힘센 팔로 엘라를 안아 어르며 재우고 있을 엄마를 떠올린다. 조금 뒤 그녀는 휴대폰을 다시 집어 들고 한 번 더 자판을 두드린다. 엄마, 난 못 하겠어요.

모니크의 손가락이 '발신' 버튼 위에서 맴돌고 있을 때, 창밖으로 버스들이 도착한다. 그 버스에서 내린 직장인들은 리버풀 스트리트 역의 중심으로 사라진다.

모나

"따님인가요?" 모나가 묻는다. 곱슬머리를 한 손님 근처에서 테이블을 닦던 중이라 사진이 보인다.

그 여자 손님은 깜짝 놀라 고개를 들어 올린다. 모나가 테이블 위에 놓여 있는 열쇠가 잔뜩 달린 열쇠고리를 가리킨다. 작은 플라스틱 틀 안에 분홍색 니트 모자를 쓴 갓 태어난 아기 사진이 달려 있다.

"정말 귀엽네요." 모나가 그 여자 손님 테이블 위에 물병과 컵을 내려놓고, 그 옆을 닦으며 말한다.

"네. 그래요." 여자 손님이 말한다.

"그럼 밤잠을 설치시겠네요." 모나는 옆 테이블을 닦으려다가 여자의 대답을 듣기 위해 돌아선다.

"아무래도 그렇죠." 여자가 대답한다. 그리고 다른 말 없이 모나를 보며 미소를 지으면서 고개를 끄덕인다.

"필요한 게 있으시면 불러주세요." 모나가 말한다. 그 여자 손님은 휴대폰에 뭔가를 입력했고, 이내 문자를 보냈다는 작은 알림이 울린다. 휴대폰을 내려놓으면서 여자의 얼굴에 살짝 미소가 떠오르지만, 행복해 보이는 것이 아니라 우울해 보인다.

"계산 좀 해 주세요." 모나는 소리가 나는 쪽을 쳐다본다. 부스 석에 앉아 있던 남자들 중 한 명이다. 그들은 조금 전에 들어와서 케이크를 먹으며 대화를 나누었다.

"네!" 모나가 서둘러 카드 결제기를 들고 그쪽으로 다가간다. 계산을 할 때(그들은 반반씩 냈다) 모나는 두 사람의 팔뚝에 같은 문신이 새겨져 있는 것을 알아차린다. 작은 닻 모양이다.

"고마워요." 남자 중 한 명이 회색 후드 점퍼를 입으면서 말한다. 문신은 소매에 가려 더 이상 보이지 않는다. 모나는 두 사람이 문 앞에서 서로를 꽉 끌어안는 모습을 지켜본다. 한참을 끌어안고 있다가 몸을 떼기 전에 서로의 어깨를 두드린다.

"조만간 다시 만나세." 남자 한 명이 말한다.

"늘 말만 그렇게 하지." 다른 남자가 말한다.

"어른이 되면 다 그런 거 아닌가? 죽을 때까지 '오랜만이야'를 반복하는 거지."

두 사람은 웃으며 악수를 한 뒤, 카페 문을 열고 밖으로 나간다. 그들은 길에서 반대 방향으로 헤어진다. 그리고 반대편 테이블에 앉아 있던 아기 사진이 달린 열쇠고리를 가진 여자도 자리에서 일어나더니, 테이블 위에 동전 한 움큼을 올려 두고, 주위를 둘러본 뒤 카페를 나선다.

"안녕, 안녕." 조금 뒤 독특한 여자 목소리가 들린다. 모나가 고개를 들자, 70대로 보이는 우아한 여자가 가게로 들어선다. 평소처럼 곱슬거리는 흰머리에, 옷차림은 평소 좋아하는 복고풍 스타일이다. 오늘 밤에는 하이 웨이스트 블랙 진에 흰색과 빨간색 상의를 입고 목에는 실크 스카프를 둘렀다. 카페 주인인 스텔라와 마주하자, 모나는 일을 그만둔다는 소식을 어떻게 전할 것인지 하는 생각에 갑자기 빨리 뛰는 심장과 거칠어지는 호흡을 애써 진정시키며 미소 짓는다. 스텔라는 모나의 무용 선생님들이 말하는 '존재감'이 뛰어난 사람이다. 나이와 작은 몸집에도 불구하고 등장만으로도 카페 안이 가득 차는 것 같다.

"오늘은 조용하네?" 스텔라가 카페 안을 둘러보며 말한다. 지금 손님은 한쪽 구석에서 혼자 차를 마시는 노인과 카페 뒤쪽에 아무 말 없이 앉아 있는 조용한 커플밖에 없다. 모나는 스텔라의 시선을 따라간다.

"조금 전까지만 해도 손님이 많았어요." 모나가 말한다. 오늘 하루 동안에만 카페에서 싸움도 두 번이나 있었죠. 모나는 속으로 생각하지만, 말로 하진 않는다. 갑자기 그 감정적인 폭발과, 만일 스텔라가 그 싸우는 소리를 듣고 그 광경을 지켜보던 손님들의 모습을 봤다면 어떻게 생각할지 상상하고는 부끄러워진다.

스텔라가 테이블 중 하나를 손으로 쓸어 본다. 손톱은 빨간색으로 칠하고 있고, 가냘픈 손목에는 댕그랑거리는 은팔찌를 차고 있다.

"카페 인테리어를 새로 해 볼까 싶은데." 스텔라가 벽에 걸려 있는 간판들과 조명, 박제 곰 어니스트를 보며 말한다.

"정말요?" 모나는 깜짝 놀란다. 이 카페는 그 자체로 스텔라 본인인 것처럼 느껴진다. 모나는 여기에 있는 모든 물건들을 스텔라가 직접 골랐다는 것을 알고 있다. 벽에 걸려 있는 사진들 중 일부는 아주 오래전, 이 카페를 처음 열었을 때 스텔라가 인테리어 비용을 줄이기 위해 집에서 가져온 것이다. 그 사진들을 그대로 남겨 둔 채, 다른 물건들이 늘어나면서 지금처럼 복잡하고 다양한 특성이 더해진 것이다. 모두의 취향에 맞는 건 아니지만, 스텔라의 취향에는 맞았다. 문 위 간판에 걸린 것도 스텔라의 이름이고, 카페 내부 역시 스텔라의 것이다.

"잘 모르겠어." 스텔라가 테이블 사이를 지나 바 앞으로 다가와 우아하게 의자에 걸터앉으며 말한다. "아마 못하겠지." 지금 이 카페는 너무 친숙해서 바꿀 수가 없을 것 같다. 모나는 스텔라가 이곳을 이 모습 그대로 오랫동안 운영할 거라고 생각한다. 스텔라가 은퇴하는 일도 없을 것이다.

모나는 실내 장식에 관한 이야기 대신 일을 그만둘 거라는 말을 스텔라에게 해야 한다는 것을 알고 있지만, 잠시 멈춘다.

"다른 일은 없었어? 까다로운 손님이 왔다거나, 뭔가 모자라는 게 있었다거나? 음식도 아무 문제없었고?"

스텔라는 대부분의 관리나 지시를 집에서 하는데 카페에 정기적으로 불쑥 나타나 상황을 확인하기도 한다. 가게를 물려줄 자식도 없지만, 설령 있다 해도 쉽게 넘겨줄 것처럼 보이진 않는다. 스텔라는 테이블에 양손을 가지런히 올린 채 대답을 기다리며 모나를 쳐다본다.

"별일 없었어요. 평소와 똑같았죠." 입안이 바짝 마른 모나가 대답한다.

말이 목구멍에 걸려 있는 것 같다. 모나로선 평소와 완전 다른 날이었다. 모든 것이 변하고, 그녀의 인생과 방향이 완전히 달라진 하루였다.

스텔라는 모나의 대답에 만족한 듯 고개를 끄덕인다.

"자긴 어땠어?" 스텔라가 묻는다.

모나는 지난 5년간 배려해 주고 공정하게 대우해 주며, 자신이 다른 삶을 지탱할 수 있게끔 융통성을 발휘해 준 고용주 스텔라를 쳐다본다. 자기가 스텔라의 기대를 저버렸다는 것을 깨닫자 엄청난 감정이 북받친다.

"저 떠나요." 모나는 스텔라가 카페에 들어오자마자 했어야 할 말들을 불쑥 꺼낸다. "무용단에서 일자리를 얻었어요. 미리 말씀드렸어야 했지만, 저도 그 자리를 얻게 될 줄 몰랐어요. 파리에 있는 무용단이고, 2주 뒤부터 나가기로 했어요. 하지만 짐도 싸고 준비도 해야 해서 가능한 빨리 일을 그만둬야 할 것 같아요. 더 일찍 알려 드리지 못해 죄송해요."

모나는 숨이 막혀 말을 멈춘다. 스텔라는 얼굴을 찡그린 채 빨갛게 칠한 입술을 오므린다. 한참 동안 아무 말이 없자 모나는 무슨 말을 듣게 될지 두려움에 떨며 스텔라를 쳐다본다.

"음. 그렇게 짧은 시간 안에 새 직원을 구하긴 힘들 거야. 더군다나 자기 같은 사람은 못 구하겠지. 아무래도 해나와 엘리노어, 소피아한테 추가 근무를 해달라고 말해야겠네." 마침내 스텔라가 말한다.

모나는 불편함에 몸을 움직인다.

"실망시켜 드려서 죄송해요. 좀 더 오래 있을 수 있다거나, 가지 않을 거라고 말씀드릴 수 있으면 좋겠지만…."

"당연히 가야지!" 스텔라가 모나의 눈을 똑바로 보며 갑자기 어투를 바꿔 말한다. "그래, 우리로선 손실도 크고 여러 가지 일들을 처리해야 하지만, 자기 입장에선 너무 잘된 일이잖아. 당연히 가야지. 축하해, 모나."

스텔라가 미소 짓자, 모나도 미소 짓는다. 한숨처럼 크게 숨을 내쉬고서야 그때까지 자기가 숨을 참고 있었다는 것을 깨닫는다. 모나는 죄책감이 들었지만, 스텔라의 열의가 가득한 이해를 받자 안도한다.

스텔라는 잠시 말을 멈추고 카페를 둘러본다. 모나도 테이블 석에 있는 손님들에게 뭔가 필요한 게 없는지 살핀다. 손님들은 모두 조용하고 만족스러워 보인다. 모나가 그들이 있는 쪽을 쳐다보았을 때 따로 필요한 게 있는 것처럼 보이지 않는다. 손님들을 지나 더 먼 곳을 보고 있던 스텔라가 갑자기 반짝거리는 눈으로 모나를 돌아본다.

"나도 무용수였다는 거 알 텐데." 스텔라가 부드러운 목소리로 말한다.

모나는 눈썹을 치켜올린다. 전혀 몰랐다. 스텔라를 바라보다 그제야 알아차린다. 작고 가냘픈 체구, 우아한 동작.

"말씀해 주신 적 없잖아요!" 모나가 말한다. 여기서 일했던 지난 5년간, 그녀는 근무 교대를 위해 스텔라에게 오디션과 공연에 대해 종종 이야기했었다. 그렇지만 스텔라는 한 번도 자신의 열정에 대해 언급한 적이 없었다.

"너무 오래전 일이니까." 스텔라가 곰 어니스트를 쳐다본 뒤, 다시 모나를 돌아본다. "수십 년 전에 그만뒀어. 지금 자기 나이보다 조금 더 들었을 때일 거야."

"어째서 그만두셨어요?" 모나가 묻는다. 스텔라가 자기 나이였을 때 무대에서 춤을 추는 모습이 너무나 쉽게 상상이 된다. 평소에 나타나는 존재감으로 보아 스텔라는 훌륭한 무용수였을 것이다. 하지만 스텔라가 무용수였을 거라는 생각을 한 번도 하지 못했다. 이제야 모든 것이 이해가 된다.

스텔라는 그 질문을 받자, 갑자기 표정이 진지해진다.

"명성을 얻기를 기다리다 지쳐 버린 거지."

모나는 카페 문 위에 걸려 있는 간판을 떠올린다. 불빛이 나오는 커다란 글자로 '스텔라 카페'라고 적혀 있다. 지금 모나가 무슨 생각을 하고 있는지 알고 있는 것처럼 스텔라가 조용히 웃는다.

"난 이곳이 좋아." 그녀는 자신이 만든 카페를 다시 한 번 둘러보며 말한다. 모나는 이 카페 공간이나 분위기가 너무나 스텔라답다고 생각한다. "전혀 예상하지 못했던 인생의 새로운 장이 열린 거지. 하지만 시간이 지나면서 내 인생에서 가장 중요한 것이 됐어. 춤을 추었던 시간보다 더 오랜 시간 이 카페를 운영하고 있으니까. 난 행복해. 낮이든 밤이든 아무 때나 사람들이 찾아올 수 있는 곳을 만들었다는 게 좋아. 한밤중에도 팬케이크를 먹을 수 있는 곳. 도시 전체가 춥고 어두워도 항상 커피와 케이크가 준비되어 있고, 언제나 연인이나 친구, 동료들과의 만남의 장소가 될 수 있는 곳이어서 좋아. 나한테 이곳은 이 도시와 약간 비슷해. 언제 어디에서나 무슨 일이 일어나고, 서로가 스쳐 지나간다는 점에서."

스텔라는 다시 말을 멈춘다.

"하지만 후회가 없다고 한다면 거짓말이겠지. 조금 더 춤을 췄다면 어떻게 됐을지 항상 궁금했어. 어쩌면 결정적인 기회가 코앞에 있었는데 내가 그 기회를 놓친 걸 수도 있겠지. 거기까지 가기 전에 노력을 그만뒀으니까."

스텔라는 모나를 쳐다본다. 모나는 앞에 있는 나이 많은 여자의 눈에 비친 자신의 꿈과 열망을 본다.

"그러니까 가야만 해." 스텔라가 이번엔 격렬하고 열정적으로 말한다. "자기가 하려고 했던 일을 반드시 해내는 거야."

모나는 몸 속 피가 들끓는 것을 느낀다. 지난 몇 년간 힘겹게 잡으려고 애썼던 그 느낌에 피부가 얼얼할 지경이다. 무엇이든 가능할 것 같다.

"감사합니다." 모나는 자신의 목소리로 진심이 전달되기를 바라며 말한다. "실망시켜 드려서 정말 죄송해요. 이해해 주셔서 감사하고요."

스텔라는 어깨를 으쓱하면서 고개를 가볍게 젓는다.

"우린 괜찮을 거야." 스텔라는 다시 카페를 둘러보더니 자리에서 일어난다.

"아무래도 너무 조용하네. 난 그만 가는 게 낫겠어. 그냥 점검해 보러 온 거니까. 지금부터 새 웨이트리스도 구해야 하고."

스텔라는 손으로 카운터를 가볍게 쓸어 본 뒤, 모나를 보며 고개를 끄덕인다.

"이번 일요일과 월요일까지만 나와 줄 수 있을까? 그 뒤로는 걱정하지 않아도 돼." 스텔라가 말한다. 모나가 다시 한 번 감사인사를 하자, 스텔라가 고개를 끄덕인다.

"떠나기 전에 못 볼 수도 있겠네. 그래도 파리에서 행운이 있길 빌어." 스텔라가 말한다.

모나는 카운터 뒤에서 나온다. 스텔라가 조금 앞에서 약간 뻣뻣하게 서 있다. 모나는 어색함을 극복해 본다. 무엇을 해야 할지 알고 있다. 모나는 스텔라를 끌어안는다. 스텔라의 따뜻한 체온과 향수 냄새를 느낀다. 무슨 향수인지는 알 수 없지만, 스텔라처럼 고전적이고, 강인한 느낌을 주는 향이다. 모나는 몸을 뗀 후 카운터로 돌아간다. 스텔라는 카페 문을 열고 붉은색으로 반짝거리는, 자신의 이름을 딴 간판 아래 거리로 나선다.

오후 9시

모나

문이 열리고, 모나보다 몇 살 어려 보이는 커플이 들어온다. 두 사람 모두 무릎이 찢어진 청바지에, 낡아 보이는 티셔츠와 가죽 재킷을 입고 있다. 남자보다 살짝 키가 큰 여자는 목에 노란색 스카프를 두르고 있다. 머리를 아주 짧게 깎은 남자는 이제껏 본 중 가장 파란색 눈을 가지고 있다. 모나의 눈에 두 사람은 건전한 의미로 예민해 보인다. 지하 클럽에서 록 공연을 하고, 문신 가게나 술집을 운영하는 친구들이 있지만, 유기농 매장을 이용하고 개를 키울 것 같은 이미지다. 두 사람은 미소를 짓고 있지만 피곤한 듯 문에서 가장 가까운 자리에 털썩 주저앉는다. 그 근처 테이블 석에는 손님들이 몇 명 있다. 피시 앤 칩스를 주문한 뒤 노트북을 두드리고 있는 구겨진 양복 차림의 남자 손님, 보라색 머리에 카폰 웨어하우스(영국 휴대폰 판매업체) 유니폼을 입고 휴대폰을 보고 있는 여자 손님, 꽃무늬 드레스에 빨간 립스틱을 바르고 높은 테이블에 앉아 팬케이크를 주문한 키 큰 남자 손님이 있다.

그 젊은 커플은 드레스를 입은 남자를 잠깐 쳐다보더니, 다시 메뉴판으로 시선을 돌린다. 모나는 이 도시의 이런 모습을 좋아한다. 특이한 사람들이 너무 많다 보니 정말로 특이한 게 없다는 점.

"주문하시겠어요?" 그 커플이 메뉴판을 충분히 봤을 만한 시간에 모나는 그쪽으로 다가간다. 그리고 다른 손님들도 살피면서 묻는다. 두 사람은 가죽 재킷을 걸쳐 놓은 등받이에 기댄 채, 테이블 아래로 다리를 쭉 뻗은 뒤 발을 꼬고 앉아 있다.

"너무 배가 고파요." 남자가 반짝거리는 푸른 눈동자로 모나를 쳐다보며 말한다. "그렇지, 캐비지?"

남자가 여자 친구를 돌아보자, 여자는 그를 보며 미소 짓는다.

"정말 배고파요." 여자가 남부 억양이 가득한 목소리로 말한다. "온종일 짐을 쌌어요. 짐을 싸고, 또 싸다 보니 접시며 주방용품까지 다 싸 버렸다는 걸 깨달았죠. 그래서 외식을 하러 나온 거예요."

모나가 물어보기라도 한 것처럼, 오랜 친구 사이라도 되는 것처럼 두 사람이 말을 한다. 모나는 아무 말도 없이 그저 주문 수첩을 든 채로, 가끔씩 고개를 끄덕이며 그 이야기를 듣고 있다. 예전에 무용수였다는 스텔라와 소피아가 했던 말이 머릿속에서 중간중간 떠오르긴 하지만, 그래도 완전히 정신이 딴 데 팔린 건 아니다.

"런던에서의 마지막 밤이에요. 내일 브리스톨로 이사 가요. 작지만 근사한 집을 찾았거든요. 회전식 건조기까지 있어요." 남자가 말한다.

그 말에 모나는 미소를 짓는다. 꾀죄죄한 찢어진 청바지를 입은 남자가 회전식 건조기를 사용하는 모습이 상상이 가지 않는다.

"정말요?" 모나가 말한다. 남자는 대화를 계속 이어가도 된다는 허락의 의미로 받아들인 듯 환하게 웃는다.

"네! 식기세척기도 있어요! 작아서 큰 냄비는 들어가지 않지만, 그래도 그릇들을 씻기에는 좋죠."

"이사는 왜 하시는 건가요?" 이제는 대화가 익숙해진 모나가 묻는다. 실제로 그녀는 기분이 좋아지는 걸 느낀다. 아무 관계없는 이런 잡담이 머릿속을 맴도는 여러 가지 것들을 가라앉혀 준다. "이직 때문인가요?"

여자가 고개를 젓는다.

"아뇨. 우리 둘 다 새로 직장을 얻긴 했지만, 그것 때문에 이사 가는 건 아니에요. 런던이 지긋지긋해서 떠나는 거예요."

"정말요?" 모나는 무슨 말을 해야 할지 모른다. 비록 그녀도 파리에 빠지긴 했지만, 런던에 대한 애정이 사라진다는 건 상상조차 해 본적이 없다. 12년간 살았던 고향이고, 너무 익숙해져서 새삼스레 느끼지 못했을 뿐, 여전히 이곳을 사랑했다. 그 마음은 영원히 사라지지 않을 것 같다. 그런 생각을 하다 보니 이제 곧 런던을 떠나야 한다는 사실이 새삼 떠오른다. 새롭게 시작한다는 사실과 해나와 같이 사는 아파트에서 지난 몇 달간 쌓였던 스트레스와 불행에서 벗어날 수 있다는 사실에 너무 흥분한 상태라, 그녀가 고향이라고 부르는 이 도시와 작별 인사를 해야 한다는 생각까진 미처 하지 못하고 있었다.

"네! 비싼 집세가 싫어요!" 남자가 보다 열정적으로 말한다.

"지하철도." 여자가 덧붙인다.

"공기도 안 좋고." 남자가 덧붙인다.

"망할 놈의 비둘기들도 싫어."

"레스터 스퀘어도."

그들은 더 이상 모나를 의식하지 않는다. 그 대신 네트 위를 오고가는 배드민턴공처럼 서로 이 도시의 싫은 점들을 늘어놓기 시작한다. 그 사이 그 목록은 점점 더 구체적이 된다.

"애초에 목적지가 바뀌었다고 말도 해 주지 않고 가다가 중간에 버스 기사가 '이 버스의 목적지가 변경되었습니다'라고 말하는 것도 싫어. 그게 뭐야?"

"맞아, 그리고 예약을 안 받는 식당에 줄 서서 들어가는 것도 싫어. 가끔 몇 시간씩 빗속에 서 있어야 할 때도 있잖아."

모나는 중간에 끼어들어 보려고 시도한다. "워털루 다리 위에서 보는 풍경은 어때요?" 지금도 모나는 버스를 타고 가다가도 그곳을 지나칠 때면 제대로 감상하기 위해 휴대폰을 내려놓고 좌우 양쪽을 돌아본다. 한쪽으로는 국회의사당, 타워브리지, 런던 아이가 있고, 다른 쪽으로는 세인트폴 성당과 옥소 건물, 시티에 우뚝 솟은 고층건물들이 서 있다. 모나는 해가 질 때 빅 벤이 복숭앗빛 하늘에 검은 윤곽을 드러내고, 황금빛으로 물든 건물들의 창문에서 새어나오는 불빛이 강물 위를 비추는 풍경을 좋아한다. 서머셋 하우스나 그래너리 스퀘어의 분수는 어떤가? 솟구치는 물줄기 사이로 아이들이 웃고 소리치며 뛰어다니고, 물에 젖지 않게 한쪽에 서 있는 부모들과 지나가던 낯선 타인들이 그 행복하고 순진한 소리에 미소 지으며 그 광경을 지켜보곤 한다. 토요일마다 서는 활기가 넘치는 브로드웨이 마켓은? 음식 가판대에서 풍기는 태국 커리 냄새와 갓 튀긴 도넛 냄새가 떠도는 가운데 모여 있는 인파와 기타를 치며 노래를 부르는 길거리 가수(정말 노래를 잘한다)들 사이로 사람들이 자전거를 끌고 지나간다. 원하는 옷은 무엇이든 입을 수 있고, 아무런 비판을 받지 않고 원하는 대로 무엇이든 할 수 있는 곳. 모나는 드레스를 입은 남자 손님을 쳐다보며 생각한다. 그리고 극장도 있다. 대형 극장에서는 당연히 좋은 공연을 볼 수 있고, 그보다 작은 극장, 이를테면 술집 위쪽에 붙어 있는 작은 방 같은 곳에서도 10파운드만 내면 깜짝 놀랄 만한 새로운 공연을 볼 수 있다. 하지만 이 커플은 여전히 싫은 점들을 나열하고 있다.

"지하철 순환선!" 남자가 말한다.

"맞아, 지하철 순환선 정말 싫어!" 여자가 말한다.

두 사람은 웃음을 터트린다.

모나도 애써 웃어 보려고 하다가 갑자기 자신은 웃을 수 없다는 것을 알아차린다.

"주문하시겠어요?" 모나가 묻는다. 아무래도 의도했던 것보다 목소리에 힘이 들어간 것 같다.

그 커플은 모나를 올려다본 뒤, 다시 서로의 얼굴을 쳐다본 다음 메뉴판을 내려다본다.

"소시지와 으깬 감자요!" 남자가 메뉴판을 모나에게 내밀며 말한다.

"음, 난 스크램블드에그를 올린 토스트요!" 여자가 말한다.

"알겠습니다." 모나는 주방 쪽으로 돌아선다.

그녀가 그 자리를 떠나자, 남자가 조금 전 대화를 계속 이어나간다.

"지하철에서 배낭을 계속 메고 있는 사람들 때문에 지나가다가 그 배낭에 얼굴을 부딪치게 되는 것도 싫어."

"맞아, 그리고…."

모나가 주방 쪽으로 가자, 두 사람의 목소리는 더 이상 들리지 않는다. 대신 알렉산더가 틀어놓은 라디오 소리가 들린다. 모나는 잠시 문가에 기대 선다. 심장 박동이 다시 빨라진다. 그 커플의 말은 틀린 게 없다. 모나 역시 이 도시에서 살면서 실망했던 점들이니까. 하지만 그럼에도 불구하고 이 도시는 열여덟 살의 모나가 싱가포르를 떠나왔을 때 그녀가 찾고 있던 것을 주었다. 바로 집이다. 이곳을 떠나기로 선택하긴 했지만, 임박한 현실이 갑자기 실감난다. 새 출발에 흥분한 나머지 모든 시작에는 끝이 있다는 것을 잊고 있었다.

"무슨 생각해요?" 알렉산더의 말에 모나는 고개를 든다.

"죄송해요. 주문 받은 거 알려 드릴게요."

모나가 주문지를 건네주자, 알렉산더는 고개를 끄덕이더니 주방으로 다시 들어간다. 모나는 그대로 서서 그가 음식을 만들어 주기를 기다린다.

"무슨 일 있어요?" 알렉산더가 다시 묻는다.

모나는 깜짝 놀라 그를 쳐다본다. 알렉산더는 평소 사람들과 어울리지 않았다. 모나와 해나가 이런저런 이야기를 하며 말을 걸어도, 그는 어깨만 으쓱하고 스토브 앞으로 돌아가곤 했다.

"아무 일 없어요." 모나가 대답한다.

"아무 일 없는 게 아닌데." 알렉산더가 그릇에 달걀을 깨며 말한다. "슬펴 보여요."

모나는 살짝 미소 짓는다. 그 정도로 안 좋아 보인 걸까? 알렉산더가 알아차릴 정도면 그럴 것이다. 모나는 피로와 슬픔을 날려 버리려는 것처럼, 얼굴을 문지른다.

"미리 말했어야 했는데…."

"그만둔다면서요?" 알렉산더가 담담하게 말한다.

"어떻게 알았어요?" 모나가 묻는다.

알렉산더는 어깨를 으쓱한 뒤, 달걀을 열심히 휘젓는다.

"여기선 모를 수가 없지."

모나는 얼굴이 달아오르는 것을 느낀다.

"그리고 파블로한테 들었어요. 당신하고 해나가 싸우는 소릴 들었다나 봐요."

모나는 얼굴이 뜨거워진다. 해나와 싸웠던 순간을 떠올려 보니, 카페에 있던 손님들 모두 그녀를 쳐다보고 있었다. 비록 사람들에게 둘러싸여 있었지만 그 순간 모나는 혼자 있는 것처럼 느껴졌다.

"새 일자리를 얻은 게 좋지 않아요?" 알렉산더가 달걀에서 요리판 위에서 끓고 있는 양파 그레이비 앞으로 옮겨 가며 묻는다. 모나는 돌아서서 카페 안을 살펴본다. 새로 들어온 손님은 없고, 기존 손님들도 아무 문제가 없어 보인다. 커플은 이제 이야기를 멈추고 각자 휴대폰을 보고 있다. 꽃무늬 드레스를 입은 남자 손님은 공중전화 박스에서 책을 골라 읽기 시작한다.

"좋아요." 모나는 알렉산더를 돌아보며 말한다. 그는 그레이비에 후추를 갈아 넣고 있다. "단지 떠나야 한다는 것이 실감나서요. 런던에 오래 살아서 그런지, 여기가 집 같아요. 물론 물가도 비싸고, 공기도 오염됐고, 사람도 많죠. 이 도시를 떠나기로 선택하긴 했지만, 역시 여기가 좋아요."

알렉산더는 그레이비에서 시선을 떼지 않은 채, 모나의 말에 고개를 끄덕인다.

"어른이 되고, 내 인생을 만든 곳이죠. 그래서 이 도시가 좋아요. 지도를 보지 않고 지하철을 탈 수 있는 것도 좋죠. 파리의 지하철 지도는 너무 복잡해요. 틀림없이 길을 잃을 거예요. 여름이 되면 사람들이 밝아지고 행복해지는 모습을 보는 것도 좋아요. 작은 굴뚝들이 많이 달린 구식 테라스 하우스도 좋고…." 모나가 말한다.

알렉산더는 또다시 고개를 끄덕인다.

"너무 잘 알아서 그런 거겠죠?" 모나가 말한다.

알렉산더가 소시지를 굽기 시작하자 프라이팬에서 갑자기 치익거리는 소리와 거품이 극적으로 일어난다. 주걱으로 소시지를 앞뒤로 미니 기름이 사방으로 튄다. 모나는 숨을 깊이 들이마신다. 그녀는 눈물이 솟구치는 것을 느껴져 울지 않기 위해 필사적으로 눈을 깜박거린다. 파리로 떠나는 것은 올바른 결정인 것처럼 느껴진다. 하지만 만약 그렇지 않다면? 단 한 번 주말을 보낸 곳으로 삶의 터전을 옮기는 것이다. 만일 그곳이 싫어지거나, 그녀의 자리를 찾는 것이 어렵다면 어떻게 되는 걸까?

"크라쿠프에서 런던에 처음 왔을 때 난 이곳이 정말 싫었어요." 알렉산더가 말한다.

모나는 알렉산더가 개인적인 이야기를 하는 것에 깜짝 놀라 눈썹을 치켜올린다. 그녀가 그의 사생활에 대해 알고 있는 것은 파블로처럼 아스날을 응원한다는 것뿐이다. 알렉산더는 프라이팬을 지켜보면서 이야기를 계속한다.

"너무 우울한 곳이잖아요! 사람들은 북적거리고 예의도 없죠. 테스코에는 온갖 물건들이 다 있지만, 내가 좋아하는 것들은 없어요. 외롭고, 친구도 없었죠. 작은 아파트에서 폴란드에서 온 남자 두 명, 러시아에서 온 남자 한 명과 같이 살았어요."

모나는 그 새로운 정보들을 귀 기울여 들으면서, 이제껏 몰랐던 알렉산더의 삶을 그려 보려고 애를 쓴다. 그는 소시지를 다 구운 뒤, 달걀 요리를 하기 위해 새 프라이팬을 집어 든다.

"하지만 조금씩 나아졌죠. 아파트 근처에서 폴란드 슈퍼마켓을 찾았어요. 내가 좋아하는 것들이 많이 있더군요. 다시 고향에 돌아간 것 같은 기분이 들었어요. 그리고 주말마다 동거인들과 함께 찾아갔던 웨더스푼스에서 새로운 사람들도 만나게 됐고. 지금도 축구를 보거나 맥주를 마시러 그곳에 가곤 해요…. 단골 술집이 생기고, 좀 더 좋은 아파트에서 살게 됐죠. 그래서 지금은 아주 좋아요. 새로운 도시에 가면 당신도 이런 과정을 겪을 거예요."

알렉산더가 이렇게 많은 말을 한 건 처음이다. 모나로선 그가 요리에 집중하고 있어서 다행이다. 깜짝 놀란 티를 내지 않으려고 애쓰는 중이기 때문이다. 지금껏 모나와 이야기를 별로 나눈 적이 없었던 사람이 지금 그녀가 꼭 들어야 할 이야기를 정확하게 해 주었다.

"그렇겠죠." 모나가 말한다.

알렉산더는 그녀에게 접시 두 개를 내민다. 소시지와 으깬 감자, 스크램블드에그를 올린 토스트다. 그리고 알렉산더는 대화가 끝났음을 알리듯 돌아서더니, 더 좋아하는 일을 한다. 모나는 잠시 알렉산더가 라디오의 볼륨을 높인 뒤, 요란하게 식기세척기에서 그릇들을 꺼내는 모습을 지켜본다. 그리고 그녀는 알렉산더가 했던 말을 떠올리면서, 김이 모락모락 나는 접시를 청바지를 입은 커플에게 가져다준다.

"고마워요." 모나가 접시를 내려놓자 여자가 말한다.

"무례함!" 젊은 남자가 질문에 대답이라도 하는 것처럼 손을 높이 들고 큰 소리로 말한다. 하마터면 그 손이 모나가 들고 있던 접시와 부딪칠 뻔한다. "이것도 내가 런던에서 그립지 않은 거야."

남자는 테이블에 접시를 내려놓는 모나를 쳐다보지 않는다. 그 대신 바로 칼과 포크를 들고 음식을 먹기 시작한다.

알렉산더

“넌 살아가면서 큰 소리를 치는 일은 없겠구나.” 그는 어릴 때 어머니가 했던 말을 기억한다. “수다스럽지 않고 조용한 사람이 될 거야. 그게 너다운 거지.”

알렉산더는 자라면서 어머니의 말이 틀렸음을 입증하고 싶었다. 하지만 그럴 수 없었다. 어머니는 열 살인 알렉산더를 혼자서는 빠져나올 수 없는 상자에 가둬 버렸다. 시간이 지나면서 그는 거기서 벗어나기는커녕 그 상자에 딱 맞는 사람으로 자라났다.

요리를 하면서 조금 전 모나와 나눈 대화를 떠올리자, 그는 당혹스럽다. 두 사람이 함께 일한 뒤로 가장 길게 나눈 대화일 것이다. 알렉산더는 모나와 말을 할 때마다 단어 대신 침묵만 낚는 느낌이 든다. 너무 바보 같은 느낌이 들어서 평소에 말을 하지 않는 것이다.

그가 그녀를 사랑한다는 건 전혀 도움이 되지 않았다. 알렉산더는 두 사람이 함께 일을 할 때부터 모나를 사랑했다. 그가 일을 시작하고 2주 뒤에 모나가 카페에 나왔다. 그녀를 만나기 전까지 알렉산더는 다른 사람에게 첫눈에 반한다는 것을 믿지 않았다. 하지만 모나가 어깨 위로 검정색 긴 머리를 땋아내린 채 카페에 들어왔을 때, 몸의 움직임이… 알렉산더는 마침내 거기에 어울리는 표현을 찾았다. 우아함. 모나는 우아하게 움직였다. 알렉산더는 무슨 일이 일어났는지 바로 알았다. 머릿속에서 비명처럼 이런 말이 떠올랐기 때문이다. 이런, 젠장.

알렉산더는 첫눈에 모나에게 반한 것을 알았다. 하지만 그 사랑이 이루어질 수 없다는 것 역시 알고 있었다. 그는 말재주도 없고, 연인이 될 수 없다는 것도 알고 있었다. 한 번도 여자 친구를 사귄 적이 없었다. 알렉산더는 여전히 폴란드 친구 두 명과 함께 살고 있다. 처음보단 사는 여건이 나아졌지만(러시아인은 애인이 생기자 집을 나갔다), 여전히 일을 하지 않을 때는 동거인들과 함께 컴퓨터 게임을 하거나, 책을 읽거나, 유튜브 영상을 보면서 시간을 보낸다. 아는 여자들도 별로 없고, 여자들을 이해할 수도 없다. 가끔 모나와 해나가 이야기를 나누는 것을 들어도 무슨 이야기를 하는 건지 알지 못한다(이제는 영어를 제법 잘하는 데도). 그들은 가끔 알렉산더의 의견이나 조언을 구하려고 하지만, 그는 아무 말도 하지 않는다. 왜냐하면 할 말이 없기 때문이다. 결국 두 사람은 다시 관심을 거두고, 알렉산더도 주방으로 돌아간다. 적어도 무슨 일을 해야 할지 알고 있는 주방이 편안하다. 사실 요리를 하는 걸 특별히 좋아하는지도 확실하지 않다. 그 일을 사랑하지 않는 건 확실하다. 하지만 주방에서는 적어도 안전하다고 느껴지고 통제가 가능하다.

그는 조심스럽게 프라이팬에 반죽을 부은 뒤, 끈기 있게 지켜보며 팬케이크를 뒤집을 순간을 기다린다. 표면에 거품이 조금씩 올라오기 시작할 때 뒤집어야 한다. 뒤집고, 기다리고, 뒤집는다. 그런 뒤 팬케이크를 접시에 담아 모나 앞으로 내민다.

"3번 테이블." 그가 말한다.

"고마워요." 모나가 미소를 지으며 말하지만, 알렉산더는 이미 돌아서서 주방으로 돌아간다.

그는 주변을 정리한 뒤, 다음 주문 음식을 만들기 시작하면서 또다시 아까 대화를 떠올린다. 불쑥 모나에게 말을 건 이유를 모르겠다. 어쩌면 그녀가 떠난다니까, 이젠 자신이 바보처럼 느껴져도 상관없기 때문일 것이다. 어쩌면 그녀가 너무 슬퍼 보여서 그럴 수도 있다. 처음 보는 모나의 너무나 슬픈 표정에 알렉산더는 심장이 옥죄는 느낌이다. 그래서 제대로 된 말을 하지 못할 수도 있다는 것을 알고 있었지만, 필사적으로 적당한 표현을 찾으려고 애를 썼다.

모나는 깜짝 놀란 것처럼 보였다. 그 순간 알렉산더는 자신이 잘못 말했다는 것을 알았다. 그래도 그는 꾹 참고 계속 말했다. 어쨌든 시작했기 때문에 멈추기가 힘들었다. 알렉산더는 이제 다시 혼자 주방에서 모나와 그녀에 대한 사랑을 떠올린다.

오늘 모나는 심지어 그가 카페에 들어온 것도 알아차리지 못했다. 알렉산더는 카페에 들어와서 모나에게 인사를 하려고 기다렸지만, 그녀는 눈썹을 찡그린 채 멍하니 허공만 쳐다보고 있었다. 알렉산더가 잘 알고 있는 그녀의 수많은 표정 중 하나다. 그래서 그는 인사하는 걸 포기하고 곧장 주방으로 들어갔다. 파블로가 해나와 모나의 싸움과 모나가 떠난다는 사실을 알려 주었다. 알렉산더는 파블로가 이미 오래전부터 모나에 대한 자신의 마음을 알고 있을지도 모른다고 생각했다. 파블로가 알렉산더의 어깨에 손을 올리고 두드려 주었기 때문이다.

모나가 떠난다. 그 사실이 다시 떠오르자, 알렉산더는 재빨리 눈을 깜박이며 눈물이 나는 건 마카로니 치즈에 뿌린 후추 때문이라고 생각한다. 그는 모나가 없는 카페가 어떨지 생각한다. 여전히 사방에서 모나를 보게 될 것이고, 미국식에 가깝지만 완벽하진 않은 특이한 억양의 부드러운 목소리가 들릴 것이다. 알렉산더에게 있어 이 카페는 모나다. 하지만 그는 모나를 사랑하기에 그녀의 행복도 바란다. 그래서 기쁘기도 했다. 슬프면서도 기쁜 느낌. 알렉산더는 모나가 춤을 출 때 행복하다는 것을 알고 있다. 테이블 사이를 지나다니거나, 팔을 쭉 뻗어 액자의 먼지를 닦는 모습, 손님을 위해 문을 잡아 줄 때의 모습을 보면 모나는 웨이트리스가 아니라 무용수다.

알렉산더는 갑자기 스스로에게 폴란드어로 욕을 퍼붓는다. 아이러니하게도 다른 사람들과 이야기를 하는 것을 힘들어하면서(특히 여자들, 특히 모나), 종종 혼잣말을 중얼거린다. 누구에게나 하루에 해야 할 말의 수가 정해져 있는 모양이다. 그는 그 할당량을 다른 사람과의 대화로 소진하지 않고, 오직 이런 식으로 해결한다. 모나도 그런 모습을 본 적이 있다. 알렉산더는 모나가 자기를 미쳤다고 생각할 거라는 걸 알고 있다. 그가 생각해도 미친 것 같다.

알렉산더는 애써 혼잣말을 멈추고, 모나가 들었는지 확인하기 위해 주방 창문으로 내다본다. 하지만 그녀는 젊은 남자와 그 남자의 애인으로 보이는 여자를 상대하고 있다. 모나는 두 사람에게 커피 두 잔을 가져다준 뒤 카운터에 기대서서 카페 안을 둘러본다. 알렉산더는 해나와 모나가 근무 시간에 손님들을 지켜보면서 시간을 보낸다는 것을 알고 있다. 가끔 카페에 손님이 없을 때면 두 사람이 손님에 관한 이야기를 나누는 것을 본 적이 있다. 모나가 손님들을 지켜보는 동안, 알렉산더는 모나를 지켜본다.

모나

꽃무늬 드레스를 입은 남자가 노란색 베레모를 쓴 나이 많은 여자와 합석한다. 여자는 카페 안이 따뜻한데도 모자를 벗지 않는다. 두 사람이 서로 아는 사이인지(남자의 어머니인가?), 아니면 그저 우연히 이야기를 나누게 된 건지 모르겠다. 하지만 두 사람은 대화에 몰두하고 있는 것 같고, 가끔씩 함께 웃기도 한다. 두 사람의 웃음소리는 조금 전 도착한 여자들의 웃음소리와 합쳐진다. 그들은 테이블 두 개를 붙여 함께 앉아 있다. 그 여자들은 모나 생각에 스칸디나비아어인 것 같은 말로 대화를 나누고 있다. 하지만 정확하진 않다. 그 근처에 앉아 있는 아시아인 커플은 테이블 위로 손을 맞잡고 있다. 뺨에 커다란 모반이 있는 여자의 손에는 약혼반지가 반짝거리고 있다.

갑자기 모나의 시선이 닿는 모든 곳에 사랑이 깃들어 있는 것만 같다. 때때로 카페 안은 격렬하게 싸우는 연인들이나, 다른 사람과 부딪치는 바람에 커피를 쏟은 손님의 분노로 뒤덮인다. 다른 날에는 하나씩 구분하는 것이 불가능할 정도로 감정들이 뒤섞여 있다. 하지만 지금 모나의 눈앞에 펼쳐진 광경에서는 사랑의 감정이 느껴진다. 연인의 맞잡은 손, 모여서 큰 소리로 떠드는 친구들의 대화처럼 형태는 다르지만, 그 안에는 사랑이 존재한다. 모나는 그 광경을 지켜보다가 갑자기 깨닫는다. 그녀는 남자 친구도 없고, 파트너를 가져 본 적도 없으며, 진실한 사랑을 경험해 본 적도 없다는 것을. 지금까지 그녀의 인생에서 가장 대단했던 사랑은 로맨스가 아니라 우정이었다. 이제 그 우정이 끝날지도 모른다는 사실을 받아들이자, 모나는 갑자기 가슴에 날카로운 통증을 느낀다. 그 고통이 모나를 흔드는 상실감과 슬픔 사이로 파고든다. 그녀는 카운터를 꽉 붙잡고 자신을 지탱하며 마음을 가다듬는다.

오후 10시

댄

문을 열고 안으로 들어가자, 카페의 온기가 그를 맞이한다. 오늘 아침 이곳을 떠났을 때보다(아주 오래전인 것처럼 느껴지지만) 지금은 손님이 훨씬 많다. 하지만 안쪽에 있는 자리를 찾아 배낭을 의자 밑에 밀어 넣는다. 이번에는 발을 앞으로 내밀고, 그를 노려보고 있는 박제 곰에게 고개를 끄덕이며 인사를 건넨다.

지금은 빨간 머리 웨이트리스 대신 새벽에 도착했을 때 봤던 검정색 머리 웨이트리스가 보인다. 여자는 머리를 땋은 채, 카운터를 양손으로 붙잡고 서 있다. 맞은편 작은 테이블에는 그보다 나이가 조금 많아 보이는 커플이 앉아 있고, 다른 자리에선 꽃무늬 드레스를 입은 남자와 노란색 베레모를 쓴 나이 많은 여자가 이야기를 나누고 있다. 스칸디나비아어처럼 들리는 말로 요란하게 떠들고 있는 30대 여자들도 있고, 경비 유니폼처럼 보이는 옷을 입은 아시아인 남자는 뺨에 커다란 모반이 있는 예쁜 여자와 테이블 위에서 손을 맞잡고 있다.

실내가 너무 따뜻해서 댄은 초록색 후드를 벗어 가방 위에 올려놓고, 테이블 밑으로 다리를 쭉 뻗는다.

오후 수업에서는 첫 번째 과제에 대한 성적을 받았다. 온종일 불안에 떨었지만, 돌려받은 과제물에는 아주 좋은 점수가 적혀 있었다. 댄은 그 과제물을 가슴에 꼭 끌어안고 엄마를 생각했다.

그는 아직도 오늘 밤 머물 곳을 찾지 못했다. 예전에 친했던 몇몇 친구들에게 문자 메시지를 보냈지만, 오랫동안 연락을 하지 않았던 사이라 답장이 없다. 댄은 오늘 밤도 카페에서 밤을 꼬박 샐 수 있을지 자신이 없다. 하지만 다른 대안이 없기에, 도서관이 문을 닫자 다시 이곳으로 온 것이다.

그가 들어온 것을 웨이트리스가 알아차리지 못하자, 댄은 바로 향한다.

"주문하시겠어요?" 여자가 미소를 지으며 묻는다.

"카푸치노 한 잔 주세요." 댄이 말한다. 그는 캐드베리 캐비닛에 진열된 케이크를 쳐다본다. 당근 케이크와 호두 케이크, 레드 벨벳과 다크 초콜릿 케이크가 있다.

"더 필요하신 건 없으신가요?" 웨이트리스가 묻는다.

"없어요. 제 자리는 저쪽이에요."

"주문하신 음료는 자리로 갖다드릴게요. 계산은 나중에 하셔도 돼요."

댄은 테이블로 돌아와 가방에서 교과서들을 꺼낸다.

모나

브리스톨로 이사 간다는 젊은 커플이 계산을 한다. 모나는 카드를 건네받으면서, 두 사람이 테이블 아래에서 서로 발을 쿡쿡 찌르고 있다는 것을 알아차린다.

"런던 물가도 그립지 않을 거예요!" 남자가 미소를 지으며 말한다. 모나는 계산을 하면서 고개를 끄덕인다. 그들이 자리에서 일어나 떠날 준비를 하는 동안, 모나는 자신이 살고 있는 도시의 순간적인 본성을 확인한다. 이 시간에도 창밖으로 보이는 거리는 사람들로 복잡하다. 모나는 얼마나 많은 사람들이 오가는 건지 궁금해진다. 누가 지역 주민이고, 누가 그저 지나치는 사람인 걸까? 도로에 가방을 떨어뜨려 집으려는 여자를 뒤늦게 발견한 차 한 대가 끼익 소리를 내면서 급정거한다. 여자가 가방을 집어 들자, 운전자가 경적을 울리면서 비상등도 안 켜고 방향을 바꾼다. 조금 떨어진 곳에서는 노란색 운동복 여자가 커다란 여행 가방을 끌고 내려오자, 앞에서 오고 있던 70대 커플이 옆으로 물러난다. 여자는 그 두 사람 사이로 지나간다. 그들은 한참 동안 여자를 쳐다보다가, 다시 팔짱을 끼고 천천히 걷기 시작한다. 보도는 먼지와 검정색으로 눌러 붙은 껌 자국들로 가득하다.

모나는 처음 런던에 도착했을 때를 떠올린다. 비가 부슬부슬 내리고 있었다. 비행기에서 내렸을 때 생각했던 것만큼 춥지는 않았지만, 흐리고 눅눅했다. 그런 기상 상태처럼 이 도시는 그녀를 무관심한 시선으로 맞아 주었다. 모나가 온 것에 조금도 신경 쓰지 않았다.

처음에 그녀는 자신을 반갑게 맞아 주지도 않는 이렇게 멀리 떨어진 곳에 온 이유가 궁금했다. 무엇을 위해 가족을 떠난 것일까? 이렇게 암울한 곳에? 하지만 시간이 지나면서 이 도시의 퍼즐을 맞추는 방법을 발견했고, 아름다움을 감상하는 법을 배웠다. 모나는 공동주택들을 전전했고, 무용 학교에서 친구들을 사귀었다. 포피는 그녀가 런던에서 처음으로 사귄 진짜 친구였다. 호두색 머리를 가진 젊고 쾌활한 포피는 무용 수업이 끝나자, 모나에게 다가와 같이 점심을 먹자고 청했다. 점심 식사를 하면서 포피는 모나의 인생의 아주 세세한 부분까지 진정한 열의를 담아 정신이 없을 정도로 많은 질문들을 퍼부었다. 포피는 대화 중간에 말을 멈추고 턱을 한 손에 괴며 말한다. "꼭 내가 널 인터뷰하는 것처럼 들렸겠다. 그치?" 그리고 포피는 화제를 돌려 모나에게 자기 이야기를 했다. 맨체스터에 있는 가족과 타일러라는 비글에 대해. 포피가 부모님을 '엄마(Mummy), 아빠(Daddy)'라고 부르는 것을 듣고 모나는 처음에 당황했다. 그 말을 들을 때마다 움찔하긴 했지만, 시간이 지나면서 그렇게 부르는 것이 사랑스럽다는 것을 알게 되었다.

포피를 떠올리자, 모나는 런던을 떠난다는 슬픔이 덜어지는 것을 느낀다. 그녀는 포피와 함께 보낼 시간을 기대하고 있다. 포피를 생각하니 해나를 처음 만났던 핼러윈 파티가 떠오른다.

그 당시 일하고 있던 나이트클럽으로 나가던 길에 갑자기 포피에게서 파티 초대 문자를 받았다.

모나, 우리 집에서 핼러윈 파티를 할 거야! 코스튬은 필수. 문자 메시지에는 그렇게 적혀 있다(포피는 항상 대문자로 문자를 보낸다).

모나는 그다지 참석할 마음이 없었다. 그 문자를 보자, 바운즈 그린에 있는 포피의 집에서 열렸던 다른 파티들이 떠올랐다. 항상 사람이 너무 많았고, 모나로선 상상도 할 수 없을 정도로 많은 무용수들과 마주해야 했으며, 그들의 현재 경력을 들어야 했다. 그리고 어디서 일하냐는 질문을 들었으며, 모나가 대답을 하면 그 뒤로 다시 볼 일이 없었다.

이제 일을 끝내고 집에 돌아갈 시간이 얼마 안 남았다. 모나는 카페 안을 돌아보며 그때를 떠올린다. 파티 당일까지도 모나는 참석 여부를 결정하지 못한 상태였다. 옷장에 걸려 있는 코스튬 의상을 집어 들었다. 상표를 떼지 않았으면 그대로 반품할 생각이었다. 그러다 막판에 그 파티에 참석하기로 결심했던 이유는 기억나지 않는다. 아마 혼자 넷플릭스를 보면서 그 밤을 보내고 싶지 않았기 때문일 것이다. 어쩌면 생각조차 해 본 적 없지만, 뭔가 외부의 힘이 그녀를 움직여 아파트 밖으로 끌어낸 뒤, 인생 방향을 바꾸게 될 그 파티에 참석하게 만들었을지도 모른다.

포피의 집은 멀다. 모나는 지하철까지 걸어가는 동안 핼러윈 코스튬 의상과 머리에 쓴 금발 가발을 의식하면서 불편함을 느낀다. 하지만 시내 중심으로 통하는 피커딜리 선에는 섬뜩한 캐릭터로 분장한 사람들이 점점

더 많이 타고 내린다. 어떤 남자는 머리부터 발끝까지 붕대로 감은 채 휴대폰을 보고 있다. 문 앞에 서 있는 해골 옷을 입은 여자들은 와인이 담긴 비닐 봉투를 들고서 잡담을 나누다가 이따금 주위를 둘러보고 있다. 그들은 모나를 보자, 미소를 지으며 손을 흔든다. 피커딜리 서커스, 레스터 스퀘어, 코벤트 가든과 같은 중앙역들을 지나가는 동안 지하철은 복잡하다. 모두들 야회복(짧은 드레스, 하이힐, 양복 재킷, 젤을 발라 넘긴 머리)이나, 핼러윈 의상으로 차려입고 있다. 전철 안은 소란스럽고 축제 느낌이다. 술에 취한 웃음과 농담으로 사람들은 이미 풀어져, 심지어 옆에 서 있는 모르는 사람들과도 이야기를 나눈다. 모나도 기운이 난다. 비록 동쪽으로 갈수록 전철에 사람들이 줄어들기 시작했지만. 바운즈 그린 역에서 내렸을 때는 모나밖에 없는 것 같았다. 그러다 조금 앞에 에스컬레이터로 향하는 여자를 발견한다. 자세히 보니, 그 여자는 윌마 플린스톤의 분장을 하고 있다. 뛰어가서 붙잡을 정도의 용기는 없지만, 조금 앞에서 포피의 집으로 가고 있는 그 여자의 존재가 고맙다.

예상했던 대로 파티가 한창이다. 포피와 동거인들이 집 전체를 장식했다. 모나는 다른 손님들처럼 고개를 숙이고 거미줄과 화장실 휴지로 장식한 길을 지나 거실로 들어간다. 포피는 금세 눈에 띈다. 크루엘라 드 빌이 반짝거리는 공에서 비치는 은색별들 속에서 춤을 추고 있다.

"모나!" 포피가 달려와 모나를 끌어안는다. 두 사람은 잠시 이야기를 나누지만, 이내 초인종이 울리자 포피는 모나를 남겨둔 채 현관으로 뛰어나간다. 코스튬 의상 차림의 사람들 사이에 둘러싸인 모나는 누가 누군지 알아보려 애를 쓰다가 주방으로 향한다. 술을 마시면 이 자리가 조금은 편해질 것이고, 긴장도 풀어 줄 것이며, 이력을 묻는 사람들의 질문도 피할 수 있을 것이다.

주방은 이미 엉망이고, 누군가 술을 쏟았는지 바닥이 찐득거린다. 한복판에는 술병들이 어질러진 식탁이 있다. 그 술병들은 대부분 반쯤 비어 있다. 얼음을 가득 채운 개수대에는 맥주 캔이 들어 있다. 모나는 빈 잔을 찾은 뒤 만일의 경우에 대비해 한 번 헹군 다음, 맥주를 붓는다. 몇 모금만에 반 잔을 비우고, 다시 길게 한 모금을 마신 뒤 파티장으로 돌아갈 준비를 한다. 사람들의 질문에 뭐라고 응대할 것인지 생각하며, 고개를 들어 올리고 침착한 표정을 짓는다.

모나가 주방을 나서려는 그 순간, 패치워크 드레스를 입고 얼굴을 초록색으로 칠한 빨간 머리 여자가 빠른 걸음으로 들어온다. 미처 충돌을 피하지 못한 모나는 남아 있던 맥주를 바닥에 쏟는다.

"죄송해요!" 여자가 식탁에 몸을 기대며 말한다. 모나와 비슷한 키에, 얼굴과 팔은 검은 솔기로 뒤덮여 있고, 길게 그려 넣은 입은 기괴한 미소를 짓고 있다. 하지만 그 분장 아래 여자의 본 얼굴은 진짜 걱정하고 있는 것처럼 보인다. 그 대조적인 모습에 모나는 미소 짓는다.

"아뇨. 내 잘못인 걸요. 미안해요!" 모나가 말한다.

빨간 머리에 초록색 얼굴을 한 여자는 냉장고 위에 있는 키친타월을 꺼내 바닥을 닦기 시작한다.

"고마워요. 근데 정말 내 실수였어요. 길을 비켰어야 했는데." 모나가 말한다.

"와, 우린 진짜 악당은 아닌가 봐요. 안 그래요?" 빨간 머리 여자가 일어서며 말한다. 모나는 미소 짓는다. 여자의 말에는 억양이 있다. 영국의 모든 억양에 대해 알려면 시간이 걸리겠지만, 지금 이 여자의 말은 웨일스 억양인 것 같다. 그 여자도 모나에게 미소를 짓는다. 짙은 분장에도 불구하고 모나는 여자의 얼굴이 편안하게 느껴진다.

"전혀 아니죠. 난 모나라고 해요." 모나가 말한다.

"난 해나예요."

모나는 해나가 포피의 동거인 중 한 명이라는 것을 알게 된다. 이사 온 지 몇 주일밖에 되지 않았다고 한다. 해나가 그 집에 남는 방이 있다고 하자, 모나는 눈이 번쩍 뜨이는 것 같다. 지금 살고 있는 곳은 여자 두 명과 같이 사는 아파트인데, 돼지우리나 마찬가지여서 견딜 수가 없었다. 이사를 가기 위해 필사적으로 집을 알아보는 중이었다. 모나는 그 생각을 염두에 둔 채, 해나의 이야기에 계속해서 귀를 기울인다. 그녀는 시간제 접수원으로 일하고 있었고, 그 일을 하는 것도 다 계획된 일인 양 긍정적인 방향으로 생각하고 있다. 모나는 따로 말은 하지 않았지만 미소 짓는다. 그런 긍정의 언어는 모나에게도 익숙한 것이다. 노래와 음악에 대해 열정적으로 이야기하는 해나의 말을 듣고 있다 보니, 자신의 꿈에 대한 열정도 새롭게 깨어나는 것 같다. 얼굴을 초록색으로 칠한 이 여자와 있으니 욕구나 갈망과 같은 감정이 되살아난다. 그녀 역시 같은 감정을 가지고 있기 때문이다. 그 즉시 마음이 따뜻해진다.

해나는 편안하게 웃는다. 얼굴에 그려 넣은 커다란 미소는 과장이 아니었다. 두 사람은 계속해서 대화를 나눈다. 사람들이 술을 찾아 주방을 드나들었지만, 모나와 해나는 거의 알아차리지 못한다.

"왜 춤을 추는 거예요?" 조금 뒤 해나가 묻는다.

모나는 잠시 말을 멈춘다. 오랜 시간 동안 춤을 추며 살다 보니, 이제 춤은 그녀의 일부가 되었다. 모나는 무엇보다 자신을 무용수라고 생각한다. 설령 나이트클럽에서 가만히 서서 일하는 시간이 더 많고, 취객들의 음흉한 말들이 정통으로 날아올지라도. 춤에 대한 모나의 사랑은 인생에서 가장 중요한 결정들을 내리는 영향을 미쳤다. 그렇지만 사실 그녀가 춤을 추는 이유가 무엇인지 한 걸음 물러나 생각해 본 적이 없다. 모나에게 있어 춤은 너무 당연한 것이어서 설명할 필요조차 없는 것이다. 춤이 곧 그녀고, 자신이 해야 하는 것이다.

모나는 자신이 무슨 말을 하는지도 모르고 그 질문에 대답한다. 해나는 그녀를 뚫어지게 쳐다보며 고개를 끄덕인다. 모나는 말을 하는 동안, 자신이 이루고 싶은 것들에 대해 생각할 때마다 매순간 느끼는, 유명해지고 싶다는 내면의 갈망을 느낀다. 때로는 그런 욕망을 숨기거나, 야심을 있는 그대로 드러내지 말아야 할 것 같은 느낌이 들 때가 있다. 하지만 해나 앞에서는 정직하게 말할 수 있을 것 같다. 속내를 털어놓을 수 있어서 안심이 된다. 바텐더가 아닌 무용수인 것처럼, 진정한 자신인 것처럼 느껴진다.

말을 마치자 모나는 살짝 멍해진다.

"미친 소리처럼 들려요?" 모나가 묻는다.

"전혀요! 무슨 말을 하고 싶은 건지 나도 알아요." 해나가 대답한다.

모나는 미소 짓는다. 앞에서 웃고 있는 이 빨간 머리 여자가 자신을 이해한다는 느낌을 받았기 때문이다. 그리고 이 여자와 같이 있을 땐 온전한 자신으로 있을 수 있다.

거실에선 여전히 요란한 음악소리와 함께, 반짝거리는 공이 천장과 벽에 별들을 비추고 있다. 모나는 집 안 어디선가 들리는 포피의 목소리와 웃음소리를 알아차린다. 그녀는 파티장으로 돌아가는 대신, 자신과 해나가 마실 술을 따른다. 두 사람은 여전히 할 이야기가 많다. 서로 손짓을 하고 고개를 끄덕여가며 빠르고 활기차게 대화를 주고받는다. 술과 해나와의 즉석 만남으로 인한 흥분 덕분에 모나는 잠시나마 지저분한 아파트와 사무직 아르바이트의 스트레스를 잊는다.

우린 친구가 될 수 있을 것 같아. 해나가 말하는 동안 모나는 생각한다. 갑자기 이 파티에 참석한 것이 너무 기뻤다. 그리고 잊지 못할 파티가 될 것 같다고 생각한다.

그날의 만남을 떠올리자, 모나는 처음으로 사랑에 빠지는 것과 비슷한 느낌인 것 같다고 생각한다. 동기는 다르지만, 감정이 북받쳐 오르는 것이나 흥분을 느낀다는 점에서 똑같다. 모나는 아까 소피아의 말대로 해나와의 우

정을 회복시킬 만한 가치가 있는 것인지, 그러기 위해 싸울 가치가 있는 일인지 결정할 필요가 있다는 사실에 마음이 아프다. 모나는 다시 시계를 쳐다본다. 아파트로 돌아갈 시간을 앞당기듯 갑자기 시간이 빨리 가는 것 같다. 해나에게 말해야 한다는 건 알지만 아직 어떻게 말해야 할지를 정하지 못했다.

여자 단체 손님들 중 두 명이 담배를 피우러 밖으로 나가면서 갑자기 느껴지는 한기에 모나는 현실로 돌아온다. 그녀는 카페 문이 닫히는 것을 보다가, 카페 안에 새로 온 손님이 있다는 것을 깨닫는다. 그 사람도 모나처럼 혼자다. 카푸치노를 주문한 그 젊은 남자가 테이블 밑에 놔둔 배낭 위에 걸쳐 두었던 점퍼를 다시 입는 모습이 보인다. 그가 초록색 후드의 지퍼를 올리자, 수염을 깎지 않은 얼굴 위로 긴 금발 머리가 흘러내린다.

댄

"당신이군요!" 웨이트리스가 말한다. 그녀가 그를 똑바로 쳐다보고 있지만, 댄은 주위를 둘러본다.

"당신이에요!" 여자가 다시 말한다. 그녀는 메모지를 손에 들고 있다.

"젊은-20대-남자." 웨이트리스가 댄을 쳐다보곤 다시 메모지에 적힌 내용을 읽는다. "긴 금발 머리, 살짝 자란 수염, 초록색 후드, 커다란 배낭. 그쪽이 맞는 것 같아요."

댄은 얼굴을 찌푸린다. 심장 박동이 빨라진다. 그가 뭘 잘못한 걸까? 어쩌면 어젯밤에 잠들었던 것을 본 빨간 머리 웨이트리스가 댄이 다시 오면 받아 주지 말라고 동료에게 메모를 남겼을지도 모른다. 하지만 지금 앞에 있는 웨이트리스의 목소리는 활기차게 들린다. 댄은 혼란스럽다.

"음…." 그가 뭔가 말을 하려고 입을 벌렸을 때, 웨이트리스는 이미 카운터로 돌아가는 중이다. 그녀는 잠시 후 커다란 갈색 봉투를 들고 다시 나타난다.

"여기요. 아침에 남기고 간 거예요. 온종일 기다렸어요. 다시 와 주셔서 기뻐요." 웨이트리스가 말한다.

댄은 안도감에 미소를 짓는다. 하지만 이렇게 환영받고 있다는 것이 생소하기도 하다. 웨이트리스는 그에게 봉투를 내민 채, 여전히 미소를 짓고 있다.

"이게 뭐죠?" 댄이 묻는다.

"모르겠어요. 하지만 손님 물건이에요." 여자가 대답한다.

조금 뒤 댄은 그 봉투를 받아 든다. 웨이트리스는 그대로 옆에 서 있다. 아마 그가 봉투를 여는 것을 기다리는 모양이다. 하지만 그녀는 이내 고개를 살짝 숙여 보이고는 카운터로 돌아간다.

다시 혼자 남은 댄은 손에 있는 커다란 봉투를 쳐다본다. 가볍고 평평하지만, 뭔가 단단한 것이 들어 있다. 엄지손가락으로 가장자리를 만져 보니 날카로운 모퉁이가 느껴진다. 댄은 조심스럽게 봉투를 연 뒤, 손을 안으로 집어넣는다. 책이 한 권 들어 있다. 십자말풀이 책이다. 댄은 속에 핑크 플로이드 티셔츠를 입고 빨간색 단추가 달린 셔츠를 걸쳐 입고 있던 작가를 떠올린다. 그에게 말을 걸어 주고, 팬케이크와 딸기 밀크셰이크를 사 주었다. 댄은 저절로 입가에 미소가 지어진다.

옆 테이블에 있던 모반 자국이 있는 여자와 남자 친구가 자리에서 일어나면서 테이블을 살짝 건드린다. 음료수가 쏟아지자 웨이트리스가 달려와 행주로 테이블을 닦는다.

"죄송해요." 남자가 돕기 위해 몸을 숙이며 말한다. 웨이트리스가 괜찮다는 듯 손을 내젓는다.

"괜찮아요. 좋은 저녁 시간 보내세요."

그 커플은 마지막으로 웨이트리스를 보며 고개를 숙여 보이고는 문으로 향한다. 남자는 여자 친구가 먼저 나갈 수 있게 옆으로 비켜선다. 댄은 슬쩍 웨이트리스가 테이블을 닦는 모습을 쳐다본다. 시선이 마주치자 웨이트리스는 댄이 들고 있는 책을 보고는 미소 짓는다.

"십자말풀이 책이 들어 있는 줄도 모르고 이게 뭔지 궁금해 미치는 줄 알았어요. 솔직히 초록색 옷을 입은 사람만 지나가면 벌떡벌떡 일어나곤 했다니까요." 여자가 말한다.

그녀는 테이블 정리가 끝나자 카운터로 돌아간다.

댄은 십자말을 한 장 풀기로 하고, 가방에서 펜을 꺼낸다. 그러다가 책을 놓쳐 바닥에 떨어뜨리면서, 책장 사이에 끼어 있던 편지 봉투와 접혀 있는 종이 한 장이 떨어진다. 댄은 몸을 숙여 떨어진 물건들을 모두 주운 뒤 다시 의자에 앉는다. 편지 봉투는 봉해져 있지 않다. 봉투 안을 들여다보니 50파운드 지폐 두 장과 20파운드 지폐 두 장이 들어 있다. 그는 그 돈을 가만히 쳐다본다. 50파운드 지폐는 빳빳하고, 20파운드 지폐는 살짝 낡고 구겨져 있다. 댄은 손가락으로 지폐를 한 장씩 쓸어 본다.

그는 살짝 떨리는 손으로 종이봉투와 같이 떨어진 종이를 펼친다. 검정색 볼펜으로 비스듬한 필체로 쓴 편지다. 댄은 그 내용을 읽기 시작한다.

십자말풀이 동지에게

작가로 살다 보니, 사람들의 사연을 추측하는 버릇이 생겼답니다. 가끔은 맞고, 가끔은 틀릴 때도 있지만 그 사람이 무슨 일이 있었는지, 어떤 여행을 했는지, 어떤 삶을 살았는지 생각하지 않을 수가 없어요.

만일 내 추측대로거나, 일부라도 맞는다면 다시 일어설 수 있을 때까지 이 돈이 조금이라도 도움이 되길 바랄 뿐이에요. 이런 내 행동이 자선이 아닌 이기심에서 나온 거라는 걸 알게 될 겁니다. 아들을 돕느라 고군분투 중인 아버지가 낯선 사람에게 도움을 주고 기쁨을 느끼는 거니까요.

만일 내 추측이 틀린 거라면, 이 돈을 임의의 호의로 여겨 줬으면 좋겠어요. 공부를 끝낸 뒤에 즐거운 시간을 보내는 데 쓸 수도 있겠죠.

어느 쪽이든, 행운을 빌어요. 어느 누구에게도 바라지 않았던 도움을 받았더라도, 상처를 치유할 수 있는 건 시간밖에 없답니다. 앞으로의 시간이 새롭고 평온하며, 근사하고 돈도 잘 버는 엔지니어가 되길 빌게요.

우정을 담아

십자말풀이를 좋아하는 불면증 환자가

댄은 그 편지를 두 번 읽는다. 두 번째로 편지를 다 읽었을 때야 자기가 울고 있음을 알아차린다. 뺨을 타고 흘러내린 눈물이 초록색 후드를 적신다. 낯선 이의 호의로 인한 감동과 엄마를 떠올리며 울고 있다.

눈물을 그치려고 애를 쓰며, 댄은 돈과 편지를 다시 봉투에 넣은 뒤, 테이블 아래에 둔 배낭에 손을 댄다. 가방 속을 헤집으며 밑바닥에서 뭔가를 찾는다. 마침내 옷더미와 책 아래 숨겨져 있던 커다란 유리병을 꺼낸다. 그 안에는 금화와 은화, 동전들이 가득 차 있다. 카페 불빛 아래 반짝거리는 것도 있고, 둔탁한 것도 있다. 유리병 입구에는 둘둘 만 양말을 넣어 두었다. 동전들이 병 속에서 덜그럭거리는 것을 막기 위한 조치다. 그 병은 어깨가 아플 정도로 무거워 보인다. 병 앞에는 라벨이 붙어 있다. 영원히 잊지 못할 어머니의 단정한 서체로 '오리엔트 특급 열차'라고 쓰여 있다.

댄은 조심스럽게 그 병을 열고 양말을 꺼낸 뒤, 지폐가 들어 있는 봉투를 그 안에 넣는다.

어머니가 돌아가신 뒤로 댄은 그 돈을 쓰지 않았다. 심지어 식사를 거르고, 하룻밤 신세를 질 수 있는 사람을 찾아 연락처를 필사적으로 뒤적거리면서도 '오리엔트 특급' 유리병만큼은 배낭 밑바닥에 고이 간직했다. 그는 그 유리병에 들어 있는 돈을 쓰지 않기로 결심했다. 하지만 어머니는 댄이 그 돈을 쓰길 바라실 것이다. 며칠, 어쩌면 몇 주일 정도 호텔에서 머물 수 있을 정도의 금액이다. 내일 그는 자존심을 버리고 대학의 학생회를 찾아갈 것이다. 현재 상황을 설명하고, 도움을 줄 수 있는지 물어볼 것이다. 마침내 자신이 도움을 받아야 하는 상황이라는 것을 인정하고, 도움을 청하기로 마음을 먹자 더 큰 소리로 울게 된다.

"이런!" 누군가의 목소리에 댄은 고개를 든다. 눈물 때문에 앞이 흐리긴 하지만, 검정색 머리 웨이트리스가 카페를 가로지르며 이쪽으로 다가오는 것이 보인다. 그녀는 그 앞에 다다르자 주저 없이 몸을 숙여 댄을 꼭 안아준다.

"괜찮아요." 웨이트리스가 말한다. 그녀는 그에 대해 아무것도 모르고, 사실은 전혀 괜찮지 않다는 것을 댄은 알고 있지만 그대로 안겨 있는다.

조금 뒤, 그 웨이트리스가 몸을 일으킨다.

"미안해요." 그녀가 재빨리 말한다. "이러면 안 된다는 건 알아요. 하지만 누가 우는 모습을 그냥 볼 수가 없어서요."

댄은 눈물을 닦고, 자기는 괜찮다는 것을 알리기 위해 애써 미소를 지으며 고개를 젓는다. 그는 그녀의 위로가 고마웠다. 웨이트리스는 댄이 자신을 추스르는 모습을 잠시 지켜본다.

"십자말풀이가 그렇게까지 싫어요?" 여자가 묻는다.

그 말에 이 모든 상황에도 불구하고 댄은 웃는다.

오후 11시

모나

초록색 후드를 입은 청년은 울음을 그치자, 베이컨과 메이플 시럽을 올린 팬케이크와 초콜릿 케이크를 주문한다. 모나는 그 남자가 괜찮은지 확인하기 위해 가끔씩 그쪽을 쳐다본다. 왜 울었는지 물어보고 싶었지만, 그는 눈물을 흘리면서도 괜찮은 것 같았다. 그렇지 않더라도 괜찮아질 것처럼 보였다. 모나는 그 남자가 팬케이크의 남은 조각으로 접시에 묻은 메이플 시럽을 싹싹 닦아 먹은 뒤, 초콜릿 케이크를 먹기 시작하는 모습을 지켜본다. 그 남자의 사연은 모르지만, 적어도 이 카페가 그의 안식처가 되어 주었다는 점과 그녀가 케이크를 가져다줄 수 있었다는 점이 기분 좋게 느껴졌다. 이제 마지막 근무 시간이고, 몹시 피곤했음에도 불구하고.

모나는 이런저런 생각들로 머리가 복잡하다. 해나와의 싸움도 토막토막 마음속에서 끊임없이 재생되고 있다. 소피아와 알렉산더의 도움을 받아 카페에 들어온 자하임에게 나가라고 요구했던 일도 떠오른다. 모나는 지금까지 무용수였던 과거를 숨겨 왔던 스텔라를 생각한다. 파리에 있는 포피와 아파트에 있을 해나를 생각한다. 지금쯤이면 해나는 잠들었거나, 모나와 이야기를 하기 위해 기다리고 있을 것이다. 그녀는 또 콩을 얹은 토스트를 먹으며 혼자 보냈던 서른 번째 생일을 떠올린다.

스칸디나비아 여자 손님들이 모나에게 사진을 찍어 달라고 부탁한다. 모나는 아이폰을 든 뒤, 여자들에게 한 화면 안에 다 들어갈 수 있게 조금만 붙어 앉아 달라고 말한다. 그들 중 한 사람이 마흔 번째 생일을 맞아 런던에 와 보고 싶다고 해서 다 함께 주말을 보내기 위해 스웨덴에서 왔다고 한다. 모나는 영수증 뒷면에 그들이 구경 가면 좋을 만한 장소들을 몇 군데 적어 준다. 버로우 마켓, 헤로즈 백화점의 푸드 코트, 배터시 공원, 포토벨로 로드, 리틀 베니스. 모나는 그들이 간다는 쇼디치 방향을 일러 준다. 여자들이 떠나면서 후하게 준 팁을 모나는 앞치마 주머니에 집어넣는다.

드레스를 입은 남자와 베레모를 쓴 여자도 팔짱을 끼고 두 사람만 아는 농담에 웃음을 터트리며 카페를 떠났다. 조금 전에 왔던 부스 석에 앉은 커플도 주문한 음료를 다 마셨다. 빨간 머리 여자가 냅킨을 접어 테이블에 튄 커피 자국을 닦고 있다. 여자의 얼굴에 머리카락이 흘러내리자, 옆에 있던 남자가 손을 뻗어 귀 뒤로 넘겨준다.

모나는 창문 유리에 반사된 카페 내부를 본다. 빨간색 공중전화 박스, 사진들, 전등갓, 시간에 관계없이 항상 저 위에서 그 모든 것들을 내려다보는 어니스트의 얼굴. 모나는 유리창 너머로 다시 바깥 거리를 내다본다. 거리는 역에서 카페 쪽으로 건너오는 사람들로 복잡하다. 그 사람들은 브릭레인으로 통하는 옆길로 빠지거나, 계속 큰 길을 따라 술집과 나이트클럽이 많은 쇼디치 방향으로 걸어간다. 청바지에, 비슷해 보이는 유니폼, 다양한 색조의 가죽 재킷을 입고 굽이 높은 부츠를 신은 젊은 여자 세 명이 팔짱을 낀 채 웃으며 카페 유리창 앞을 지나간다. 자전거를 탄 사람이 빨간불로 바뀌기 직전에 길을 건너간다. 신호가 바뀌고 버스가 멈춰 서자, 이층 버스 아래 칸에 타고 있는 사람들의 모습이 보인다. 서 있는 사람도 있고, 앉아 있는 사람도 있다. 어떤 사람은 헤드폰을 쓴 채 휴대폰을 쳐다보고 있다. 아기 띠를 두른 젊은 여자는 차 창밖을 뚫어지게 쳐다보고 있다. 모나는 그 여자와 시선이 마주치자 미소를 짓는다. 바로 그때 버스는 다시 출발한다. 모나는 다시 카페 안으로 시선을 돌린다. 이제 카페는 텅 비어 있다. 커플과 초록색 후드를 입은 젊은 남자도 테이블 위에 있는 접시와 머그 잔 밑에 돈을 남겨 놓고 떠났다.

사람이 없는 카페는 낯설고 슬퍼 보인다. 빈 좌석은 기운을 내기 위해 카페인이 필요한 사람들이나, 향수를 떠올리게 하거나, 어딘가에 함께 앉아 테이블 너머로 소금과 후추를 서로에게 건네주며 친구와 이야기를 나눌 때의 따뜻함을 느끼게 해 줄 기분 좋은 음식이 필요한 사람들을 기다리고 있다. 조용히 놓여 있는 커피 머신에 테이블과 의자들이 비친다. 알렉산더도 조용하다. 주방에서 흘러나오던 그의 혼잣말이 그리워질 것이다. 자랑스럽게 로사의 사진을 보여 주던 파블로도 그리울 것이다. 진심으로 자신을 이해해 주는 것처럼 느껴지던 스텔라도 그리울 것이다. 밤낮으로 카페에 찾아와 어깨에 멘 무거운 가방처럼 자신들의 이야기를 털어놓고 가던 손님들도 그리울 것이다. 카페 창문 너머로 보이던 도시 풍광도 그리울 것이다. 도로의 만곡으로 완전히 눈에 들어오진 않지만, 그 모든 것이 모나에겐 집이나 마찬가지다.

카페에 혼자 남자, 마침내 모나는 소피아의 질문을 진심으로 대면한다. 이제 그녀는 2주 내에 런던을 떠나 파리로 갈 것이다. 집이나 이 카페처럼 우정도 완전히 남기고 떠날 수 있을 것인가? 잠시 지난 1년간 해나와의 사이에 있었던 안 좋은 기억들을 옆으로 밀어 둔다. 그 대신 몇 시간 전에 소피아가 했던 질문을 스스로에게 던진다. 해나와의 우정을 되찾는 것이 좋은 일인가? 그럴 가치가 있는 일인가?

갑자기 모나의 마음속에는 두 사람이 함께 나눈 추억들로 가득해진다.

모나가 바운즈 그린에 있는 집으로 이사 갔던 날, 해나의 도움을 받아 짐을 푼 뒤, 음식을 만들기엔 시간도 너무 늦고 기운도 없어 배달 음식을 주문했던 때를 떠올린다. 저녁마다 누군가의 방에서 함께 영화를 봤다. 동거인이던 릴리가 오랫동안 숨겨 왔던 병을 알게 된 뒤, 해나와 모나는 언제나 서로를 보살피고 있다는 사실에 조금은 위안을 느꼈던 때도 있다. 두 사람이 알게 된 뒤로, 해나는 모나가 공연하는 무대를 한 번도 빠지지 않고 보러 왔다. 해나는 다른 때는 습관적으로 지각을 하는 편이라, 지난 몇 년간 술집이나 식당에서 모나를 노상 기다리게 만들곤 했다. 하지만 모나의 공연에는 단 한 번도 늦은 적이 없었다. 아르헨티나행 비행기 표를 살 여력이 없었고, 어머니는 남자 친구와 함께 오스트레일리아에서 지낸다고 해서, 해나와 그녀의 부모님과 함께 크리스마스를 보낸 적도 있었다. 당시 스물일곱 살이었던 모나를 위해 해나의 어머니가 손수 만든 양말 속에는 여유가 없어서 사지 못했던 무용 공연 표가 들어 있었다. 바로 해나의 선물이었다(그 표를 사기 위해 몇 달 동안 팁을 모았다고 인정했다). 모나가 아파트 열쇠가 없어 집에 들어가지 못하는 바람에 일을 일찍 마치고 들어와야만 했을 때도, 해나는 짜증내는 대신 미소를 지으며 열쇠를 가지고 나타났다. 모나가 병에 걸리는 바람에 파리 여행이 틀어졌을 때도 해나는 모나를 보살피며 머리를 감겨 주었다. 발목 부상을 당했을 때 모나를 응급실로 데리고 간 것도 해나였다. 해나는 종종 꽃을 샀고, 아무 일 없을 때도 모나의 방에 꽂아 주곤 했다. 모나가 부모님과 통화를 하고 난 뒤, 그들의 망가진 관계에 대한 좌절과 고통으로 우는 흔치 않은 경우에 해나가 안아 준 적도 있다. 해나는 모나에 대한 확고한 믿음을 가지고 있었다. 그녀는 모나가 해낼 거라는 걸 절대적으로 확신한다고 수도 없이 여러 번 말해 주었다. 해나는 종종 모나를 웃게 만들기 위해 유튜브 영상이나 사진들의 링크를 보내 주곤 했다. 해나는 모나를 수천 수백 번 미소 짓게 만들었고, 눈물이 날 정도로 웃게 해 주었다.

카페 스피커에서 새 노래가 흘러나온다. '투티 프루티'. 아무리 피곤해도, 무슨 일이 있어도 그 노래가 나오면 항상 해나와 함께 춤을 추었다.

모나는 집에 돌아가면 해나와 이야기를 해서 이 문제를 풀어 보기로 결심한다. 텅 빈 카페 안에서 아침에 두 사람 사이에 오갔던 말들은 점차 희미해지는 것 같았고, 지난 몇 달간 모나가 겪었던 고통도 지금 당장 해나의 목소리를 듣고 싶을 정도로 무뎌졌기 때문이다. 상처는 사라지지 않았고, 여전히 해야 할 이야기도 많고, 관계를 회복하기 위해서는 많은 노력이 필요하다는 건 알고 있다. 모나는 해나로 인해 받았던 고통을 말하고, 그녀의 행동이 남긴 흔적을 보여 주어야 할 필요가 있다. 하지만 적어도 두 사람의 관계를 회복하기 위한 노력을 하고 싶다는 사실은 확인했다. 해나에게 상처를 받기도 했지만, 지난 5년간 모나를 웃게 하고, 상실감을 느꼈을 때 도와주고, 아플 때 보살펴준 것도 해나였기 때문이다. 나쁜 것도 있지만 좋았던 것이 훨씬 많다. 파리로 떠나게 되면 런던이 많이 그리울 것이다. 결점도 있고 가끔 부주의할 때도 있지만, 친절하고 멋진 친구 역시 그리울 것이다. 모나는 시계를 쳐다보며 초침이 움직이는 것을 지켜본다. 근무 시간이 끝나고 집으로 돌아가 해나와 나눌 시간이 점점 다가오고 있다. 시간이 좀 더 빨리 갔으면 좋겠다는 생각과 천천히 갔으면 좋겠다는 생각이 동시에 든다. 무슨 말을 해야 할지, 해나는 무슨 대답을 해 줄지 아직 알 수 없다.

1년 뒤 오전 12시

해나

해나는 스텔라 카페가 가까워지자, 그곳이 변한 것이 거의 없다는 사실에 깜짝 놀라면서도 안도한다. 리버풀 스트리트 역에서 나오자마자 반짝거리는 간판과 함께, 그 거리의 대부분 문을 닫은 컴컴한 다른 상점들 사이에서 불빛이 새어나오는 카페 창문이 눈에 띈다. 해나는 횡단보도 앞에서 신호가 바뀌기를 기다리면서, 밤 외출을 위해 차려입은 한 무리의 사람들을 알아차린다. 남자 한 명은 가로등을 꽉 붙잡은 채 해나가 알아들을 수 없는 노래를 부르고 있다. 신호등이 바뀌자 해나는 길을 건넌다. 그녀는 큰 길을 따라가면서 계속해서 시끄럽게 떠드는 무리에서 벗어나 카페로 향한다.

잠시 창문 앞에 서서 너무나도 잘 아는 카페 안을 들여다본다. 시간대를 감안하면 손님이 많이 없는 편이지만, 해나는 기분이 좋다. 검정색과 흰색 체크무늬의 리놀륨 바닥은 살짝 닳긴 했지만 여전히 깨끗하다. 해나는 테이블 배치가 살짝 바뀐 것을 알아차린다. 예전에는 어떻게 놓여 있었는지 기억해 보려 하지만 생각이 잘 나지 않는다. 그녀는 지금 이 배치가 마음에 드는 걸로 결정한다. 카페 안은 덜 붐비는 것 같지만 여전히 아늑하다. 전등갓은 새로 간 듯한데 벽에 걸린 액자들은 예전 그대로다. 어니스트 역시 여전히 실크해트를 쓴 채로 모든 것을 내려다보고 있다. 해나는 숨을 들이마신 뒤 문을 열고 들어간다.

카운터에 있던 젊은 남자가 고개를 들고 쳐다본다.

"어서 오세요!" 모래색 머리카락에 녹색 눈동자를 가진 남자는 폴로셔츠와 청바지를 입고 허리에 빨간색과 검은색으로 된 앞치마를 두르고 있다.

"주문하시겠어요?" 남자가 부드러운 목소리로 묻는다. 그의 밝은 녹색 눈동자와 목소리가 어쩐지 익숙하다. 해나는 살짝 얼굴을 찡그리고 기억을 더듬어보지만 생각이 나지 않는다.

"카푸치노 한 잔 주세요." 해나는 배가 많이 고프다는 것을 깨닫는다. 하지만 이곳에선 문제 될 것이 없다. 그래서 그녀는 추가로 주문을 한다. "베리를 얹은 팬케이크도 주시고요."

해나는 주위를 둘러보다가 카페 안이 잘 보이는 구석에 있는 테이블을 발견한다.

"가져다드리죠." 해나가 그쪽으로 가는 걸 보며 웨이터가 말한다.

일단 자리에 앉자, 해나는 다른 손님들을 둘러본다. 부스 석에는 비슷하게 생긴 젊은 남자 두 명이 앉아 있다. 커피 잔을 앞에 둔 채 두 사람은 테이블 위에서 서로의 손을 꼭 잡고 있다. 카페 중앙에 있는 좌석에는 밤 외출을 위해 차려입은 것처럼 보이는 남자와 여자가 앉아 있다. 남자는 남색 셔츠에 검정색 진, 여자는 빨간 드레스를 입고 있다. 최근에 염색한 것처럼 보이는 여자의 금발 머리는 단정하게 어깨 위에서 물결치고 있다. 두 사람은 발그레 달아오른 얼굴을 바짝 붙인 채 낮은 목소리로 대화를 나누며 미소 짓고 있다. 창가 테이블에는 60대로 보이는 남자가 혼자 앉아 커피를 마시고 있다.

"주문하신 음료 나왔습니다." 남자가 카푸치노를 테이블 위에 놓는다.

"고마워요." 해나는 커피 잔을 양손으로 감싸며 온기를 느낀다.

남자는 뭔가 할 말이 있는 것처럼 잠시 해나를 쳐다보다가 고개를 숙여 보이고는 돌아선다.

해나는 손님으로 이 카페에 있는 것이 낯설게 느껴진다. 그녀는 거의 1년 전, 모나가 떠나고 얼마 되지 않아 이곳을 그만뒀다. 그 당시를 생각하니 자하임이 잠시 떠오른다. 마지막으로 그를 생각한 지 한참 지났다는 사실에 놀라면서 안도한다. 그 생각이 잠시 마음속에 들어왔지만, 이내 바람에 떠밀려온 쓰레기 조각처럼 다시 날아가 시야에서 사라진다.

해나는 테이블 위에 우유 방울이 튀어 있는 것을 알아차리고 냅킨으로 닦아낸다. 그런 뒤 의자에 기대앉아 카푸치노를 마시며 기다린다.

조와 하지크

두 사람이 손을 맞잡고 있는 동안, 앞에 놓인 커피가 점차 식어간다.

"1년 전 오늘이야." 하지크가 미소를 지으며 말한다. 두 사람 모두 말쑥하게 차려입고 있다. 하지크는 흰 셔츠에 검정색 진, 조는 연푸른색 셔츠에 치노 바지를 입었다. 그들은 제일 좋아하는 식당에서 저녁 식사를 했지만, 남은 시간은 여기서 커피를 마시기로 결정했다.

"1년 전 오늘이지." 조도 말한다. 그가 하지크의 손을 꽉 잡자, 하지크도 그의 손을 힘껏 잡는다.

약혼은 두 사람이 생각했던 것보다 복잡했다. 청혼을 했음에도 불구하고, 하지크는 일단 인도네시아로 돌아가야만 했다. 비자를 받아 다시 돌아올 때까지 몇 달이 걸렸다. 그 떨어져 있는 시간은 두 사람이 상상했던 것보다 훨씬 힘들었다. 약혼한 이후로 두 사람이 함께 있어야 할 필요성은 훨씬 강해졌다. 수천 킬로미터 떨어져 있었음에도 여전히 각자의 침대에 상대방의 자리를 남겨 놓은 채 한쪽에 웅크리고 잠이 들었다. 히스로 공항에서 작별 인사를 하고 한 달 뒤 두 사람은 포르투갈에서 만났고, 흰색으로 칠한 집을 빌려 일주일간 함께 지냈다. 햇볕이 쨍쨍 내리쬐는 좋은 날씨였지만 두 사람은 방에서 거의 나오지 않았다. 휴가가 끝나고 두 번째로 작별 인사를 할 때도 고통스러웠다. 하지크가 영국으로 돌아갈 수 있는 시기가 확실하지 않다는 사실이 특히 힘들었다.

그러던 중 마침내 서류가 도착했다. 두 사람은 앞으로 3주 이내에 스토크 뉴잉턴 시청에서 결혼식을 올리고, 식이 끝난 뒤에 그 맞은편 술집에서 피로연을 할 것이다. 시청과 술집은 지금 두 사람이 같이 살고 있는 아파트에서 도보로 10분 거리에 있다. 그들은 침대에 회색 줄무늬 시트를 깔고, 거실에는 겨자색 빈백을 놓았으며, 남는 공간에는 모두 화분을 놨다. 하지크의 부모님은 결혼식에 참석하지 않지만 조의 부모님은 참석할 것이다. 결혼식 때 조의 어머니가 하지크와 함께 걸어 줄 것이다.

조는 잠깐 손을 빼고 커피 잔을 쳐다본다.

"이제 얼마 안 남았어." 조가 말한다.

"그래." 하지크가 대답한다.

조는 컵 바닥에 남은 커피 찌꺼기를 가만히 쳐다본다. 카페에서 흘러나오는 음악 소리가 갑자기 조용해진 것 같고, 말하고 싶은 내용들이 머릿속에서 윙윙거리는 것 같다. 그는 마음이 변하기 전에 재빨리 말한다.

"네가 정말 원하는 일이라는 확신이 있는지 확인하고 싶어. 물론 우린 모든 서류 작업을 끝냈고, 예약도 다 했어. 하지만 내가 강요해서 이렇게 된 거라고 생각하는 건 아닌지 알고 싶어. 네가 정말 원하는 일이라는 확신이 있는 건지."

조는 온 힘을 다해 겨우 하지크의 얼굴을 쳐다본다. 하지크와 눈이 마주치자, 자기처럼 그 역시 몇 년 전 처음 만났을 때 느꼈던 것과 똑같은 감정을 느끼고 있다는 것을 알 수 있다. 하지크의 검정색 눈에서 두 사람이 여기까지 오는 동안 치른 희생을 볼 수 있다. 온갖 역경에도 불구하고 이제부터 두 사람이 함께 만들어 갈 인생과 희망을 본다.

하지크가 손을 내밀어 조의 뺨을 어루만진다.

"내가 원하는 거야." 하지크가 손가락으로 조의 얼굴을 쓸어내리며 단호하게 말한다. "내가 원하는 건 바로 너야, 조 월시."

그리고 하지크는 몸을 앞으로 숙여 약혼자의 입술에 키스한다.

댄

그는 구석자리에 앉은 여자가 예전에 일했던 웨이트리스라는 것을 바로 알아본다. 허리까지 내려오는 밝은 빨간색 머리를 못 알아보긴 힘들다. 그녀는 혼자 앉아 카푸치노를 마시면서, 이따금 문 쪽을 쳐다보고 있다. 댄은 아무래도 나중에 말을 건네야 되겠다고 생각한다. 지금은 생각에 빠진 여자를 방해하지 않을 것이다.

댄은 카페를 둘러보며 손님들의 상태를 확인한다. 하지만 모두 만족한 듯, 아무도 그를 찾지 않는다. 댄은 신중하게 캐드베리 캐비닛의 유리를 닦는다. 그런 뒤 커피 머신에서 에스프레소를 뽑아 주방으로 가져간다.

"커피 한 잔 생각나실 것 같아서요." 댄은 퇴근 준비를 하며 코트를 걸치고 있던 알렉산더에게 말한다. 댄이 나오고 얼마 지나지 않아 출근한 파블로는 팬케이크를 구우면서 동시에 요리판 위에 올라간 냄비를 젓고 있다. 주방은 팬케이크가 지글지글 구워지는 소리와 라디오에서 흘러나오는 음악 소리로 가득하다.

"이제 에리카를 만나러 가는 거예요?" 댄이 에스프레소 잔을 내밀며 묻자, 알렉산더는 고맙다는 듯 고개를 끄덕하며 커피 잔을 받아 든다. 그리고 단숨에 잔을 비우더니 빈 커피 잔을 조리대 위에 내려놓는다. 에리카와 데이트를 시작한 뒤로 알렉산더는 이야기를 멈출 수가 없다. 파블로와 댄도 에리카 이야기를 듣는 걸 좋아하는 것 같다. 코끝이 살짝 들린 그녀의 작은 코나, 근처에 있는 에리카의 직장인 술집에 대해서나, 그녀가 가장 좋아하는 음식이 마카로니 치즈라는 것이나, 언젠가 두 사람이 함께 살게 될 아파트에 대한 이야기를 한다.

"그래." 알렉산더가 코트 단추를 채우며 말한다. "지금쯤이면 에리카도 일이 끝났을 거야. 밖에서 데이트를 할까도 생각했는데 그러지 않기로 했어. 포장 음식 들고 집에 가서 영화를 볼 거야. 이 도시에서 제일 좋은 게 그거지. 직접 음식을 만들지 않아도 먹을 게 얼마든지 있다는 거!"

알렉산더가 요란하게 앞치마를 흔든다. 댄은 웃음을 터트리다가 주방에 들어온 다른 이유를 떠올린다.

"아, 지금 밖에 예전 동료분이 와 있어요. 빨간 머리 웨이트리스요. 지금 이 팬케이크도 그분이 주문한 거예요." 댄이 말한다.

알렉산더와 파블로가 서로를 쳐다본다.

"해나!" 두 사람이 동시에 외친다.

파블로는 팬케이크 접시 위에 베리를 잔뜩 뿌린 뒤, 요리판 위에 있는 냄비를 젓던 주걱을 댄에게 넘겨준다.

"잠깐만 봐 줄 수 있지?" 파블로가 묻는다.

"그럼요. 인사하고 오세요." 댄이 대답한다.

그는 주방장 두 사람이 카페 구석자리에 앉아 있는 전직 웨이트리스와 인사를 나누면서 들리는 웃음소리와 기분 좋은 목소리를 들으며 팬을 젓는다. 댄은 그 소리에 미소 짓는다. 바로 이런 것이 그가 이 일에서 좋아하는 지점이다. 오랜 친구들을 만나 인사를 나누는 소리를 듣는 것. 댄은 카운터에 서서 그런 사람들의 모습을 지켜보며 그들의 행복을 남몰래 함께 누리는 것이 좋다.

그 봉투를 받은 다음 날부터 댄은 여러 번 밤 시간에 이 카페를 찾았다. 혹시 불면증 작가를 만나게 되면 고맙다는 인사를 하고 싶었다. 하지만 그 작가를 다시 만나진 못했다. 그 대신 카페의 구인 공고를 보게 되었다. 그는 공고문을 주의 깊게 읽으며, 24시간 카페에서 일하면서 공부를 할 수 있을 것인지, 학자금 대출을 받는 데 도움이 될 만큼 돈을 벌 수 있을지를 살핀다. 이제 댄에게도 고정 주소가 생겼다. 학생회의 도움을 받아 적당한 방을 구할 수 있었다. 그래서 그는 이 카페에 지원했다.

댄은 여기서 일하는 게 좋다. 주문 받은 복잡한 커피를 순서에 따라 제대로 내렸을 때의 느낌이 좋다. 알렉산더와 조용하지만 친근하게 대화를 나누는 것도 좋고, 파블로의 손녀 로사에 대한 이야기를 듣는 것도 좋다. 시간이 지나면서 단골들을 알아보게 되었고, 〈빅 이슈〉를 파는 존과 몇 달 전부터 그 옆에 앉아 있는 떠돌이 개도 알게 되었다. 댄은 어느 무더운 날, 이름이 럭키인 그 개에게 물을 가져다주었다. 그러자 존은 환한 미소를 지어 보이며, 댄을 '신사'라고 부르기 시작했다.

"됐어. 이제 내가 할게." 주방에 돌아온 파블로는 양손을 바지에 문지른 뒤, 댄으로부터 주걱을 건네받는다.

"고마워. 오랜만에 추억에 젖었네." 파블로가 불 앞에 서며 말한다.

댄은 고개를 끄덕인다. 동료들이 모르는 과거에 대해 생각하면서, 자신도 같은 말을 할 수 있을지 궁금해진다. 비록 댄은 동료들과 친하게 지내고 있지만 여전히 숨기는 것도 있다. 가끔 그가 어머니에 대해 말하는 것을 꺼리는 것이 어머니를 부끄럽게 여기는 것처럼 받아들여질까 봐 걱정스럽다. 하지만 댄은 어머니에 대한 추억들을 좀 더 오래 생생하게 보호하기 위해 가슴속에 꼭 붙들어 둔다. 어머니의 목소리와 자신에게 만들어 준 팬케이크 냄새가 완전히 떠오르지 않는 날이 온다면 견딜 수 없을 것이다.

댄은 재빨리 눈을 깜박거린 뒤, 고개를 끄덕이며 주방을 나선다. 파블로의 영역을 벗어나 자신의 자리로 돌아간다.

모나

런던에 돌아온 지 두 시간밖에 되지 않았지만, 모나는 벌써 집에 돌아온 것 같은 느낌이 든다. 검정색 택시, 빨간색 버스, 이 도시의 냄새와 소리. 리버풀 역을 나서자 그녀는 또다시 친숙함을 느낀다.

모나는 지난 1년간 파리에서 살았다. 포피와 앙트완의 소파 베드에서 한 달쯤 신세를 진 뒤에 파리 외곽에 있는 작은 아파트를 구했다. 방 한 칸에 작은 냉장고가 겨우 들어가 있는 아주 작은 아파트였다. 지난겨울에는 작은 발코니에 음식을 보관했다. 여름에는 방 한 칸짜리 아파트의 무더위에서 벗어날 수 있다는 사실에 기뻐하며 주로 외식을 했다. 아파트에서 지내는 시간이 많지 않기에, 제대로 요리를 할 만한 주방 공간이 없어도 상관없었다. 무용단 일은 바빴다. 평생 이렇게 열심히 일한 적이 없을 정도였다. 하지만 평온함이라는 새로운 감각 또한 느껴진다. 모나는 한정된 휴식 시간 동안 포피와 앙트완, 무용단에서 사귄 몇몇 친구들과 어울리거나 산책을 한다. 도시를 가로지르며 너무 많이 걷다보니 머릿속에 거리 지도가 새겨졌을 정도다. 파리에서 가장 좋은 건 런던보다 작아서 걸어 다니기가 한결 수월하다는 점이다. 지리뿐만 아니라, 동네 빵집에 있는 좋아하는 페이스트리들의 이름과 동네 청과상의 주인 이름도 알게 되었다. 그녀는 이 도시의 독특한 느낌을 알고 사랑하게 되었다. 학교가 끝난 시간이면 조부모님과 손자들이 동네 빵집 앞에 줄을 서 있거나, 부유한 파리 여자들이 작은 개를 끌고 다니는 모습이 마치 지하철 광고판이나 거리 식당들처럼 이 도시의 일부분으로 보인다.

그렇지만 아직 파리는 모나의 집이 아니고, 앞으로도 그렇게 될 수 있을지 확신이 들지 않는다. 집을 떠난 이후로 그 개념이 모호해졌다. 만일 그녀가 살고 있는 곳에서조차 느낄 수 없다면 집이라는 게 존재하기는 하는걸까? 하지만 리버풀 역 앞 보도에 서자, 모나는 집의 의미가 갑자기 떠올랐다. 수백 번도 넘게 지나다닌 길이라 지금도 포장도로의 돌이 헐거운 지점이 어딘지 알고 피해갈 수 있다. 주변에 있는 사람들은 다르지만 똑같기도 하다. 밤거리는 같은 냄새와 소리가 나고, 사람들은 술집과 클럽이 있는 쪽으로 몰려간다. 거리의 먼지와 쓰레기들을 흩날리며 버스가 지나간다. 그 사이에 '스텔라 카페'의 반짝거리는 간판이 있다. 그 카페에서 일을 한 것은 꼭 필요한 일이었다는 생각이 든다. 무용수로서의 '진정한' 삶을 살아갈 수 있게 해 주었으니까. 모나는 이 카페를 보는 것만으로도 집에 온 것 같은 기분이 들 줄은 상상조차 하지 못했다.

모니크

그녀는 저도 모르게 손가락으로 머리카락을 뱅글뱅글 돌리고 있다. 이따금 유리에 비친 모습이 보일 때마다 못 알아볼 정도다. 스스로 예뻐 보인다고 인정하자니 부끄럽지만, 모니크는 지금 아주 근사해 보인다. 빨간색 드레스에 맞춘 빨간색 립스틱은 저녁 식사와 커피, 남편과의 키스로 많이 지워졌다.

남편은 입가에 미소를 띤 채 그녀를 뚫어지게 쳐다보고 있다. 그도 오늘 밤엔 많이 노력했다. 깨끗하게 면도하고, 깔끔하게 다린 옷을 입고 있다. 엘라나 그 아이로 인한 지저분한 흔적은 어디에도 보이지 않는다. 내일까지 엘라는 모니크의 부모님과 함께 지내기로 했다. 딸이 태어난 뒤로 남편과 단둘이서 지내는 첫 번째 주말이다. 아기를 남겨 두고 오는 것이 불안했지만, 두 사람에겐 휴식이 필요했다. 모니크는 아기에게 작별 키스를 하면서 압도적인 사랑을 느낀다. 애써 배운 것이기에 훨씬 더 강하게 느껴지는 사랑이다. 다른 사람들은 이런 감정을 이해하지 못할 것이다. 산후 우울증이라는 진단을 받았고, 의사로부터 그건 성격이 아니라 병 때문이라는 말을 수 없이 들었음에도 불구하고, 아기를 사랑하는 법을 배워야 했다는 말을 하면 그녀를 나쁜 엄마라고 여기는 사람들도 있을 것이다.

모니크는 빨간 드레스를 잡아당긴다. 저녁 식사를 한 뒤라서 그런지 딱 붙는 것 같기도 하고, 모양을 보기보다는 너무 오랫동안 편안하고 실용적인 옷만 입어서 그런 느낌이 드는 걸 수도 있다. 그 모습을 알아차린 남편이 손을 내밀어 모니크의 손을 잡는다.

"아름다워." 남편이 말한다.

갑작스러운 남편의 찬사에 그녀는 고개를 들고 남편을 본다. 남편에 대해서도 압도적인 사랑을 느낀다. 지난 1년간 많은 일들이 있었다. 모니크는 엘라가 태어나고 나서 느꼈던 갑작스러운 고통을 떠올린다. 그땐 모든 것이 최악이었다. 자신의 우울증이 두 사람의 관계에도 장애가 되었다는 것을 알고 있다. 그 암울했던 순간을 이겨낼 수 있을 것인지 의심스러웠다. 모니크는 여전히 두 사람 앞에 무슨 일이 있을 것인지 알지 못한다. 엘라가 성장하는 동안 어떤 장애물이 나타나 두 사람의 인생과 사랑에 변화를 일으킬지도 모른다. 하지만 그들은 지금 여기에 있다.

"이제 집에 갈까?" 남편이 모니크의 손을 꼭 잡으며 말한다.

"응." 모니크가 미소를 지으며 대답한다.

카페를 나서면서 그녀는 뒤를 돌아보며, 이곳에서 한밤중에 혼자 앉아 있던 때를 떠올린다. 당시 모니크가 느꼈던 상실감과 외로움, 자신의 감정과 미래에 대한 두려움을 생각한다. 밖으로 나오면서 그녀는 여전히 두렵다는 생각을 한다. 하지만 이젠 그래도 괜찮다는 것을 알고 있다. 두려움을 느끼는 것 또한 부모가 되는 과정의 일부라는 것을 배웠다. 함께 스텔라 카페의 문을 열고 밖으로 나온 두 사람은 손을 맞잡고 버스 정류장으로 걸어간다. 집을 향해.

해나

문이 열리자 해나는 고개를 들고 쳐다본다. 하지만 낯선 사람의 얼굴만 보인다. 커다란 코트 주머니에 보드카 병을 꽂은 중년 남자가 카운터로 가더니 베이컨 샌드위치를 포장해 달라고 한다. 해나는 문이 열리는 소리에 빨라진 심장 박동을 가라앉히려고 애를 쓰며 다시 고개를 숙인다.

그녀는 모나의 얼굴을 보게 되면 어떻게 해야 할지 알 수가 없다. 오래전이긴 하지만 여전히 사진처럼 선명하다. 1년 전 이 카페에서 두 사람이 싸웠을 때의 분노의 표정은 잊고, 대신 따뜻한 미소를 덧입혀 기억하려고 애를 써 본다.

모나가 떠나자 해나의 내면에선 뭔가 무너져 내렸다. 몇 년간 차곡차곡 쌓인 이름도 없는 스트레스와 불안감이 친구가 떠나는 것을 기점으로 해나를 쓰러뜨렸다. 그녀도 더 이상 버틸 수 없다는 것을 느꼈다. 노래를 부르는 일만이 아니라 아주 간단한 일조차 할 수 없었다. 해나는 집으로 돌아갔다. 런던이 갑자기 너무 크게 느껴졌고, 모든 일들이 감당할 수 없게 느껴졌다.

해나는 작은 옷가방만 들고 웨일스로 갔다. 2주만 있을 작정이었다. 하지만 그곳에서 6개월을 지냈다. 처음 며칠은 움직일 수가 없어서 침대에 누워만 있었다. 녹초가 되어 있었지만 잠을 잘 수 없었다. 그 대신 반쯤 깬 상태로 이불 속에 누워 있었다. 어둠이 주위를 에워쌌고, 저 깊은 곳에서 생각들이 촉수처럼 올라와 그녀를 끌어 당겼다. 난 실패했어. 앞으로 어떻게 해야 하는 걸까? 모든 걸 망쳐 버렸어. 더 이상 아무것도 못해. 난 아무 쓸모없어. 가치 없는 존재야. 아무것도 아니야.

몇 주 뒤 부모님이 런던으로 올라가 남은 짐을 정리하고, 해나와 모나가 임대 계약을 일찍 파하는 것을 이해해 준 집주인을 만나 모든 문제들을 해결하는 것을 도와주었다. 모나에게 상황을 설명한 것도 부모님이었다. 해나는 수도 없이 모나에게 전화하고 싶었지만, 죄책감과 상처, 순전한 당혹스러움이 가로막았다. 해나는 자하임과 사귈 때, 그 뒤에도 자기가 모나에게 심하게 대했다는 것을 알고 있었다. 하지만 그 사실을 인정하는 것이 너무 창피했고, 어떻게 해야 바로잡을 수 있는지도 알 수 없었다. 갑자기 모든 것들이 한꺼번에 밀려왔다. 그녀 자신이 미웠지만, 그 당시에는 모나와의 일을 해결할 힘이 하나도 없었다. 마음 한편에선 모나가 떠나기 전에 기차를 타고 런던으로 돌아가 자신의 내면 깊은 곳에 담겨 있는 감정을 이야기하고 싶었다. 얼마나 모나를 자랑스럽게 생각하고 있는지, 얼마나 아끼고 있는지. 하지만 비몽사몽인 상태에서 기차를 탄다는 생각만으로도 땀이 나는 것 같았다. 그런 느낌은 생전 처음이었다. 그리고 갑자기 집을 떠난다고 생각하자 극심한 공포가 밀려왔다. 무엇보다 모나가 자신을 보고 싶어 하지 않을 거라고 확신했다. 그녀는 친구에게 외면당했다는 생각이 하기 싫어 안전한 침대에 머물러 있었다. 모나가 너무나 그리웠지만 끝내 수화기를 들지 않았다. 1년이 지난 지금 와서 그때를 생각하니, 사람들이 '고장' 났다고 설명하는 상태가 어떤 것인지 알 것 같다. 그때 해나의 상태는 자동차가 오랜 시간 길을 따라 달리다가, 점차 연료가 떨어지면서 덜그럭거리다 갑자기 멈춰 서는 것과 같았다.

그때 엄마가 병에 걸렸다. 왼쪽 가슴에서 혹을 발견했지만 아무것도 아닐 거라고 생각했다. 하지만 그건 악성 종양이었다. 그리고 모든 일들이 순식간에 벌어졌다. 수술, 항암 치료. 해나는 바로 자신의 문제는 접어 두었다. 엄마의 병은 너무 큰일이었기 때문이다. 해나는 엄마를 위해서 모든 일들을 처리해야만 했다.

그때 해나는 모나에게 전화를 할까 생각했다. 모나가 엄마를 따르는 걸 알고 있었고, 해나 역시 친구가 절실히 필요했다. 하지만 모든 일들이 너무 긴박하게 돌아갔고, 해나는 오직 엄마를 살려야 한다는 사실에만 집중했다. 그녀는 진료 때마다 엄마와 아버지를 데리고 병원에 갔다. 운전을 하기에 엄마는 몸 상태가 좋지 않았고, 아버지 역시 상태가 좋지 않았다. 그녀는 부모님을 위해 음식을 만들었고, 집을 청소했으며, 부모님의 친구들에게 상황을 전했다. 가족에게 집중하기 위해 다른 생각들을 모두 접은 것처럼, 기타 역시 방에 그대로 방치되어 있었다.

천천히, 점진적으로 상황이 나아지기 시작했다. 결국 엄마는 가슴을 잃었지만 목숨은 건졌다. 엄마는 앞으로도 계속해서 정기 검진을 받아야 한다. 자칫 잘못하면 암이 재발할 수도 있다. 하지만 지금 당장은 괜찮다. 엄마는 여전히 해나의 엄마다.

해나는 6개월 전 런던으로 돌아왔다. 엄마 상태가 좋아지고, 아버지가 혼자 감당할 수 있다고 했기 때문이다. 해나는 여전히 규칙적으로 집에 돌아가지만, 일단은 이곳에서 자신의 인생을 새로 세우기 위해 노력하고 있다.

웨이터가 반대편에 앉아 있는 손님에게 베이컨 샌드위치를 가져다주는 모습을 보다가 해나는 갑자기 그를 알아본다. 바로 그녀가 훔칠 뻔했던 십자말풀이 책 사이에 끼어 있던 돈의 주인이다. 해나는 그 일을 떠올리자 얼굴이 달아오른다. 그녀가 부끄럽게 여기는 일 중 하나다. 비록 마지막에는 마음을 고쳐먹긴 했지만, 애초에 그런 생각을 했다는 자체가 잘못됐다는 것을 이제는 안다. 해나는 그 당시로 돌아가 모든 것을 바꾸고 싶다. 꽉 묶어 놓은 매듭을 푸는 것처럼 그때 내린 결정들을 되돌리고 싶다.

해나는 옷매무새를 가다듬는다. 호리호리한 골반 위로 녹색 실크가 미끄러져 내린다. 새로 정기 공연을 하게 된 호텔에서 곧장 이곳으로 왔다. 한 번은 다른 스타일로, 한 번은 전통적인 스타일로 노래를 부른다. 일주일에 이틀 공연이라 돈을 많이 벌진 못하지만 뭔가 자부심이 느껴진다. 좋은 호텔이고, 가끔 무대 앞에 있는 손님들이 말을 걸어 주기도 한다. 나이든 커플들은 종종 해나가 부르는 재즈 송이 자신들의 젊은 시절을 떠올리게 해 준다고 말한다. 그때마다 해나는 자신의 노래가 나이든 남자와 여자들에게 어떤 추억들을 불러일으킨 건지 궁금해하며 미소 짓는다. 그 외 시간에는 아이들에게 노래 교습을 하고, 가끔은 그 애들의 부모들을 가르치기도 한다.

그런 어른들은 어색함을 내려놓고 음악에 둘러싸이고 싶은 갈망을 가지고 있다. 해나는 그 느낌을 잘 알고 있다. 실제로 그런 느낌이 그녀를 교습의 세계로 끌어들였다. 학생들의 기뻐하는 얼굴을 볼 때면 음악이 얼마나 자유로울 수 있는지를 되새기게 된다. 해나는 가르치는 일이 이렇게 즐거울 거라고는 생각도 하지 못했다. 하지만 그녀는 서른한 살의 나이에 새로운 열정을 발견했다.

해나는 시계를 쳐다본다. 모나가 탄 기차는 두 시간 전에 세인트 팽크라스에 도착했을 것이다. 하지만 그녀는 모나에게 먼저 호텔에 들러 짐을 놓고 옷을 갈아입고 오라고 말했다. 그들은 자정에 만나기로 했다. 예전에 두 사람이 이 카페에서 커피와 튀김 냄새가 풍기는 가운데 '조찬 클럽'의 사운드트랙이 흐르며 손님들에 대한 이야기를 조용히 나누곤 하던 밤과 낮 사이의 시간에. 다른 사람들이 보기엔 이상한 시간에 만난다고 할지 모르지만 두 사람에겐 가장 어울리는 시간인 것처럼 느껴졌다.

오랜만에 모나에게 연락할 때 해나는 긴장했다. 하지만 이번 주말, 이슬링턴 시청에서 베미와 안나의 결혼식에 모나 역시 참석할 거라는 말을 전해들은 순간, 해나는 마음이 바뀌기 전에 서둘러 결혼식에 참석 전에 먼저 만나지 않겠냐는 내용의 메시지를 보냈다. 모나와 1년 만에 만나는 자리인데, 수많은 하객들과 카나페와 프레스코 와인 잔들 사이에 끼어 조용히 이야기를 나눌 새도 없고, 지난 1년간 있었던 일들을 말하지 못하게 되는 것이 싫었다. 이 카페에서 오랜 친구를 기다리면서, 해나는 자신이 원했던 것이 무엇인지를 깨닫는다. 모나에게 사과를 하고, 자신이 무너졌던 일과 엄마의 병에 대한 모든 일들에 대해 털어놓고 싶은 것이다. 자신이 했던 행동에 대한 변명을 하자는 것이 아니라, 이미 몇 달 전에 얘기했어야 한다는 것을 알고 있었다고 말하며 두 사람 사이의 틈을 메우기 위해서다.

지난 1년간, 해나는 모나가 없다는 사실에 슬픔과 비슷한 육체적 고통을 느꼈다. 두 사람의 일상은 아주 촘촘하게 짜여 있었다. 그러다 둘 사이가 찢어지자, 남겨진 해나의 삶은 틈이 벌어지면서 이음새가 헐거워지고 가장자리가 해졌다. 자신의 인생이 무너져 내리고, 엄마가 병에 걸렸을 때 해나는 친구가 너무나도 그리웠다.

더 빨리 연락했어야 한다는 건 알지만, 자신의 감정과 인생이 방해가 되었다. 그러다 런던으로 돌아온 뒤에는 너무 시간이 지난 뒤라 전화하기가 힘들었다. 시간이 지나면 지날수록 점점 더 연락을 하는 게 어려워졌다.

해나는 모나가 이야기를 하고 싶지 않아 할까 봐 걱정이었다. 그리고 무슨 말을 해야 할지, 어떻게 우정을 회복해야 할지 알 수가 없었다. 대신 해나는 마음을 다잡고, 친구 없이 혼자만의 삶을 시작하는 데 집중했다. 연습을 하고, 노래를 만들었으며, 데모 음반을 호텔과 식당에 보냈다. 모나에 대해 생각하지 않으려고 애를 썼지만 갑자기 격하게 친구 생각이 나서 숨을 쉬기 힘든 순간들이 있었다. 라디오에서 흘러나오는 노래를 들었을 때, 길을 건너가는 검은 머리 여자를 보았을 때, 그리고 호텔에서 해나를 고용하고 싶다는 말을 들었을 때도 제일 먼저 모나가 생각났고, 어서 빨리 이야기를 하고 싶었다.

만일 시간을 되돌릴 수 있다면 많은 것들이 달라질 것이다. 일단 자하임과 사귀지 않을 것이다. 온갖 감정을 강박적이면서 비이성적인 방향으로 몰아가다가 결국에는 한계점에 이르게 만드는 대신, 앞날에 대해 느꼈던 두려움에 대해 모나에게 더 솔직히 털어놓을 것이다. 친구의 지지를 당연하게 여기는 대신 고맙게 여길 것이다. 친구의 서른 번째 생일에는 침대에서 자하임을 생각하며 우는 대신, 성대한 파티를 열어줄 것이다. 모나가 파리로 떠나는 날 역에서 손을 흔들어 줄 것이다. 그때 그 일로 싸우는 대신 사랑한다고 말하고, 자랑스럽게 생각한다고 말해 줄 것이다. 그리고 전화를 했을 것이다. 전화를 하고, 또 하고, 또 했을 것이다. 결코 우정의 끈을 자르지 않았을 것이며, 절대 놓지 않고 꼭 잡았을 것이다. 이제 생활은 점차 안정을 찾아가고 있지만, 해나는 여전히 잃어버린 친구를 떠올릴 때마다 고통과 후회를 느낀다. 이제 가수로서는 어릴 때 꿈꾸었던 자리만큼 올라갈 일이 없을 것이다. 레코드 계약을 하거나 공연 투어를 다니는 일도 없을 것이다. 노래하는 것만으로는 경제적인 문제를 해결할 수 없다. 그렇지만 이제 그런 것들은 더 이상 중요하지 않다. 지금까지 그녀의 인생에서 가장 큰 후회는 모나와의 우정을 망친 것이다.

해나는 자세를 바로잡으며, 텅 빈 접시 위에 칼과 포크를 내려놓는다. 그리고 걱정스러운 표정으로 창밖을 내다보며 지나가는 사람들 중에 갈색 눈동자에, 긴 검정색 머리를 땋아 내린 모나의 모습을 찾는다. 심장 박동이 빨라진다. 어쩌면 예전 관계로 돌아갈 수 없을지도 모르지만, 그래도 두 사람이 마지막으로 본 뒤로 있었던 일들에 대해 설명하고, 연락하고 싶었지만 힘들었던 이유도 말하고 싶다. 그녀가 모나에게 얼마나 미안해하고 있는지 알리고 싶다. 해나는 오랜 친구를 향해 첫걸음을 떼고 싶다.

모나

카페 문을 열기가 망설여진다. 모나는 조금 떨어진 거리에 가만히 서서 카페를 쳐다보고 있다.

그녀는 지난 1년간 해나를 보지 못했다. 1년 전 그날 밤, 일을 마친 뒤 해나와의 갈등을 해결할 마음의 준비를 하고 모나가 집에 도착했을 때, 아파트는 텅 비어 있었다. 해나가 부모님 집에서 몇 주 지내다 돌아올 거라는 내용이 적힌 메모지만 복도 거울에 붙어 있었다. 모나가 떠날 때까지 돌아오지 않겠다는 의미였다. 그 메모를 봤음에도 불구하고, 모나는 파리행 기차를 타러 가는 날, 혹시 해나가 막판에 작별 인사를 하러 오지 않을까 하는 마음에 쉽게 아파트를 나서지 못했다. 짐을 빼서 그런지 아파트가 커 보였다. 가지고 있던 짐들의 대부분은 팔거나 버리고, 일부는 보관소에 맡겼다.

남은 짐들은 모두 현관 옆에 세워 둔 커다란 여행 가방 두 개에 담았다. 모나는 손으로 벽과 낡은 포스터들을 쓸어가며 아파트를 둘러보았다. 그리고 텅 빈 자신의 방에 몇 분 동안 서 있었다. 모나는 해나의 방에도 들어가 침대 끝에 걸터앉았다. 협탁에는 여전히 두 사람이 함께 찍은 사진 액자가 놓여 있었다. 그녀는 바닥에 떨어진 드레스를 집어 침대 끝에 걸쳐 두었다. 그리고 문을 닫은 뒤 여행 가방을 들고, 마지막으로 아파트를 나섰다. 열쇠는 우편함에 넣어 두었다.

파리에서는 친구에 대한 생각을 접어 두기가 훨씬 쉬웠다. 모든 것이 새롭고 다르고 흥미로웠다. 포피와 앙트완과 파리 북 역에서 만나 두 사람의 집까지 택시로 갔다. 가는 내내 포피가 쉴 새 없이 떠드는 동안, 모나는 창밖을 쳐다보며 눈앞을 스쳐 지나가는 새로운 도시의 풍광들을 눈에 담으면서 모든 것들을 받아들이기 위해 노력했다. 그러다 앙트완과 눈이 마주치자 그가 미소를 지었다.

"익숙해 질 거예요." 앙트완이 말했다. 시간이 지나자 그 말대로였다.

갖은 노력에도 불구하고 해나가 떠오를 때마다 수화기를 들고 전화를 걸까 생각했다. 하지만 그 대신 다른 일을 찾았다. 무용단 리허설에 참석한다거나, 포피와 앙트완과 함께 파티에 간다거나, 새로운 동료들과 브런치를 먹으러 간다거나. 모나는 깨져 버린 우정에 대한 고통스러운 기억들을 밀어내기 위해 주의를 다른 곳으로 돌렸다. 거의 1년을 그렇게 지냈다.

베미와 안야의 결혼식 초대를 받았을 때, 가장 먼저 든 생각은 해나도 참석할까 하는 것이었다. 그리고 휴대폰이 울리고, 해나의 이름이 찍힌 것을 봤을 때 깜짝 놀랐다. 너무 오랜만이라 해나의 이름이 낯설게 느껴졌다. 불과 얼마 전까지만 해도 가장 자주 문자 메시지를 주고받던 사람인데도. 메시지의 내용은 결혼식 전에 카페에서 만나겠냐는 것이었다. 모나는 답장을 보내기 전에 그 문자를 가만히 쳐다보았다. 해나를 만나고 싶은 건가? 결혼식에서 처음 만나게 되면 어색하겠지만, 안전하기는 했다. 주위에 결혼식 하객들도 많고, 베미와 안야의 특별한 날이니만큼 서로 정직한 속내나 변명 같은 것을 털어놓을 기회가 없을 것이다. 마침내 마음을 정한 모나는 해나에게 간단한 답장을 보냈다. 그래, 만나자. 그 문자 메시지에 대한 자기 자신의 반응이 놀랍기는 했지만, 오랫동안 접어 두었던 두 사람의 우정에 대해 다시 한 번 마주할 준비가 되었다는 것을 깨달았다. 모나는 해나가 보고 싶었고, 이야기를 나누고 싶었다. 왜 그런 건지 이유를 설명할 순 없다. 여전히 해나를 생각할 때마다 마음속에 맺혀 있는 꼬여 있는 분노를 느꼈기 때문이다. 하지만 뭔가가 모나를 해나 쪽으로 끌어당겼다. 바로 두 사람이 함께한 역사와 행복했던 추억들이었다.

하지만 갑자기 해나를 만나는 것이 좋은 생각인지 확신이 서지 않아, 모나는 카페 옆쪽 길에 멈춰 선다. 무슨 말을 해야 할 것인지, 해나한테 무슨 말을 듣고 싶은 건지 알 수가 없다. 모나는 가장 친했던 때의 해나를 떠올려 본다. 함께 살고 같이 일하면서, 생활의 세세한 점들까지 서로 나누었다. 지금 그녀는 카페 문을 열었을 때 낯선 사람을 보게 될까 봐 두려운 것이다. 모나는 보도에 서서 망설인다.

한 커플이 손을 맞잡고 모나의 옆을 지나 옆길로 꺾어진다. 모나는 그 자리에서 카페의 익숙한 간판을 올려다보며 친구를 정말 보고 싶은 건지 또 다시 생각한다. 머릿속에 호텔 방이 떠오른다. 시원하고 안전하고, 개인적인 감정이 아무것도 없는 곳. 모나는 해나를 떠올리며, 함께했던 지난 시간 속에 두 사람을 붙잡아 줄 만한 무언가가 남아 있는지 생각한다. 할 말이 남아 있는지, 두 사람의 이야기에 덧붙일 새로운 것이 있는지, 아니면 이대로 각자의 생활, 각자의 도시, 각자의 세상에 남게 될 것인지.

모나는 조금씩 추위가 밀려오는 보도에 서 있다. 여러 가지 결정들 사이에, 길 사이에, 분노와 용서 사이에 멈춰 서 있다.

해리

주방에서 울리는 쨍그랑 소리에 정신이 든다. 해리는 주위를 둘러보다 자신이 있는 곳이 어딘지 떠올린다. 한쪽 구석에는 빨간 머리 여자가 혼자 앉아 팬케이크를 먹고 있다. 여자의 얼굴이 어딘가 낯이 익다. 해리는 갑자기 고통이 밀려온다.

마사. 1년 전 오늘, 마사와 함께 신혼여행을 떠나기 전에 이곳에 왔을 때 음식을 가져다준 여자다. 해리는 그 웨이트리스에게 신혼여행과 사파리에서 코끼리를 보고 싶다는 이야기를 했던 걸 기억한다. 아주 오래전 일인 것 같지만, 사실 그리 오래된 일은 아니다. 그건 다른 시간, 그 이전에 속해 있다.

해리는 차갑게 식은 커피 잔을 붙잡는다. 너무 꽉 잡아서 깨질까 두렵다. 하지만 커피 잔은 멀쩡하다. 부서진 건 그의 마음뿐이다.

결혼하고 6개월 뒤 마사가 죽었다. 심장마비였다. 전혀 예상하지 못했던 일이라 처음에는 믿을 수가 없었다. 겨우 결혼식과 신혼여행 사진의 정리를 끝냈을 때였다. 케이크를 자르는 마사와 해리, 함께 춤을 추는 마사와 해리, 거대한 코끼리를 배경으로 사파리 트럭에 기대서 있는 마사와 해리. 두 번째 결혼과 마사를 아내라고 부르고, 손가락에 끼고 있는 반짝거리는 결혼반지를 보는 것이 겨우 익숙해졌을 때였다.

처음에는 모든 것에 분노가 치솟았다. 마사의 죽음에, 이 모든 부당함에, 공포와 갑작스러움에. 분노에 사로잡힌 해리는 친구들이나, 제니퍼와 헤어진 뒤 말도 못 해 본 아들을 만나는 대신 그 시간을 술로 달래기 시작했다. 아파트에 틀어박힌 채, 낮에는 소리 지르면서 집 안을 배회하고, 밤이면 침대에 누워 베개 위에 있는 마사의 잠옷과 협탁 위에 놓여 있는 결혼반지를 쳐다보았다.

그러다 그의 분노는 무력함, 아무것도 느껴지지 않는 무감각으로 전환 되었다. 해리는 다시는 행복해질 수 없을 것 같았지만, 이전처럼 슬프진 않았다. 아무것도 느껴지지 않았다. 아무것도 하지 않았다. 술도 마시지 않았다. 더 이상 무감각해지기 위해 알코올이 필요하지 않았다. 해리는 아무것도 먹지 않았다.

오늘 밤에 그는 또다시 텅 빈 침대를 마주 볼 수 없었다. 자기도 모르는 사이에 옷을 차려입고 이 카페로 온 것이다. 이곳에서는 마사와 코끼리를 봤던 신혼여행, 눈물까지 흘리면서 웃던 마사의 모습이 떠오른다. 해리는 마사의 웃음소리를 떠올린다. 그는 모든 것을 선명하게 기억한다. 마치 마사가 지금 옆에 앉아 그의 손을 잡고 창밖을 보며 뭔가를 가리키며 이야기를 하고 있는 것처럼. 그녀는 초록색 여름 드레스에, 신중하게 고른 점퍼를 겹쳐 입고 있다. 그렇게 모든 것이 마사를 떠올리게 한다. 그들의 여행 가방들은 테이블 밑에 단정하게 놓인 채, 기차를 타고 공항까지 운반되기를 기다리고 있다. 두 사람 모두 신혼여행과 코끼리를 본다는 것만이 아니라, 함께 살아갈 앞날에 대한 기대로 흥분해 있었다.

"당신이랑 여기 있으니까 너무 좋아." 해리가 너무 잘 아는 목소리로 마사가 말한다.

대답을 하려고 고개를 든 순간, 그는 혼자라는 사실을 깨닫는다. 해리 역시 좋았다. 마사의 목소리, 웃음소리, 미소 짓는 모습이 좋았고, 너무 짧긴 했지만 그녀와 함께한 시간이 좋았다. 두 사람이 함께했던 시간은 행복으로 가득했다. 그를 위해서건, 어느 누구를 위해서건 진짜로 있을 거라고는 생각하지 못했던 행복이었다. 해리는 10년을 기다린 끝에 마사와 2년을 함께했다. 완벽한 2년이었다. 이렇게 앉아 그녀를 생각하고, 슬픔에 겨워 온몸이 아플 정도로 기억을 되새기면서 그는 뭔가를 깨닫는다. 마사와 단 하루만 살 수 있어도 평생을 기다렸을 거라는 것을.

댄

그는 카운터에 서서 카페 복판에 혼자 앉아 있는 노인을 지켜보고 있다. 노인의 얼굴에는 슬픔이 깃들어 있다. 댄은 옆으로 다가가 무슨 말이라도 하고 싶지만, 어쩐지 혼자 있게 해 줘야 할 것 같은 느낌이 들어 그대로 있기로 한다. 그 대신 댄은 노인의 행복을 열심히 기원한다. 그런 소망과 바람이 노인의 축 늘어진 어깨에 조금이라도 닿을 수 있기를 바랄 뿐이다.

이제 다른 손님들은 모두 떠나고, 카페 안에는 그 노인과 구석자리에 앉아 있는 빨간머리 전직 웨이트리스밖에 없다. 그녀는 거의 한 시간 동안 문만 쳐다보고 있다. 여기 와서 카푸치노를 마시고, 팬케이크를 먹었지만, 시선은 내내 바깥을 향하고 있다. 여자가 너무 창문만 쳐다보고 있어서 댄은 그녀에게 다가가지 못하고 계속 카운터를 지킨다.

마침내 노인이 천천히 자리에서 일어나더니, 동전들을 테이블에 놔두고 문 쪽으로 걸어간다. 노인은 뭔가 잊어버린 게 있는 것처럼 마지막으로 돌아본다. 그는 카페 안을 쭉 둘러본다. 하지만 찾는 것이 없었는지 그대로 돌아서서 밖으로 나간다.

댄은 천천히 테이블을 치우기 시작한다. 새로 들어오는 손님도 없고, 주문도 없는 이 짧은 순간을 활용해 빈 그릇을 치우고 테이블을 닦는다. 하지만 이상하게도 이렇게 밤에 일을 하면서 창밖을 내다보고 있으면 더 이상 혼자라는 느낌이 들지 않는다. 댄은 거리를 내다보면서 다른 섬들을 발견한다. 버스를 기다리는 여자, 예상치 못하게 한밤에 자전거 타고 지나가는 사람. 그리고 이 도시는 댄과 마찬가지로 슬픔과 근심이 가득하지만, 작은 희망의 속삭임 역시 간직한 채 시간을 보내는 사람들로 채워져 있다는 것을 깨닫는다. 버스 옆자리에 앉는 사람들도, 이 카페를 찾아오는 사람들도 모두 자신들만의 사연이 있다. 그중에는 그와 같은 사연을 가진 사람들도 있다. 댄은 그들과 함께 살아가며 아주 짧은 순간이지만 서로 스쳐 지나가기도 한다. 그 사람들에 대해 알지 못하더라도 그들이 그 자리에 있다는 것을 알고 있다. 그들은 모두 다르지만, 때때로 댄이 예전에 느꼈거나 언젠가 다시 느낄 수도 있을 감정을 느낀다. 그것이 사실이고, 그들이 존재하는 한, 댄은 결코 혼자가 아닐 것이다.

해나

벽에 걸린 시계가 1시에 가까워지자, 해나는 점차 뻣뻣해지는 몸을 의자에서 들썩인다. 앞에 놓인 찻잔은 차갑게 식었다. 해나는 컴컴한 바깥을 쳐다보며 떠날 시간이 되었음을 깨닫는다.

지금 그녀는 이 카페에 남아 있는 유일한 손님이다. 텅 빈 좌석들이 손님들을 기다리고 있다. 웨이터는 손에 책을 든 채, 편안하고 만족스러운 표정으로 카운터에 기대서 있다. 책 표지를 보니 『호빗』이다. 웨이터 위쪽으로는 박제 곰 어니스트가 실크해트 아래 보이는 엄격한 눈으로 카페와 거리를 내려다보고 있다.

해나는 이 카페에 다시 올 수 있을지 궁금해진다. 예전엔 삶의 일부였던 이곳이 이제는 너무 낯설게만 느껴진다. 한때 자신에게 너무나 소중했던 우정이 진짜 끝났다는 것을 깨닫자 마음이 아프다. 그녀는 자매처럼 느꼈던 친구를 잃었다. 함께 살고, 같이 일하면서 꿈과 야망을 나누던 사람. 해나를 자극해 주고 지지해 주었던 사람. 하지만 그럴 의도는 없었지만 결국에는 해나가 밀어내 버린 친구. 해나는 친구에 대한 그리움과 후회가 남긴 날카로운 아픔을 느낀다. 이제는 추억이 된 그 순간들과 언젠가 함께 나누기를 바랐던 순간들이 그립다. 두 사람 다 결혼을 하게 된다면 서로의 결혼식을 지켜보며 아주 큰 행복을 느꼈을 것이다. 그러다 아이들이 태어나면 자신의 친구가 이처럼 완전하고 경이로운 존재를 만들어 냈다는 사실에 깜짝 놀랐을 것이다. 부모님 장례식에서는 함께 울어 주고, 친구의 아픔에 위로와 상심한 마음을 치유하는 데 도움이 되길 바라는 마음으로 꼭 끌어안아 주었을 것이다. 해나가 그리던 그 순간들은 그대로 사라진다. 이제 그런 순간들은 오지 않을 것이다. 그녀는 더 이상 친구의 인생에 포함되어 있지 않을 것이다. 해나는 몸을 돌려 등받이에 걸쳐 둔 재킷과 핸드백을 집어 든다.

바로 그 순간 카페 문이 열리는 소리가 들린다. 너무나 잘 아는 목소리가 들리자 그녀는 가방을 꼭 붙잡는다.

"잘 지냈어?" 그 목소리가 말한다.

해나는 자리에서 일어나, 스텔라 카페 한복판에 서 있는 새로 들어온 손님을 쳐다본다. 갑자기 흘러내린 눈물에 앞이 흐려졌지만 너무나 잘 아는 얼굴이 보인다. 그 순간 해나는 얼굴이 일그러지면서, 심장 박동이 빨라지고, 그 자리에서 한 발자국도 움직일 수가 없다. 그리고 상대방의 얼굴에는 미소가 떠오르기 시작한다. 그 즉시 두 사람은 카페를 가로질러 1년의 시간과 말하지 못한 수백 마디의 말들을 뚫고 서로를 향해 다가선다. 마침내 친구와 마주선 해나는 그녀를 꼭 끌어안는다. 모나도 그녀를 꼭 끌어안자, 해나는 이번에는 놓지 않겠다고 생각한다. 지난 1년간 해나는 막다른 골목에 갇혀 있다고 생각했다. 하지만 조용한 카페에서 친구를 끌어안으니, 이제 막 새로운 길을 찾은 것처럼 느껴진다.

[끝]

잠들지 않는 카페

1판 1쇄 인쇄 2022년 8월 15일
1판 1쇄 발행 2022년 8월 31일

지은이 리비 페이지
옮긴이 권도희

발행인 김지아
디자인 풀밭의 여치

펴낸곳 구픽
출판등록 2015년 7월 1일 제2015-27호
주소 서울시 광진구 동일로 459, 1102호
전화 02-491-0121
팩스 02-6919-1351
이메일 guzma@naver.com
홈페이지 www.gufic.co.kr
SNS 트위터, 인스타그램 @gufic_pub

ISBN 979-11-87886-75-4 03840

° 책값은 뒤표지에 있습니다.